DAWN CAIRNS

Wegen Liebe vorübergehend geschlossen

Buch

Die junge Anwältin Alice Watson lebt mit ihrer Katze in London und genießt die Unabhängigkeit ihres Singlelebens in der Großstadt. Da bekommt sie eines Tages einen Telefonanruf aus dem kleinen irischen Seebad Donaghadee. Ihre Tante Jean sei gestorben und habe Alice zur Alleinerbin ihres Hauses und ihres kleinen Gemischtwarenladens bestimmt. Also macht sich Alice auf den Weg in das verschlafene Städtchen, in dem sie viele schöne Sommer ihrer Jugend verbracht hat. Für sie steht fest: Sie will die Immobilien verkaufen und nach London zurückkehren. Doch die Sache hat einen Haken. Tante Jean knüpft das Erbe an eine Bedingung: Alice muss ein halbes Jahr in ihrem Haus wohnen und den Laden betreiben. Doch soll sie ihre gerade begonnene Juristenkarriere für einen Tante-Emma-Laden in der irischen Provinz aufs Spiel setzen? Alice wagt den unglaublichen Schritt. Mit Maggie, die ihren Mann gerade an einen Nachbarn verloren hat und Isabel, Mutter von Zwillingen, deren Gatte das gemeinsame Vermögen an der Börse verspekuliert hat, gewinnt sie Freundinnen, mit denen sie gestohlenen Diamanten auf der Spur ist, eine Entführung vereitelt und einen ungeklärten Mordfall löst. Alice wird schnell klar, dass ein Leben zwischen Gänseeiern und Staubsaugerbeuteln wesentlich spannender sein kann, als der Businessalltag im hektischen London. Und schließlich klopft auch die Liebe an ihre Tür …

Autorin

Dawn Cairns, geboren in Belfast, leitet die Marketingabteilung eines Immobilienbüros und hat mit ihrem Debütroman »Tulips, Chips & Mayonnaise« auf Anhieb die Bestsellerlisten gestürmt. »Wegen Liebe vorübergehend geschlossen« ist ihr zweiter Roman. Sie lebt mit ihrem Mann und ihrer Katze in Holywood/Nordirland.

Dawn Cairns

Wegen Liebe vorübergehend geschlossen

Roman

Aus dem Englischen von
Andrea Stumpf und
Gabriele Werbeck

blanvalet

Die englische Originalausgabe erschien 2002 unter dem Titel
»Goose Eggs & Hoover Bags« bei Poolbeg Press Ltd., Dublin.

Umwelthinweis:
Alle bedruckten Materialien dieses Taschenbuches
sind chlorfrei und umweltschonend.

Der Blanvalet Verlag ist ein Unternehmen
der Verlagsgruppe Random House.

1. Auflage
Deutsche Erstausgabe Oktober 2005

Umschlaggestaltung: Design Team München
Umschlagmotiv: zefa/Morsch
Satz: DTP Service Apel, Hannover
Druck: GGP Media GmbH, Pößneck
Verlagsnummer: 36231
Redaktion: Beate Bücheleres-Rieppel
LW · Herstellung: Heidrun Nawrot
Made in Germany
ISBN 3-442-36231-8
www.blanvalet-verlag.de

1

Es ist seltsam – gerade wenn man glaubt, sein Leben vollkommen im Griff zu haben, geschieht irgendeine Kleinigkeit, und nichts wird jemals mehr so sein, wie es einmal war. Bei Alice war es ein Telefonanruf an einem kühlen Nachmittag im Oktober. Sie grub sich gerade durch einen riesigen Aktenberg und versuchte von Zeit zu Zeit vergeblich, den Heizkörper in ihrem kaninchenstallgroßen Büro herunterzudrehen, um keinen Hitzschlag zu erleiden. Während sie so dasaß, die Brille auf die Stirn geschoben und an ihrem Stift herumkauend, klingelte das Telefon und riss sie unsanft aus der aufregenden Angelegenheit »Mit dem Kopf gegen den Bürgersteig«. Ein junger Mann strebte eine Klage gegen die Stadt an, weil er sich in betrunkenem Zustand bei einem Sturz auf dem Bürgersteig den Kopf aufgeschlagen hatte.

»Ja, Louise?«

»Da ist ein Herr am Telefon. Sein Name ist Ted Dunbar, und er sagt, es ginge um etwas Persönliches.«

Ted Dunbar ... Ted Dunbar ... Nein – den Namen hatte sie noch nie gehört.

»Klingt er nett?«

»Sagen wir mal alt.«

»Na gut, stellen Sie ihn durch.«

»Miss Watson? Alice Watson?«

Alice erkannte sofort den Akzent – er musste aus Ulster stammen.

»Ja, am Apparat.«

»Ted Dunbar von der Kanzlei Dunbar O'Toole in Belfast. Ich rufe in der Nachlasssache Jean Maguire an. Es hat uns einige Mühe bereitet, Sie aufzuspüren –«

»Verzeihung«, unterbrach Alice ihn. »Wie war das – in wessen Nachlasssache?« Sie starrte den Telefonhörer an.

»Sie wissen es noch gar nicht? In diesem Fall, Miss Watson, muss ich Ihnen leider die traurige Nachricht überbringen, dass Ihre Tante verstorben ist.«

»Aber, aber sie war doch gar nicht krank – oder doch?« Alice versuchte sich zu erinnern, wann sie das letzte Mal mit Tante Jean gesprochen hatte. Es musste vor ungefähr einem Monat gewesen sein, und sie hatte am Telefon recht vergnügt geklungen.

»Nein, Miss Watson. Das ist eine wirklich ganz unglückliche Geschichte – Ihre Tante sammelte gerade Brombeeren an der Straßenböschung. Offensichtlich rutschte sie auf dem Gras aus und fiel einem Omnibus direkt vor die Räder.«

»Das ist ein Witz, oder? Sie ist vor einen Bus gefallen? Beim Brombeerpflücken? Es ist mir völlig neu, dass sie Brombeeren sammeln ging. An der Straße?«

»Ich kann Ihnen versichern, Miss Watson, dass es die Wahrheit ist. Sie hatte den Korb noch am Arm hängen, als der Krankenwagen eintraf.« Mr. Dunbar klang ein wenig verärgert darüber, dass Alice ihn nicht ernst nahm.

»Oh Gott! Es tut mir Leid, Mr. Dunbar – die Geschichte hört sich nur so unglaublich an!« Alice war wie betäubt. Sie starrte ihren abgekauten Stift an, während sie das eben Gehörte zu verdauen versuchte. Dabei stieß sie mit dem Bein gegen den Heizkörper und verbrannte sich. Der Schmerz ließ sie zusammenzucken.

»Ich kann Ihnen nur das sagen, was mir die Polizei

mitgeteilt hat. Es sind tatsächlich für Ihre Tante höchst ungewöhnliche Umstände. Ich kannte sie persönlich – sie war viele Jahre Mandantin von uns.« Mr. Dunbar verfiel einen Moment lang in Schweigen, so als überlegte er, was er als Nächstes sagen sollte. »Sie war sofort tot, Miss Watson. Es tut mir Leid, dass ich Ihnen diese traurige Botschaft überbringen muss.«

»Ja. Ich danke Ihnen jedenfalls, dass Sie mich in Kenntnis gesetzt haben.« Alice wusste nicht, was sie sonst sagen sollte.

»Ich nehme an, Sie werden zur Beerdigung kommen?«

»Ja, natürlich. Wann findet sie statt?« Ihre Antwort kam ganz automatisch – so weit hatte sie noch gar nicht gedacht.

»Montag, zwölf Uhr, in ihrer Kirche in Groomsport. Es ist die einzige an der Hauptstraße – Sie können sie nicht verfehlen.« Er hielt inne. »Miss Watson, es gibt eine Sache, die ich mit Ihnen besprechen muss.«

»Ja?«

»Ihre Tante hat ein Testament hinterlassen, aus diesem Grund wollte ich Sie auch so dringend erreichen. So wie es aussieht, hat sie Ihnen einen großen Teil Ihres Besitzes hinterlassen.«

»Wie bitte?« Die Gedanken schwirrten durch Alices Kopf. Was um Himmels willen konnte Jean ihr schon hinterlassen haben? Viel Geld dürfte sie nicht gehabt haben.

»Sie hinterlässt Ihnen ihren Laden und ihr Haus.«

»Nein!« Alice konnte es nicht glauben. Erneut stieß sie mit dem Bein gegen die glühend heiße Heizung und ließ vor Schreck den Stift fallen.

»Doch. Das Testament wird natürlich noch verlesen werden, aber da Ihre Tante außer Ihnen keine Familienangehörigen hatte, hielt ich es für vertretbar, Sie schon vorab zu informieren.«

»Oh, äh, ja, natürlich.« Alice begriff das alles noch gar nicht richtig.

»Über die Einzelheiten können wir reden, wenn Sie hier sind … Es gibt da einige, äh, Klauseln … Und ich brauche ein paar Unterschriften von Ihnen.«

»Aber ja, natürlich.« Alice versuchte, ihre professionelle Haltung wiederzugewinnen – und versagte gründlich.

»Es tut mir Leid, dass ich Ihnen diese Nachricht so unvorbereitet übermitteln musste.«

»Aber dafür können Sie doch nichts. Wir, äh, sehen uns dann also am Montag.«

»Ja, gewiss, und danke, dass Sie mir Ihre Zeit geschenkt haben. Auf Wiedersehen, Miss Watson.«

»Auf Wiedersehen, Mr. Dunbar.«

Die Verbindung wurde unterbrochen.

Alice saß da und starrte den leise tutenden Hörer an.

Mein Gott! Tante Jean war tot? Beim Brombeerpflücken verunglückt? Die Vorstellung, dass Jean Brombeeren pflückte, war genauso abwegig wie die, dass sie Ringrichterin bei einem Boxkampf war!

»Oh Gott! Das kann doch alles nicht wahr sein!«, sagte sie laut.

Alice Watson war neunundzwanzig, Rechtsanwältin von Beruf und lebte in London. Sie begann gerade, die ersten Sprossen der Karriereleiter zu erklimmen. Sie arbeitete viel und genoss ansonsten das angenehme Leben, das sie sich geschaffen hatte.

Ihre Mutter war vor Jahren an Krebs gestorben – ein langer und qualvoller Tod, den Alice und ihr Vater miterleben mussten. Es war eine furchtbare Art zu sterben, und zusehen zu müssen, wie seine Frau von Schmerzen gequält wurde, die er ihr nicht abnehmen konnte, war mehr, als Mr. Watson zu ertragen vermochte. Nach ihrem Tod vergaß er praktisch, dass Alice existierte, er ließ sie bei Freunden seiner verstorbenen Frau und suchte Vergessen in den Alkoholvorräten in seinem Haus. Als er die weggetrunken hatte, besorgte er sich regelmäßig Nachschub. Keiner konnte ihm helfen; es schien, als habe ihn jeder Lebenswille verlassen. Alice hatte ihren Vater an ein gebrochenes Herz und den Whiskey verloren, und das war ebenso schmerzhaft gewesen, wie ihre Mutter an den Krebs zu verlieren. Ihr Dad wurde neben seiner geliebten Frau begraben, und die elfjährige Alice blieb zurück mit nichts als einem Reihenhaus in Belfast und ein paar Verwandten, die ihr keine große Hilfe waren. Sie wollte an all das nicht erinnert werden, wenn es sich irgend vermeiden ließ.

Die meisten von Alice' frühen Erinnerungen waren glücklich – die unglücklichen hatte sie fast alle verdrängen können. Sie erinnerte sich an die Zeit mit ihrer Mutter und ihrem Vater, als sie ungefähr acht war. An die Ferien im Ausland, den Besuch von Freunden, die gemeinsamen Abendessen, die Hilfe bei den Hausaufgaben und die Gutenachtgeschichten, die immer damit endeten, dass Prinzessin Alice das Königreich rettete und der hübsche Prinz sich Hals über Kopf in sie verliebte. Später erinnerte sie sich an Krankenschwestern, die durchs Haus huschten, an den Rollstuhl, ihren Vater, der vor dem Fernseher saß und leise weinte. Dann kam Jean – Gott sei Dank gab es Tante Jean. Jean war keine besonders nahe stehende Verwandte, aber als bei Alice' Mutter Krebs diagnostiziert wurde, bestand sie darauf, dass Alice einen Teil des Sommers bei ihr in Donaghadee an der Küste verbrachte.

Zuerst hatte Alice Belfast nicht verlassen wollen, aber ihre Eltern überredeten sie schließlich. Und dann hatte sie zwei sorglose Monate mit der leicht exzentrischen Jean in deren Haus am Meer verbracht. Jean sah so aus, wie man sich eine liebenswürdige Großmutter vorstellte, und Alice gewann sie gleich lieb. Neben dem Haus befand sich ein chaotischer Haushaltwarenladen, der etwas von der geheimnisvollen Werkstatt eines Zauberers an sich hatte und den Jean mit Hilfe ihres exzentrischen Angestellten Emlyn führte. In den nächsten Jahren und auch noch nach dem Tod ihres Vaters verbrachte Alice jeden Sommer bei Jean und hatte teil an deren interessantem Leben – einem Leben, das Lichtjahre von Alice' eigenem entfernt war.

Sie vergnügte sich stundenlang damit, im Laden all den Kram anzusehen, den Jean über Jahre zusammengetragen hatte. Von der Decke hingen Besenköpfe, während sich in den Regalen Plastikeimer und Körbe stapelten. Dübel, Nägel, Klobürsten, Rechen, Schraubenzieher, Teppichmesser, Spaten, Lackdosen, Möbelpolitur, Kleiderbügel, Blumentöpfe – alles hatte im Laden einen eigenen Platz. Jean und Emlyn verfügten über die erstaunliche Fähigkeit, ohne Zögern sofort den verlangten Artikel hervorzuholen, den jeder Nichteingeweihte erst nach tagelangem Suchen gefunden hätte.

Alice liebte Jean, den Laden und das Städtchen am Meer. Es war eine andere Welt, verglichen mit dem engen und deprimierenden Haus in der Innenstadt von Belfast, das nur vierundzwanzig Kilometer entfernt lag. Zu ihren unauslöschlichen Erinnerungen an diese Ferien gehörte der etwas muffige Geruch nach Bohnerwachs im Laden; das gleißende Sonnenlicht, das einen empfing, wenn man nach einer Weile hinaustrat; der Strand, der bevölkert war von herumtrippelnden Seemöwen, die bei Ebbe nach Nahrung pickten; und die Männer und Frauen, die Tang sammelten, um ihn zu trocknen und als Speiserotalge in den Geschäften zu verkaufen. Die Hosen bis zu den Knien hochgekrempelt, wanderte Alice am Strand entlang und suchte nach schönen Muscheln und Steinen, die sie zu Hause mit Jeans Hilfe lackieren wollte. Alice hatte immer noch irgendwo eine Schachtel mit einer Sammlung glänzender Muscheln. Selbst gemachtes Eis, Wasserpistolen, Spaziergänge am Hafen von Donaghadee entlang bis zum Pier, wo ein Junge, der ein paar Jahre älter war als sie, nach Zehn-Penny-Münzen tauchte. Das Wasser war dort mindestens zwanzig Meter tief – er musste verrückt gewesen sein.

Ihre Tante gab sich alle Mühe, immer wieder eine neue Beschäftigung für sie zu finden. Sie war keine besonders gute Köchin und bestärkte Alice darin, am Herd herumzuexperimentieren, indem sie sagte: »Schlimmer als das, was ich dir koche, kann es nicht sein.« Wenn Alice also nicht im Laden aushalf oder mit den anderen Kindern am Strand spielte, probierten sie und Jean in der winzigen Küche Rezepte aus. Sie taten dabei die ganze Zeit über so, als wären sie im Fernsehen und würden vorführen, mit welcher Leichtigkeit sich leckere Puddings, Kuchen, Eintöpfe oder was sie sich gerade vorgenommen hatten zubereiten ließen.

Als Alice älter wurde, sah sie Jean seltener, aber sie blieb immer in Kontakt mit ihr, auch wenn sie sie monatelang nicht besuchte. Jean schien instinktiv zu wissen, wann sie anrufen und wann sie sie in Ruhe lassen sollte. Sie beschwerte sich nie, dass Alice sie nicht häufiger besuchte. Sobald Alice achtzehn geworden war und die Schule hinter sich gebracht hatte, packte sie ihre Koffer, nahm Abschied von Belfast und stieg in ein Flugzeug nach London. Mit dem letzten Rest des Geldes aus ihrem Erbe und dem, was vom Verkauf des Hauses übrig geblieben war, finanzierte sie ihr Studium. Sie quälte sich vier Jahre durch die Universität und im Anschluss daran durch das mörderische Juraexamen und verdiente sich während dieser Zeit nebenher etwas Geld als Bedienung in Bars oder mit Tipparbeiten für höhere Semester. Belohnt wurde sie mit einem ausgezeichneten Examen und einer Stelle in einer recht angesehen Kanzlei in Covent Garden. Da sie sich mächtig anstrengte, hatte sie es bald zu einer kleinen Zweizimmerwohnung in Hammersmith, einer einäugigen Katze namens Gary, einer leichten Kaufsucht und einer Reihe wenig erfolgreicher Beziehungen gebracht.

Der letzte Besuch bei Jean lag ungefähr sechs Monate zurück, und sie hatte nur übers Wochenende bleiben können. Jean hatte sich gefreut, sie zu sehen. Besuche in Irland fielen Alice immer schwer, da die Erinnerungen sie überfielen, sobald sie aus dem Flugzeug stieg. Sie hatten das Wochenende damit verbracht zu plaudern – bei einer Tasse Kaffee im Laden, einer Flasche Wein in der Küche oder ein paar Glas Bier im Pub. Alice erzählte Jean von dem wunderbaren Leben in London, und Jean brachte sie zum Lachen mit Anekdoten über die Leute, die in den Laden kamen und die seltsamsten Dinge verlangten oder merkwürdige Geschichten erzählten. Jean konnte nichts mehr erschüttern.

Alice überlegte. Das letzte Mal hatte sie vor etwa einem Monat mit ihrer Tante gesprochen, Jean hatte sie damals wegen einer rechtlichen Frage im Büro angerufen. Es hatte nichts mit einem Testament zu tun gehabt … Es war eigentlich eine ziemlich seltsame Frage gewesen ... Es ging um Antiquitäten. Alice hatte erst nachschlagen müssen – irgendetwas wegen Eigentumsrechten.

Alice lehnte sich in ihrem Stuhl zurück und um ein Haar hätte sie sich den Kopf an der Wand angestoßen. Ihre Augen füllten sich mit Tränen. Langsam liefen sie ihr über die Wangen. Sie wischte sie mit dem Handrücken weg.

»Alice?« Louise steckte ihren Kopf in die Tür.

»Ja?« Alice beugte sich über ein Schriftstück, damit Lou ihre Tränen nicht sah.

»Spätzchen, was ist los mit Ihnen? Probleme mit einem Kerl?«

Louise, Alice' siebenundvierzigjährige Sekretärin, verhielt sich ihr gegenüber in einer seltsamen Mischung aus besorgter Mutter und verlassener Frau, deren Mann kürzlich seine Liebe zu einer Jüngeren entdeckt hatte und die nun überzeugt war, dass Männer eigentlich grundsätzlich an allem schuld waren. Meist lag sie damit auch nicht ganz falsch. Im Laufe der Zeit hatte sich Louise von einer Vororthausfrau in eine Anwaltsgehilfin verwandelt, die ihr Büro genauso fest im Griff hatte wie ihren Haushalt. Da ihre Kinder inzwischen studierten, hatte sie ihr großes Haus verkauft und in Barnes eine schicke Wohnung mit Garten und Gästezimmer erworben, in der sie ihre Kinder in den Ferien beherbergen konnte. Der Scheißkerl (wie Gerald, ihr Ex, nun offiziell hieß) versuchte, den Kontakt zu seinen Kindern aufrechtzuerhalten, aber sie hatten Schwierigkeiten, seine neue, furchtbar aufgetakelte Freundin zu akzeptieren, die alles daranzusetzen schien, sein Geld unter die Leute zu bringen. Alice bewunderte Louise und mochte ihren Humor. Sie musste sie mit einem anderen Anwalt teilen, und doch war sie

Alice' einziges Privileg. Sie wusste eigentlich immer noch nicht, warum gerade ihr die beste Sekretärin in der Kanzlei zugeteilt worden war.

»Nein, ich habe nur eben eine schlechte Nachricht erhalten.«

Alice nahm das Taschentuch, das Louise ihr reichte. Sie erzählte ihr von dem Telefongespräch, das sie vor zehn Minuten geführt hatte, und von der unerwarteten Erbschaft. Zwanzig Minuten später trank sie den Kaffee aus, den Louise ihr gebracht hatte, und strich sich über die Stelle an der Wade, wo sie sich verbrannt hatte, während Louise einen Flug nach Belfast für sie buchte.

Als Alice an diesem Abend nach Hause ging, versuchte sie, sich auf die vor ihr liegende Woche vorzubereiten, die sicher eigenartig werden würde. Sie hatte immer noch Jeans Hausschlüssel an ihrem Schlüsselbund – aus irgendeinem Grund war sie nie dazu gekommen, ihn abzunehmen. Ihr Flug nach Belfast ging sehr früh am Samstagmorgen. Sie hatte ein Zimmer in einer Pension reserviert, da es bestimmt unheimlich wäre, im Haus ihrer Tante zu übernachten, ganz zu schweigen davon, dass es auch unangemessen wäre, da es ihr erst nach dem Termin mit Mr. Dunbar rechtmäßig gehören würde.

Alice ging den ganzen Weg nach Hause zu Fuß. Das tat sie selten, da es mehr als acht Kilometer waren – meistens sprang sie für das letzte Stück doch noch in einen Bus. Sie machte sogar einen kleinen Umweg, der sie an Harrods vorbei führte. Dort sah sie den Touristen zu, die staunend die Schaufensterauslagen des Nobelkaufhauses betrachteten. Komisch, meistens fielen sie ihr gar nicht auf, wenn sie daran vorbeilief.

In der Wohnung angekommen, zog sie die Schuhe aus

und merkte erst jetzt, dass ihre Füße schmerzten und ihr Kopf pochte. Sie goss sich ein großes Glas Rotwein ein, steckte sich eine Zigarette an und ließ sich vor dem Fernseher zu den Abendnachrichten auf das Sofa fallen. Sie sah sie bis zum Schluss an – sogar die Sportnachrichten, was sie sonst eigentlich nie tat. Für gewöhnlich schaltete sie nach den Meldungen des Tages auf einen Kanal um, auf dem irgendeine Unterhaltungssendung lief. An diesem Abend aber lenkte sie die beruhigende Stimme des Nachrichtensprechers ab, der die Verwicklungen des internationalen Terrorismus erklärte und verhinderte, dass sie weiter über Jean und über ihre Zukunft nachdachte.

2

Zwei Tage später landete Alice in Belfast. Es war ein regnerischer Morgen und natürlich war niemand da, der sie vom Flughafen abholte. Sie stellte fest, dass es auch niemanden gab, den sie hätte anrufen können. Sie kannte hier keine Menschenseele mehr. Es war ewig her, dass sie eine längere Zeit in ihrer Heimat verbracht hatte.

Sie warf ihre Tasche auf den Rücksitz eines Taxis und kletterte hinterher.

»Nach Donaghadee, bitte.«

»Gerne, Miss – wobei es Sie allerdings billiger käme, wenn Sie den Bus ins Stadtzentrum nähmen und erst dort in ein Taxi stiegen.«

»Danke, aber das ist mir egal.«

Alice hatte es plötzlich eilig, Jeans Haus zu sehen, nur von außen, um sich davon zu überzeugen, ob es noch so war wie früher.

Der Taxifahrer nickte und ließ den Motor an.

Vierzig Minuten später blieb er vor dem kleinen Haus, das zum Meer hinblickte, stehen. Der Laden lag direkt neben dem Haus, das seinerseits das vorletzte in einer Reihe von etwa zehn Häusern war.

»Ist es hier recht?«

»Ja, wunderbar.« Sie nahm dreißig Pfund aus ihrer Brieftasche und reichte sie dem Fahrer. Als er ihr eine Einpfundnote herausgeben wollte, wehrte sie ab.

»Vielen Dank. Brauchen Sie Hilfe mit der Tasche?«

»Nein, das ist nicht nötig.«

Es hatte aufgehört zu regnen, und die Sonne kam heraus. Alice stand mit der Tasche in der Hand da und starrte auf die Fassade von Shore Street Nr. 20, dem Haus, in dem sie so viele Sommer verbracht hatte und das nun seiner Seele beraubt war – Jean. Sie griff nach dem Schlüsselbund in ihrer Tasche; einer der Schlüssel öffnete die Tür zu dem Haus vor ihr.

Sie zog den Bund heraus. Der matt schimmernde Messingschlüssel war der, den sie brauchte, und sie steckte ihn ins Schloss. Der Riegel sprang zurück, als sie ihn nach rechts drehte, und die Tür ging auf. Rasch trat sie ein und stellte die Tasche auf dem Boden ab.

Sie blickte in den dunklen Flur: Nichts hatte sich seit ihrem letzten Besuch verändert. Dann öffnete sie die Tür zum vorderen Wohnzimmer. Es stand voll von Jeans geliebtem Nippes; besonders dekorativ hatte sie es gefunden, lauter winzige Spitzchendeckchen darunter zu legen. Alice war immer wieder erstaunt, wie viel Staub sich hier ansammeln konnte.

Seltsamerweise war ihr nicht unbehaglich zumute. Sie hatte erwartet, dass es ihr ein wenig unheimlich sein würde, sich in dem Haus einer Toten aufzuhalten, aber sie empfand ein eigentümlich vertrautes Gefühl, als wäre Jean noch anwesend.

»Jean?«, fragte sie in die Stille des verstaubten Zimmers hinein und erwartete fast, dass sie eine Antwort bekäme.

Aber bis auf das Ticken der Uhr auf dem Kaminsims blieb es still.

»Du dumme Kuh! Jetzt fängst du schon an, mit Gespenstern zu sprechen!«, schimpfte sie mit sich. Hieß es nicht, ein Zimmer, in dem sich ein Gespenst aufhält, sei eiskalt? Und in Jeans Wohnzimmer war es wie immer so heiß wie in einer Sauna. Niemand hatte daran gedacht, die Heizung herunterzudrehen.

Sie zog die Vorhänge auf, um Licht in das Zimmer zu lassen und auch wirklich alles Gespenstische zu vertreiben. Staub tanzte in der Luft und leuchtete in der Sonne auf. Auch wenn Jean noch nicht einmal eine Woche tot war, machte das Haus den Eindruck, als wäre es schon seit Monaten verlassen. Sie öffnete die Fenster, um frische Luft in den stickigen Raum zu lassen. Dann ging sie in das andere, kleinere Wohnzimmer, das nach hinten hinaus lag, und in die kleine Küche, die von dort abging, und öffnete auch hier Vorhänge und Fenster.

Sie warf einen Blick in den Kühlschrank – saure Milch, ein angegammelter Salat und ein altes Stück Käse. Sie warf alles in den Abfalleimer.

Sie ging zurück in das Wohnzimmer, das zum Garten hinausging. Auf der Kommode standen gerahmte Fotos. Auf einigen waren Verwandte zu sehen, aber die meisten Leute kannte sie nicht. Sie nahm eines der Bilder in die Hand. Es zeigte ihre Mutter und Jean vor mehr als zwanzig Jahren. Sie machten beide einen so glücklichen Eindruck. Alice war auf dem Foto nicht zu sehen, aber sie wusste, dass sie in der Nähe am Strand herumgelaufen war, als die beiden sich für das Urlaubsfoto in Pose geworfen hatten.

Sie stellte das Foto zurück und setzte sich in den alten Lieblingssessel ihrer Tante, den sie vor allem deshalb so gemocht hatte, weil die Lehnen breit genug waren, um ihren Teller darauf abzustellen. So konnte sie gleichzeitig essen und sich *Eastenders* im Fernsehen ansehen. Alice betrachtete den Ring, den die vielen heißen Teller über die Jahre auf dem verblassten Bezug hinterlassen hatten. Und auf einmal musste sie weinen. Sie tat nichts, um die Tränen zurückzuhalten. Ein unfassbares Verlustgefühl überkam sie. Sie zog ihre Knie gegen die Brust und verbarg ihr Gesicht dahinter, sie wollte keines der Fotos mehr sehen, die Jean voller Stolz aufgereiht hatte.

Die Minuten verstrichen. Alice hatte jedes Zeitgefühl verloren. Sie war zwanzig Jahre zurückgegangen in die Zeit, aus der das Foto stammte, und erinnerte sich daran, wie ihre Mutter und ihre Tante ihr in der eiskalten irischen See das Schwimmen beigebracht hatten.

Das Klingeln an der Tür schreckte sie aus ihren Erinnerungen auf. Es war ihr plötzlich sehr unangenehm, sich ohne Erlaubnis in Jeans Haus aufzuhalten. Wieder klingelte es, und sie erhob sich, um zur Tür zu gehen. Durch das Riffelglas konnte sie eine zierliche Gestalt ausmachen, die davor wartete.

»Alice! Dachte ich mir doch, dass du es bist!« Emlyn, Jeans langjähriger Freund und Gehilfe im Laden, stand vor der Tür und schien kein bisschen überrascht zu sein, sie zu sehen. Er trug einen Schirm – es hatte wieder zu regnen begonnen.

»Ach, Emlyn. Ich bin einfach ins Haus gegangen – ich habe keine Sekunde darüber nachgedacht, ob das in Ordnung ist, tut mir Leid«, platzte Alice heraus.

»Aber natürlich bist du ins Haus gegangen! Wohin hättest du sonst gehen sollen?« Er lächelte sie freundlich an. »Komm doch nach nebenan in den Laden und trink eine Tasse Tee mit mir. Dann kannst du mir erzählen, wie es dir geht und was in London so los ist.«

Emlyn – der klein gewachsene Mann hatte sich in den vielen Jahren, die Alice ihn kannte, kein bisschen verändert. Vor einiger Zeit war sie zu der Überzeugung gelangt, dass er schwul sein musste – er hatte etwas Androgynes an sich –, aber vielleicht täuschte sie sich ja auch. In all den Jahren, im Grunde so weit ihr Gedächtnis zurückreichte, hatte er nie eine Freundin gehabt, einen Freund allerdings auch nicht. Er erwähnte ab und an irgendeine Frau, die er attraktiv fand, aber es erschien ihr doch seltsam, dass dann immer nur solche Namen wie Hilary Clinton und Cherie Blair fielen. Prinzessin Diana jedenfalls würde immer einen besonderen Platz in seinem Herzen haben, und selbst Jahre nach ihrem Tod stiegen Emlyn die Tränen in die Augen, wenn auch nur ihr Name fiel.

Abgesehen davon war er besessen von der Lotterie. Seit deren Einführung in Irland vor ein paar Jahren hatte Emlyn kein Spiel versäumt und war jeden Mittwoch- und Samstagabend vor dem Fernseher zu finden. Natürlich hatte er noch nie mehr als zehn Pfund gewonnen, aber er war überzeugt, dass eines Tages seine Zahlen kommen würden – und würde er sich dann nicht schwarz ärgern, wenn er gerade in dieser Woche seine Kreuzchen nicht auf dem Schein gemacht hätte? Tante Jean hatte ihm oft erklärt, er sei verrückt, auf diese Weise sein Geld zum Fenster hinauszuwerfen, da die Wahrscheinlichkeit, ein paar Millionen zu gewinnen, geringer sei als die, dass ihm Flügel wuchsen.

Emlyn war von Anbeginn Jeans Ladenhilfe gewesen,

und im Lauf der Zeit war er darüber hinaus zu einem guten Freund geworden. Alice glaubte, dass Jean besonders seinen seltsamen Humor und seine interessante Art, sich zu kleiden, mochte. Man sah Emlyn nur selten ohne Tweedweste, Jeans und ein gepunktetes Halstuch, das er sich in den offenen Hemdkragen steckte.

Heute war er allerdings nicht in seinem üblichen Staat erschienen – er trug einen schwarzes Poloshirt und Cordhosen.

»Die Weste bekomme ich am Montag aus der Reinigung zurück«, sagte er, als er ihren Blick bemerkte. Damit wollte er Jean offenkundig Respekt zollen – sein liebstes Kleidungsstück sollte fleckenlos sein, wenn er ihr die letzte Ehre erwies.

Alice umarmte ihn. Es war schön, an diesem traurigen Tag ein vertrautes Gesicht zu sehen. Sie nahm die Tasche, schloss die Tür hinter sich und hakte sich bei ihm unter. Dann gingen sie gemeinsam unter seinem Regenschirm in den Laden.

Der Geruch überfiel sie vollkommen unvorbereitet, als sie in den Laden trat: Es war diese Mischung aus Kreosot, Gummi und Vogelfutter, nach der es hier schon immer gerochen hatte. Sie musste fast laut loslachen, als sie die großen Eimer aus verzinktem Blech sah, auf die Smileys gemalt waren.

»Wessen Idee war das denn?«, fragte sie und deutete auf die Eimer.

»Die? Ach, da kam vor ein paar Wochen ein Mann vorbei, der behauptete, sie wären der letzte Schrei. Er war ziemlich aufdringlich, deshalb kaufte Jean ihm zwei ab, damit er endlich ging.« Bei der Erinnerung an den Mann erschauerte Emlyn.

»Gehörte zu der aggressiven Sorte, weißt du.«

»Ein aggressiver Smiley-Eimer-Vertreter? Interessant.« Alice grinste.

Sie setzte sich auf einen Hocker neben der Ladentheke und stützte ihre Ellbogen auf die angeschlagene Resopalplatte.

»Sag mal, weißt du eigentlich schon, was du mit dem Laden machen willst?«, rief Emlyn aus den Tiefen des Hinterzimmers und Lagers, Lebensraum des Wasserkessels und all der anderen Dinge zur Teezubereitung.

Alice war überrascht. Sie hatte nicht erwartet, dass er davon wusste. Es war jedenfalls nicht Mr. Dunbars Aufgabe gewesen, es ihm zu sagen.

»Alice? Hörst du mich?«, brüllte Emlyn.

»Ja, ja, ich höre dich«, rief sie zurück. »Ich bin nur überrascht, dass du davon weißt.«

»Na ja, wenn man jahrelang eng mit jemandem befreundet ist, dann weiß man auch, was in seinem Testament steht, meinst du nicht?«

»Ich wusste nicht einmal, dass sie eines gemacht hat. Ich dachte, dass sie zu den Leuten gehört, die so etwas nicht interessiert.«

»Was? Testamente?« Emlyn trat mit zwei dampfenden Tassen in der Hand aus der Dunkelheit. »Sie fand Testamente toll. Sie sagte, dadurch könne sie das, was sie besitze, erst wirklich schätzen.«

»Wirklich? Hört sich etwas seltsam an, oder?«

»Das, meine Liebe, war deine Tante durch und durch.«

Alice nahm die angebotene Tasse und stellte sie auf die Theke, nachdem sie einen Kasten mit Schrauben und Muttern beiseite geschoben hatte.

»Die arme Jean, es ist doch kaum zu glauben, dass sie von einem Bus überfahren wurde? Wie kam sie nur auf die Idee, an der Straße Brombeeren zu sammeln, Emlyn? Ist es nicht auch schon ein bisschen spät dafür?«

Emlyn schien zu zögern. »Manchmal ging sie einfach nur spazieren. Und die Brombeeren deuten vielleicht darauf hin, dass sie sich Sorgen machte – sie sagte immer, dass sie beim Beerenpflücken besser nachdenken könne.«

»Ach ja? Das habe ich sie nie sagen hören. Hat sie es oft gemacht?« Alice hatte das Gefühl, sie würden über einen anderen Menschen sprechen – Jean hatte jede Form körperlicher Betätigung verabscheut.

»Nur im Herbst.«

»Was? Sie ging nur im Herbst spazieren?«

»Nein, nein, entschuldige, ich dachte, du meinst die Brombeeren. Spazieren ging sie jeden Tag.«

»Aha …« Alice legte ihr Kinn in die Hand, die ein bisschen verschwitzt war von der heißen Tasse.

»Aber trotzdem glaube ich nicht, dass sie vor einen Bus gefallen ist.«

»Äh, wie bitte?«, fragte Alice.

»Ich glaube nicht, dass Jean vor einen fahrenden Bus gefallen ist. Ich meine, so etwas wäre ihr einfach nicht passiert.«

»Ich muss gestehen, dass ich ebenso überrascht war wie du, Emlyn, als ich davon hörte – aber wenn die Polizei sagt, dass sie von einem Bus überfahren worden ist, dann wird sie wohl von einem Bus überfahren worden sein.«

»Natürlich wurde sie von einem Bus überfahren – man konnte ja sogar die Reifenspuren auf ihrem Rücken sehen!«

Alice zuckte angesichts dieser Taktlosigkeit zusammen.

»Was aber noch lange nicht bedeutet, dass es ein Unfall war, oder?«, fuhr er fort.

»Was willst du damit sagen?«

»Ich glaube, dass sie jemand gestoßen hat.« Emlyn nippte an seinem Tee und verzog nicht einmal das Gesicht als die brennend heiße Flüssigkeit durch seine Kehle rann.

»Das meinst du tatsächlich ernst?« Alice war vollkommen perplex.

»Todernst. Hört sich doch plausibel an.« Emlyn verschränkte die Arme vor der Brust.

»Plausibel? Ich weiß nicht. Wer sollte sie denn umbringen wollen? Glaubst du, sie wurde überfallen? Wollte man sie ausrauben? Sie wird ja wohl auf ihren Spaziergängen nicht die Taschen voller Geld gehabt haben, oder?« Alice strich sich eine Haarsträhne aus dem Gesicht und versuchte zu begreifen, was Emlyn ihr gerade gesagt hatte.

»Nein, ich glaube nicht, dass es um Geld ging. Ich glaube, es ging um etwas anderes.« Emlyn wich ihrem Blick aus.

»Was denn?« Alice spürte eine seltsame Mischung aus Neugier und Zweifel in sich aufsteigen. Am liebsten hätte sie Emlyn ausgelacht und ihm gesagt, er solle nicht solche Schauermärchen erzählen – ihre Tante war tot, aus und fertig. Aber irgendetwas hinderte sie daran. Er hatte Jean viel zu sehr gemocht, um sich so etwas auszudenken. Die Geschichte schien weit hergeholt zu sein, aber sie hatte die Sache mit dem Bus auch nicht geglaubt, als sie sie zum ersten Mal gehört hatte.

Emlyn strich sich über den Kragen seines Hemdes und fuhr fort: »Ich weiß nicht, aber ich glaube, sie hatte …«

»Sie hatte was?« Alice machte eine heftige Handbewegung und kippte dabei ihren lauwarmen Tee in den Kasten mit Schrauben und Muttern, in der sich augenblicklich eine hellbraune Pfütze ausbreitete, in der rostige Teilchen schwammen. »Oh, Entschuldigung!« Sie sah sich nach etwas um, mit dem sich der Tee aufsaugen ließ, während Emlyns letzte Worte noch in der Luft hingen.

»Nur keine Aufregung. Alles kein Problem.« Emilyn deutete auf die hässliche Brühe. »Abgesehen davon ist das ja jetzt alles deins, deine Schrauben und Muttern, dein Laden.«

»Oh Gott – erinnere mich bloß nicht daran!«

»So schlimm ist das nicht – es ist ein ziemlich guter kleiner Laden. Unsere Kundschaft besteht aus lauter interessanten Leuten, und kein Tag gleicht dem anderen.«

Alice hatte den Eindruck, dass er das Thema absichtlich wechselte, aber ihr war sowieso nicht danach, sich noch länger Emlyns wilde Theorien über Jeans merkwürdiges Schicksal anzuhören. »Ach, Emlyn. Ich bin Anwältin, keine Ladenbesitzerin. Ich habe doch keine Ahnung, wie man ein Haushaltwarengeschäft führt. Von der Hälfte der Sachen hier weiß ich nicht einmal, wofür sie gut sein sollen!«

»Das bring ich dir bei.«

»Ich weiß aber gar nicht, ob ich das will.«

»Vielleicht wirst du es müssen.« Emlyn sah sie ernst an.

»Warum? Ich habe in London einen Job, der mich vollauf beschäftigt und den ich sehr mag – leicht übertrieben gesagt. Ich hatte eigentlich gehofft, du könntest den Laden führen, bis ich einen Käufer gefunden habe.« Alice bedachte ihn mit ihrem hoffnungsvollsten Blick.

»Aber Alice, Jean würde nicht wollen, dass du den Laden verkaufst!« Allein die Vorstellung schien ihn zu empören.

»Emlyn, dieser Laden passt nicht in meine Lebensplanung! Ich möchte ja nicht undankbar erscheinen, aber ich werde ihn selbstverständlich verkaufen! Ich habe nicht vor, nach Nordirland zurückzukehren – niemals!«

»Und was ist mit dem Haus und dem Grundstück?«

»Und was mit meiner Karriere?«

»Willst du die auch verkaufen?«

»Meine Karriere?«

»Das Haus und das Grundstück.«

»Was ist damit?«

»Willst du die auch verkaufen?«

»Ich weiß es nicht – ich hatte noch keine Zeit, darüber nachzudenken. Ich weiß sowieso nicht, warum sie mir das Haus hinterlassen hat.«

»Wie sonst hätte dich Jean dazu bringen sollen, den Laden zu übernehmen – wenn du nichts hast, wo du wohnen kannst?«

Alice starrte ihn einen Moment lang an, sie wusste nicht, was sie darauf sagen sollte. Emlyn schien auf alles eine passende Antwort zu haben.

»Man hat dir nun mal ein Geschäft und ein Zuhause übertragen«, sagte er, als sei das die einfachste Sache der Welt und Alice ziemlich schwer von Begriff, weil sie das noch nicht kapiert hatte.

Alice hätte am liebsten losgebrüllt, ihn gepackt und ihm ordentlich die mit Haarspray in Form gebrachten Haare gezaust.

»Jetzt wisch den Tee auf«, sagte er. »Du kannst den Tag hier mit mir verbringen. Und natürlich wirst du heute im Haus übernachten.«

»Ich habe ein Zimmer in einer Pension reserviert.« Alice dachte über das eben geführte Gespräch nach. Ihre Samstage sahen für gewöhnlich so aus, dass sie ein paar schicke Läden aufsuchte und dann etwas aß, das vor allem aus frittierten Kohlehydraten bestand, oder mit ein paar Freunden in ihre Stammkneipe ging. In einem Haushaltwarengeschäft zu sitzen und mit einem Mann unbestimmbaren Alters über die Vorteile von Haushaltwaren gegenüber Rechtsfragen zu diskutieren war eine ganz andere Sache.

»Stornier die Reservierung; du wirst es dir drüben bequem machen wollen.«

»Emlyn! Ich bleibe nicht! Kapier das doch endlich!«

Er lächelte nur vielsagend und glättete wieder den Kragen seines Hemdes.

»Kann ich mal telefonieren?«, murmelte sie.

»Das Telefon ist hinten, neben dem Wasserkessel.«

»Danke.«

Sie schämte sich, ihn so angebrüllt zu haben, aber das Ganze wurde allmählich absurd, und sie konnte ein wenig moralische Unterstützung brauchen. Zeit, ein Gespräch mit Bernie zu führen – vielleicht konnte er ihr sagen, was sie tun sollte.

Bernie war ihr Wohnungsnachbar und hatte sich im Laufe der Zeit zu einem guten Freund entwickelt. Er betrieb ein Café-Restaurant und war ausgesprochen praktisch veranlagt – sie betete, dass er in der Arbeit war. Sie setzte sich auf einen umgedrehten Plastikeimer, umgeben von Haushaltwaren, von denen sie nicht einmal gewusst hatte, dass es sie gab, geschweige denn welche Verwendung sie haben könnten, und wählte Bernies Nummer. Sie hatte Glück – er nahm nach dem dritten Klingeln ab, ein Zeichen, dass er nicht zu viel zu tun hatte.

»Logan's, guten Tag.«

»Bernie, ich bin's, hast du fünf Minuten Zeit?«

»Hallo, Lice, lange nicht gesprochen, aber klar, schieß los.«

Danke, lieber Gott, dass du mir Bernie geschenkt hast! Alice schickte ein stummes Dankgebet durch die Decke des Lagers. Abgesehen davon, dass er sie immer Alice Head-Lice, Kopflaus, nannte, war er ein echter Schatz.

»Ich bin in Donaghadee.«

»Ich dachte, du wolltest nach Belfast? Aber Donadingsbums klingt viel hübscher. Und, wo liegt das Problem?«

»Ich habe einen Laden geerbt.«

»Ich weiß, das hast du mir schon Donnerstagabend erzählt, falls du dich nicht erinnern solltest. Von deiner Tante, die vor einen Bus gefallen ist.«

»Stimmt, vielleicht wurde sie aber auch gefallen.«

»Wie bitte?«

»Egal. Das Problem ist, dass Emlyn – ich habe dir schon von ihm erzählt, oder?«

»Das hast du. Die tuntige Ladenhilfe, die so gerne Lotto spielt.«

»Genau. Auf jeden Fall scheint er Jeans Testament zu kennen – was, wie du dir denken kannst, an sich schon ungewöhnlich ist. Die meisten Leute wollen doch für sich behalten, was –«

»Bleib bei der Sache, Al.«

»Na gut. Also, ich bin im Laden und Emlyn hat mir gerade gesagt, dass ich nicht nur den Laden und das Haus geerbt habe, sondern dass sie auch wollte, dass ich das Geschäft weiterführe und hierher ziehe!«

»Wow!«

»Bernie! Was soll ich mit einem Laden und einem Haus in Nordirland anfangen! Nordirland! Ich lebe und arbeite in London!« Sie konnte sein Grinsen durchs Telefon geradezu hören.

»Kann nicht Emlyn das Geschäft für dich führen – als eine Art Manager –, und du bezahlst ihn dafür? Und das Haus könntest du vermieten – du hast immer gesagt, dass die Gegend schön ist.«

Alice überlegte kurz – das war eine klasse Idee, wie nicht anders zu erwarten.

»Bernie Logan, du bist ein Schatz. Habe ich dir schon mal gesagt, dass ich dich liebe – rein platonisch, natürlich.«

»Auf jeden Fall nicht so sehr, wie du solltest. Schließlich bin ich dein Freund, dein Katzensitter und dein verlässlicher Berater. Hör mal, ich muss aufhören – ich glaube, der Biskuit für die Cremetörtchen verbrennt.«

»Cremetörtchen, Bernie? Bist du sicher, dass du Emlyn nicht kennen lernen möchtest?«

»Das sage ich Susie!«

»War doch nur Spaß. Danke noch mal, und grüß Susie von mir. Ich bin bald wieder zurück.« Hoffe ich jedenfalls, dachte sie.

»Dann kannst du ja berichten. Ach ja, Gary lässt dich grüßen. Er vermisst dich sehr – läuft verloren in der Wohnung herum oder liegt einsam auf deinem Bett.«

»Kraul ihn unterm Kinn für mich.«

»Mach ich – bye, Lice.«

»Bye, Bernie.«

Gary war der grau getigerte Kater von Alice und ihr Ein und Alles. Sie hatte den Streuner verletzt am Straßenrand gefunden und zum Tierarzt gebracht, der ihm ein Auge entfernen musste. Der Tierarzt meinte, dass ihn vielleicht ein Auto angefahren hatte. Nach seinem allgemeinen Zustand zu urteilen, sagte er, kümmerte sich schon eine ganze Zeit lang niemand mehr um ihn. Nachdem Alice eine Weile mit der Katzenschutz-Liga herumgestritten hatte, ob sie sich als Halterin für den Kater eignete, war Gary ihr Mitbewohner und ihre Wärmflasche geworden. Es hatte einige Ermunterungen gebraucht, damit er anständig fraß. Anfangs hatte er sich sein Fressen geschnappt und es unter dem Sofa verspeist, was Alice nicht besonders schätzte. Aber bald hatte er sich eingewöhnt und war zufrieden damit, direkt aus seinem Napf zu fressen, ohne erst den Inhalt über den ganzen Boden zu verstreuen. Der Verlust seines Auges schien ihn nicht zu stören, und Alice fand, dass es ihm Charakter verlieh. Mit diesem neu hinzugewonnenen Charakter, meinte sie, wirkte er zu verwegen, um einen der üblichen Katzennamen verpasst zu bekommen, und so nannte sie ihn Gary, was ihm ausgesprochen gut zu gefallen schien.

Sie legte auf und ging wieder nach vorne in den Laden. Emyln beriet gerade einen Mann, der ein Holzschutzmittel suchte.

»Das müssen Sie nur alle paar Jahre auftragen«, erklärte Emlyn fachmännisch, während er eine Dose mit einer unaussprechlichen Beschriftung in der Hand hielt. Der Mann nickte zustimmend. »Möchten Sie lieber einen dunklen Ton oder einen hellen Ton?«

Der Mann überlegte kurz und entschied sich dann für die hellere Tönung. Aber damit war die Sache noch nicht erledigt, die ganze Zeit über quatschte Emlyn weiter und der Mann nickte in regelmäßigen Abständen. Nachdem ein paar Geldscheine den Besitzer gewechselt hatten, ergriff der Kunde das Wort und redete eine geraume Weile auf Emlyn ein. Bevor er endgültig ging, sah er sich noch ein paar Lichtschalter in einer Schachtel neben der Tür an, dann verließ er den Laden.

»Bist du durchgekommen?«, fragte Emlyn.

»Was meinst du mit durchgekommen?«

»Am Telefon.«

»Ach so, ja, danke. Ich habe Bernie, meinen Freund in London, angerufen.«

»Aha. Dein Liebhaber?«

»Aber nein! Er hat eine Freundin, Susie, die er sehr liebt.«

Emlyn hob die Hände, als würde er sich ergeben. »Entschuldigung, ich habe nichts gesagt.«

Alice fing an, genervt zu sein – nicht wegen Emlyn im Besonderen, sondern ganz allgemein. »Ich denke, ich mache einen Spaziergang, wenn du nichts dagegen hast.«

Emlyn sah ein wenig beleidigt aus. »Ich wollte dir noch zeigen, wie wir die Lagerbestände ...« Er sprach den Satz nicht zu Ende, so als merke er erst jetzt, dass dies das Letzte war, was sie im Sinn hatte.

»Heute nicht. Ein andermal, in Ordnung?«

»Du bist die Chefin.«

Alice warf ihm einen strengen Blick zu.

Zwei Minuten später verließ sie den düsteren Laden und trat in das vergleichsweise helle Licht eines regnerischen Samstagnachmittags. Sie ging den Strand entlang Richtung Hafen.

Sie dachte darüber nach, was Emlyn über Jeans Unfall gesagt hatte. Es schien ihr weit hergeholt, aber sie hatte den Eindruck, er habe ihr damit etwas Wichtiges mitteilen wollen. Sie fragte sich, ob das vielleicht nur darauf zurückzuführen war, dass es Emlyn schwer fiel, Abschied von Jean zu nehmen. Sie sollte netter zu ihm sein; es war schließlich für sie beide ein schwerer Schlag.

Der Wind wehte ihr die Haare ins Gesicht. Sie strich sie sich hinter die Ohren und sah hinaus aufs Meer, wo ein paar Fischerboote trieben. In der Mitte des Kanals fuhren ein paar Containerschiffe und auch einige tapfere kleine Boote mit roten Segeln waren unterwegs. Alice beobachtete die Boote, bis sie fast außer Sicht waren. Es war kalt, und sie schlug den Kragen ihres Mantels hoch und steckte die Hände in die Taschen. Dann lief sie zum Leuchtturm und umrundete ihn, während sie die Seemöwen beobachtete, die sich im Wind dahintreiben ließen.

Der Geruch der Seeluft schwemmte weitere Erinnerungen in ihr hoch. Zehn Minuten später und nachdem sie nur einem einzigen anderen Menschen begegnet war – einem Mann, der einen Cockerspaniel am Strand spazieren führte –, kehrte sie um und machte sich auf den Rückweg.

Erneut stand sie vor dem Haus.

»Was tue ich bloß hier?«, fragte sie sich.

»Du bist hergekommen, weil du neugierig bist und dich im Haus umsehen willst – in deinem Haus«, antwortete ihr die Stimme der Vernunft.

Sie hatte für alles in ihrem Leben, was größeren Wert besaß, hart arbeiten müssen – was um Himmels willen sollte sie mit einem Haus und einem Laden in einer kleinen Stadt in County Down?

»Tante Jean, du liebe, alte Spinnerin, was hast du dir nur dabei gedacht?«

Aber was auch immer sie sich gedacht hatte, Alice würde bald ein paar ziemlich wichtige Entscheidungen treffen müssen.

Sie schloss die Haustür auf und trat ein. Das Haus war heller dieses Mal, da die Vorhänge offen waren. Die Aussicht des vorderen Zimmers ging direkt hinaus auf Belfast Lough. Ein altes Sofa, dessen Bezug wohl einmal der Kategorie Samt zugerechnet worden war und nun ziemlich fadenscheinig und ein wenig traurig aussah, stand einsam an der gegenüberliegenden Wand. Die wild gemusterte Tapete, von der Sonne ausgebleicht, fing an, sich in den Zimmerecken von der Wand zu lösen. Auf einem Sekretär mit geschlossener Schreibplatte lag ein Fotowürfel mit ebenfalls verblichenen Bildern von Leuten, die Alice nicht kannte. Dann stand da noch eine Kommode, mit abgenutzter Platte, und direkt unter dem Fenster ein kleiner, unbequem aussehender Stuhl, auf dem Jean zu sitzen pflegte und ihre Aussicht genoss. Alice fragte sich, warum sie sich eigentlich nie einen besseren Stuhl angeschafft hatte.

Das hintere Wohnzimmer, von dem die Küche abging, war etwas kleiner als das vordere, aber nicht minder abgewohnt. Der Chintzbezug von Jeans Lieblingssessel passte nicht zu dem alten Sofa, dessen Bezug aus Lederimitat stellenweise schon ganz durchgescheuert war von den Hintern der Leute, die jahrelang darauf herumgerutscht waren. Es gab einen Ofen, einen von der altmodischen Sorte, bei denen man vorne eine Glastür öffnen musste, um die Kohlen hineinzulegen. Das hübscheste Stück in dem Zimmer war der Spiegel, der darüber hing. Mit seinem vergoldeten Rahmen und der schlichten klaren Form gefiel er Alice in all dem Durcheinander am besten.

Die Küche war nicht viel größer als eine Schiffskombüse, die Schränke hatten orangefarbene Resopaltüren und auf der einen Seite stand ein kleiner Gaskocher. Alles sah so aus, als habe Jean es vor zwanzig oder noch mehr Jahren gekauft. Der kleine Garten vor der Küche war zwar zugewuchert, aber hübsch. Jean hatte ihren Garten geliebt, auch wenn nicht viele Pflanzenarten die Salzluft und den ständigen Wind und Regen vertrugen.

Im oberen Stock waren drei Zimmer, das größte davon war Jeans Schlafzimmer gewesen. In den anderen beiden standen Einzelbetten und kleine Schränke. In Jeans Zimmer befand sich ein Doppelbett, das schon bessere Tage gesehen hatte, und ein riesiger Schrank aus dunklem Holz, der noch aus den Fünfzigern zu stammen schien. Auf dem Bett lag ein rosa Überwurf, darunter eine Bettdecke mit einem ziemlich schrecklichen Blumenmuster, und die Überzüge der Kopfkissen hatten wieder ein anderes Muster. Unter den Glasplatten der Nachttischchen lagen Spitzchendeckchen. Die Sonne hatte die Bettbezüge ausgebleicht und das Furnier der Nachttischchen verzogen. Auf dem einem befanden sich ein grellrosa Lippenstift und ein kleines Fläschchen Uralt-Lavendel, neben einem Buch aus der Bücherei, dessen Leihfrist überschritten war, und einem kleinen Porzellanhund, dem eine Pfote fehlte.

Das Badezimmer quoll über von Flaschen und Tuben. Jean hatte offensichtlich immer zugegriffen, wenn etwas im Doppelpack angeboten wurde, und entsprechend hatten sich hier jede Menge Shampoos, Haarspülungen, Vitaminpräparate und scheußliche billige Parfüms angesammelt.

Noch hier oben konnte Alice das Ticken der Uhr hören. Seltsam – früher war ihr dieses Ticken nicht aufgefallen, aber früher war das Haus ja auch nie so still gewesen.

Als sie wieder unten war, beschloss sie, in der Pension anzurufen und ihre Reservierung zu stornieren. Sie würde hier im Haus bleiben.

3

»Oh! Mist!«

Alice fiel beinahe aus dem Bett, als sie sich umdrehte. Seit Jahren schon hatte sie nicht mehr in einem so schmalen Bett geschlafen. Ihr Bett zu Hause in London war bestimmt dreimal so groß. Noch dazu verbargen sich in diesem hier lauter Beulen und Kuhlen. Alice hatte das Gefühl, die ganze Nacht auf der Kuppe eines Hügels geschlafen zu haben. Zögernd verließ sie das Bett, weil sie am Abend zuvor die glühend heiße Heizung abgestellt hatte und der blanke Holzfußboden sicher kalt war. Sie hatte sich dagegen entschieden, in Jeans Bett zu schlafen, das wäre ihr doch zu unheimlich gewesen.

»Ahhh!« Sie massierte ihren schmerzenden Rücken und wünschte, sie hätte auf dem Boden geschlafen. Dann tappte sie in einem Paar dicker Wollsocken und ihrem Rentier-Schlafanzug die Treppe runter. Das Wasser würde noch kalt sein, so dass sie warten musste, bis sie sich waschen konnte.

Auf dem Weg in die Küche erhaschte sie im Wohnzimmerspiegel einen Blick auf ihr Gesicht und grinste – ihre Haare standen nach allen Seiten ab, und die Wimperntusche hatte sich großflächig um ihre Augen verteilt. Jeder würde denken, sie wäre am gestrigen Abend abgestürzt, und nicht, dass sie ihn damit verbracht hatte, nach langer Zeit wieder einmal durch die Stadt zu spazieren und ihre viel zu dünnen Sachen auszupacken.

»Scheiße!«, fluchte sie vor sich hin, während sie nach dem Boiler suchte. Dann erinnerte sie sich: Sie öffnete die Hintertür und spurtete über den Betonboden des Hofs zum Boiler und schaltete ihn ein. Während Alice darauf wartete, dass es warm wurde, kochte sie sich eine Tasse Kaffee und machte Jeans Fernseher an, der noch aus den Zeiten vor Erfindung der Fernbedienung stammte. Sie setzte sich mit untergeschlagenen Beinen auf das Sofa und sah sich die aktuelle Folge von *Sex and the City* an, während sie an ihrem Kaffee nippte.

»Danke, lieber Gott, für Kontinuität«, sagte sie zu niemand Bestimmtem. Sich *Sex and the City* anzusehen gehörte am Sonntagmorgen in London zu ihren Pflichtveranstaltungen.

Den Rest des Tages verbrachte sie damit, ein paar Lebensmittel und sonstige notwendige Dinge für das Haus zu kaufen, soweit das an einem Sonntag möglich war, und einen akzeptablen Chinesen mit Heimservice zu finden. Bei einer genaueren Inspektion des Inhalts der Küchenschränke entdeckte sie Kondensmilch, deren Haltbarkeitsdatum vor sieben Jahren abgelaufen war. Es gab auch Puddingpulver in verschiedenen Geschmacksrichtungen, das man seit vier Jahren nicht mehr verspeisen sollte, und eine Batterie von Dosen, die aussahen, als hätte Jean sie Ende des Zweiten Weltkriegs gekauft. Sie sortierte diese wenig verführerischen Nahrungsmittel aus dem Schrank aus und führte sie dem natürlichen Müllkreislauf zu. Da sie schon einmal dabei war, konnte sie auch gleich die Schränke auswischen und den Küchenboden und den Herd schrubben. Schon bald glänzte die Küche orange, roch nach Reiniger, und Alice hatte sich ihr Oberteil mit Putzmittelspritzern ruiniert und zwei Fingernägel abgebrochen.

Auf die Küche folgten das vordere und das hintere Wohnzimmer, dann der Flur und schließlich die Zimmer im ersten Stock. Alice inspizierte alle Betten und stellte fest, dass das von Jean bei weitem das bequemste war, und wenn sie diese Nacht halbwegs gut schlafen wollte, dann darin. Sie zog die Bettwäsche von allen Betten ab und steckte sie in die Waschmaschine – offensichtlich noch ein Vorkriegsmodell.

Nach der Putzorgie beschloss sie, ein bisschen frische Luft zu schnappen. Ziellos wanderte sie am Strand entlang bis zu einem Park und sah zu, wie große Kinder kleine Kinder auf der Schaukel viel zu hoch schubsten. Sie kreischten, halb vor Vergnügen, halb vor Angst.

Emlyn arbeitete offensichtlich sonntags nicht, und Alice hatte keine Ahnung, wo er wohnte. Seltsam, dass sie gestern nicht daran gedacht hatte, ihn zu fragen. Sie war am Nachmittag zum Laden gegangen, aber er war geschlossen, und von Emlyn war weit und breit nichts zu sehen. Sie wusste, dass sie ihn am nächsten Tag auf der Beerdigung treffen würde, diesen seltsamen kleinen Mann. Fast glaubte sie, wenn sie nur lange genug vor der Tür wartete, würde er auftauchen.

Sie ging spazieren, bis ihr die Beine wehtaten, und dann entschied sie, dass es Zeit war, sich etwas vom Chinesen bringen zu lassen und es sich auf dem Sofa vor dem Fernseher bequem zu machen. Leider hatte es Jean nie geschafft, sich einen Videorekorder oder eine Satellitenschüssel zuzulegen, daher würde sie sich mit dem öffentlich-rechtlichen Programm zufrieden geben müssen. Vierzig Minuten später lag Alice auf dem Sofa, schaufelte Schweinefleisch süßsauer in sich hinein und dachte darüber nach, wie unglaublich es doch war, dass sie morgen offiziell davon in Kenntnis gesetzt werden würde, Besitzerin eines Haushaltwarenladens und eines Reihenhauses mit Meerblick in Donaghadee, County Down, zu sein.

»Was soll ich bloß tun?«, fragte sie den Fernseher. »Nun, vielleicht sollte ich erst mal streichen. Oh nein!

Was sage ich da! Ich bleibe nicht, ich werde das Haus verkaufen oder vermieten. Ich muss so schnell wie möglich nach London zurück.«

Dann fielen ihr der Kaninchenstall von einem Büro und der fiese Heizkörper ein, mit dem sie ihn teilte.

»Warum eigentlich diese Eile? Erinnere dich an Louise. So gut warst du nie organisiert.« Wieder war diese Stimme in ihrem Kopf.

»Jedenfalls sollte ich mir bald ein bisschen Gesellschaft suchen, bevor ich noch anfange mit mir selbst zu reden«, sagte sie laut zu sich selbst.

Am Montagmorgen nieselte es leicht. Glücklicherweise hatte Jeans Bett gehalten, was es versprochen hatte, und Alice hatte gut und traumlos geschlafen. Da sie die Heizung angelassen hatte, war das Haus einigermaßen warm, als sie aufstand. Sie überlegte lange, was sie anziehen sollte, welchen Eindruck sie machen wollte. Schließlich entschied sie sich für das dunkelblaue Kostüm, das sie ohnehin für die Beerdigung mitgebracht hatte. Es war ein Businesskostüm, aber es würde dem Anlass angemessen dezent wirken.

Als sie ihre blonden Haare zu einem Pferdeschwanz zusammenband, stellte sie fest, dass man schon wieder den dunklen Haaransatz sah, und entschloss sich deshalb, sie doch offen zu tragen, um nicht allzu ungepflegt zu erscheinen. Ein bisschen Make-up und ein paar Spritzer von Donna Karans Cashmere Mist, und sie war fertig.

Die Beerdigung sollte um zwölf Uhr sein; da es erst zehn war, musste sie noch einige Zeit totschlagen. Sie rief im Büro an und sprach mit Louise.

»Hier ist alles in Ordnung, Schätzchen. Seien Sie ganz beruhigt, und versuchen Sie den Tag zu überstehen, ja?

Mr. Balfour hat heute einen Termin nach dem anderen und wird Sie daher nicht vermissen. Außerdem habe ich seiner Sekretärin Bescheid gegeben, Sie sind also entschuldigt.«

»Danke, Lou, was würde ich nur ohne Sie machen.«

»Schon gut. Ziehen Sie sich hübsch an, vielleicht sind ja ein paar nette Kerle da.«

Ach, wenn ihr der Zufall doch nur einmal in die Hände spielen würde!

»Das werde ich tun, Lou, und noch mal danke.«

Im Büro lief es auch ohne sie. Ihr Chef, Mr. Balfour, war zwar ziemlich kleinlich, aber wenn Bettye, seine Perle von Sekretärin, Bescheid wusste, konnte ihr nichts passieren. Bettye war seit neuestem die beste Freundin von Louise – dafür hatte Louise gesorgt. Wenn sie Bettye als Verbündete hatte, war Mr. Balfour sanft wie ein Lamm, da sie sein Büro mit militärischer Präzision führte und er ihr blind vertraute. Alice wanderte ziellos im Haus umher, als sie einen Brief auf dem Boden entdeckte, den ihr jemand unter der Tür durchgeschoben hatte. Sie öffnete den Umschlag und ein Schlüssel fiel heraus, an dem eine Notiz befestigt war: »Hier dein Ladenschlüssel. Wir sehen uns dann um zwölf, Emlyn.«

Er hatte nicht einmal geklopft. Alice öffnete die Haustür und sah die Straße entlang – keine Spur mehr von ihm. Sie fragte sich, wie lange der Umschlag schon dort gelegen haben mochte.

»Na ja, dann habe ich wenigstens die nächste Stunde etwas zu tun.« Sie zog ihren Mantel an und schloss die Haustür hinter sich ab.

Der Rollläden vor dem Schaufenster war heruntergelassen, und es war vollkommen dunkel, als sie die Tür öffnete. Sie tastete die Wand nach dem Lichtschalter ab.

Dabei glitt sie auf etwas aus, und schwankend versuchte sie, ihr Gleichgewicht wiederzufinden.

Sie ruderte mit den Armen, verzweifelt nach irgendetwas suchend, an dem sie sich festhalten konnte, aber das war hoffnungslos in dieser Dunkelheit. Sie stürzte nach vorne und nahm im Fallen ein paar Schachteln aus dem Regal mit. Halb inner- und halb außerhalb eines von Jeans Smiley-Eimern sitzend, mit Reißzwecken und Nägeln in den Haaren, versuchte sie wieder Haltung zu gewinnen. Das Kostüm war voller Staub, und sie vermutete, dass ihr zurückhaltendes Make-up durch einige großzügig bemessene Schmutzschlieren und Heimwerkeraccessoires ergänzt wurde.

»Himmel, Arsch und Zwirn!«

Während sie sich noch bemühte, ihren Hintern aus dem Eimer zu befreien, merkte sie plötzlich, dass das Licht angegangen war.

»Na, das ist aber nicht die feine englische Art.«

Alice hielt in ihrem Zweikampf mit dem Eimer inne und blickte zu der Stimme hoch. Sie klang amerikanisch und gehörte einem nett aussehenden jüngeren Mann, der aussah, als würde er auf eine Beerdigung gehen.

»Oh Gott. Entschuldigung.« Sie versuchte erneut, sich aus dem Eimer zu befreien, was allerdings nur dazu führte, dass sie wie eine betrunkene Schildkröte, die auf den Rücken gefallen war, mit den Beinen in der Luft ruderte.

»Moment, ich helfe Ihnen.« Als der nett aussehende Mann sich vorbeugte, um ihr zu helfen, stieß er an einen Karton mit Besenstielen, die daraufhin umfielen und sie mit lautem Getöse unter sich begruben.

»Ich schwöre, dass ich es gut gemeint habe!«, sagte er, während er Alice aus dem verzinkten Eimer mit dem Smiley-Gesicht zog.

»Danke«, kicherte Alice und staubte sich ab.

»Woher wussten Sie, dass jemand im Laden ist?«

»Ich habe Sie von der Straße aus gehört, und da kein Licht im Laden war, nahm ich an, dass Sie Jeans Nichte oder ein ziemlich ungeschickter Dieb sind.«

»Verstehe. War ich wirklich so laut?« Dann wusste er also von ihr.

»Nein, nein, ich habe nur ein sehr gutes Gehör.«

»Glücklicherweise.« Alice wurde rot.

»Ich heiße übrigens Bill.« Er streckte ihr seine Hand entgegen.

»Alice.« Sie schüttelten sich die Hände. »Ich habe nach dem Lichtschalter gesucht, aber es scheinen mir ein paar Haushaltwaren in die Quere gekommen zu sein.«

»Sieht so aus, aber offensichtlich ist denen das schlechter bekommen als Ihnen!« Er fing an, die Besenstiele einzusammeln. »Emlyn hat mir erzählt, dass Sie den Laden übernehmen werden.«

»Ach, hat er?« Alice hätte der kleinen poloshirttragenden, sich in alles einmischenden Nervensäge am liebsten den Hals umgedreht.

»Na ja, ich schätze mal, er hofft, dass Sie es machen.«

»Noch ist überhaupt nichts offiziell – das Testament ist ja noch nicht verlesen worden.« Alice wurde plötzlich bewusst, dass sie diesem völlig Fremden keine Erklärung schuldig war.

»Entschuldigung«, sagte er, als hätte er ihre Gedanken erraten, »Sie müssen mich für furchtbar neugierig halten. Ich war ein guter Freund Ihrer verstorbenen Tante. Sie besorgte immer Gänseeier für mich.«

»Ach so, das wusste ich nicht.« Gänseeier?

»Woher sollten Sie auch«, sagte er munter. »Darf ich Ihnen helfen, das Durcheinander hier aufzuräumen?« Er hatte ein paar Besenstiele im Arm und machte den Eindruck, als wüsste er nicht, wohin damit.

»Nein, nein, nicht nötig, ich mache das schon.« Sie nahm ihm die Besenstiele ab und legte sie zurück in den Karton.

»Es geht aber schneller, wenn ich Ihnen helfe.« Er bückte sich und fing an, die über das ganze Linoleum verstreuten Nägel aufzusammeln.

»Das ist nett, vielen Dank.« Alice nahm den Eimer und die übrigen Besenstiele.

»Sie sind also aus London?«, fragte Bill sie höflich.

»Ja, das heißt, ich lebe dort.« Alice fragte sich, was Emlyn ihm noch alles erzählt hatte. »Und Sie sind Amerikaner?«

»Das hört man wohl, was?«

Sie setzten ihre Plauderei fort, während sie aufräumten. Wobei Alice, ohne dass Bill es zu bemerken schien, auf der Hut war, was sie sagte.

Als sie fertig waren, war es kurz vor zwölf.

»Wie kommen Sie zum Friedhof?«, fragte er.

»Ich wollte mir ein Taxi bestellen.«

»Lassen Sie uns eins teilen. Ich wäre ja normalerweise selbst gefahren, aber wahrscheinlich werde ich danach was trinken.«

Alice sah ihn an und dachte, dass die letzte Bemerkung nicht gerade passend war und dass sie lieber allein zur Beerdigung fahren würde. Aber bevor sie etwas sagen konnte, hatte Bill schon die Taxizentrale angerufen. Er wusste also auch, wo das Telefon stand, und fühlte sich hier offenbar wie zu Hause.

Alice saß auf der Rückbank des Taxis und versuchte verstohlen, ihr Make-up auszubessern. Bill hatte auf dem Beifahrersitz Platz genommen, und der Taxifahrer redete ununterbrochen von dem Fußballspiel am Samstag, ohne einen Gedanken daran zu verschwenden, ob das seine Fahrgäste interessierte oder nicht.

Bei der Kirche angekommen, sah Alice Emlyn allein vor der Tür warten. Sie überließ es Bill, das Taxi zu bezahlen und ging zu ihm hinüber. Er rauchte und bot ihr eine Zigarette an. Alle guten Vorsätze, das Rauchen aufzugeben, hatten sich mit Mr. Dunbars Anruf in Luft aufgelöst, und dankbar nahm sie eine an.

»Wie war das Wochenende?«, fragte Emlyn und nahm einen tiefen Zug von seiner Zigarette.

»Ganz in Ordnung. Danke, dass du mir den Schlüssel für den Laden vorbeigebracht hast. Solltest du das tun?« Alice legte ihre Hände um das Feuerzeug, damit der Wind die Flamme nicht ausblasen konnte, während sie versuchte, die Zigarette anzuzünden.

»Keine Ahnung, aber ich dachte, du würdest dir den Laden vielleicht gerne mal allein ansehen. Und offensichtlich hast du auch schon Bill kennen gelernt.«

»Jeans Gänseeiermann.«

»Genau den.«

»Was ist er für ein Typ?«

»Bill? Ein netter Mann. Immer freundlich und höflich. Kommt schon eine ganze Weile in den Laden. Für einen Amerikaner ausgesprochen nett.«

»Seltsam, dass Jean ihn nie erwähnt hat.«

»Warum sollte sie? Er war doch nur einer ihrer Kunden.«

»Dafür scheint er sich im Laden aber ziemlich gut auszukennen.«

»Er hat des Öfteren eine Tasse Tee bei uns getrunken – wobei er ihn meistens selbst gemacht hat.«

Schweigend rauchten sie ihre Zigaretten zu Ende und

sahen zu, wie die anderen Trauergäste eintrafen. Sie kannte nur wenige davon von ihren früheren Aufenthalten in Donaghadee. Sie versuchte, den Anwalt ausfindig zu machen, aber niemand, der an ihnen vorbeiging, sah angemessen alt oder distinguiert aus. Sie war ziemlich überrascht, wie viele Leute an ihnen vorbeigingen. Es schien ihr eine große Beerdigung zu sein, wenn sie auch nur wenig Erfahrung mit Beerdigungen hatte. Jean musste eine ganze Menge Leute gekannt haben: Jeder begeisterte Heimwerker in der Stadt schien gekommen zu sein, um ihr das letzte Geleit zu geben.

Alice fühlte sich verloren, als sie sich auf die für die Verwandten reservierte Bank in der ersten Reihe setzte. Emlyn nahm neben ihr Platz. Ansonsten blieb die Bank leer. Die übrigen Bankreihen waren dagegen voll besetzt. Der Sarg stand zwei Meter vor ihr, ein heller Holzsarg mit Messinggriffen, wie ihn sich Jean ausdrücklich gewünscht hatte. Zweifelsohne hatte Mr. Dunbar alles Nötige in die Wege geleitet. Alice hätte nicht gedacht, dass Jean das alles bis ins letzte Detail planen würde. Alice' Kranz lag ganz oben auf dem Sarg, mit einer Schleife, auf der sie in schlichten Worten ihre Liebe und Dankbarkeit für die Frau ausdrückte, die ihr die Zeit des Heranwachsens erträglich gemacht hatte.

Der Gottesdienst ging irgendwie an ihr vorbei. Es wurden Lieder gesungen, freundliche Dinge über Jean gesagt und in tröstenden Worten erklärt, dass das Leben weiterging. Alice starrte nach vorne und fühlte sich sehr einsam.

Als alles vorüber war, kamen vier Sargträger und trugen den Sarg aus der Kirche. Alice folgte ihnen den Gang hinunter, wobei sich ein sehr großer Mann an ihre Fersen heftete. Draußen berührte er sie an der Schulter.

»Miss Watson?«

»Mr. Dunbar?«

»Ich freue mich sehr, Sie kennen zu lernen, Miss Watson.« Er schüttelte ihr fest die Hand.

Zusammen standen sie da und sahen zu, wie die Trauergäste die Kirche verließen.

»Kommen Sie, ich nehme Sie in meinem Auto mit. Wir können dem Trauerzug zum Krematorium folgen.«

Alice hatte nicht gewusst, dass Jean eingeäschert werden wollte. Sie gingen zu einem glänzenden grünen Jaguar. Mr. Dunbar musste ein ausgesprochen erfolgreicher Anwalt sein.

»Ihre Tante hat alles genau festgelegt.«

»Ach ja?«

»Insbesondere, was ihre Beerdigung anging.«

Alice sagte nichts, sondern wartete, dass er weitersprach.

»Nach dem Krematorium findet in Ned's Bar im Zentrum von Holywood der Leichenschmaus statt.«

»Sie wollte, dass der Leichenschmaus in einem Pub stattfindet?« Alice hob die Augenbrauen. Dann hatte Bill, der Gänseeiermann, also vielleicht doch nicht so daneben gelegen mit seiner Bemerkung.

Als sie und Emlyn am nächsten Tag in die Kanzlei von Mr. Dunbar kamen, um der Testamentseröffnung beizuwohnen, erklärte Mr. Dunbar, dass Jean in ihrem Testament außer Alice nur Emlyn und die Krebsforschung bedacht hatte. Alice war überrascht, wie groß das Vermögen war, das Jean hinterließ.

Ihr Bankkonto war gut gefüllt, und auch der Laden lief nicht schlecht. Es sollte nicht schwer sein, ihn zu verkaufen.

»Jean hat allerdings eine Bedingung gestellt, wenn Sie das Erbe antreten wollen«, sagte Mr. Dunbar.

»Eine Bedingung?« Alice sah zu Emlyn. Er zuckte die Achseln und wandte sich wieder dem Anwalt zu.

»Um die Häuser Nr. 20 und Nr. 21 in der Shore Street, Donaghadee, übernehmen zu können, müssen sie über einen Zeitraum von sechs Monaten in Nr. 20 wohnen und in Nr. 21 arbeiten. Wenn Sie das tun und das Geschäft erfolgreich führen, können Sie anschließend mit dem Besitz anstellen, was Sie wollen.«

Alice war wie vor den Kopf geschlagen. Sechs Monate? War Jean von allen guten Geistern verlassen? Was sollte sie jetzt bloß machen?

»Miss Watson? Geht es Ihnen gut?« Mr. Dunbar sah sie mit dem freundlichen Blick eines älteren Onkels über seine Lesebrille hinweg an. »Ich habe den Eindruck, dass Sie nichts davon wussten.«

Alice sah wieder zu Emyln. Er schien in keiner Weise überrascht zu sein.

»Wusstest du davon?«, fragte sie ihn leise, während sie versuchte, ihren Ärger im Zaum zu halten.

»Ich?« Emlyn sah sie unschuldig an, was ihm allerdings nicht besonders überzeugend gelang.

»Ja, du!«, zischte sie.

»Kann sein«, er grinste.

Alice war mal wieder sprachlos.

Mr. Dunbar sagte zu Alice, sie solle sich mit der Entscheidung, ob sie Jeans Bedingung akzeptieren wollte, Zeit lassen. Dann brachte Emlyn sie zurück nach Donaghadee. Keiner von beiden sprach ein Wort. Alice, weil sie wütend war, dass er sie nicht von Jeans Plänen in Kenntnis gesetzt hatte, und Emlyn, weil er sich dessen bewusst war, aber er hatte es seiner alten Freundin schließlich versprochen. Es war die letzte Verpflichtung, die er ihr gegenüber hatte, und er hielt sich an sein Versprechen.

4

Ohne sich von Emlyn verabschiedet zu haben, flog Alice am Mittwoch zurück nach London. Die Arbeit wartete auf sie. Sie landete in Heathrow, den Kopf voller Fragen, was ihre Zukunft betraf. Am allereinfachsten wäre es, wenn sie Mr. Dunbar mitteilte, dass sie die Bedingungen nicht akzeptierte, und der Erlös aus dem Verkauf des Ladens und des Hauses würde an die Krebsforschung gehen. Aber irgendetwas sagte ihr, sie sollte noch ein bisschen Zeit ins Land gehen lassen, bevor sie eine Entscheidung traf.

Gary war offensichtlich froh über ihre Rückkehr.

»Hallo, mein Liebling!« begrüßte sie ihn, nachdem sie die Wohnung betreten hatte, und strich ihm über das gescheckte Fell. Er schnurrte wie ein kleiner Motor und strich um ihre Fesseln, als sie ihre Tasche in den kleinen Flur schleppte. Sie hatte das Gefühl, nicht nur fünf Tage, sondern eine kleine Ewigkeit von zu Hause weg gewesen zu sein, so viel war passiert.

An diesem Abend stattete sie Bernie und Susan eine Treppe tiefer einen Besuch ab und berichtete von ihrer Reise. Sie öffneten eine Flasche Wein nach der anderen, während sie über ihre Möglichkeiten diskutierten.

»Nun, es ist eine ziemlich schwerwiegende Entscheidung, Lice.«

»Ich weiß, Bern. Und ich habe keine Ahnung, was ich tun soll.«

»Bist du glücklich in London?«, fragte Susie sie.

»Bis gestern habe ich mir diese Frage nie gestellt. Ich hatte vor, Emlyn alles zu überlassen, bis ich das Haus und den Laden verkaufen oder vermieten kann. Dass es noch andere Möglichkeiten gibt, ist mir gar nicht in den Sinn gekommen.«

»Magst du deinen Job?«, fragte Bernie.

»Na ja, ich habe ziemlich hart gearbeitet, damit ich dorthin komme, wo ich jetzt bin! Zugegeben, es ist nicht unbedingt das, was ich mir vorgestellt hatte, aber es ist gut – doch, er gefällt mir.«

»Ja, aber bist du glücklich?«, fragte Susie.

»Wie gesagt, das habe ich mich eigentlich nie gefragt. Ich kann mir alles Mögliche leisten, ich führe ein angenehmes Leben, ich besitze eine Katze.«

»Aber triffst du, abgesehen von uns, jemals irgendwelche Leute oder tust du nichts außer arbeiten und schlafen?«

»Also wenn du so fragst, dann, denke ich …«

»Ich will auf nichts Bestimmtes hinaus – wir hatten nur nie den Eindruck, es wäre dein Traumjob.«

»Und all das ändert sich, wenn ich Expertin für Holzschutzmittel bin?«, fragte Alice, überrascht, wenn nicht sogar ein wenig verärgert, dass sich die beiden nicht mehr bemühten, sie zum Bleiben zu bewegen.

»Gut, betrachte es doch mal aus einer anderen Perspektive.« Bernie änderte seine Taktik, als er merkte, dass sie wütend wurde. »Wann bist du das letzte Mal nach Hause gekommen und hast gedacht: ›Ich finde meinen Job toll, das ist genau das, was ich für den Rest meines Lebens machen will‹?«

Alice bediente sich aus der Packung Marlboro Lights, die auf dem Couchtisch lag. Sie zündete sich die Zigarette an, lehnte sich zurück und stieß den Rauch gegen die Decke aus.

»Wie steht es denn mit dir – magst du deinen Job, Bernie?«

»Im Moment schon, aber ich weiß, dass das nicht immer so bleiben wird. Ich kann mir vorstellen, dass ich in fünf Jahren nach Dorset ziehe und ein Fischrestaurant eröffne und dort nach meinen eigenen Regeln und nicht nach denen anderer Leute arbeite.«

»Aber du hast doch jetzt schon deinen eigenen Laden!«

»Dieses Fischrestaurant soll ein gemütlicher kleiner Laden werden, mit einer erstklassigen Weinkarte und dem besten frischen Fisch und Meeresfrüchten. Ich werde mir keine Gedanken mehr um die ständig wechselnden Trends in London machen müssen, wo heute traditionelle Restaurants der letzte Schrei sind, und morgen ultramoderne. Eben noch konnten die Leute gar nicht genug von dir kriegen, und im nächsten Augenblick bist du Schnee von gestern. Ich denke, kleinere Städte sind bodenständiger. Ich möchte mein eigenes Gemüse ziehen können, in meinem Tempo arbeiten und vielleicht eine Familie gründen. Susie und ich haben schon darüber geredet, und wenn wir beide glauben, der Zeitpunkt ist gekommen, werden wir verkaufen und uns hier vom Acker machen.«

Alice blickte Susie an, als sehe sie sie zum ersten Mal. Susie hatte einen ziemlich hohen Posten im Marketing bei Harvey Nichols inne, und Alice fand, dass sie alles erreicht hatte. Ihr wäre nie in den Sinn gekommen, dass sie und Bernie London nur als Zwischenstation betrachteten.

»Wir wollen keine Kinder in London großziehen, Alice, und würden beide ein gemächlicheres Leben schätzen.«

»Und was ist mit deinem tollen Job?«

»Designerklamotten zum Einkaufspreis machen einen nicht unbedingt glücklich!« Susie lachte, als sie das sagte.

Eine so schöne und elegante Frau wie sie hatte gut reden.

»Ich mag meinen Job und die Klamotten sind gewiss ein Argument, aber wir müssen uns doch nicht in die Tasche lügen, ich betreibe dort keine Raketenforschung, und es gibt ganz sicher Wichtigeres im Leben, als den ganzen Tag mit einem Haufen Modeleuten rumzusitzen und die Vorteile von Gucci gegenüber Prada zu diskutieren. Nicht jede Frau will ein Supermodel sein.«

Alice war das zweite Mal in ebenso vielen Tagen so überrascht, dass sie keinen Ton herausbekam. Als sie ihre beiden Freunde derart ernsthaft über ihre Zukunft reden hörte, fing sie an, sich auch ein paar Gedanken über die eigene zu machen.

»Wo, denkst du, wirst du in fünf Jahren sein?«, fragte sie sich und sah in den Badezimmerspiegel, als sie später an diesem Abend ihr Gesicht mit einem Reinigungstuch bearbeitete, das offensichtlich doch nicht alle Make-up-Spuren entfernte, wie es die Packung versprach.

»Ich möchte nicht in zehn Jahren morgens aufwachen und immer noch allein sein«, dachte sie, als sie sich die Zähne mit der elektrischen Zahnbürste mit dem rotierenden Kopf putzte.

»Könnte ich wieder in Donaghadee leben?«, fragte sie sich, als sie Antifaltencreme auf Gesicht und Hals verteilte – dafür war man nie zu jung.

»Werde ich ein Geschäft führen können, von dem ich nicht die geringste Ahnung habe?«, überlegte sie, während sie alle Knötchen aus ihren Haaren bürstete.

»Wenn ich nach Donaghadee ziehe, ist das nicht ein

Eingeständnis, dass ich es allein nicht geschafft habe?«, fragte sie sich besorgt, als sie unter ihre Bettdecke kroch. Gary schnurrte zufrieden am Fußende, zum einen, weil sie wieder zu Hause war, zum anderen, weil er zum Abendessen gewissermaßen als Entschädigung seine Lieblingssorte Katzenfutter bekommen hatte.

Sie lag da und fragte sich, was Emlyn mit seinen Bemerkungen zu Jeans Tod gemeint haben könnte. Sie hatte ihnen erst keine weitere Beachtung geschenkt, aber je länger sie darüber nachdachte, desto weniger konnte sie sich vorstellen, dass Jean tatsächlich im Oktober am Straßenrand Brombeeren gepflückt hatte.

Sie setzte sich auf und machte das Licht wieder an.

Gary, der zusammengerollt neben ihren Füßen lag, blickte hoch.

»Gary, ich glaube, da gibt es etwas, das mir Emlyn nicht gesagt hat.«

Gary blinzelte.

»Ich werde ihn anrufen.« Sie sah auf den Wecker. Die Ziffern 01.15 leuchteten ihr entgegen.

»Na gut, dann rufe ich ihn eben morgen an.« Erst da wurde ihr klar, wie spät es war, dass sie nach all dem Rotwein bei Bernie und Susie leicht angetrunken war und dass sie morgen arbeiten musste. »Oh Mann, arbeiten!«

Zum ersten Mal hatte Alice überhaupt keine Lust, ins Büro zu gehen. Die Vorstellung, sich durch halb London zu schleppen, um in die Kanzlei zu kommen, ließ sie fast in Tränen ausbrechen. Sie sank zurück in die Kissen auf ihrem großen Bett, machte die Augen zu und versuchte zu schlafen.

Sie warf sich von einer Seite auf die andere, konnte aber keine bequeme Stellung finden. Wieder sah sie auf die Uhr: Es war vier Minuten nach zwei.

»Verdammt.« Sie zog sich das Federbett über den Kopf und vertrieb dabei Gary von seinem Platz. Sie hörte ein leises Plumpsen, als er vom Bett sprang und aus dem Schlafzimmer schlich, um sich im Wohnzimmer ein ruhiges Plätzchen zu suchen, wie er es oft tat, wenn sein Frauchen an Schlaflosigkeit litt.

Jetzt blieb nur noch der Fernseher als Einschlafhilfe. Alice schaltete ihn ein und sah sich ohne jegliches Interesse eine Sendung auf Sky One an. Es lief *Ibiza Uncovered*. Die Stimme aus dem Off erklärte gerade, dass man diese Woche das Schicksal eines schwulen Paares verfolgen würde, die beiden Männer waren Ende dreißig und wollten eine Bar in San Antonio aufmachen.

»Mann, der arme Kerl sieht ja aus wie Barry Gibb«, murmelte Alice, bevor sie anfing, durch die Kanäle zu zappen. Aber nirgends kam noch etwas, so dass sie bald wieder bei Barry Gibb und seinem Freund landete und Zeugin der in den schönsten Bildern eingefangenen Prüfungen wurde, die ihnen das Schicksal auferlegte. Sie hielt es nicht gerade für eine gute Idee, die Bar »Die Hintertür« zu nennen, aber als sie feststellte, dass die beiden mit Belfaster Akzent sprachen, war sie wie gebannt.

Am nächsten Morgen wachte Alice mit einem Lied von Gloria Estefan im Kopf auf. Sie drehte sich noch einmal um und bekam fast einen Herzanfall, als sie sah, wie spät es war – sie sollte schon vor einer halben Stunde aufgestanden sein! Alice sprang aus dem Bett und sprintete in die Dusche, wobei sie es gerade noch vermeiden konnte, über ihre offene, aber noch nicht ausgepackte Tasche zu stolpern, aus der verkrumpelte Klamotten quollen. In atemberaubender Geschwindigkeit verteilte sie Grapefruit-Duschgel auf ihrem Körper, wusch ihre Haare, massierte eine Spülung ein und trocknete sich ab – alles in weniger als fünf Minuten. Sie schnappte sich aus dem Schrank das Erstbeste, das ihr in die Finger kam, streifte eine gebügelte Bluse über, stieg in ein Paar Bootleg-Hosen und warf sich in ein Jackett. Sie kippte Gary ein bisschen Trockenfutter in seinen Napf, ließ die Tür hinter sich ins Schloss fallen und eilte mit tropfnassen Haaren aus dem Haus.

Im Bus merkte sie, dass der Mann, der ihr gegenübersaß, sie musterte, allerdings keineswegs mit bewunderndem Blick. Sie sah an sich herunter und entdeckte, dass sie eine schwarze Hose, eine dunkelblaue Bluse und ein braunes Jackett trug. Sie schickte ein Stoßgebet zum Himmel, dass sie an diesem Tag keine Termine haben möge.

Als sie ihre Haltestelle erreicht hatte, waren ihre Haare einigermaßen trocken, und sie stellte fest, dass sie in ihrer Eile vergessen hatte, die Spülung auszuwaschen. Statt der frisch gewaschenen duftenden Haare, die ihr die Werbung versprochen hatte, sahen sie aus wie frisch frittiert – und geschminkt war sie auch nicht.

Sie ging schnurstracks aufs Damenklo, als sie im Bürogebäude angelangt war, um zu sehen, ob an ihrem Aussehen noch etwas zu retten war, bevor sie Louise unter die Augen trat und die sich totlachte. Mit ihren Haaren ließ sich nichts machen – sie band sie zu einem Pferdeschwanz zusammen und nahm sich vor, sie in der Mittagspause schnell zu waschen. Ganz unten in ihrer Tasche entdeckte sie einen Make-up-Rest, eingetrocknete Wimperntusche und einen Lippenstift in einem recht hübschen Rosaton. Sie verteilte großzügig Farbe in ihrem Gesicht und war relativ zufrieden mit dem Ergebnis. Bestimmt würde sie noch besser aussehen, wenn sie aufhören würde zu schwitzen, sagte sie sich.

Auf ihrem Stockwerk angekommen, eilte sie den Korridor entlang in ihr Büro und stellte den Computer an, während sie gleichzeitig das Jackett über die Stuhllehne warf – es war Viertel nach neun, und Alice glaubte es gerade noch mal geschafft zu haben. Dreißig Sekunden später steckte Louise ihren perfekt frisierten Kopf durch die Tür.

»Sieht so aus, als könnte hier jemand einen Kaffee brauchen.« Sie lächelte, allerdings verschwand das Lächeln, als sie Alice etwas näher inspizierte. »Sind Sie auf dem Weg ins Büro unter die Räder gekommen?«

»Wie bitte?«

»Oder wo haben Sie diese verunfallte Haartracht her?«

»Louise!« Alice tat so, als hätte sie keine Ahnung, wovon Louise sprach.

»Tut mir Leid, Alice, aber Sie sehen einfach schrecklich aus. Mr. Balfour will Sie im Laufe des Vormittags sehen, aber ich denke, ich sollte ihn vertrösten. Zumindest bis Sie Zeit hatten, diese Schmiere aus Ihren Haaren zu bürsten und etwas anzuziehen, bei dem man nicht das Gefühl hat, Sie hätten beim Griff in den Schrank die Augen zugemacht. Waren Sie auf der Sonnenbank?«

»Ich habe auf einer geschlafen.«

»Im Behindertenklo gibt es ein großen Waschbecken. Ich könnte Ihnen beim Haarewaschen helfen. Sie können auch Make-up von mir haben, wenn Sie wollen.«

»Ist es so schlimm?«

Louise nickte ernst. »Ja, es ist so schlimm.«

Eine halbe Stunde später hatte Alice den Eindruck, sie sei im Christian-Dior-Shop runderneuert worden. Louise schien jedes Produkt zu besitzen, das Dior herstellte, und sie musste zugeben, dass ihr das Ergebnis sehr gut gefiel. Ihr Haar war ausgespült und noch mal gewaschen worden, und das Ergebnis stand der Make-up-Aktion in nichts nach.

»Sie könnten zu einer Audienz bei der Queen gehen – na ja, sagen wir mal vom Hals aufwärts«, bemerkte Louise und schnitt eine Grimasse angesichts Alices Bekleidung.

Alice konnte nichts anderes tun, als das Jackett auszuziehen und still vor sich hin zu frieren.

»Danke! Vielen, vielen Dank!«, wiederholte sie auf dem Weg zu ihrem Büro ununterbrochen.

»Und jetzt gehen Sie zu Balfour, und lassen Sie sich bloß nichts gefallen.

»Da Sie es gerade erwähnen, warum will er mich eigentlich sprechen?«

»Bettye hat nichts gesagt.«

Alice zuckte die Achseln. Sie war müde, weil sie die Nacht so schlecht geschlafen hatte, und angesichts dessen, was sonst noch alles in ihrem Leben passiert war, war ihr Chef der Letzte, den sie sehen wollte.

5

»Ich verstehe das nicht. Warum willst du denn keine Kinder? Alle Frauen wollen Kinder, ich dachte, ihr seid darauf programmiert.«

»Um Himmels willen, Derek, musst du dich wirklich immer so aufführen, als ob du noch im Mittelalter leben würdest? Wir dürfen inzwischen sogar zur Wahl gehen, weißt du!«

»Das meine ich nicht.«

»Was meinst du dann?« Maggie blitzte mit ihren grünen Augen ihren Ehemann an, der sie allmählich in den Wahnsinn trieb.

»Ich dachte, dass Frauen in einem bestimmten Alter den Wunsch nach Kindern haben – du weißt schon, die biologische Uhr«, erwiderte er.

»In einem bestimmten Alter! Meine Güte, Derek, wenn es einen Preis für charmantes Benehmen gäbe, würdest garantiert du ihn gewinnen.«

»Isabel hat doch auch Kinder«, sagte Derek, als sei das eine Erklärung.

»Ich weiß, Derek, aber ich bin nun mal nicht Isabel, und ich will es auch nicht sein.«

Isabel war Maggies beste Freundin und Mutter von Zwillingen. Aber sie war auch ständig abgehetzt, schien dauernd damit beschäftigt zu sein, Pausenbrote zu schmieren, und hatte nie auch nur eine Minute Zeit für sich. Dazu kam, dass ihr Ehemann rund um die Uhr arbeitete, sie einen Teilzeitjob hatte und sich die beiden unter der Woche kaum sahen – das war nicht die Art von Leben, das Maggie sich wünschte. Kinder waren in ihrer Planung einfach nicht vorgesehen; sie hatte genug damit zu tun, sich um ihren Ehemann zu kümmern, der sich in der Rolle eines Familienvaters aus dem vorletzten Jahrhundert ungeheuer gut zu gefallen schien.

Derek seufzte resigniert. »Ich arbeite heute zu Hause.« Er drehte sich um und ging in die Küche, ohne ihr einen Kuss zu geben.

»Ja, gut. Ich treffe mich mit Isabel zum Kaffee und dann fahre ich nach Holywood, um mit Lizzie die Benefizveranstaltung für den Kinderschutzbund zu besprechen. Wir sehen uns dann später«, rief Maggie ihm hinterher.

Derek gab keine Antwort.

Sie streifte sich den Riemen ihrer Louis-Vuitton-Tasche über die Schulter, nahm ihre Autoschlüssel von dem Tischchen in der Diele und verließ das Haus. Die frische Oktoberluft war eine Wohltat nach der erstickenden Wärme im Haus. Sie öffnete mit der Fernbedienung die Zentralverriegelung des Mercedes SLK und ließ sich auf den Fahrersitz gleiten, der abgedunkelte Innenraum und der Geruch nach Leder hatten sofort eine beruhigende Wirkung auf sie. Derek hatte ihr den Wagen vor drei Wochen geschenkt. Sie hatte sich sehr gefreut, aber jetzt fragte sie sich, ob er nicht eine Bestechung war, weil er Kinder wollte und sie nicht.

Als sie den Wagen aus der Einfahrt lenkte, sah sie ihn durch das Küchenfenster telefonieren. Die Person am anderen Ende, wer immer es auch sein mochte, brachte ihn zum Lachen.

»Was ist bloß mit uns passiert?«, fragte sie sich, während sie die Malone Road entlangfuhr und mit ihren lackierten Fingernägeln im Takt zur Musik der Macy-Gray-CD, die sich in der Stille ausbreitete, auf das Lenkrad klopfte. Sie und Derek waren jetzt seit sechs Jahren verheiratet. Alle ihre Freundinnen waren neidisch gewesen, als sie sich verlobt hatten. Derek war ein Karrieretyp, er hatte einen guten Job und befand sich auf dem direkten Weg in die Managementetage. Er war beliebt und arbeitete hart, und er bot ihr alles, wovon sie jemals geträumt hatte: ein großes Haus in Malone, zweifellos eine der begehrtesten Adressen in Belfast, alle Kleider, die sie sich nur wünschen konnte, und, das Beste überhaupt, sie brauchte nicht mehr zu arbeiten. Leb wohl, Schönheitssalon! Hallo, ihr schicken kleinen Restaurants, in denen man sich mit Freundinnen zum Mittagessen treffen konnte! Die ersten Jahre waren wunderbar gewesen. Was spielte es da schon für eine Rolle, dass sie nicht besonders viel Sex miteinander hatten? Sie waren gut aufeinander eingespielt, sie liebten sich, und das war es, was zählte. Maggie glaubte nicht, dass einem von ihnen das Fehlen einer starken körperlichen Beziehung anfangs aufgefallen war. Aber in letzter Zeit hatte es sich bemerkbar gemacht, Liebe hin oder her. Tief in ihrem Innern hatte Maggie das beunruhigende Gefühl, dass mit ihrer Ehe etwas Grundlegendes nicht stimmte, aber sie hatte Angst, dass sie die zweifellos bereits vorhandenen Risse entdecken würde, wenn sie zu genau hinsah. Ein Kind zu bekommen war Dereks Versuch, diese Risse zu kitten, Maggie hielt das jedoch nicht für die richtige Lösung. Sie wollte den Deckel von der Büchse der Pandora lieber nicht heben.

Als sie vor Isabels Haus in der Derryvolgie Avenue hielt, schob sie diese Gedanken beiseite und zauberte ein Lächeln auf ihr Gesicht. Isabel kam wie eine Kanonenkugel aus der Haustür geschossen und schlüpfte in die Ärmel ihres Mantels, während sie die Tür hinter sich zuzog.

»Gott sei Dank bist du da! Joanne nervt mich schon die ganze Zeit mit dem ständigen Gerede über ihre Nachbarn und wie sie sich Sozialhilfe erschwindeln.«

Joanne war Isabels Putzfrau, die mehr Zeit damit verbrachte, *Hello!* zu lesen und den neuesten Klatsch aus dem Viertel zu verbreiten, als Silber zu polieren.

»Na ja, wenn du nicht so gutmütig wärst, würdest du ihr sagen, dass sie besser mal einen Zahn zulegen sollte – sonst kann sie sich bald zu ihnen in die Schlange stellen.«

»Maggs! Sei nicht so gemein! Joanne ist ein wahres Goldstück! Es ist schwer, jemanden zu finden, dem man wirklich vertrauen kann«, rief Isabel empört und die kastanienbraunen Locken hüpften dabei um ihr hübsches Gesicht.

»Und auch, jemanden zu finden, der tatsächlich putzt.«

Isabel warf ihr einen strengen Blick zu, fing aber gleich darauf an zu kichern und ihre blassen Wangen röteten sich. »Tut mir Leid, dass ich schon wieder jammere, aber die Zwillinge wollten heute Morgen nicht in die Schule gehen – sie mussten mal wieder testen, wer der Stärkere ist.«

Maggie legte den Gang ein und fuhr los.

Isabels Kinder, Amy und Henry, waren schon mit fünf Jahren eingeschult worden und ließen sich ständig irgendwelche schlauen Ausreden einfallen, warum sie nicht in die Schule gehen konnten.

»Heute Morgen hat Amy ihr Gesicht und das von Henry eingepudert und behauptet, sie wären zu krank, um aufzustehen. Allerdings hatte sie vergessen, die Hälse zu pudern, und so sahen sie aus wie zwei kleine Geishas in Harry-Potter-Schlafanzügen.« Bei der Erinnerung musste Isabel grinsen.

»Ich nehme an, du hast sie schließlich überredet, doch zu gehen?«

»Indem ich ihnen versprochen habe, dass Süßigkeiten auf sie warten, wenn sie nach Hause kommen – erinnere mich daran, dass ich eine Tüte Gummibärchen kaufe, bevor du mich nachher wieder nach Hause bringst.« Sie kuschelte sich in den beheizten Ledersitz. »Gott, ich liebe dein neues Auto!«, schnurrte sie.

Maggie lächelte. »Bestechung. Derek hat wieder von Kindern angefangen.«

»Oh«, war alles, was Isabel dazu sagte.

»Jetzt fang du nicht auch noch an! Das hat mir gerade noch gefehlt! Meine beste Freundin verschwört sich mit meinem Ehemann gegen mich!«

»Niemand verschwört sich gegen dich! Himmel, leidest du unter Verfolgungswahn, oder welche Laus ist dir heute Morgen über die Leber gelaufen? Was immer ich sage, verstehst du absichtlich falsch, so dass ich das Gefühl habe, ich hätte besser den Mund gehalten, damit du mich nicht angiftest. Außerdem habe ich überhaupt nichts gesagt.«

»Du sollst mich auch nicht so ansehen.«

»Wie ansehen? Ich habe kein Ansehen.«

Isabel grinste, und den Rest der Fahrt zum Café legten sie in freundschaftlichem Schweigen zurück.

Heute war ihr Jour fixe. Um sich wenigstens einmal in der Woche zu sehen, hatten sie sich angewöhnt, sich jeden Donnerstagvormittag zum Kaffeeklatsch zu treffen. Das Expressive Expresso in der Lisburn Road war ihr Lieblingscafé. Hier gab es die besten Quarktaschen, riesige Scones und alle nur vorstellbaren Arten von Milchkaffee.

Isabel ließ sich in eines der wunderbaren weichen Sofas sinken und merkte, wie ihre Anspannung nach der morgendlichen Auseinandersetzung mit ihren beiden geliebten Monstern nachzulassen begann. Sie legte beide Hände um die Tasse Haselnuss-Milchkaffee, nippte daran und sagte: »Auch auf die Gefahr hin, dass du über mich herfällst – Derek hat also wieder davon angefangen, dass ihr Kinder haben solltet?«

Maggie nickte, sie hatte den Mund voll Blätterteig mit Quarkcreme.

»Himmel, ich hasse dich!«, sagte Isabel. »Du kannst essen, was du willst, und nimmst nie auch nur ein Gramm zu!«

»Mutter sagte immer, das würde alles ansetzen, wenn ich dreißig bin.« Maggie versprühte einen Regen aus Blätterteigkrümeln über ihr Polohemd.

»Du bist sechsunddreißig und siehst immer noch aus wie eine Bohnenstange!«

Maggie lachte und verteilte dabei noch mehr Krümel. Während sie sie wegwischte, sagte sie: »Spar dir die Komplimente. Ich kann es nicht mehr hören. Du hast wenigstens einen Busen.«

Isabel zupfte an ihrem Oberteil – es spannte ein bisschen über der Brust, und sie fragte sich, ob sie in letzter Zeit zugenommen hatte, ohne es zu merken. Na ja, sie hatte es geschafft, in eineinhalb Jahren von Größe 38 zu Größe 42 zu kommen, was machten da ein paar Pfund mehr oder weniger? »Ich habe genug Busen für zwei«, seufzte sie. »Ein Wunder, dass ich nicht von Zeit zu Zeit umkippe. Ich bin wie ein Stehaufmännchen – erinnerst du dich an diese Plastikdinger, die man nicht umwerfen konnte? Die immer wieder in die Höhe schnellten?«

Bei dieser Vorstellung mussten beide lachen, und Maggie lenkte geschickt das Gespräch von Gewichtsproblemen auf den Ausverkauf bei Debenhams, wo es auf alles zehn Prozent Nachlass gab.

»Die haben eine großartige Kosmetikabteilung. Du solltest mal hingehen und dich schminken lassen, wenn du einen Nachmittag frei hast. Ich komme mit, das wird bestimmt lustig«, sagte Maggie begeistert.

»Ach, wie gerne würde ich das tun«, seufzte Isabel, kramte in ihrer Handtasche und holte einen abgegriffenen Lippenstift und eine Puderdose von Max Factor hervor, in der noch ein paar spärliche Überreste am Rand klebten.

»Mensch, du brauchst unbedingt neues Make-up! Lass uns morgen hingehen.«

Maggie schüttelte den Kopf und dachte an ihren gut bestückten Toilettentisch zu Hause und das Kosmetiktäschchen von Prada in ihrer Handtasche.

»Morgen kann ich nicht. Vormittags arbeite ich im Büro, und nachmittags müssen die Kinder zur Sprecherziehung.«

»Sprecherziehung? Davon weiß ich ja gar nichts! Sind sie dafür nicht ein bisschen jung?«

»Finde ich auch, aber ihre Lehrerin meinte, sie sollten früh damit anfangen, dann würde sich das alles ganz natürlich entwickeln. Charles ist sehr dahinter her, dass sie ohne starken Akzent sprechen.«

»Was! Sie haben doch überhaupt keinen starken Akzent!«

Isabel zuckte die Achseln. »Auf jeden Fall scheint es ihnen nichts auszumachen hinzugehen. Um ehrlich zu sein, ihre Lehrerin ist eine freundliche, große Frau, die sie die meiste Zeit mit Keksen und Saft füttert – wenn sie bei ihr waren, wollen sie zu Hause nichts mehr. Sie haben bis jetzt noch nicht mal ein Gedicht gelernt.«

»Na, dann ist die Sache ja ihr Geld wert.«

»Hör bloß auf! Was man auch tut, es scheint immer nur um Geld zu gehen. Die Kinder kosten ein Vermögen, aber das war schon immer so. Und Charles will unbedingt, dass wir nächstes Jahr zum Skifahren gehen. Ich weiß nicht, wie wir uns das leisten sollen.«

»Ihr seid doch noch nie Ski gefahren.«

»Auch so eine von Charles' Ideen. Offensichtlich fahren alle seine Kollegen und ihre Frauen Ski, und deshalb glaubt Charles, das gehöre dazu. Meine Güte, diese Leute arbeiten überwiegend in London – was interessiert es die, ob wir Ski fahren können oder nicht?«

»So ein Quatsch! Bevor du dich versiehst, macht ihr Urlaub im Club Med und kauft den Kindern Ponys. Hat er sich in seinem neuen Job eingewöhnt?«

»Ich weiß es nicht, Maggs. Er hat sich so gefreut, als er

die Stelle bekam – er hat wirklich schwer dafür geschuftet. Aber jetzt, wo er sie hat, will er nur noch das machen, was die Typen in London machen – er arbeitet rund um die Uhr und ist immer noch nicht zufrieden.«

Isabel blickte in ihre leere Tasse und schwenkte den übrig gebliebenen Schaum darin herum. Als sie wieder aufschaute, sah Maggie Tränen in ihren Augen schimmern.

»Oh Maggs, er liebt mich und die Kinder genauso wie früher, aber jetzt ist er wie die anderen Typen auf irgendeinem Karrieretrip, und die würden offenbar ihre eigene Großmutter verkaufen, wenn sie damit schneller ans Ziel kommen! Da kann ich einfach nicht mehr mithalten.«

Maggie biss sich auf die Zunge, sie wusste, wie anstrengend es war, wenn man versuchte, den Vorstellungen von jemand anderem gerecht zu werden.

»Ich will mich wirklich nicht beklagen, aber die neue Stelle bringt es mit sich, dass er viel häufiger nach London in die Hauptverwaltung fahren muss, und wenn er dann nach Hause kommt, ist er jedes Mal so erschöpft, dass er es kaum noch ins Bett schafft. Frag mich nicht, wann wir das letzte Mal ausgegangen sind, nur wir beide, in ein schickes Lokal oder auch nur in die Pizzeria um die Ecke.«

»Wie läuft's denn bei dir im Job?«

»Wie immer. Ich gelte dort als Mensch dritter Klasse, weil ich Kinder habe und nicht an der Weltherrschaft interessiert bin. Mann – ich arbeite Teilzeit am Empfang! Muss ich da vielleicht ehrgeizig sein? Alle Frauen sind wild entschlossen, den Männern zu beweisen, dass sie genauso gut sind, wenn nicht besser, was ich durchaus in Ordnung finde – aber jeder hat doch das Recht auf ein Leben außerhalb der Arbeit.«

Isabel arbeitete drei Vormittage in der Woche als Empfangsdame für eine große Versicherungsfirma.

»Kannst du nicht kündigen?«

»Im Moment nicht. Die Bezahlung ist nicht toll, aber es reicht für die Lebensmittel und neue Anziehsachen für Amy und Henry. Das meiste von Charles' Gehalt geht für die verdammte Hypothek drauf. Klingt, als würde ich immer nur meckern, aber wir brauchen eigentlich gar kein so großes Haus. Das ist nur ein weiteres Statussymbol, wenn du mich fragst.«

Maggie rutschte neben Isabel auf das Sofa und legte den Arm um sie. »Kannst du mit Charles darüber reden?«

»Er glaubt, dass ich spinne. Wir müssen vorwärts kommen, aufsteigen, es zu etwas bringen, koste es, was es wolle.« Isabels Augen füllten sich erneut mit Tränen.

»Egal, genug von meinem wunderbaren Leben – was ist mit dir?« Sie lächelte Maggie strahlend an, ein bisschen zu strahlend, um überzeugend zu sein.

»Alles in bester Ordnung! Derek wird die Sache mit den Kindern hoffentlich für das nächste halbe Jahr vergessen und mir eine kleine Verschnaufpause gönnen.«

»Oh Mann! Wenn man uns beide so reden hört! Glaubst du, hier gibt's Gin?«

Nachdem sie Isabel zu Hause abgesetzt hatte, kämpfte Maggie vergeblich gegen das beklemmende Gefühl an, das sie bei Isabels Geständnis, wie unglücklich sie war, überkommen hatte – sie und ihr Mann waren immer noch ineinander verliebt und hielten zueinander, und doch hatten sie es zugelassen, dass seine Karriere ihr Leben bestimmte.

Als sie durch das Zentrum von Belfast fuhr, klingelte ihr Handy.

»Hallo?« Sie erkannte die Nummer nicht sofort.

»Maggie, gut, dass ich dich erwische, hier ist Lizzie.«

»Lizzie, hallo!«

»Hör mal, ich muss das Treffen leider absagen. Matty hat die Masern, und ich halte es für keine so gute Idee, dass jemand zu uns nach Hause kommt.«

»Gott, das tut mir Leid. Wie geht's ihm?«

»Na ja, er sprüht nicht gerade vor Lebensfreude – momentan ist er gefleckt wie ein Dalmatiner, aber das wird schon wieder. Wir verschieben das Treffen auf nächste Woche, okay?«

»Klar, natürlich, danke, dass du mir Bescheid gesagt hast. Gib ihm einen dicken Kuss von mir.« Maggie drückte die Trenntaste. Sie fuhr um das Rathaus herum – den Weg nach Holywood konnte sie sich jetzt sparen. Sollte sie einkaufen gehen? Sie überlegte. Nein, es gab nichts, was sie wollte oder brauchte. Sollte sie ins Fitness-Studio gehen? Bloß nicht, viel zu anstrengend. Die Trainer dort verursachten ihr immer Schuldgefühle, weil sie nicht häufiger kam. Vielleicht sollte sie einfach nach Hause fahren und versuchen, ihrem Ehemann aus dem Weg zu gehen.

Als Maggie in die Einfahrt bog, fuhr sie fast auf einen dunkelgrünen Saab auf, der hinter Dereks BMW stand. Sie musste auf der Straße parken. Der Wagen sah aus wie der von Cliff Cameron, ihrem Nachbarn, aber sie konnte sich nicht vorstellen, warum er die zehn Meter mit dem Auto fahren statt zu Fuß gehen sollte. Cliff arbeitete um diese Zeit außerdem. Er konnte es nicht sein. Wahrscheinlich einer von Dereks Kollegen, dachte sie, als sie die Tür aufschloss.

Sie hörte, dass irgendwo im Haus Musik spielte, aber sie kam nicht aus der Küche oder dem Wohnzimmer.

Vielleicht aus Dereks Arbeitszimmer, das im ersten Stock lag.

»Wieder eine seiner bescheuerten Präsentationen«, sagte sie laut.

Als sie an dem Spiegel in der Diele vorbeiging, fiel ihr Blick auf ihr Gesicht. »Iih, bin ich blass«, dachte sie.

Das Wohnzimmer war leer. Sie ging rasch durch die übrigen Räume im Erdgeschoss. Als sie niemanden entdeckte, beschloss sie, die Zeit zu nutzen und nach oben zu gehen und sich ein Stündchen auf die Sonnenbank zu legen. Danach würde sie sich wieder eher wie Victoria Beckham und weniger wie das Gespenst von Canterville fühlen.

Sie hatte ihre Schuhe in der Küche ausgezogen, so dass ihre Schritte auf der mit Teppich belegten Treppe kein Geräusch verursachten, als sie nach oben ging. Auf dem Treppenabsatz blieb sie stehen und lauschte auf Geräusche aus dem Arbeitszimmer. Sie konnte keine Stimmen hören, da die Musik hier oben lauter war.

Als sie sich dem Schlafzimmer näherte, stellte sie fest, dass die Musik von dort kam – aber warum sollte Derek die Stereoanlage im Schlafzimmer laufen lassen? Der Radiowecker musste sich wieder von selbst eingeschaltet haben.

Maggie öffnete die Tür und ihr Unterkiefer klappte herunter. Vor sich sah sie Dereks nackten Rücken, der sich im Rhythmus der Musik hob und senkte – wobei er keine Aerobicübungen machte. Maggie schnappte nach Luft. Sie hatte das Gefühl ersticken zu müssen. Derek hatte sie wohl gehört. Er hielt in seinen rhythmischen Bewegungen inne und drehte ihr sein rotes, schweißbedecktes Gesicht zu, der Körper unter ihm blieb verborgen.

»Maggie!« Schlagartig wich alle Farbe aus seinem Gesicht.

Maggie taumelte rückwärts aus dem Schlafzimmer, sie konnte nicht glauben, was sie eben mit eigenen Augen gesehen hatte. Sie hörte Derek aus dem Schlafzimmer ihren Namen rufen, als sie wie in Zeitlupe die Treppe hinunterstieg, zu entsetzt, um zu weinen.

In der Küche hielt sie sich an der Spüle fest und versuchte, Ordnung in ihre Gedanken zu bekommen.

»Du Idiotin, du hast gewusst, dass irgendetwas nicht stimmt, aber du wolltest es dir nicht eingestehen. Eine Affäre, er hat eine Affäre. Wie konnte ich nur so blind sein?« Sie bekam kaum Luft, es drückte ihr die Brust zusammen, und in ihrem Kopf drehte sich alles.

»Maggie?«

Sie hörte seine Stimme hinter sich. Sie wirbelte herum und sah ihn da stehen, in dem Morgenmantel, den sie ihm letztes Jahr zu Weihnachten geschenkt hatte, die Haare noch zerzaust von den Turnübungen mit dieser Schlampe in ihrem Ehebett.

»Es tut mir so Leid, wirklich, Liebling. Ich wollte es dir schon lange sagen, aber ich wusste nicht, wie.« Derek schien am Boden zerstört.

»Leid? Es tut dir Leid? Du blödes Arschloch! Ich gehe für eine Stunde aus dem Haus, und kaum bin ich weg, hüpfst du mit einer anderen ins Bett. Wahrscheinlich war es sogar noch warm! Wie lange geht das schon?«

»Etwas mehr als zwei Jahre«, sagte Derek leise.

Maggie starrte ihn ungläubig an. Ihr Ehemann, ihr Derek, hatte seit zwei Jahren eine Affäre, und sie hatte es nicht gemerkt? Keines der Zeichen erkannt?

Sie fühlte sich auf einmal ganz schwach und suchte an der granitenen Arbeitsplatte der Kücheninsel nach Halt.

Derek schob ihr einen Küchenstuhl zu, und sie ließ sich widerstandslos darauf sinken.

»Aber was ist mit den Kindern, die du immer wolltest?«, fragte sie mit tonloser Stimme, ihre Wut war plötzlich verflogen. Sie fühlte sich innerlich wie ausgebrannt, konnte es einfach nicht begreifen.

»Ich habe mir geschworen, die Geschichte sofort zu beenden, falls du schwanger werden solltest. Aber je mehr du dich dagegen gesträubt hast, umso härter wurde es.«

»Im wahrsten Sinne des Wortes«, sagte Maggie traurig und dachte an den Mercedes draußen auf der Straße, den sie seinen Schuldgefühlen zu verdanken hatte.

»Maggs, es tut mir so Leid. Ich wollte wirklich nicht, dass es so weit kommt. Ich liebe dich immer noch.«

»Einmal abgesehen davon, dass du nicht mit mir schlafen willst, nicht wahr? Derek, wenn Kinder so wichtig für dich sind, dann können wir so viele bekommen, wie du willst! Ich liebe dich!« Tränen strömten aus ihren Augen, als habe sich eine Schleuse geöffnet.

Derek sagte nichts. Er stellte den Wasserkessel an und setzte sich neben sie. Maggie brachte kein Wort heraus, der Kummer schnürte ihr die Kehle zu. Als er aufstand, um Tee zu machen, folgte sie ihm mit ihrem Blick, und jetzt entdeckte sie auch die Gestalt, die in der Tür stand: mit ebenso zerzausten Haaren, einem schuldbewussten Gesichtsausdruck und unordentlicher, offensichtlich hastig übergeworfener Kleidung.

Es dauerte ein paar Sekunden, bis Maggie begriff, was Cliff Cameron in ihrer Küche machte. Dann fiel der Groschen, und von neuem erfasste sie eine ungeheure Wut.

»Du Scheißkerl!« Sie schleuderte Derek die Teetasse, die er gerade vor sie hingestellt hatte, ins Gesicht.

»Maggie! Hör auf!« Derek hob die Hände ans Gesicht und wischte die heiße Flüssigkeit weg. Cliff trat einen Schritt auf ihn zu, um ihm zu helfen.

»Hau bloß ab, du Schwein!«, zischte Maggie mit kalten, zusammengekniffenen Augen. »Es hat dir wohl Spaß gemacht, hinter meinem Rücken mit meinem Ehemann zu vögeln. Eins kann ich dir sagen, Cliff, du widerlicher Kerl, Claudia wird das auch nicht besonders gefallen!«

»Maggie, bitte, lass es mich ihr selbst sagen. Das bin ich ihr schuldig. Herumschreien hilft jetzt auch nichts. Derek und ich sind todunglücklich, weil wir wissen, was das für unsere Ehen bedeutet.« Cliff sah aus, als würde er gleich in Tränen ausbrechen.

»Ehe, was für eine Ehe? Ich gehe weg, um einen Kaffee zu trinken, komme nach Hause und finde meinen Ehemann im Bett mit einem *Mann*! Ich schätze mal, du kannst davon ausgehen, dass das mit deiner Ehe gelaufen ist. Verschwinde aus meinem Haus, *und zwar sofort*!« Maggie stürzte wutentbrannt auf Cliff zu und hämmerte mit den Fäusten auf ihn ein.

Sie drehte sich um, packte das Erstbeste, was ihr zwischen die Finger kam – die Obstschale –, und warf damit nach ihm. Er wehrte sie mit den Händen ab, und sie zerbrach auf dem glänzenden Marmorfußboden in tausend Stücke. Als er rasch aus der Küche ging, riss sie die Teebecher von ihren Haken und schleuderte sie ihm hinterher. Die mit einem hübschen Blumenmuster bemalten Becher zerschellten hinter ihm.

Sie rannte ihm nach und bewarf ihn mit dem schnurlosen Telefon, einem Papierkorb, einer Vase mit einem Strauß Iris, und die ganze Zeit über beschimpfte sie ihn in höchster Lautstärke. Ihr fielen gar nicht genug Schimpfwörter ein, die sie ihm nachbrüllen konnte.

»*Scheißkerl! Schwuchtel! Scheißkerl! Scheißkeeerl!*« Mit verzerrtem Gesicht spuckte sie die Wörter aus.

»Maggie! Hör auf.« Derek holte sie an der Eingangstür ein und hielt sie davon ab, auch noch die Töpfe mit den Kräutern, die auf der Stufe standen, zu werfen.

»Wichser!«, brüllte sie Cliff nach, als er in sein Auto stieg.

Derek zog sie zurück ins Haus, während sie mit aller Kraft versuchte, sich aus seinem Griff zu befreien.

»Wir reden später«, rief er Cliff zu, der mit leichenblassem Gesicht nickte.

»Nein, das werdet ihr nicht! Du wirst nie wieder mit dieser Schwuchtel reden! Hörst du!«

»Maggie! Sei bitte mal für einen Augenblick still!« Derek schloss die Tür und lehnte sich mit dem Rücken dagegen, um sie daran zu hindern, dem sich eilig aus dem Staub machenden Cliff noch weiter hinterherzurennen.

Sie funkelte ihn an, sagte jedoch nichts.

»Es ist nicht Cliffs Schuld.«

»Ha.«

»Maggie!«

»Du bist schwul, du lieber Himmel! Ich habe einen Schwulen geheiratet! Ha! Wie in aller Welt konnte mir das bloß passieren?« Sie schlug sich mit der flachen Hand an die Stirn.

»Ich glaube eher, dass ich bisexuell bin.«

»Na toll! Dann ist es ja nur halb so schlimm, oder? Wenn mich meine Freundinnen fragen, warum meine Ehe in die Brüche gegangen ist, kann ich ihnen erzählen, dass mein Ehemann insgeheim bisexuell war und es mit einem unserer Nachbarn getrieben hat.« Maggie knurrte jetzt geradezu.

Derek zuckte zusammen, als sie weitere Unflätigkeiten

von sich gab. Maggie hatte auch sonst einige Flüche auf Lager, aber an diesem Nachmittag hätte sie einen Hafenarbeiter vor Neid erblassen lassen.

»Komm, du brauchst ein bisschen Zeit, um dich zu beruhigen.« Derek versuchte es auf die vernünftige Art.

»Wenn du dieses Haus jetzt verlässt, dann brauchst du nicht damit zu rechnen, dass es noch steht, wenn du wiederkommst!«

»Maggs, das führt doch zu nichts.«

»Ich habe dich gerade in flagranti mit Cliff erwischt! Unserem bescheuerten Nachbarn, den wir ungefähr zweimal im Jahr auf ein paar armselige Drinks treffen, und ich dachte immer, du kannst ihn nicht leiden – genauso wenig wie seine Frau! Erwartest du ernsthaft von mir, dass ich dabei ruhig bleibe?« Ihr Zorn hatte etwas nachgelassen, der wütende Hass war allerdings einem kaum weniger heftigen Sarkasmus gewichen.

Überall in der Diele lagen geknickte Iris herum, das Wasser aus der zerbrochenen Vase lief über den Eichenboden und sickerte in den antiken Orientteppich.

»Ich wische das besser auf, bevor noch etwas Schaden nimmt«, sagte Derek.

»Himmel, du bist echt eine Tunte! Ich verstehe nicht, wieso mir das nie aufgefallen ist.« Maggie sank neben der Tür auf den Boden – ihre Beine hatten unter ihr nachgegeben.

»Es hilft nichts, wenn du mich jetzt beschimpft. Mir ist klar, dass es ein furchtbarer Schock für dich ist, aber lass uns doch bitte wie zwei vernünftige Menschen miteinander reden«, bat Derek.

Wäre Maggie Sizilianerin gewesen, hätte man den Blick, den sie ihrem Ehemann jetzt zuwarf, als den bösen Blick bezeichnet.

6

Isabel stand an der Spüle und betrachtete niedergeschlagen den glänzenden Fliesenboden. Amy und Henry saßen ein Stück von ihr entfernt und malten. Sie hatten großflächig kirschrote Farbe über den Küchenboden verschmiert. Die hellen Fugen, auf denen Charles bestanden hatte, würden sicher nicht mehr sauber werden und Charles würde toben, wenn er nach Hause kam. Sie seufzte, streifte ihre nassen Gummihandschuhe ab und griff nach dem Schrubber, um die Farbe aufzuwischen. Die beiden kleinen blonden Köpfe wackelten zufrieden hin und her, während sie noch mehr Unheil anrichteten.

»Hört mal, Kinder, wenn ihr weiter die Farbe auf dem Boden verteilt, ist Schluss mit Malen.« Ganz zu schweigen davon, dass ihr darauf ausrutscht und euch die Köpfe aufschlagt, dachte sie genervt.

»Mummy, das habe ich für dich gemacht.« Amy deutete voller Stolz auf ihr Bild.

»Toll! Das ist wunderschön, Amy!« Isabel betrachtete bewundernd Amys Werk.

Amy strahlte vor Freude über das Lob. »Das bist du und Daddy und ein paar schöne Blumen«, erklärte sie.

In Wirklichkeit sah es aus wie ein großer rosafarbener Klecks, der über das Papier gerutscht war.

»Und was hast du gemalt, Henry?« Isabel wandte ihre Aufmerksamkeit Amys Zwillingsbruder zu.

»Mummy, das ist ein Traktor, das sieht man doch«, entgegnete Henry, ohne aufzusehen. Er widmete sich weiter seinem rosafarbenen Traktor, der Amys Mummy und Daddy mit den schönen Blumen erstaunlich ähnlich sah.

»Wollen wir die Bilder an den Kühlschrank hängen,

wenn sie trocken sind, damit Daddy sie sieht, wenn er nach Hause kommt?«, fragte Isabel.

Die Kinder waren entzückt. Isabel schloss einen Handel mit ihnen. Wenn sie brav waren, würde sie ihre Bilder mit den Buchstabenmagneten an den Kühlschrank hängen, und dann konnte Daddy sie bewundern, wenn er heimkam – für gewöhnlich erst lange nachdem sie ins Bett gegangen waren.

Amy bemühte sich, Isabel beim Beseitigen der Flecken zu helfen, während Isabel Henry davon abzuhalten versuchte, sich in der Farbe auf dem Boden herumzuwälzen. Sie war mit dem Wäschewaschen nicht nachgekommen und wollte ihren Sohn am nächsten Morgen nicht gern mit einem rosafarbenen Pullover in die Schule schicken.

Die Zwillinge aßen ihre Minipizzas mit Mais von Marks & Spencer ohne das übliche Gequengel. Sie warfen nichts herum, sie vergossen keine Tränen, und als sie fertig waren, setzten sie sich beide friedlich vor ein Zeichentrickvideo.

Isabel beobachtete sie von der Küchentür aus. Die kleinen Köpfe aneinander gelehnt, waren sie völlig vertieft ins das *Dschungelbuch*. Das Gute an fünfjährigen Zwillingen war, dass man sie für ein paar Minuten aus den Augen lassen konnte, ohne dass sie sofort irgendeinen Unfug anstellten. Als sie noch kleiner waren, konnten sie keine Sekunde unbeaufsichtigt bleiben, da sonst der eine aus der Putzmittelflasche trank, während der andere versuchte, die Katze in die Kloschüssel zu stecken oder Schlimmeres. Sie kehrte zu ihrem schmutzigen Geschirr zurück und sah aus dem Fenster über der Spüle. Es war schon dunkel, und sie konnte den Garten nicht mehr sehen, nur ihr Spiegelbild und das dahinter liegende Wohnzimmer.

Sie stieß einen frustrierten Seufzer aus, als sie sich betrachtete. Meistens achtete sie nicht darauf oder versuchte es zumindest, aber in letzter Zeit zeigte ihr der Spiegel immer deutlicher eine Frau, die sie kaum wiedererkannte. Als sie jünger war, war sie stolz auf ihr Aussehen gewesen. Da sie nicht von Natur aus schlank war, hatte sie stets darum kämpfen müssen, Größe 38 zu behalten. Nach ihrer Heirat waren ihre Kleider allmählich etwas enger geworden, und fast ohne es zu merken, begann sie Größe 40 zu kaufen. Dann war sie schwanger geworden und hatte es nie mehr geschafft, von Größe 42 wegzukommen. Charles schien es nicht aufzufallen. Sie war so mit ihrer Arbeit oder den Zwillingen beschäftigt, dass sie keine Zeit hatte, ins Fitnessstudio zu gehen, und wenn Charles geschäftlich unterwegs war, aß sie mit den Kindern und verputzte für gewöhnlich alles, was die beiden übrig ließen.

Aus der gepflegten, modebewussten Frau in den Zwanzigern, die viel zu viele Schuhe besaß, war eine fünfunddreißigjährige, rundliche, rotwangige, ungefährliche Mami geworden. Die Art Frau, die man eher in den Arm nahm als bewundernd betrachtete. Die figurbetonten Hosen waren verschwunden, ersetzt durch solche aus Baumwolljersey mit weiten Beinen und elastischem Bund. Von den Stöckelschuhen, in denen sie früher herumgetrippelt war, hatte sie sich ebenfalls verabschiedet, stattdessen war der Boden ihres Kleiderschranks jetzt mit Turnschuhen und bequemen Halbschuhen übersät. Das Einzige, was sie an ihr früheres Aussehen erinnerte, war ihre glänzende kastanienbraune Mähne, die nun zu einem Pferdeschwanz zusammengebunden war, statt ihr wie damals offen über die Schultern zu fallen.

Ihr Blick fiel auf das Abwaschwasser in der Spüle, und sie seufzte erneut.

Als sie mit dem Geschirr fertig war, ließ sie das Wasser ablaufen und ging ins Wohnzimmer, um nachzusehen, was Amy und Henry machten. Sie schliefen tief und fest, Henry hatte den Daumen im Mund.

Isabel schob die Terrassentür auf und trat so leise wie möglich nach draußen, um sie nicht aufzuwecken. Sie schloss die Tür hinter sich und vergewisserte sich noch einmal, dass sich auf dem Sofa nichts rührte. Dann setzte sie sich auf die kalte Stufe, holte das verbotene Päckchen Zigaretten aus ihrer Schürzentasche, nahm eine Zigarette heraus, steckte sie sich an und sog den Rauch ein. Mit einem wohligen Seufzer stieß sie ihn wieder aus und lehnte sich mit dem Rücken gegen die Glastür.

Es war Oktober, es wurde bereits viel früher dunkel, die Temperaturen waren merklich gefallen und bis zum ersten Frost würde es nicht mehr lange dauern. Heute Abend war es jedoch klar und am Himmel waren die ersten Sterne zu sehen. Die Vögel schwiegen, und auch von der Straße war kein Laut zu hören.

Sie dachte an ihre Arbeit am nächsten Tag. Sie arbeitete drei Vormittage in der Woche und fand es schrecklich. Nicht die Arbeit – sie konnte nur die Leute, mit denen sie dort zu tun hatte, nicht ausstehen. Die Männer im Büro taten so, als existiere sie nicht – alle außer Mr. Anderson, dem Chef, der sich stets die Zeit nahm, »Guten Morgen« oder »Mahlzeit« zu sagen, obwohl er gleich nach Charles vermutlich der meistbeschäftigte Mann auf der Welt war. Die Frauen waren sogar noch schlimmer als die Männer: einige sahen aus, als wären sie gleich nach Mitternacht wieder aufgestanden, um ihr Make-up aufzutragen, andere waren viel zu sehr mit ihrer Karriere beschäftigt, um sich um Make-up oder hübsche Kleider zu kümmern. Niemand sprach ein Wort mit Isabel, wenn sie an der Rezeption der Eingangshalle saß. Sie teilte sich die Stelle mit einer älteren Frau namens Muriel, die seit den ersten Tagen der Firma dabei zu sein schien und alle Männer für Helden und die Frauen für Schlampen hielt. Isabel kam nie dazu, sich mit Muriel zu unterhalten, aber etwas sagte ihr, dass sie nicht besonders viel versäumte. Muriel war so säuerlich wie eine Woche alte Milch.

Nachdem sie die Zigarette zu Ende geraucht hatte, drückte sie sie an der Unterseite der Stufe aus und warf sie über die Hecke in den Garten ihres Nachbarn. Sie kicherte bei der Vorstellung, dass Mr. McNeill sie am nächsten Morgen finden würde. Er war so etepetete mit seinem blöden Garten und regte sich furchtbar auf, wenn Henrys Ball in seinem Steingarten oder in den Blumenbeeten landete. Es verschaffte Isabel tiefe Befriedigung, den Zigarettenstummel auf seinen Rasen zu werfen.

Sie schob die Glastür wieder auf, trat ins Wohnzimmer und verriegelte die Tür. Dann schob sie sich ein extra starkes Pfefferminzbonbon in den Mund und weckte die Zwillinge, um sie in die Badewanne zu stecken.

»Mathers Smithson, guten Morgen«, meldete Isabel sich fröhlich. Sie leitete das Gespräch an die Schadenersatzabteilung weiter und nahm rasch den nächsten Anruf entgegen.

Der ganze Vormittag bestand aus einem Reigen klingelnder Telefone und Kuriere, die geschäftliche Unterlagen und Versandhausbestellungen für die Mädchen in der Reiseversicherungsabteilung ablieferten. Bis um halb zwei war Isabel noch nicht einmal dazu gekommen, eine Tasse Kaffee zu trinken, und sie hatte das Gefühl, dass sich ihr Make-up vollständig aufgelöst hatte, was auch der Fall war.

Muriel traf mit einem strahlenden Lächeln ein. Ihr Sohn, der in Australien lebte, hatte ihr zum Geburtstag Blumen geschickt, und jetzt war sie völlig aus dem Häuschen – sie hatte den Strauß sogar mitgebracht, um damit vor Isabel anzugeben.

»Ist er nicht wunderbar!« Wohlweislich schien sie zu vergessen, dass sich derselbe Sohn seit ihrem letzten Geburtstag kein einziges Mal bei ihr gemeldet hatte.

Isabel nickte ohne große Überzeugung, als ihr die Blumen vor die Nase gehalten wurden.

»Und so großzügig! Er hat sie den ganzen weiten Weg von Australien hierher geschickt!«

»Na ja, den ganzen weiten Weg von der Lisburn Road«, witzelte Isabel und wich vor dem Grünzeug in ihrem Gesicht einen Schritt zurück.

Muriel kniff kurz die Augen zusammen, dann schenkte sie Isabel jedoch sofort ein nachsichtiges Lächeln, als sei sie ein Kind, das nicht verstand, wovon sie sprach.

»Nun, es ist die Absicht, die zählt.«

»Sicher, Muriel.« Isabel beeilte sich, die Sache wieder gutzumachen. »Ich habe eine Karte für Sie.«

»Oh, Isabel, danke«, flötete Muriel, während sie den Umschlag öffnete.

Isabel war verblüfft über dieses Übermaß an Begeisterung, bis sie bemerkte, dass gerade Mr. Anderson am Empfang vorbeiging.

»Alles Gute zum Geburtstag, Muriel«, sagte er, als er die Tür aufstieß.

»Danke«, sagte sie strahlend. »Er ist immer so freundlich«, flüsterte sie Isabel verschwörerisch zu, während die Tür hinter ihm zuschwang.

Muriel stellte die Karte ganz oben auf den Empfangstresen, so dass jeder, der vorbeikam, sie sehen konnte –

die Blumen stellte sie in einer Vase neben ihren Platz. Die Strickjacke um die Schultern gelegt, die Lesebrille auf der Nasenspitze, den Kragen hochgestellt und eine Wolke von L'Air du Temps verströmend, war sie bereit für den Nachmittag.

Sie winkte Isabel zum Abschied zu, die sich dabei wie immer so vorkam, als würde sie gnädig entlassen, und begann, Anrufe entgegenzunehmen.

Isabel öffnete die Fahrertür ihres Mercedes A-Klasse und warf ihre große Handtasche auf den Beifahrersitz. Sie ließ sich auf den Fahrersitz sinken, legte den Sicherheitsgurt an und drehte den Zündschlüssel. Nichts tat sich. Sie versuchte es erneut. Der Motor jaulte kurz auf und verstummte dann sofort wieder.

»Mistkarre«, murmelte sie vor sich hin.

Sie versuchte es noch einmal. Das Gleiche, ein paar merkwürdige Geräusche unter der Motorhaube und dann eine beunruhigende Stille.

»Scheiße.« Isabel stieg aus, öffnete die Motorhaube und klemmte sie fest, um einen Blick hineinzuwerfen. Wenn sie ganz ehrlich zu sich war, musste sie zugeben, dass der Kundendienst mehr als überfällig war, aber sie hatte weder die Zeit noch das Geld gehabt, um ihn machen zu lassen. Aus dem Motor schien beißender bläulicher Rauch aufzusteigen. Sie ließ die Motorhaube zufallen und kramte in ihrer Handtasche nach dem Handy. Die Garantie für den Wagen war zwar abgelaufen, aber sie war sicher, dass sie Mitglied im Automobilclub war. Sie wählte die Nummer, die auf der an die Windschutzscheibe geklebten Steuerplakette stand.

Nach einem kurzen Gespräch mit einem äußerst hilfsbereiten Mann namens Andrew stand fest, dass sie nicht mehr Mitglied des Royal Automobile Clubs war, da die Rechnung, die man ihr vor drei Monaten geschickt hatte, nicht bezahlt worden war.

»Und wenn ich meinen Mitgliedsbeitrag jetzt zahle, kommen Sie dann?«

»Erst muss die Zahlung eingegangen sein, Madam.«

»Können Sie denn gar nichts tun?«

»Wenn Sie mir die Daten Ihrer Karte durchgeben, kann ich den Betrag abbuchen lassen und dann jemanden schicken.«

»Das ist nett, bleiben Sie bitte dran, ich hole meine Brieftasche.«

Nach kurzem Herumkramen hatte sie die Brieftasche gefunden. Sie nahm die Karte für ihr gemeinsames Konto mit Charles heraus und gab Andrew die Daten durch.

»Tut mir Leid, die Karte wird nicht akzeptiert«, erklärte er ihr kurz darauf.

»Sind Sie sicher?«

»Ja, Madam.«

»Oh, na gut.« Sie versuchte, möglichst ruhig zu klingen. »Wie ist es mit der?« Sie nannte ihm die Nummer ihrer Visa-Karte und diesmal funktionierte es. Nicht akzeptiert? Warum in aller Welt wurde die andere Karte nicht akzeptiert? Als sie das letzte Mal den Kontostand geprüft hatte, waren mehr als dreitausend Pfund darauf gewesen.

»Mrs. Adams, wir werden Ihnen in Kürze jemanden schicken – können Sie so lange bei Ihrem Wagen bleiben?«

Sie bejahte; Andrew notierte ihren Standort und legte auf.

Isabel wartete in ihrem Auto auf dem Parkplatz der Firma und fragte sich, warum sie mit ihrer Karte nicht zahlen konnte. Das war doch sicher ein Versehen? Oder hatte Charles aus irgendeinem Grund das ganze Geld abgehoben – ohne ihr etwas davon zu sagen?

Ich bin ganz sicher, dass vor einem Monat mindestens dreitausend Pfund drauf waren, dachte sie. Sie musste der Sache nachgehen, sobald sie zu Hause war. Sie und Charles überwiesen jeweils einen Teil ihres Gehalts auf dieses Konto, das hauptsächlich dazu verwendet wurde, die Hypothek und die laufenden Rechnungen zu bezahlen. Außerdem hatten sie gespart, um mit den Kindern nach Disney World in Florida zu fahren. Sie konnte sich nicht daran erinnern, dass Charles in der letzten Zeit erwähnt hatte, irgendwelche größeren Rechnungen bezahlt zu haben.

Sie musste nur ungefähr zehn Minuten warten, bis der Wagen des Automobilclubs kam, um ihr Starthilfe zu geben. Eine leere Batterie war schuld, und schon bald war sie wieder unterwegs, allerdings um mehrere Pfund erleichtert. Pfund Sterling und nicht Körpergewicht, leider.

»*I could be a rich man or a superstar*«, sang sie zu der Musik aus dem Radio mit, während sie sich durch den starken Mittagsverkehr schlängelte. Sie fuhr nach Hause in die Derryvolgie Avenue, um noch ein bisschen aufzuräumen, damit Charles nach seiner Rückkehr von London nicht ausrastete, wenn er sah, in welchem Zustand sich das Haus befand.

Sie hielt bei einem Supermarkt in der Malone Road und eilte hinein, um Tee und Milch zu kaufen. Drinnen lief dasselbe Lied, und sie ging summend an den Regalen entlang und hielt Ausschau nach Nambarrie-Teebeuteln. Bis sie den Tee gefunden hatte, war es ihr gelungen, fast einen ganzen Einkaufskorb mit Sachen zu füllen, von denen sie vergessen hatte, dass sie sie brauchte. Kerzen, falls es einen Stromausfall gab, ein Glas Pesto (sie war verrückt danach, die Kinder konnten es nicht ausstehen), zwei Glühbirnen, einen Laib Weißbrot, Marmelade, Butter, drei Päckchen zuckerfreien Kaugummi, Kekse für die Lunchpakete der Kinder und einen großen Riegel Mars. Außerdem die Teebeutel und die Milch, derentwegen sie gekommen war. Als sie nach dem Zwanzig-Pfund-Schein in ihrem Geldbeutel griff, nahm sie sich erneut vor, sofort den Stand des gemeinsamen Kontos zu überprüfen – zu ihrem Glück hatte Charles Telefonbanking beantragt. Sie musste also nicht zur Bank gehen und sich anstellen; sie konnte einfach anrufen und mit einem ihr unbekannten Angestellten sprechen, der ihr alle Informationen geben würde, die sie benötigte. Sie ließ das Wechselgeld in ihren Geldbeutel fallen, nahm ihre Einkaufstüte und ging zum Wagen.

Joanne war im ersten Stock gerade beim Staubsaugen, als Isabel das Haus betrat und die leere Verpackung des Mars-Riegels in ihrer Handtasche verschwinden ließ. Eine der Annehmlichkeiten, die Charles ihr zugestanden hatte, seit sie in dem großen Haus wohnten, war eine Putzfrau, die an einigen Vormittagen in der Woche kam. Es war ein Alptraum gewesen, eine zu finden, die einigermaßen gut war. Joanne war toll, obwohl sie die schreckliche Angewohnheit hatte, Isabel in Gespräche zu verwickeln und ununterbrochen zu reden, bis Isabel merkte, dass schon wieder eine halbe Stunde vergangen war. Um dem entgegenzuwirken, hatte Isabel es so eingerichtet, dass Joanne an den Vormittagen kam, an denen sie arbeitete. Sie war zwar auch donnerstags da, aber glücklicherweise traf sich Isabel am Donnerstagvormittag für gewöhnlich mit Maggie zum Kaffeetrinken, so dass sie Jo, die besser informiert war als der Herausgeber von *Hello!*, wenigstens ein paar Stunden entkam.

Isabel legte die Einkaufstüte auf der Arbeitsfläche der Kücheninsel ab und setzte Wasser auf. Ihr blieb noch eine Stunde, bis sie die Zwillinge von der Schule abholen musste, und bevor Joanne mit dem Bus zurück nach North Belfast fuhr und Isabel losraste, um Amy und Henry einzusammeln, aßen sie normalerweise gemeinsam zu Mittag.

Sie holte gerade alles, was für das Mittagessen nötig war, aus dem Kühlschrank, als plötzlich eine Stimme hinter ihr ertönte.

»Sie sind schon zurück?«

»Himmel, Joanne! Haben Sie mich erschreckt.«

»Tut mir Leid, Isabel.« Joanne stand in ihrem ziemlich fadenscheinigen Kittel hinter ihr. Wie sie Isabel erklärt hatte, konnte sie damit besser putzen. Isabel war es egal, ob sie dabei einen Bikini trug, solange in den beiden Badezimmern nicht überall Zahnpasta verschmiert war und die Klos nicht zu abschreckend aussahen.

»Salat und Käsesandwiches, ist das okay?«, fragte Isabel.

»Prima, was immer Sie dahaben.«

»Würden Sie sich bitte um den Tee kümmern? Ich habe gerade welchen gekauft – er ist dort drüben in der Plastiktüte.«

»Wie war's in der Arbeit?«, fragte Joanne im Plauderton, während sie in der Tüte wühlte.

»Ach, gut, wie immer. Muriel hat heute Geburtstag, deshalb war sie etwas weniger giftig als sonst. Der Vormittag verging wie im Flug. Abgesehen davon, dass mein Auto nicht angesprungen ist und ich wieder dem RAC beitreten musste, damit jemand kam.«

»Gott, ich hasse es, wenn so was passiert«, Joanne nickte, obwohl sie niemals ein Auto besessen hatte und nicht einmal fahren konnte.

Isabel machte die Sandwiches, während Joanne sie auf den neuesten Stand in der Welt der Reichen und Berühmten brachte.

»Das mit Tom und Nicole ist wirklich schade.«

»Aber ich dachte, sie hätten sich schon vor einer Ewigkeit getrennt!«

Joanne nickte. »Aber es ist trotzdem schade. Die Scheidung ist jetzt durch. Sie hatten zusammen ein Vermögen von mehr als 200 Millionen Dollar.«

»Wahnsinn«, sagte Isabel, die mit dem Kopf im Kühlschrank steckte und nach der Salatmayonnaise suchte, und dachte, zweihunderttausend wären auch schon ganz nett.

»Dafür heiratet ja Prinz Gustaf.«

»Wirklich? Ich wusste gar nicht, dass es einen Prinzen Gustaf gibt.«

»Österreicher, auf gutem Fuß mit dem spanischen Königshaus , aber er hat sich für Muriel Snorniz aus der Schweiz entschieden.«

»Joanne, es ist mir unbegreiflich, wie Sie sich all diese Namen merken können!«

»Na ja, man weiß nie, wann man es brauchen kann.«

»Hmm …« Isabel konnte sich keine Situation vorstellen, die es erfordern würde, die europäischen Königshäupter aus dem Gedächtnis aufzuzählen.

Sie setzten sich an den Küchentisch, Isabel noch in der Jacke, die sie bei der Arbeit getragen hatte, und Joanne noch in ihrem Kittel. Sie aßen in freundschaftlichem Schweigen, das allerdings nicht lange vorhielt.

»Kommt Charles heute Abend zurück?«, fragte Joanne mit vollem Mund.

Isabel nickte und schluckte ihren Bissen hinunter. »Er landet um sechs Uhr. Er hat seinen Wagen am Flughafen geparkt, also muss ich ihn nicht abholen, das ist sehr praktisch.«

»Er arbeitet recht viel, oder?«

»Ja«, stimmte Isabel zu.

»Wissen Sie eigentlich, dass ich ihn noch nie gesehen habe?«

»Wirklich?« Isabel war verblüfft. »Sie arbeiten jetzt seit fast drei Monaten bei uns und sind ihm nie begegnet?«

»Nie.«

»Na ja, ich schätze, das liegt daran, dass er so viel unterwegs ist. Seine Firma wurde von einem größeren Unternehmen in London übernommen, deshalb muss er zwei- oder dreimal pro Woche dort übernachten.«

»Muss ganz schön einsam sein, was? Die ganze Zeit im Hotel?«

»Ja, vermutlich. Obwohl er sich nie beklagt.«

Wenn sie darüber nachdachte, schien es Charles nichts auszumachen, dass er so häufig von seiner Familie getrennt war.

»Er muss seine Arbeit wirklich lieben.«

»Ja, das tut er«, stimmte Isabel zu, obwohl sie keine Ahnung hatte, wenn sie ehrlich war – Charles redete einfach nicht darüber. Alles, wofür er sich zu interessieren schien, war das, was seine Kollegen in London machten, und wie »spießig« ihr Leben hier in Belfast war.

»Ich räume das besser mal weg«, Joanne deutete auf den Korb mit Putzmitteln, den sie immer im Haus herumschleppte, »sonst verpasse ich noch meinen Bus.«

»Lassen Sie nur – ich mach das schon.«

»Danke, Isabel.« Joanne faltete ihren Kittel zusammen

und verstaute ihn in dem Schrank, wo der Staubsauger und das Bügelbrett aufbewahrt wurden. Sie nahm eine flauschige Jacke heraus und zog sie über ihre Jeans an.

»Kommen Sie gut nach Hause«, sagte Isabel. »Und vielen Dank.«

»Wiedersehen.« Joanne schloss geräuschvoll die Tür hinter sich und ließ Isabel zurück, die damit begann, die Geschirrspülmaschine einzuräumen.

7

Zwanzig Minuten später saß Isabel in ihrem Auto und träumte vor sich hin, während sie vor der Malone Primary School auf die Zwillinge wartete. Sie war fünfzehn Kilo leichter, erstklassig angezogen, hatte engelsgleiche Kinder und einen Ehemann, der sie vergötterte und dem das Tun und Lassen anderer Leute egal war.

Natürlich, Charles liebte sie auch in Wirklichkeit, es war nur so, dass seine Arbeit alles zu bestimmen schien und seine Familie in den Hintergrund drängte. Die Zwillinge schienen das nicht zu bemerken – vielleicht waren sie noch zu klein? Andererseits bekamen sie mit ihren fünf Jahren schon eine Menge mit. Isabel sehnte sich nach den Nächten, als sie jung verheiratet waren. Vor sechs Jahren, als sie sich selbst genug waren und nicht die Gesellschaft von Arbeitskollegen brauchten, hätten sie über die Vorstellung gelacht, beim Abendessen nützliche Kontakte zu knüpfen. Charles war mit einer Flasche Rotwein und Isabels Hackfleischauflauf glücklicher als in einem schicken Restaurant, wo alles mit irgendeinem »Jus« oder als »Timbale« serviert wurde. Inzwischen konnte sie sich nicht mehr daran erinnern, wann er das letzte Mal etwas gegessen hatte, das sie für ihn gekocht hatte. Entweder war er auf dem Weg zum Flughafen oder er war gerade nach Hause gekommen und zu müde. Seine Finger schienen an seinem Laptop festgewachsen zu sein, als sei er eine Art Lebensader, von der er sich nicht lösen konnte. Es trieb sie in den Wahnsinn.

Materielle Dinge hatten Charles früher nie interessiert, und auch nicht, was andere Leute über ihn dachten. Sie hatten in einem wunderbaren alten Cottage am Stadtrand von Belfast in der Nähe von Parks und Wäldern gewohnt. Es gab vier Zimmer und einen uralten Herd, auf dem Isabel leidenschaftlich gern gekocht hatte. Die Kinder hatten jede Menge Platz zum Spielen, und ihre zwei Katzen streunten nachts in der Gegend herum und schliefen tagsüber auf dem Sofa. Das Schönste für Charles war es immer gewesen, seine Gummistiefel anzuziehen und mit der ganzen Familie einen Spaziergang zu machen oder auf »Abenteuertour« zu gehen, wie er es den Zwillingen gegenüber nannte. Doch als seine Firma von dem Londoner Unternehmen aufgekauft worden war, hatte er den Reichtum und den aufwändigen Lebensstil seiner Kollegen dort kennen gelernt – ihre tollen Häuser, Ehefrauen und Geliebten. Von Anfang an war er überwältigt gewesen von dem, was er zu sehen bekam. Wenn er von seinen Geschäftsreisen nach Hause kam, mäkelte er an dem Cottage herum, es sei zu einfach, zu klein, zu weit außerhalb. Dann fing er an, Immobilienprospekte anzuschleppen und stundenlang Immobilienwebsites zu studieren. Es wurde zum samstäglichen Ritual, Amy zur Ballettstunde zu bringen und Henry zum Fußballtraining und dann von einem Termin zum anderen zu eilen, die Charles zur Besichtigung von Häusern in den besseren Vierteln von Belfast vereinbart hatte. Er schien gar nicht zuzuhören, wenn Isabel ihm erklärte, dass sie nicht umziehen wolle, dass sie und die Kinder das Häuschen liebten. Stattdessen kaufte er in Malone eine riesige trutzige Doppelhaushälfte aus rotem Backstein mit sechs Schlafzimmern, einem winzigen Garten und einem großen Autoabstellplatz. Er sah die Tränen in Isabels Augen nicht, als sie die Kisten packte, weil er schon wieder auf dem Weg zu einem dieser bescheuerten Meetings in London war. Sie wurden das Cottage jedoch nicht los. Es war monatelang auf dem Immobilienmarkt angeboten worden, ohne dass sich auch nur ein Interessent gefunden hatte – sie wagte nicht daran zu denken, was das kostete.

Seit dem Umzug hatte Amy Alpträume von Ungeheuern auf dem Speicher und schlief nachts nicht mehr durch. Henry hatte zu stottern begonnen. Eine der Katzen war auf der Straße vor dem Haus unter ein Auto geraten, die andere war davongelaufen – die Zwillinge waren untröstlich gewesen. Isabel weigerte sich, neue Katzen anzuschaffen, da sie den Gedanken nicht ertrug, sie könnten ebenfalls überfahren werden.

Sie hatten drei Monate in dem Haus gewohnt, als Charles beschloss, eine bekannte Innenarchitektin zu engagieren, die das Haus vom Keller bis zum Speicher neu einrichten sollte.

»Du hast doch schon die Kinder am Hals, Liebling«, hatte er zur Erklärung angeführt, während er gleichzeitig die Post durchsah. Isabel fand die Vorstellung schrecklich, dass jemand Fremdes über die Farbe an ihren Wänden entscheiden sollte.

»Das Mädchen wird dir gefallen. Sie ist mir wärmstens empfohlen worden. Offenbar hat sie einen hervorragenden Geschmack.«

Isabel war wütend geworden und hatte angefangen zu streiten, Charles war daraufhin verärgert ins Bett gegangen und am nächsten Tag zur Arbeit gefahren, ohne ein weiteres Wort darüber zu verlieren, und natürlich hatte er die Innenarchitektin bestellt.

Sie hieß Shirley Maxwell und stand eine Woche später vor der Tür. Sie war ungeheuer groß und unglaublich dünn und von Kopf bis Fuß in fließende, schwarze Gewänder gehüllt. Sie sah mehr nach einer Henkersgestalt als nach einer erfolgreichen Innenarchitektin aus. Und sie war eindeutig kein »Mädchen« – Isabel war sicher, dass sie Mitte fünfzig war. Vermutlich hatte bei ihrem faltenfreien Gesicht das Skalpell eines geschickten Chirurgen eine Rolle gespielt, ihr Hals verriet sie jedoch. Shirley schlängelte sich an den Umzugskartons vorbei, die Isabel noch nicht ganz ausgepackt hatte, und musterte jedes Zimmer, ohne ein Wort zu sagen. Isabel kam es so vor, als würde gleichzeitig mit ihrem Haus auch sie einer Beurteilung unterzogen, und das behagte ihr nicht besonders.

»Dieses Haus hat eine sehr düstere Atmosphäre«, erklärte Shirley schließlich unverblümt, nachdem sie mehr als eine halbe Stunde mit einer krampfhaft lächelnden Isabel im Schlepptau durch das Haus gewandert war.

»Na ja, also, wir selbst hätten niemals dunkelrote Samtvorhänge ausgesucht«, scherzte Isabel, während sie über die vom Vorbesitzer übernommenen Wohnzimmervorhänge strich und sich bemühte, freundlich zu bleiben.

»Natürlich nicht, meine Liebe, was für eine grässliche Vorstellung.« Der Scherz ging an ihr vorbei.

»Es muss hell und luftig werden. Ja, hell und luftig«, murmelte die Innenarchitektin vor sich hin.

»Denken Sie bitte daran, dass wir zwei fünfjährige Kinder haben«, sagte Isabel.

Shirley schien in Gedanken versunken und gab keine Antwort.

Einige Tage später erschien sie wieder, als Isabel in der Arbeit war, offenbar hatte ihr Charles einen Schlüssel nachmachen lassen. Sie brachte Stoffmuster mit, »ein wunderbares Material, wie gemacht für die Zweitwohnung eines Londoners«.

»Ach. Wird es dann für die schlichte alte Derryvolgie Avenue genügen?« Isabel blieb völlig unbeeindruckt: Es sah einfach nur wie ein sehr teurer, verknitterter, cremefarbener Stoff aus und war ganz bestimmt nicht übermäßig kinderfreundlich.

Am nächsten Tag war Isabel um die Mittagszeit nach Hause gekommen und hatte Shirley mit Tapetenmustern vorgefunden – in derselben hellen Farbe wie der Vorhangstoff.

»Isabel, Sie werden Ihr Zuhause nicht wiedererkennen«, erklärte ihr Shirley mit Kennermiene.

»Denken Sie an die Johannisbeersaftflecken«, erwiderte Isabel mit der gleichen Kennermiene.

Shirley wischte ihre Einwände beiseite, als seien sie nichts weiter als ein paar lästige Fliegen.

In den folgenden Wochen befand sich das Haus stets in einer anderen Phase der Umgestaltung, wenn Isabel nach Hause kam. Es hatte überhaupt keinen Sinn, mit Shirley zu streiten. Die Frau begriff es einfach nicht. Sie bekam überhaupt nicht mit, dass sie Isabel bis zur Weißglut reizte, und wahrscheinlich wäre es ihr auch völlig egal gewesen, wenn sich jemand die Zeit genommen hätte, es ihr auseinander zu setzen.

Isabel verlor den Kampf um die cremefarbenen Tapeten und Vorhänge. Die geräumige Diele behielt ihren Parkettfußboden, dafür ließ Shirley sie von ihren Leuten in

Mitternachtsblau mit weiß abgesetzten Kanten tapezieren. Das Ganze sah höchst beeindruckend aus, aber überhaupt nicht nach Isabel. Es kam ihr jedes Mal vor, als beträte sie einen Nachtclub.

Dem Wohnzimmer wurden horrend teure blassgrüne Tapeten mit winzigen goldenen Quadraten und ein Teppich in einem etwas dunkleren Grün verpasst. Die hellen Farben ließen den Raum einfach riesig erscheinen und ihre Möbel wirkten darin völlig verloren. Isabel wurde ganz schlecht, wenn sie daran dachte, was das alles kosten musste, aber Charles stellte weiterhin Schecks aus, und Shirley kam immer wieder.

Die Küche hatte jetzt einen glänzenden Marmorfußboden und neutrale Wände – Gott sei Dank hatte Charles bei einer neuen Küche die Grenze gezogen, so dass Shirley um die Massivholz-Kücheneinrichtung im Landhausstil, an der Isabel hing, »herumarbeiten« musste. Insgeheim betrachtete Isabel den polierten Fußboden als tödliche Falle für die Kinder, aber da sie erst sah, was da verlegt wurde, als der Fliesenleger mit seiner Arbeit schon halb fertig war, konnte sie nichts mehr daran ändern.

Ihr Schlafzimmer sah aus wie ein Boudoir, in dem Vivienne Westwood zugange gewesen war. Shirley bezeichnete es als »sinnlich und entspannend«; Isabel bezeichnete es als »einfach grauenhaft«. Jedes Mal, wenn sie die Tür öffnete, hatte sie das Gefühl, das Schlafzimmer von Barbara Cartland zu betreten. Charles dagegen gefielen alle Veränderungen, die Shirley durchgeführt hatte (zumindest behauptete er das), bis hin zu der gigantischen Vase mit riesigen orangefarbenen künstlichen Lilien im Wohnzimmer.

»Feng-shui ist ja so wichtig – Sie haben Glück, dass Ihr Haus nach Süden ausgerichtet ist«, erklärte Shirley und deutete Isabels entsetztes Schweigen irrtümlicherweise als Erstaunen. Isabel versuchte, damit fertig zu werden, dass die Vorhänge fehlten und durch Paneele aus japanischem Reispapier ersetzt worden waren. Sie hatte sich zum Kaffeetrinken mit Maggie getroffen und beim Nachhausekommen feststellen müssen, dass sich ihr einst gemütliches Wohnzimmer in einen Feng-shui-gerechten Hort der Stille verwandelt hatte.

»Shirley, äh, wo sind denn die ganzen Möbel geblieben?« Isabel biss sich auf die Lippe, um nicht in Tränen auszubrechen.

»Das Sofa und die Stühle?«

Isabel nickte und fragte sich, wie zum Teufel diese Frau es schaffte, so schnell zu arbeiten, sobald sie das Haus verlassen hatte.

»Ich lasse sie gerade neu beziehen – dieser gemusterte Chintz war einfach grauenhaft.«

»Ah, verstehe.« Isabel durchlebte ein Wechselbad von Gefühlen, sie reichten von dem Drang zu weinen bis zu dem Drang, dieser verrückten Frau wüste Beschimpfungen an den Kopf zu werfen. »Und worauf sollen wir sitzen?«

»Sie werden in ein paar Wochen fertig sein, Sie werden kaum merken, dass sie weg sind. Finden Sie diesen Stoff nicht einfach himmlisch? Sehen Sie jetzt, dass es richtig war, mir zu vertrauen?« Shirley strahlte selbstgefällig.

»Ich hatte ja verdammt noch mal keine Wahl«, murmelte Isabel vor sich hin und wünschte, sie hätte Maggie zur moralischen Unterstützung mitgebracht.

»Ich habe das Gefühl, in einem Musterhaus zu wohnen!«, hatte sie sich am selben Abend bei Charles beschwert, als sie nebeneinander in dem rosafarbenen Bett mit Leopardenmuster lagen und sich die Zehn-Uhr-

Nachrichten ansahen. »Jedes Mal, wenn ich die Eingangstür aufmache, denke ich, ich habe das Haus verwechselt.«

»Liebling, das Haus ist großartig! Du wirst dich daran gewöhnen. Bald werden wir meine Kollegen aus London einladen können.«

Isabel holte tief Luft, um sich davon abzuhalten, ihm eine runterzuhauen. »Ich habe Angst, die Zwillinge aus der Küche zu lassen, weil sie mit ihren klebrigen Fingern irgendetwas anfassen könnten.«

»Henry und Amy gefällt das Haus – irgendwann werden sie sich daran gewöhnen.«

»Es gefällt ihnen nicht, Charles. Amy hat Alpträume und Henrys Stottern wird immer schlimmer.«

»Isabel, stell dich nicht so an, den Kindern geht es gut. Mir ist nicht aufgefallen, dass Henry stottert – das musst du dir einbilden.«

»Wie zum Teufel sollte es dir auch auffallen? Du bist doch nie da!« Sie funkelte ihn wütend an.

»Geh mit den Kindern meinetwegen zum Logopäden und lass Henry untersuchen«, sagte Charles. »Wir werden nicht wieder in diese feuchte Bruchbude ziehen, schlag dir das gleich aus dem Kopf. Und gib dir mir zuliebe endlich mal ein bisschen Mühe. Ich versuche, die Leute im Londoner Büro zu beeindrucken, und von dir kommt nichts. Die Frauen und Freundinnen meiner Kollegen gehen miteinander aus – während du noch kein einziges Mal mit in London gewesen bist.« Er ließ diesen Wortschwall vom Stapel, ohne auch nur für eine Sekunde den Blick vom Bildschirm zu wenden.

»Es war nicht feucht«, war alles, was Isabel herausbrachte. Es kam ja überhaupt nicht in Frage, dass sie nach London flog, um ausgerechnet die Leute zu treffen, die ihren Mann in einen Fremden verwandelt hatten.

Charles gab keine Antwort.

Isabel drehte sich zur Seite und presste die Augen zu, um die Tränen zurückzuhalten. In letzter Zeit hatte sie recht nahe am Wasser gebaut. Sie hätte ihrem Ehemann am liebsten den Hals umgedreht, weil er so verbohrt war, aber sie wollte nicht den seit ewigen Zeiten ersten Abend verderben, an dem er keine Geschäftsunterlagen mit ins Bett genommen hatte, auch wenn er sich jetzt nicht von den Nachrichten losreißen konnte.

8

»Mummy! Lass uns rein!«

Das Klopfen der Zwillinge am Autofenster schreckte Isabel aus ihren Träumereien auf. Sie hatte nicht einmal gemerkt, dass die Schule zu Ende war, so tief war sie in Gedanken versunken gewesen.

»Na, wie war's in der Schule?«, fragte sie, als sie Henry auf seinen Kindersitz hob.

»Henry hat seine Wachsmalkreide gegessen und Miss Turner war furchtbar böse auf ihn«, berichtete Amy.

»Aber Henry, warum hast du denn Wachsmalkreide gegessen?«

»Sie roch so gut, Mummy.« An Henrys Mund klebten noch kleine blaue Wachskrümel. Isabel wischte sie mit einem der Feuchtigkeitstücher ab, die sie immer im Auto hatte – mehr für sich als für die Zwillinge, es gab nichts, womit sich so gut Flecken aus Kleidern entfernen ließen.

»Du weißt schon, wenn du Wachsmalkreide isst, wirst du krank.«

Henry nickte und blickte angemessen schuldbewusst drein.

»Du willst doch nicht, dass Miss Turner und Mummy böse auf dich sind, oder?«

»Nein«, erwiderte er, sah aber nicht wirklich überzeugt aus.

»Okay, jetzt noch schön anschnallen, und wenn ihr brav seid, gibt's Kekse, wenn wir zu Hause sind.«

Die Zwillinge plapperten die ganze Heimfahrt über. Es war nur eine kurze Strecke, und kurz nach halb drei bog Isabel in ihre Einfahrt. Maggies Wagen stand da, ganz schief, als habe sie es eilig gehabt, ihn abzustellen.

»Benehmt euch, Tante Maggie ist hier«, erklärte Isabel den Zwillingen, als sie sie nacheinander aus dem Auto hob. Beide schossen um das Haus herum und rannten in den Garten. Isabel nahm ihre Schulranzen aus dem Kofferraum und schloss das Auto ab. Sie folgte ihnen um das Haus herum und fragte sich dabei, was in aller Welt Maggie mitten am Nachmittag in ihrem Garten machte.

»Igitt! Mummy, Tante Maggie raucht!« Amy hielt sich mit übertriebenem Abscheu die Nase mit den Fingern zu.

Tatsächlich saß Maggie auf der Hintertreppe und rauchte, und zwar, als hinge ihr Leben davon ab. Ihre Wimperntusche war ganz verlaufen, als ob sie heftig geweint hätte.

»Maggie? Um Himmels willen, was ist denn los?« Isabel eilte zu ihrer Freundin.

Maggie brach prompt wieder in Tränen aus und vergrub ihr Gesicht in den Händen.

»Kommt, Kinder, wir bringen Tante Maggie lieber ins Haus. Amy, du nimmst ihre Handtasche, und Henry, trägst du bitte ihre Autoschlüssel und ihren Mantel?«

Die Kinder gehorchten, und Isabel legte den Arm um Maggie und führte sie ums Haus herum zur Eingangstür.

Sie schloss auf und bat die Kinder, Maggies Sachen in der Diele abzulegen. Die beiden standen schweigend da und wussten nicht recht, was sie tun sollten. Sie hatten ihre Tante Maggie niemals zuvor weinen sehen, und jetzt wussten sie nicht, was sie davon halten sollten. Isabel führte Maggie in die Küche und drückte sie auf einen der Küchenstühle. Die Zwillinge bekamen jeder eine Packung Kekse und Saft und wurden zum Spielen in ihr Zimmer geschickt. Nachdem sie verschwunden waren, machte Isabel eine große Kanne Tee und holte einen Aschenbecher aus einem der Küchenschränke. Sie stellte den Aschenbecher und einen Becher dampfenden Tee vor ihre Freundin auf den Tisch.

Maggie schaute auf den Tee und lachte. »Ich scheine seit gestern ununterbrochen Tee zu trinken.«

»Maggs, was in aller Welt ist passiert? Geht es dir gut? Geht es Derek gut? Gestern war doch noch alles in Ordnung.«

»Derek? Derek geht es verdammt gut, ich glaube nicht, dass es ihm jemals besser gegangen ist.« Ihre Stimme nahm einen schrillen Ton an.

Isabel legte ihrer Freundin eine Hand auf die Schulter. »Was ist dann los? Du bist ja völlig aufgelöst.«

»Ich habe meinen Ehemann mit jemandem im Bett überrascht.«

»O mein Gott, Maggs, das tut mir ja so Leid! Das kann ich mir gar nicht vorstellen.«

»Das kannst du dir schon nicht vorstellen?« Maggie lachte auf. »Dieser Jemand war Cliff Cameron, unser dämlicher Nachbar. Na, was sagst du jetzt?«

Isabel musste ihre Teetasse absetzen, so sehr zitterten ihre Hände.

»Das soll ein Witz sein, oder?« Sie konnte es nicht fassen. Maggie musste fantasieren. Derek im Bett mit einem *Mann*?

Maggie schüttelte den Kopf und zog eine Zigarette aus der zerknautschten Packung. Isabel gab ihr Feuer und zündete sich selbst eine an.

»Jetzt mal alles der Reihe nach, Maggs.«

»Nachdem ich dich gestern Vormittag abgesetzt hatte, machte ich mich auf den Weg zu einem Treffen des Kinderschutzbundes.«

»Ja, das hast du erwähnt.« Isabel nickte.

»Na ja, und unterwegs rief mich Lizzi an, um mir zu sagen, dass ihr Sohn die Masern hat und die ganze Familie unter Quarantäne steht, so dass die Besprechung abgeblasen werden musste.«

»Und du bist nach Hause gefahren«, soufflierte Isabel.

»Als ich ankam, stand ein Auto in der Einfahrt, das ich nicht gleich erkannt habe. Es war ein Saab wie der, den Cliff Cameron fährt, aber ich dachte, Derek hat Besuch von einem Kollegen oder einem Geschäftsfreund. Also ging ich ins Haus, ich nahm an, dass Derek mit seinem Besucher im Arbeitszimmer ist.« Bei der Erinnerung daran begann Maggies Stimme zu zittern. »Ich ging ins Schlafzimmer, und da lagen sie, wobei ich Cliff nicht sehen konnte, nur Derek. Ich bin nach unten gerannt, und er kam hinter mir her. Ich dachte, es sei eine Frau.«

Maggies Augen schwammen in Tränen. Isabel war gleichzeitig auf schauerliche Art fasziniert und abgestoßen von dem, was Maggie ihr da erzählte.

»Wir standen in der Küche und haben uns angeschrien, als plötzlich Cliff in der Tür auftauchte. Weißt du, es hat eine Minute gedauert, bis ich richtig kapiert habe, was da eigentlich vor sich geht. Dann habe ich nur noch mit allem um mich geschmissen, was mir in die Hände fiel.«

Maggie zog an ihrer Zigarette und schnippte die Asche in Richtung Aschenbecher. Sie stieß langsam den Rauch aus und nahm einen Schluck von ihrem Tee.

»Jedenfalls konnte Derek es nicht leugnen. Cliff flitzte davon wie ein verschrecktes Kaninchen, und Derek und ich tun seitdem nichts anders als abwechselnd reden, brüllen und heulen – ach ja, und er hat versucht, mich davon abzuhalten, aus unserer Einrichtung Kleinholz zu machen.«

»Mein Gott, Maggs, ich weiß gar nicht, was ich sagen soll. Du siehst völlig fertig aus – hast du geschlafen?«

Maggie schüttelte den Kopf. »Kann ich nicht. Mein Hirn läuft ununterbrochen auf Hochtouren, obwohl ich inzwischen ziemlich erschöpft bin. Ich kann nicht einmal mehr weinen.«

»Wo ist Derek?«

»Wahrscheinlich packt er seine Sachen.«

»Er will ausziehen?«

»Isabel, er ist schwul, verdammt noch mal! Mein Ehemann steht auf *Männer*!«, schrie Maggie und drückte wütend ihre Zigarette aus. »Ich glaube, wir können mit ziemlicher Gewissheit davon ausgehen, dass meine Ehe im Eimer ist.«

»Entschuldigung, tut mir Leid. Ich weiß aber doch nicht, was du jetzt vorhast.«

»Ich weiß es auch nicht«, sagte Maggie leise und griff nach einer neuen Zigarette.

Isabel nahm ihre Hand. »Hör mal, das war ein furchtbarer Schock für dich. Willst du dich nicht ein paar Stunden hinlegen? Du kannst auch gern eine Zeit lang hier bleiben – ich kann mir vorstellen, dass du nicht gleich wieder nach Hause willst.«

Maggie nickte und legte die Zigarettenpackung auf den Tisch. Sie schien am Ende ihrer Kraft zu sein. Isabel nahm sie fest in die Arme.

»Du weißt, dass wir immer für dich da sind. Ich bin deine beste Freundin und ich werde dir helfen, wo ich nur kann.«

»Danke, Isabel.«

Isabel führte Maggie nach oben ins Gästezimmer, das von Shirley in hellen Brauntönen gestaltet worden war – sie hoffte, dass die Farbe so beruhigend auf die Nerven wirkte, wie Shirley behauptet hatte. Sie zog die Vorhänge zu und blieb bei Maggie sitzen, bis ihre Freundin die Augen geschlossen hatte und eingeschlafen war. Dann ging sie zu den Zwillingen und nahm sie mit nach unten, damit sie Maggie nicht aufweckten. Um die Kinder ruhig zu halten und selbst nicht ständig daran zu denken, was Maggie ihr gerade erzählt hatte, schlug sie ihnen vor, Muffins zu backen und »kalten Hund« zu machen. Das Tollste für sie daran war, ihre Finger in die Schokoladenmasse zu stecken. Als es so weit war, die Muffins in die Backröhre zu schieben, sah die Küche aus, als hätte eine Bombe eingeschlagen: Schüsseln, Teigschaber, Mehl, Butter, Eier, Schokolade, Glasur, Zuckerstreusel bedeckten alle Arbeitsflächen und einen Großteil des Bodens. Sie gab jedem der Kinder ein Stück von dem noch nicht ganz festen kalten Hund und schickte sie zum Spielen in den Garten, wo Amy ein Pony und Henry ein Rennpferd mimte.

Wahrscheinlich wollen sie keinen Tee, dachte sie, während sie das Chaos beseitigte. Sie hatte jetzt fünfzehn Muffins, die großzügig mit Zuckerstreuseln bestreut waren – das war Henrys Aufgabe gewesen. Die Kinder hatten es geschafft, die Muffins trotz Förmchen alle unterschiedlich groß zu machen, von Tennisballgröße bis zum Minimuffin, das aus einem Klecks Teig und ungefähr vier Rosinen bestand. Sie ließ die Muffins auf einem Kuchengitter auskühlen, und der kalte Hund wanderte in den Kühlschrank.

Maggie tauchte ein paar Stunden später wieder auf, nachdem die Kinder doch noch ihren Tee getrunken hatten und die Muffins durch Isabel beträchtlich dezimiert worden waren. Maggie sah immer noch mitgenommen aus, aber sie wirkte zumindest ein bisschen gefasster als früher am Nachmittag. Die Zwillinge, intuitiv erfassend, dass es Maggie besser ging, stürzten sich in ihre Arme. Nachdem sie beide gedrückt hatte, reichte Isabel ihr ein Glas Rotwein.

»Wie geht es dir?«, fragte sie.

»Ich bin müde, ganz einfach müde. Aber danke, dass du mir das Gästezimmer überlassen hast. Shirley mag dich ja überfahren haben, aber das Gästezimmer ist wunderbar, so friedlich. Bei deinem Schlafzimmer bin ich mir allerdings nicht so sicher.« Maggie kicherte.

Isabel setzte sich, ebenfalls mit einem Glas Wein und froh über das Lächeln auf Maggies Gesicht.

»Du hattest Recht, es sieht aus wie ein Boudoir. Gefällt es Charles wirklich?«

»Er behauptet es jedenfalls.« Isabel zuckte die Achseln. »Es ist ganz einfach grässlich, oder?«

»Als schliefe man in Hugh Heffners Liebesnest.«

»Mein Gott, ich finde, es sieht aus wie das Schlafzimmer von Barbara Cartland!«

»Beides gleichermaßen schreckliche Vorstellungen!« Maggie kicherte los. »Doch wie dem auch sei, es ist fast sechs – ich muss nach Hause.«

»Warum bleibst du nicht und isst einen Teller Spaghetti Bolognese mit? Ich habe sie vorhin für die Kinder gemacht, aber es ist noch genug übrig.«

»Na ja, da vermutlich niemand auf mich wartet, gibt es eigentlich keinen Grund, nach Hause zu eilen.« Maggie sah aus, als würde sie gleich wieder in Tränen ausbrechen, es gelang ihr jedoch, sich zusammenzureißen.

Sie aßen und plauderten miteinander, wobei sie es beide vermieden, die Rede auf Derek oder das, was passiert war, zu bringen.

»Du kannst heute Nacht wirklich gerne hier bleiben, wenn du willst«, sagte Isabel schließlich. »Allerdings wird Charles da sein, falls dir das etwas ausmacht.«

»Quatsch, natürlich stört er mich nicht. Läuft es inzwischen besser?«

»Nach der Shirleyfizierung? Machst du Witze? Er kann von Glück sagen, wenn ich jemals wieder mit ihm rede! Nein, alles ist beim Alten.«

»Hast du denn versucht, mit ihm zu reden?«

»Das würde ich sofort tun, wenn ich ihn dazu bringen könnte, den Blick von der Zeitung, vom Fernseher oder vom Laptop zu wenden. Aber du musstest dir gestern schon mein Gejammere anhören. Jetzt ist die Reihe mal an dir, das ist das Mindeste, was ich tun kann.«

»Danke, ich glaube, in Zeiten wie diesen erkennt man seine wahren Freunde. Mir graut wirklich davor, dass die Nachbarn die ganze Geschichte mitbekommen. Ich weiß, es klingt ziemlich albern, aber mir wäre es peinlich. All die Leute, die dachten, dass wir alles haben, was man sich nur wünschen kann – die werden über uns lachen.«

»Wen interessiert es schon, was sie denken? Sie waren von Anfang an neidisch auf euch, und jetzt werden sie das Gefühl haben, das ist eine Form ausgleichender Gerechtigkeit. Ich glaube, die meisten dieser Frauen sind todunglücklich in ihrer Ehe, und da bietest du ihnen mit deinem Unglück ein bisschen Trost – nächste Woche wird etwas noch viel Aufregenderes passieren, und deine Geschichte ist Schnee von gestern.«

»Ich hoffe, du behältst Recht.«

»Natürlich behalte ich Recht. Soll ich dir nachschenken?«

Sie füllte die Weingläser nach, räumte die Teller weg und holte die Zigaretten. Wenn Maggie da war, war es irgendwie in Ordnung, im Haus zu rauchen.

Nachdem sie den Wein ausgetrunken hatten, machte Maggie sich bereit zum Aufbruch.

»Es hat keinen Sinn, das Unvermeidliche hinauszuschieben.«

»Bist du sicher?«

»Nein, aber ich werde es trotzdem tun.« Maggie straffte die Schultern mit vorgetäuschter Entschlossenheit.

»Das wird nicht leicht werden«, sagte Isabel.

»Wem sagst du das!«

Als Maggie aus der Einfahrt fuhr, winkte und hupte sie, und dann war sie fort, auf dem Weg zu ihrem großen Haus, ganz allein. Isabel fühlte mit ihr. Sie konnte sich nichts Schlimmeres vorstellen.

9

»Dann hast du das von Derek Morris also schon gehört?«, fragte Charles, während er sein spätes Abendessen am Küchentisch einnahm. Kurz nachdem Maggie gegangen war, war er nach Hause gekommen. Zu Isabels

Erleichterung war Maggie die Begegnung erspart geblieben.

»Woher weißt du denn davon?« Sie belud gerade den Geschirrspüler mit den schmutzigen Spaghettitellern.

»Jim McMartin hat mich auf dem Handy angerufen, als ich auf dem Weg vom Flughafen nach Hause war.«

»Ah, verstehe, die gute alte Gerüchteküche brodelt mal wieder.«

»Alle reden darüber, Isabel. Dieser Mann ist ein Riesenidiot – gibt einfach seine Karriere auf.«

»Ganz zu schweigen von seiner Ehe und sechs Jahren seines Lebens!« Isabel starrte ihren Mann an, als wäre er ein Fremder. Wie konnte er nur so gefühllos sein?

»Stimmt, Maggie muss ganz schön sauer sein.«

»Sie ist am Boden zerstört, verzweifelt, vollkommen durch den Wind.«

»Okay, okay, Isabel, ich habe schon verstanden. Wobei der Mann noch dümmer ist, als ich dachte: Ich habe gehört, dass er und sein Freund sich verdrücken wollen. Sie haben sich irgendwo im Ausland ein Liebesnest eingerichtet.«

Bei diesen letzten Worten triefte Charles' Stimme vor Hohn, und er betonte das Wort »Freund« so, als sei das etwas, worüber man sich erheitern könnte. Isabel wurde plötzlich klar, was ihrer Freundin bevorstand. Die Leute würden schockiert sein. Maggie und Derek würden zum Stadtgespräch werden, und die Geschichte würde mit immer neuen Details ausgeschmückt werden. Auf Dinnerpartys würde das Unglück der beiden Gesprächsthema Nummer eins sein, wobei keiner der Anwesenden sie gut genug kannte, um mit irgendeinem Recht über sie zu reden. Aber, so dachte Isabel verärgert, als Charles sich hinter der *Times* verschanzte, immer noch diesen dümmlichen Ausdruck im Gesicht, wann hat das jemals jemanden davon abgehalten, sich das Maul zu zerreißen?

»Ich hätte ein wenig mehr Mitgefühl von dir erwartet«, fuhr sie die Rückseite des Sportteils an.

Charles grunzte nur, als sie seinen leer gegessenen Teller nahm und zu den anderen in den Geschirrspüler stellte. Er schien gar nicht zu bemerken, dass er sie verärgert hatte, dafür war sich Isabel vollständig im Klaren darüber, dass er mittlerweile seine Fähigkeit zum selektiven Hören perfektioniert hatte: Er hatte sie quasi ausgeschaltet. Und das machte sie erst recht wütend.

»Aah!«, sie seufzte vor Wonne, als sie in das dampfend heiße Badewasser stieg, in das sie ein wenig von dem teuren Amber-und-Lavendel-Badeöl gegeben hatte, das ihr Maggie letztes Jahr zu Weihnachten geschenkt hatte. Der wunderbare Duft wirkte Wunder, augenblicklich verflogen ihre schlechte Laune und die Verspannung, die sie erst hatte, seit Charles nach Hause gekommen war. Sie hatte ihn im Wohnzimmer zurückgelassen, wo er noch immer in seine Zeitung vertieft war.

»Wenn ich mich mit den Kindern aus dem Staub mache, merkt er das wahrscheinlich erst, wenn er bei der Werbebeilage angekommen ist«, überlegte sie und tauchte bis zum Kinn in das duftende Wasser ein.

Im Wasser fühlte sie sich immer so leicht, so schwerelos – ein tolles Gefühl. Ihre blassen Rundungen schimmerten in dem indirekten Licht mattgolden. Wenn sie sich nur immer so fühlen könnte, vielleicht würde Charles sie dann wieder als seine Frau betrachten und weniger als seine persönliche Köchin, Dienstbotin und Hemdenbüglerin.

Im Haus war es still; die Kinder schliefen, und alles,

was sie hörte, war *The Best of Gabrielle*, das sie auf der Stereoanlage im Schlafzimmer leise laufen ließ. Sie lauschte dem sanften Gesang, schloss die Augen und ließ sich wieder in ihre Phantasiewelt gleiten – ein perfektes Leben mit perfekten Kindern, einem perfekten Ehemann und einem perfekter Körper. Sie öffnete die Augen erst wieder, als sie merkte, dass Gabrielle gegen eine Stimme aus dem Fernseher ausgetauscht worden war. Charles war offensichtlich ins Schlafzimmer gekommen und sah irgendeinen Bericht über den Euro und die Reaktion der Öffentlichkeit auf die neue Währung an. Das Wasser war mittlerweile kalt, und sie wollte schon aus der Wanne steigen, da kam Charles ins Badezimmer und fing an, seinen Kulturbeutel auszupacken. Plötzlich schimmerte Isabel nicht mehr golden, sondern verwandelte sich unter seinem Blick wieder in ihr blasses, massiges Ich zurück.

»Du wirst noch ganz schrumpelig, wenn du länger da drinbleibst.«

Er sah sie nicht einmal an, als er das sagte, aber seine bloße Gegenwart hatte ihren wunderbaren Traum zunichte gemacht, und sie fühlte sich befangen.

So graziös wie möglich kletterte sie aus der Badewanne und wickelte sich schnell in ein Badetuch. Sie zog den Stöpsel heraus und sah zu, wie das Wasser auf seiner überstürzten Flucht in die Kanalisation einen kleinen Strudel erzeugte. Sie trocknete sich ab, noch immer wie eine Göttin nach dem wunderbaren Öl duftend, und schlüpfte hastig in ihren Schlafanzug. Noch bevor Charles aus dem Badezimmer kam, lag sie bei ausgeknipstem Licht im Bett. Aber sie hätte sich keine Sorgen machen müssen: Er schenkte ihr ohnehin keine Beachtung. Vielmehr sprach er mit dem Fernseher.

»Mann, das ist totaler Schwachsinn!«, antwortete er dem Sprecher auf dessen Ausführungen.

»Oje!«, murmelte Isabel.

»Der Mann hat doch keine Ahnung, wovon er spricht. Hast du gehört, was er gesagt hat, Isabel? Totaler Quatsch! Die Jungs im Büro und ich haben darüber geredet, und wir sind vollkommen anderer Meinung.«

Isabel versuchte, sich an den Tag zu erinnern, an dem Charles aufgehört hatte, ein Individuum zu sein und nur mehr von »wir« sprach. Wenn die »Jungs« im Büro irgendetwas dachten, dann dachte er es automatisch auch.

Sie überlegte, ob sie ihn nach ihrem gemeinsamen Bankkonto fragen sollte, aber das war wahrscheinlich keine gute Idee angesichts seiner Laune.

Während sie so dalag, zwang sie sich, über das Problem nachzudenken. Es hatte wohl wenig Sinn, sich noch länger in Fantasiewelten zu flüchten. Sie konnte sich genauso gut eingestehen, dass sie Angst hatte. Sie hatte, kurz bevor Charles nach Hause gekommen war, den 24-Stunden-Telefonbanking-Service angerufen und ihre schlimmsten Befürchtungen bestätigt gefunden: Auf ihrem gemeinsamen Konto waren sie mit 200 Pfund in den Miesen, für dieses Konto wurde kein Überziehungskredit eingeräumt, und die Bank hatte ihnen bereits 40 Pfund Strafe berechnet, weil sie das Konto seit zwei Wochen nicht ausgeglichen hatten.

»Was hat er bloß mit dem Geld angestellt?«, fragte sie sich voller Sorge, als sie mit dem Rücken zu ihm auf ihrer Seite des Bettes lag.

Vor sechs Monaten hatten sie eine Anzahlung für ihre Ferien in Disney World geleistet, und sie würden bald eine weitere Rate zahlen müssen: Im Juli sollte die Reise losgehen und jetzt war es schon bald November. Sie wusste zwar, dass die Innenarchitektin ein kleines Vermögen gekostet hatte, aber Charles hatte ihr gesagt, das würde er von seinem eigenen Konto zahlen. Sie müssten die Ersparnisse für die Sommerferien nicht angreifen und könnten die Hypothekenraten und die Rechnungen wie gewohnt bezahlen. Isabel fühlte sich erbärmlich und wünschte, sie könnte ihn fragen, wo das ganze Geld geblieben war. Als er nach Hause gekommen war, hatte sie irgendetwas davon abgehalten, ihn rundheraus darauf anzusprechen. Nach Maggies Besuch fühlte sie sich emotional wie ausgesaugt – und sie fürchtete sich davor zu erfahren, was er mit dem Geld angestellt hatte. Er war keine Spielernatur, aber sie wusste, dass es viele Casinos in London gab. Und es gab viele Stripteaselokale – wie nannten sie die schnell noch mal? Lapdance-Clubs. Sie hatte Sendungen darüber im Fernsehen gesehen – sie wusste, dass Männer dafür bezahlten, dass halb nackte Frauen vor ihnen tanzten und ihnen praktisch auf den Schoß hüpften. An die darüber hinausgehenden Serviceleistungen, von denen sie gelesen hatte, wollte sie gar nicht denken. Es bereitete ihr körperlichen Schmerz, wenn sie sich ihren Mann mit einer anderen Frau vorstellte, mit einer, für die er bezahlte. In ihrem Kopf schwirrte es. Hatte er vielleicht eine Geliebte? So ein Püppchen, das er schick ausführte, während er ihr irgendetwas von langweiligen Geschäftsessen erzählte? Eine Frau, für die er dreitausend Pfund ausgab und Schmuck kaufte, während seine Ehefrau und seine Kinder zu Hause saßen und glaubten, er würde den lieben langen Tag arbeiten? Sie hoffte, dass sie ihm gegenüber ungerecht war, aber er war so anders als früher – irgendwie härter und gemeiner.

Und dann war da noch ihr Sparkonto … Was, wenn er davon auch Geld abgehoben hatte?

Sie holte tief Luft und zwang sich, ruhig Blut zu bewahren. Denk an Maggie, sagte sie sich, denk daran, was sie gerade durchmachen muss. Zumindest ist dein Mann noch da, und du hast zwei kleine Engel, die du liebst und vergötterst. Ihr Atem wurde gleichmäßiger, und sie fühlte sich etwas besser. Der Fernseher und das Licht auf Charles' Nachttisch gingen aus. Sie fragte sich, ob er eine Ahnung hatte, an was sie gerade dachte? Sie glaubte nicht. Sie spürte, wie er sich auf seiner Seite des Bettes umdrehte, um eine bequeme Stellung zu finden.

Er küsste sie auf die Schulter und flüsterte: »Gute Nacht, Schatz.«

Tränen stiegen ihr in die Augen.

Warum nahm sie eigentlich immer das Schlimmste von ihm an? Das hatte sie früher nicht getan. Vielleicht war ja sie schuld und nicht er? Sie presste ihre Lider aufeinander, um die Tränen zurückzuhalten.

»Schlaf gut«, flüsterte sie zurück.

Sekunden später verlangsamte sich sein Atem, er war eingeschlafen. Kurz darauf begann er leise zu schnarchen, und sie wusste, er würde bis zum Morgen ruhig schlafen, vollkommen ahnungslos, dass sie so schlecht von ihm dachte. Sie nahm sich vor, ihn am Morgen wegen des Geldes zu fragen, und dann würde sie sich ein bisschen um Maggie kümmern.

Zufrieden mit ihrem Plan sank auch Isabel in den Schlaf.

10

Frühes Morgenlicht drang unter ihre Lider. Isabel rieb sich die Augen und warf einen Blick auf den Wecker: fünf vor acht.

»Na gut.« Sie streckte sich. »Zeit, die Kinder zu wecken, anzuziehen und ihnen das Frühstück zu richten.«

Ihre Füße landeten im Kalten, als sie sie zu Charles schob. Sie drehte sich um und setzte sich ruckartig auf – seine Seite des Bettes war verwaist. Aber sie musste unbedingt mit ihm sprechen, bevor er das Haus verließ. Rasch stand sie auf und ging ins Badezimmer. Das Fenster stand offen, um den Dampf abziehen zu lassen – das machte Charles immer nach seiner morgendlichen Dusche.

»Mist«, fluchte sie leise vor sich hin. Er hatte sie nicht geweckt. Sie rannte nach unten, aber auch dort war es still wie in einer Kirche. Er war also schon ins Büro aufgebrochen.

»Mist«, wiederholte sie. Wieder eine Gelegenheit verpasst. Sie hatte wirklich mit ihm über das Geld reden wollen.

Aber es gab ja immer noch das Telefon – er müsste jetzt schon im Büro sein, sagte sie sich. Nein, ich will lieber von Angesicht zu Angesicht mit ihm reden.

Eine innere Stimme sagte ihr, dass sie die Angelegenheit nur hinauszögerte. Und für dieses Herumlavieren konnte sie sich selbst nicht leiden.

Die nächste halbe Stunde hatte sie alle Hände voll damit zu tun, die Zwillinge für die Schule fertig zu machen. Henry wollte nicht aufstehen, und sie musste all ihre Überzeugungskraft, schließlich sogar rohe Gewalt, aufbieten, um ihn in Gang zu bringen.

Auf dem Weg nach draußen entdeckte sie einen Brief von der Bausparkasse an Charles. Das war der zweite in diesem Monat. Sie kannte zwar den Vertrag nicht genau und wusste nicht einmal, wie hoch der Betrag war, den sie jeden Monat zahlen mussten, aber ihr war klar, dass ein so reger Briefverkehr nichts Gutes bedeutete. Sie nahm sich vor, den Umschlag über Wasserdampf zu öffnen, wenn sie wieder zu Hause war und mehr Zeit hatte.

Sie lieferte Amy und Henry pünktlich an der Schule ab und beschloss dann, bei Maggie vorbeizufahren und eine Tasse Kaffee mit ihr zu trinken, um zu sehen, wie es ihr ging. Der Gedanke an den Brief auf der Kommode in der Diele bereitete ihr Unbehagen. Wenn sie sich auf jemand anderen konzentrierte, würde sie das ablenken. Maggies Auto stand in der Einfahrt, und sie parkte am Straßenrand. Sie stieg aus und sah, dass ein paar der Blumentöpfe, die neben der Haustür standen, umgefallen waren. Sie richtete sie auf und klingelte. Keine Reaktion. Sie klingelte noch einmal. Immer noch nichts von Maggie zu hören. Fast wie ein Mantra sagte sie währenddessen leise vor sich hin: »Ich stecke meinen Kopf nicht in den Sand, ich stecke meinen Kopf nicht ...«

Sie klingelte erneut. Jetzt fing sie langsam an, sich Sorgen zu machen. Das Auto war da. Maggie musste also zu Hause sein. Schlief sie noch? Sie wusste, wo Maggie einen Schlüssel versteckt hatte, für den Fall, dass sie sich aussperren sollte: in dem linken der Gummistiefel gleich hinter dem Garagentor. Der Schlüssel fiel in Isabels Hand, als sie den Gummistiefel umdrehte und schüttelte. Sie stellte den Stiefel zurück an seinen Platz und schloss das Garagentor.

Dann sperrte sie die Haustür auf.

»Hallo?«, rief sie laut, als sie die Tür hinter sich zugemacht hatte.

»Maggs, bist du da?«, rief sie noch einmal in die Stille hinein.

Keine Antwort. Isabel lief schnell durch die Zimmer im Erdgeschoss, entdeckte aber nichts, was auf die Anwesenheit ihrer Freundin schließen ließ, also stieg sie die Treppe hoch und ging zum Schlafzimmer.

»Maggie?« Vorsichtig drückte sie die Tür auf.

Sie schnappte nach Luft, das Zimmer war völlig demoliert, die Spiegel der Schranktüren waren zerbrochen, und über den gesamten hellen Teppich lagen Scherben verstreut. Das Bettzeug war auf dem Boden verteilt. Die beiden Nachttischchen waren umgeworfen worden, eine der Nachttischlampen brannte. Überall lagen Kleidungsstücke herum; und das ganze Zimmer stank nach Urin. Schnell hielt sie sich Mund und Nase zu.

Was in Gottes Namen war hier passiert? Maggs litt doch unter einem regelrechten Ordnungswahn, bei einem solchen Anblick würde sie normalerweise ausrasten. Sie knipste die umgeworfene Lampe aus und setzte ihre Suche fort.

Sie sah in den anderen vier Zimmern im ersten Stock nach. Drei lagen unberührt da, so also wären sie für einen Fotografen zurechtgemacht worden. Im letzten und kleinsten entdeckte sie Maggie.

»Maggie!« Isabel lief zu ihr. Ihre Freundin lag zusammengerollt in dem schmalen Bett, eine leere Flasche Black Bush auf dem Nachttischchen, daneben ein Röhrchen Paracetamol. Isabel hielt die Luft an, während sie den Puls an Maggies schlankem Hals suchte. Erleichtert atmete sie auf, als sie das Pochen spürte. Maggie bewegte sich unter der Bettdecke.

»Maggie, wie viele Paracetamol hast du genommen?«, brüllte Isabel.

Maggie grunzte irgendetwas Unverständliches und wollte sich im Bett umdrehen, aber Isabel hielt sie fest.

»Maggie!« Isabel packte ihren dünnen Arm und zog sie hoch in eine sitzende Position. Maggies Kopf fiel beängstigenderweise sofort nach vorne.

»Maggie!« Isabel brüllte ihr mitten ins Gesicht.

»Was?«, brummelte Maggie verärgert und sah zum ersten Mal auf.

»Wie viele davon hast du genommen?« Isabel schüttelte das Röhrchen vor Maggies Augen.

»Zwei«, antwortete sie mürrisch.

Maggies Augen waren blutunterlaufen, und ihre Haare machten den Eindruck, als hätte sie den größten Teil der letzten Nacht damit verbracht, sie in alle Richtungen zu toupieren.

»Zwei? Mach mir doch nichts vor, es ist mir ernst!« Isabel fürchtete, ihr Herz könnte jeden Augenblick aufhören zu schlagen, so viel Angst hatte sie.

»Mir auch. Ich habe zwei genommen.«

Isabel sah sie ungläubig an.

»Ich habe die ganze Flasche ausgetrunken und davon habe ich solches Kopfweh bekommen, dass ich zwei Tabletten genommen habe und eingeschlafen bin.«

Isabel hätte vor Erleichterung am liebsten geweint. Vor ihrem geistigen Auge waren schon Bilder von Krankenwagen, Magenpumpen und dauerhaften Leberschäden vorbeigezogen.

»Gott, du dumme Kuh, ich dachte, du hättest dich umgebracht. Mir ist beinahe das Herz stehen geblieben.« Isabel umarmte sie fest, und dann fing sie tatsächlich an zu weinen.

»Mich wegen dieser Schwuchtel umbringen?«, brummte Maggie gegen Isabels Brust. »Oh Mann, mein Kopf tut höllisch weh!« Sie befreite sich aus der Umarmung ihrer Freundin und hielt sich mit beiden Händen die Schläfen, als wolle sie ihren Kopf vor dem Zerspringen bewahren.

Isabel begann zu lachen.

»Das geschieht dir recht, mich hier zu Tode zu ängstigen! Was machst du überhaupt in diesem Zimmer?«

»Hab den Anblick des Schlafzimmers nicht mehr ertragen, besonders nachdem ich gestern Nacht darin gewütet hatte.«

»Das Zimmer sieht aus wie eine Müllhalde, und es stinkt ekelerregend – was zum Teufel ist passiert?«

»Ich habe auf seine Klamotten gepinkelt«, sagte Maggie leise und sah auf ihre Hände.

»Du hast auf seine Klamotten gepinkelt?«, wiederholte Isabel ungläubig.

»Als ich gestern Abend nach Hause kam, war ich so wütend, dass ich die Schranktüren zerschmissen habe und zum großen Finale habe ich ein paar von seinen guten Anzügen aus dem Schrank geholt und draufgepinkelt.«

»Das ist ja widerlich!«

Maggie fing an zu kichern. Isabel starrte sie an und fragte sich, ob sie noch ganz bei Verstand war, dann fing auch sie an zu lachen. Sie fielen sich in die Arme und lachten und lachten, bis auch Isabel Kopfschmerzen bekam.

Nachdem Isabel Maggie geholfen hatte, Dereks Anzüge in den Müll zu werfen, wobei ihr diese Verschwendung im Herzen wehtat, sammelte sie die Glasscherben vom Schlafzimmerboden auf, während Maggie duschte und versuchte, wieder einen klaren Kopf zu bekommen. Nach einer Tasse Kaffee und ein paar Scheiben Toast verzog sich Maggie wieder ins Bett, und Isabel fuhr nach Hause, um sich ihren eigenen Problemen zu stellen – aber erst legte sie den Ersatzschlüssel wieder in den Gummistiefel zurück.

11

In der ersten Zeit standen sich Maggie und Claudia, Cliffs ebenso überraschte, vor den Kopf gestoßene, zutiefst verletzte Frau, gegenseitig bei. Claudia kam oft zu Maggie herüber und erging sich in Beleidigungen über ihren Mann.

Maggie hatte sich schon wieder etwas gefangen, sie ließ Claudia jedoch gewähren, da sie das Gefühl hatte, dass sie aus irgendeinem Grund zusammenhalten mussten – nach dem Motto betrogene Ehefrauen müssen einander helfen. Komisch, vor dem »Vorfall«, wie Maggie es für sich bezeichnete, waren sie und Claudia nicht besonders gut miteinander ausgekommen.

Derek war noch an demselben Nachmittag ausgezogen, an dem Maggie ihn mit Cliff im Bett erwischt hatte. Seither hatte sie ihn nur noch einmal gesehen, drei Tage später, als er abends vorbeikam, um ein paar Kleidungsstücke zu holen, die Maggie nicht in den Müll geworfen hatte, nachdem sie sie vorher in Pisse eingeweicht hatte.

»Ich wollte es dir selbst sagen. Cliff und ich gehen von hier fort.« Derek nahm sich nicht einmal die Zeit, einen Koffer zu packen. Eilig stopfte er seine Klamotten in ein paar schwarze Müllsäcke.

Maggie sagte nichts. Sie stand am Fußende des Bettes, die Hände in die Hüften gestemmt.

»Hast du gehört, was ich gesagt habe, Maggs?«

»Ja«, sagte sie dumpf.

»Wir werden nach Ibiza ziehen.«

Maggie hatte bei diesen Worten laut aufgelacht.

»Hier wär's dir wohl zu peinlich, was?« Sie wollte ihm nicht zeigen, wie verzweifelt sie war. Nur unter Aufbietung ihrer ganzen Willenskraft konnte sie sich davon abhalten zu versuchen, ihn zum Bleiben zu überreden.

»Das Haus überlasse ich natürlich dir. Mein Anwalt wird sich wegen des Unterhalts und der Scheidung mit dir in Verbindung setzen. Dir wird es an nichts fehlen, das verspreche ich dir.«

»Bis auf einen Ehemann.« Ihre Miene war vollkommen ausdruckslos.

»Wenn du willst, kann ich mich einmal im Monat bei dir melden.«

»Danke, dein Anwalt reicht mir.« Sie biss sich auf die Lippen.

Derek hatte in ihrem Gesicht nach irgendeinem Zeichen gesucht, das darauf hindeutete, dass sie ihn nicht hasste. Da ihre kalten Augen nichts dergleichen verrieten, packte er fertig.

»Leg deinen Schlüssel auf den Tisch in der Diele«, sagte sie mit möglichst eisiger Stimme.

Sie folgte ihm aus dem Schlafzimmer, das sie so viele Jahre geteilt hatten, die Treppe runter und in die Diele. Wortlos nahm Derek den Hausschlüssel von seinem Schlüsselbund und legte ihn auf das kleine Silbertablett auf dem Tisch. Er ging. Nachdem er ins Auto gestiegen und aus der Einfahrt gefahren war, winkte er ihr noch mal kurz zu. Maggie rührte sich nicht. Da gab Derek es auf und fuhr weg. Maggie weinte sich die dritte Nacht in Folge in den Schlaf.

Nach ein paar Wochen kehrte Claudia zu ihrer Familie nach Hamburg zurück. Das Leben im Süden von Belfast ohne ihre geliebte La-Perla-Unterwäsche (Cliff hatte sie nach Ibiza mitgenommen) erschien ihr ohne Sinn, vielleicht war es ihr aber auch eine Spur peinlich, dass sie, die auf eine lange Ahnenreihe blonder deutscher Schönheiten zurückblicken konnte, auf einen schwulen Iren hereingefallen war und ihn geheiratet hatte. Maggie fuhr sie zum Flughafen, versprach, den Verkauf des Hauses zu beaufsichtigen, und umarmte sie zum Abschied.

Nun, da Derek aus dem Haus war, wirkte es riesig, leer und tot. All die teuren Möbel und die exklusive Ausstattung bedeuteten nichts mehr. Maggie zog sich aus ihrem Leben zurück. Sie brachte ihre Sachen in das kleine Schlafzimmer, das nach hinten lag. Sie legte sich früh zu Bett, ging nicht mehr auf Shoppingtour und aß so gut wie nichts. Früher hatte sie es heimelig gefunden, wenn draußen der Wind durch die Bäume fuhr, jetzt machte ihr das Geräusch Angst. Sie hatte sich noch nie so einsam gefühlt.

12

»Miss Watson, Sie sind jetzt seit vier Jahren bei uns.«

Alice nickte. Sie hatte keine Ahnung, was Balfour wollte, aber wenn er ihren Nachnamen benutzte, war das sicherlich kein gutes Zeichen. Sie saß vor seinem riesigen Walnussholzschreibtisch; das Ding war so groß, dass ihr

Chef sich dahinter irgendwo in der Ferne zu verlieren schien.

»Ja, Mr. Balfour.«

»Wie würden Sie Ihre in dieser Zeit für die Kanzlei erbrachte Leistung einschätzen?«

Oh Mann, worauf wollte er hinaus? War er verärgert, weil sie sich letzte Woche freigenommen hatte? Sie schluckte den Kloß hinunter, der sich in ihrer Kehle gebildet hatte.

»Also, ich glaube, ich habe getan, was in meinen Fähigkeiten lag, und dass ich ein Gewinn für die Firma war.« Heiliger Bimbam, hatte sie den letzten Halbsatz eben wirklich gesagt?

Sie hielt die Luft an und wartete auf seine Reaktion.

»Glauben Sie wirklich?«, war alles, was er darauf erwiderte.

»Ja, ich denke, ich leiste für Balfour & Mayley gute Arbeit. Ich habe inzwischen einen festen Stamm von Mandanten, die mich immer wieder beauftragen.«

So ein Arschloch, wie konnte er es wagen, ihre Professionalität anzuzweifeln? Sie warf ihm einen strengen Blick zu, von dem Mr. Balfour jedoch nichts mitbekam, da er einen vor ihm auf dem Schreibtisch liegenden Stapel Notizen betrachtete.

»Sie fragen sich vielleicht, warum ich Sie sprechen wollte.«

»Ja, Sir, das tue ich.« Sie blickte auf ihre Füße und zuckte innerlich zusammen, als sie entdeckte, dass aus ihren Stiefeln zwei verschiedenfarbige Socken hervorlugten. Sie zog ihre Hosenbeine so weit wie möglich herunter, damit er es nicht sah.

Mr. Balfour war allerdings offensichtlich nicht im Geringsten an ihren Socken interessiert.

»Uns liegen einige Sie betreffende Berichte vor, Miss Watson.« Er hob seine Augen nicht von den vor ihm liegenden Papieren.

Alice traute ihren Ohren nicht. Plötzlich brach es aus ihr heraus. »Mr. Balfour, ich arbeite verdammt hart. Ich weiß es zu schätzen, dass mir die Gelegenheit gegeben wurde, für eine angesehene Kanzlei zu arbeiten, und ich glaube, ich habe bislang mein Bestes gegeben und ohne entsprechende Würdigung seitens der Kanzlei viele Überstunden geleistet. Offen gestanden ist es mir egal, was Ihnen über mich berichtet wurde. Wenn Sie sich vielleicht einmal die Mühe gemacht hätten, mich persönlich zu fragen, wüssten Sie, was ich tue und wie ich es tue. Meine Erfolgsquote ist gleichbleibend hoch, und ich leiste etwas für mein Geld, Mr. Balfour. Wenn Sie also ein Problem mit mir haben, kann ich Ihnen die Sache leichter machen – ich gehe! Ich werde noch heute meine Kündigung einreichen. Ich werde selbstverständlich die vierwöchige Kündigungsfrist einhalten, danach werde ich Sie nicht mehr belästigen. Danke.«

Alice erhob sich und ließ Mr. Balfour mit offenem Mund zurück. Sie warf die Tür hinter sich zu und marschierte an einer gleichermaßen überraschten Bettye vorbei in ihr Büro.

»Du meine Güte, Alice, was ist passiert?«, fragte Louise, als sie Alice' wütendes Gesicht sah.

»Ich brauche Sie zum Diktat«, sagte Alice kurz angebunden.

Wortlos ergriff Louise ihren Stenoblock.

»Sehr geehrte Damen und Herren«, begann Alice.

Louise fing an zu schreiben.

»Hiermit reiche ich meine Kündigung ein, die vier Wochen nach dem heutigen Datum wirksam wird, blablabla.

Den Rest kennen Sie, oder?« Alice blickte auf und sah, dass Louise nach der Anrede aufgehört hatte mitzuschreiben.

»Sie tun was?« Louise sah sie ungläubig an.

»Ich habe dem Chef gesagt, dass er mich mal kann.«

»Sie haben was getan?«

»Ich habe gekündigt, Louise. Ich werde gehen und die nächsten sechs Monate einen Haushaltwarenladen in County Down führen. Wer weiß, was die Zukunft bringt?« Alice verspürte fast so etwas wie Triumph. Sie hatte keine Ahnung, warum sie die Nerven verloren hatte. Noch vor zehn Minuten hatte sie keineswegs die Absicht gehabt, einen so entscheidenden Schritt zu unternehmen, aber irgendeine innere Stimme hatte ihr gesagt, sie solle es wagen. London war nicht verloren für sie. Wenn es nicht klappen sollte, konnte sie immer noch zurückkehren. Es gab noch andere Anwaltskanzleien – allerdings war es in Anbetracht ihres Auftritts in der letzten halben Stunde unwahrscheinlich, dass sie ein besonders gutes Zeugnis von Balfour & Mayley bekommen würde. Ach, sie konnten ihr den Buckel runterrutschen.

Alles, was Louise über die Lippen bekam, war: »Verdammt! Ich hätte schwören können, dass er Ihnen eine Beförderung anbietet!«

Alice starrte sie wie vor den Kopf geschlagen an. »Eine Beförderung?«

»Ja!«

»Oh nein! Bloß das nicht! Und ich habe ihn keine Sekunde zu Wort kommen lassen.« Sie war entsetzt.

Kurz nachdem Louise in das Café um die Ecke gegangen war, um ihnen beiden einen Espresso zu holen, klopfte es an die Tür, und Bettye trat in Alice' Büro.

Alice saß am Schreibtisch, eingekeilt zwischen Radiator und Aktenschrank.

»Alice, Mr. Balfour hat mich gebeten, Ihnen das hier zu geben.« Bettye sagte das fast entschuldigend, als sie ihr einen Umschlag reichte.

Alice nahm ihn. »Danke.«

Bettye nickte und verließ leise das Büro.

Alice öffnete den Umschlag und las das Schreiben.

Sehr geehrte Miss Watson,
nach sorgfältiger Überlegung akzeptieren Balfour & Mayley Ihre Kündigung. Wir erkennen die vierwöchige Kündigungsfrist an und werden Ihnen Ihr Gehalt einen Monat weiterzahlen. Wir erwarten allerdings nicht, dass Sie in dieser Zeit für uns arbeiten und bitten Sie, Ihr Büro schnellstmöglich zu räumen. Wir wünschen Ihnen für die Zukunft alles Gute.
Mit freundlichen Grüßen
Gerald Balfour

Alice wurde ganz flau. Jetzt war es geschehen: Sie hatte es geschafft, sich selbst um ihren Job zu bringen.

Louise kam mit dem Espresso zurück und reichte Alice einen der beiden Becher. Alice zeigte ihr den Brief.

»Das ging ja schnell«, sagte Louise. »Was um Himmels willen haben Sie zu ihm gesagt?«

»Ich erinnere mich nicht genau. Allerdings war ich ziemlich wütend. Ich schätze mal, das hat er gemerkt.«

»Jetzt ist wohl nicht die Zeit, Ihnen zu sagen, dass er Ihnen tatsächlich eine Beförderung anbieten wollte.«

Alice ließ sich in ihren Stuhl sinken. Sie spürte, wie ihr Bein gegen den brennend heißen Radiator stieß, rührte sich aber nicht von der Stelle.

»O Gott.«

»Ich habe Bettye auf dem Weg in ihr Büro getroffen. Mr. Balfour mag die Sache ja nicht besonders geschickt eingeleitet haben, aber er wollte Sie tatsächlich belobigen.«

Alice legte ihre Stirn auf die Schreibtischplatte.

»Louise, ich bin wahrscheinlich der dümmste Mensch, den du jemals kennen lernen wirst.«

»Wahrscheinlich. Ihnen ist hoffentlich klar, dass ich jetzt für May Bishop arbeiten muss?«

»Das tut mir Leid, Lou.« Und das tat es tatsächlich.

May Bishop war auf Scheidungsfälle spezialisiert. Zu behaupten, sie sei ein Hai in menschlicher Gestalt, wäre noch eine freundliche Untertreibung. Diese Frau verspeiste untreue Ehemänner oder Ehefrauen bei lebendigem Leib. Sie brachte jedem dasselbe Misstrauen entgegen, das sie gegenüber reichen Ehemännern mit einer Vorliebe für exotische Tänzerinnen hegte. Wenn man das Schweizer Nummernkonto seines Exmanns abräumen wollte, ihn um sein Aktienvermögen oder seine Jacht oder seinen Aston Martin bringen wollte – das Gleiche galt natürlich für Exfrauen –, dann war May Bishop die Frau, die es zuwege brachte. Louise würde durch die Hölle gehen, wenn sie für sie arbeitete: Sie hatte ein Team von Sekretärinnen, und alle lebten in ständiger Angst vor ihr und ihrer scharfen Zunge.

Alice war überrascht, dass sich in den vier Jahren, die sie für die Kanzlei gearbeitet hatte, so wenige persönliche Dinge in ihrem Büro angesammelt hatten. Kaum genug, um eine Schuhschachtel zu füllen. Da waren eine Kleenex-Box, eine Probe von Clarins *Eau Dynamisante*, ein Miniaktenschrank für Visitenkarten, den ihr jemand mal vor Jahren zum Spaß geschenkt hatte; ein paar von ihr selbst erworbene juristische Fachbücher, ein Glas Pulverkaffee und vier Nagelfeilen, die ganz hinten in der Schublade lagen. Alles Übrige gehörte der Firma. Der Abschied von Louise war tränenreich gewesen, ansonsten schien sich niemand wirklich dafür zu interessieren, dass sie ging. Als sie aus der Drehtür trat und auf der Straße stand, überkam sie ein überwältigendes Gefühl von Freiheit. Sie nahm einen tiefen, abgasgeschwängerten Atemzug und lief zielstrebig durch das Gedränge der Einkaufshungrigen und die Schaulustigen, die sich um die Straßenkünstler in Covent Garden scharten, um das letzte Mal in den Bus einzusteigen, der sie vom Büro nach Hause brachte.

Einen Teil des Nachmittags hatte sie damit verbracht, einen Immobilienmakler zu suchen und einen Besichtigungstermin für ihre Wohnung zu vereinbaren. Da sie nur noch zwei Monatsgehälter bekommen würde, brauchte sie die Mieteinkünfte aus der Wohnung, damit sie sich in Irland über Wasser halten konnte. Sie hatte keine Ahnung, wie gut der Laden laufen würde. Mike von Alderly Estates, der Typ, mit dem sie schließlich gesprochen hatte, schien optimistisch zu sein, bald einen Mieter zu finden, da Hammersmith immer schon ein begehrtes Viertel war.

»Ich komme morgen vorbei, messe die Wohnung aus und verschaffe mir einen allgemeinen Eindruck. Dann kann ich Ihnen auch sagen, wie viel wir unserer Einschätzung nach für Sie herausholen können, damit Sie schon mal eine Orientierung haben. Unsere Provision beträgt 15 Prozent des gesamten Mietwerts – ich sage das nur, damit Sie morgen keine böse Überraschung erleben.«

»Oh.«

»In den 15 Prozent ist alles drin – wir werden die Wohnung für Sie verwalten, dann überprüfen wir natürlich die Kreditwürdigkeit jedes potenzielles Mieters und halten Sie bei einem möglichen Mieterwechsel auf dem Laufenden. Es ist die übliche Gebühr – Sie können gerne ein paar andere Makler anrufen, wenn Sie eine Bestätigung wollen.«

Alice hatte mit Mike ein Treffen für den nächsten Vormittag um halb elf vereinbart.

Gary wirkte überrascht, dass sie schon wieder da war, als er graziös durch sein Katzentürchen in der Wohnungstür kletterte.

»Wir ziehen nach Nordirland«, erklärte ihm Alice. »Gut, dass ich daran denke, ich werde für dich eine Transportbox kaufen müssen. Ach ja, und ein Auto für den Umzug mieten.«

Bei der Aussicht auf ihren Umzug wurde Alice ganz aufgeregt. Sie nahm ihren Notizblock aus der Schachtel, die sie auf den Küchentisch gestellt hatte, suchte die Nummer von Ted Dunbars Büro heraus und rief an.

Nach dem dritten Klingeln wurde abgehoben.

»Dunbar O'Toole, guten Tag«, sagte eine freundliche weibliche Stimme.

»Könnte ich bitte mit Mr. Dunbar sprechen?«

»Um was geht es, bitte?«, fragte die Stimme.

»Hier spricht Alice Watson, es geht um das Testament von Jean Maguire.«

»Einen Moment, bitte.«

Sie musste nicht einmal zehn Sekunden warten, bis sie Mr. Dunbar in der Leitung hatte.

»Alice, schön, dass Sie sich so bald melden. Sie haben also eine Entscheidung wegen des Erbes getroffen?«

»Ja, das habe ich.«

»Schön.«

»Ich akzeptiere die Bedingungen von Tante Jean und bin gerade dabei, die nötigen Vorbereitungen für den Umzug nach Donaghadee zu treffen, so dass ich mich auf den Weg machen kann, sobald ich hier alles geregelt habe.«

»Das höre ich gerne. Ich weiß, dass sich Ihre Tante darüber gefreut hätte.«

Bei dem Gedanken an Jean schwiegen sie beide einen Moment lang.

»Ich werde die Papiere vorbereiten, ich brauche nur noch ein paar Unterschriften von Ihnen. Setzen Sie mich doch bitte von Ihrer Ankunft in Kenntnis.«

»Das tue ich, Mr. Dunbar, und danke, dass Sie sich so um Tante Jeans Angelegenheiten gekümmert haben.«

»Wie ich schon gesagt habe, Alice, Jean war nicht nur eine Mandantin, sondern auch eine Freundin, es lag mir also am Herzen. Außerdem bin ich froh, dass ich nach wie vor weiß, wo ich den Kleinkram für meinen Haushalt kaufen kann!«

Alice lachte bei der Vorstellung, dass ein älterer Anwalt in ihren Laden käme, um Dichtungsscheiben für einen tropfenden Wasserhahn oder irgendwelche unentbehrlichen Vorhanghaken zu kaufen.

13

Dave, der Mitarbeiter des Eurocar-Büros, überreichte Alice den Schlüssel für den Ford Mondeo, den sie für zwei Tage gemietet hatte. Sie hatte vor, bis Stranraer zu fahren und von dort die Seacat-Fähre nach Belfast zu nehmen. Sie würde am nächsten Morgen um sechs Uhr früh ablegen, daher wollte Alice an diesem Abend um neun oder zehn aufbrechen und bis nach Stranrear durchfahren; sie hoffte, wesentlich besser durchzukommen, wenn sie die Nacht über fuhr. Sie kannte die Strecke nicht, aber Dave versicherte ihr, dass sie praktisch immer nur geradeaus fahren müsste. Wenn sie London erst mal hinter sich gelassen hätte, könnte sie an allen größeren Städten vorbeifahren. Bei geringem Verkehr bräuchte sie nicht länger als acht Stunden.

Mike von Alderly Estate hatte es geschafft, ihre Wohnung für sechs Monate an einen Dermatologen zu vermieten, der für einen begrenzten Zeitraum als fachärztlicher Berater in verschiedenen Krankenhäusern in London arbeitete. Die Lage von Alices Wohnung war ideal für ihn. Mit der Miete konnte sie die monatlichen Darlehensraten zahlen, und es blieb noch etwas Geld übrig, wenn auch nicht umwerfend viel.

Zurück in der Wohnung, halfen ihr Bernie und Susie, das Auto zu beladen. Außer ihrer Kleidung und dem Videogerät nahm sie nicht viel mit. Ihre Möbel, Federbetten, Bettüberzüge und Küchenutensilien musste sie dem neuen Mieter dalassen. Als Bernie schließlich die Heckklappe zuschlug, war der Gepäckraum des großen Kombi trotzdem fast voll. Gary hockte in seiner neuen Transportbox auf einer Felldecke, die Susie in der Haustierabteilung bei Harvey Nichols erworben hatte. Aber auch wenn er sich darauf niedergelassen hatte, machte er nicht den Eindruck, als gefiele ihm sein neues Heim besonders. Alice hoffte nur, er würde die acht Stunden Fahrt aushalten. Sie hatte keine Ahnung, wie sie es ihm ermöglichen sollte, sich die Beine zu vertreten, ohne dass er sich gleich aus dem Staub machte. Die Transportbox stand mit dem Sicherheitsgurt befestigt auf dem Beifahrersitz.

»Habt vielen Dank, dass ihr mir mit eurem Rat zur Seite gestanden habt, und auch fürs Packen!«

Susie umarmte sie fest und kämpfte gegen die Tränen an. »Hier, das ist für dich.« Sie überreichte Alice eine große Harvey-Nichols-Einkaufstasche.

»Was ist das?«

»Du darfst sie erst aufmachen, wenn du angekommen bist.« Susie schniefte und verlor ihren Kampf gegen die Tränen.

Alice umarmte sie noch einmal. »Vielen, vielen Dank, Susie.«

Dann kam Bernie, der sie an seine breite Brust drückte und beinahe zu zerquetschen drohte. »Fahr bloß vorsichtig, und ruf uns an, wenn du dich verirrst, nervös wirst, Heimweh bekommst oder sonst irgendwas. Nein, ruf uns auf jeden Fall an, und sag uns, wie es dir geht, okay?«

»Zu Befehl!«, Alice nickte.

»Du hast unsere Telefonnummer und auch unsere Handynummern, oder?«

»Ja, habe ich, und habt ihr meine?«

»Ja, und wir haben deine Adresse in Donaghadee und die Nummer von Mike bei Alderly Estates, falls mit der Wohnung irgendetwas ist und wir dich nicht erreichen können.«

»Ich hoffe, du hast bald E-Mail, junge Frau«, sagte Susie mit strengem Blick.

»Natürlich. Sobald ich dort alles auf die Reihe bekommen habe, werde ich euch beiden eine Mail schicken. Aber jetzt müsst ihr mir versprechen, dass ihr mich bis spätestens Ende Mai besuchen werdet. Bis dahin sollte ich herausgefunden habe, wo man schick ausgehen kann.«

»Soll nur einer kommen und uns aufzuhalten versuchen!« Bernie lachte. »Jetzt mach aber, dass du loskommst, und verfahr dich nicht bei dem Versuch, aus dem verdammten London rauszufinden!«

»Ich werde mein Bestes geben, und jetzt: Bis bald, ihr beiden – bye-bye, good old London.« Alice setzte sich auf den Fahrersitz und schnallte sich an. Sie ließ den Motor an, legte den Gang ein und blinkte rechts.

»Fahr vorsichtig, und viel Glück!«, riefen Bernie und Susie im Chor, als sie aus der Parklücke stieß.

Alice konnte im Rückspiegel sehen, wie Susie Bernie ein Taschentuch reichte, mit dem er sich die Augen wischte. Sie winkte, bis sie um die Ecke bog und das Haus außer Sicht geriet.

»Jetzt gibt es nur noch dich und mich, Baby«, sagte sie zu Gary, als sie an der Ampel hielt.

Eine Dreiviertelstunde und ein falsches Abzweigen bei Bent Cross später, und Alice war in den Außenbezirken von London. Endlich auf der M1, drückte sie aufs Gas. Sie war ein wenig traurig, die Stadt zu verlassen, in der sie so viele Jahre zu Hause gewesen war, aber sie war überzeugt, das Richtige zu tun. Vor ihr erstreckte sich die Autobahn, und sie schaltete den CD-Player ein, schob eine CD hinein und ließ sich von Jill Scott bis nach Birmingham begleiten. Sie kam an den Wegweisern nach Coventry, Leicester und Stoke-on-Trent vorbei und fuhr immer weiter. Kleine Städte, von denen sie noch nie gehört hatte, zischten an ihr vorüber. Die Autobahnen waren kaum befahren, nur ein paar Fernfahrer leisteten ihr Gesellschaft. Als sie den Wegweiser nach Liverpool sah, wusste sie, dass sie gut in der Zeit lag.

Sie hielt an einer Tankstelle, um den Tank aufzufüllen, und kaufte sich Schokolade und Wasser als Wegzehrung. Gary hatte sich wacker gehalten; noch in London, als sie die Finchley Road erreicht hatten, hatte er aufgehört zu miauen. Alice öffnete das Gittertürchen seiner Box und stellte ihm zwei Schüsselchen mit Trockenfutter und ein bisschen Wasser aus ihrer Flasche hin, um zu sehen, ob er sich davon verführen ließe. Er trank ein wenig Wasser, aber angesichts des Trockenfutters rümpfte er die Nase. Alice stellte die beiden Schüsseln in den Fußraum auf der Beifahrerseite – es waren Reiseschüsseln, die, wie man ihr versprochen hatte, ihren Inhalt nicht im gesamten Wageninneren verteilen würden. Sie beschloss, die Tür der Box offen zu lassen, falls sich Gary die Beine vertreten wollte.

Als sie wieder auf der Autobahn war, zündete sie sich eine Zigarette an und öffnete ihr Fenster einen Spalt, damit der Rauch abziehen und frische Luft reinkommen konnte. Gary verließ vorsichtig seine Box, miaute ein bisschen und sprang dann auf die Rückbank. Alice wusste, dass er sich einen kuscheligen Kleiderhaufen suchen würde, auf dem er sich niederlassen konnte, und das tat er dann auch.

Nachdem sie Carlisle hinter sich gelassen hatte, war die Grenze zu Schottland nicht mehr weit. Müde, aber zufrieden kam sie um halb fünf Uhr früh an der Fähranlegestelle an. Es war noch immer stockfinster, aber im Abfertigungsgebäude brannte Licht. Alice checkte sich und das Auto ein, nur leider war das Café geschlossen, so dass sie sich keinen Kaffee besorgen konnte, um sich wachzuhalten. Zurück im Auto, verstellte sie den Sitz so weit wie möglich nach hinten. Gary tauchte aus seinem Versteck auf und kletterte wieder in sein Fellbett in der Transportbox. Alice verriegelte alle Türen, sie wollte versuchen, zwei Stunden zu schlafen – ihre Augen brannten vor Müdigkeit. Die stundenlange Konzentration auf die Fahrerei hatte sie vollkommen erschöpft.

»Das ist das letzte Mal für lange Zeit, dass wir so etwas machen«, flüsterte sie dem Kater in der Dunkelheit zu.

Eine gute Stunde später weckten sie die Schweinwerfer anderer Autos, und sie schloss sich den frühmorgendlichen Passagieren an, die ihre Autos in eine Reihe stellten, um auf die Fähre fahren zu können, sobald sie von Belfast eintraf.

Den größten Teil der Überfahrt döste sie vor sich hin. Sie bekam zwar mit, dass sich die anderen Passagiere unterhielten, konnte aber kaum ihre Augen offen halten. Die Überfahrt war relativ kurz, und nach neunzig Minuten, die ihr wie fünf vorkamen, legten sie in Belfast an. Schon saß sie wieder aufrecht und wartete darauf, dass sich die Bugklappe öffnete, damit sie sich in den morgendlichen Verkehr von Belfast einreihen konnte.

Es war grau und nieselte, als sie Belfast verließ. Kein besonders freundlicher Empfang, aber Alice wollte sich nicht deprimieren lassen.

»Macht wohl nicht den besten Eindruck auf dich«, sagte sie zu Gary, der seine Schlafstatt wieder verlassen hatte und versuchte, auf ihr Knie zu klettern.

Sie kannte die Straße nach Donaghadee. Es war Rushhour, allerdings wollten die meisten Autofahrer nach Belfast rein, daher kam sie gut durch. Sie fuhr an Holywood vorbei, wo der Pub lag, in dem der Leichenschmaus nach Jeans Beerdigung stattgefunden hatte. Auch Bangor ließ sie links liegen, ehemals eine kleine Stadt, die sich in den letzten zehn oder fünfzehn Jahren in eine Art Vorort von Belfast mit lauter neuen Einfamilienhäusern verwandelt hatte, es folgte Groomsport, wo Jean die Kirche besucht hatte und der Pfarrer auf dem Begräbnis so nette Dinge über sie gesagt hatte.

»Gleich sind wir in Donaghadee«, informierte Alice Gary, der sich wieder auf die Rückbank verzogen hatte und ganz so aussah, als würde er es wirklich zu schätzen wissen, wenn er das Auto verlassen durfte, in dem er nun schon fast zwölf Stunden eingesperrt war.

Zehn Minuten später hielt Alice vor dem Haus Nr. 20 in der Shore Street, Donaghadee, County Down. Das verschlafene, französisch anmutende Fischerstädtchen hatte im Moment so gar nichts Pittoreskes an sich.

»Willkommen in deinem neuen Heim«, verkündete Alice, als sie Gary ins Haus trug. Sie stellte die Transportbox in das hintere Zimmer und öffnete das Gittertürchen, damit der Kater seine neue Umgebung erkunden konnte.

Während Gary an den fremden Möbeln schnüffelte, schleppte Alice ihre verschiedenen Taschen und Kleidersäcke aus dem Auto ins Haus. Um Viertel nach acht schien auf der Shore Street nicht viel los zu sein, und auch Emlyn lugte nicht aus dem Laden – wobei er natürlich nicht wusste, dass oder wann sie kam.

Gerade als sie sich nach einer Kiste streckte, die in der hintersten Ecke des Gepäckraums festklemmte, ertönte plötzlich seine Stimme hinter ihr, und sie fuhr vor Schreck zusammen.

»Emlyn! Mein Gott! Ich habe dich gar nicht kommen gehört. Hast du mich vielleicht erschreckt.«

Emlyn sah sehr adrett aus in seiner Cordweste, der gepunkteten Krawatte und den mit Hilfe von viel Pomade perfekt hinfrisierten Haaren.

»Soll ich dir helfen?«

»Ja, bitte.«

»Kommst du heute noch in den Laden?«, fragte er, während er einen Koffer die Treppen hoch in Jeans ehemaliges Schlafzimmer schleppte.

»Ich weiß noch nicht. Ich möchte mich hier erst einmal ein bisschen heimisch machen. Aber ich werd's später versuchen.« Sie hielt inne und sah ihn an. »Du scheinst überhaupt nicht überrascht zu sein, mich hier zu sehen.«

Er zuckte mit den Schultern und stellte den Koffer zu den anderen auf den Boden. »Bin ich auch nicht.«

Zehn Minuten später war alles Gepäck aus dem Auto geholt. Sie musste das Auto erst am nächsten Tag zurückgeben, daher schloss sie es ab und ging wieder ins Haus. Emlyn saß im Wohnzimmer und streichelte den leicht nervösen Gary.

»Netter Kater. Was ist mit seinem Auge passiert?«

»Es musste entfernt werden. Ich habe ihn am Straßenrand in London gefunden – ein Unfall, meinte der Tierarzt.«

»Aha.« Emlyn kraulte Gary am Kinn und hatte damit gleich eine der Schwächen des Tiers entdeckt. Trotz seiner Unruhe fing Gary an zu schnurren. »Ich gehe mal und schließ den Laden auf. Komm doch vorbei, wenn du hier fertig bist.« Er erhob sich, ließ Gary vorsichtig zu Boden gleiten und zupfte sich ein paar unsichtbare Katzenhaare von seiner Weste.

Alice nickte und Emlyn schloss beim Hinausgehen die Haustür hinter sich.

»Dann wollen wir mal anfangen«, sagte Alice zu Gary, der sich unter das Sofa verzogen hatte.

Nachdem sie ausgepackt und ihre Kleidung in Jeans Schrank verstaut hatte, entschied sie, dass ein größerer Einkauf anstand: Waschpulver, Katzenfutter, Menschenfutter und Putzmittel. Sie inspizierte noch einmal die Küchenschränke, in denen sich, seit sie vor einer Woche da gewesen war, offensichtlich nichts geändert hatte. Da dies für die nächste Zeit ihr Heim sein würde, wollte sie es sich gemütlich machen. Sie verteilte den aus ihrer Wohnung in London mitgebrachten Krimskrams: ihre silbernen Kerzenleuchter, die Duftkerzen von Jo Malone, die ein kleines Vermögen gekostet hatten, und die guten John-Rocha-Weingläser, die ihr Bernie und Susie zu Weihnachten geschenkt hatten.

Susies Abschiedsgeschenk! Beinahe hätte sie es vergessen – es lag noch draußen im Auto hinter dem Fahrersitz.

Sie trug die Harvey-Nichols-Tasche ins Haus und linste hinein. Erfreut stellte sie fest, dass Susie ihr ein äußerst schickes Überlebenspaket zusammengestellt hatte. Frisch gemahlener Kaffee, Earl-Grey-Teebeutel (ihre Lieblingsmarke), eine Flasche Wodka und eine Flasche Rotwein aus der Lebensmittelabteilung, dann waren da noch zwei weitere John-Rocha-Gläser und eine wunderschöne, weiche schwarze Kaschmirstrickjacke von DKNY, die gleiche wie die, die sie an Susie immer so bewundert hatte. Angesichts der Großzügigkeit ihrer Freundin stiegen Alice Tränen in die Augen. Sie rief Susie auf ihrem Handy an und hinterließ mit zittriger Stimme eine Nachricht auf der Mailbox, wie sehr sie sich über das Geschenk freue und dass sie und Gary sicher angekommen wären und es sich gerade heimisch machten.

Die Versuchung, gleich dem Wodka zuzusprechen, war groß, doch stattdessen setzte sie Wasser auf und verbrachte eine Viertelstunde damit, den Kaffeefilter zu suchen. Sie nahm eine Tasse aus dem Küchenschrank, setzte sich in das vordere Wohnzimmer auf Jeans unbequemen Stuhl und sah durch den Regen auf den Hafen von Donaghadee, dabei nippte sie an ihrem köstlichen Kaffee.

Sie war angekommen.

Eine Woche später hatte sich Alice schon ein bisschen eingelebt. Sie hatte ein paar Vormittage im Laden verbracht und sich von Emlyn alles zeigen lassen. Erstaunlicherweise erwies er sich als recht geduldig und behandelte sie in keiner Weise von oben herab. Ihr Verhältnis besserte sich zusehends.

Sie hatte eine Liste gemacht, was sie am Haus störte und was sie zu ändern beabsichtigte. Als Allererstes wollte sie streichen. Sie hätte auch gerne eine neue Küche gehabt, aber eins nach dem anderen. Da sie sich keinen Maler leisten konnte, würde sie alles selbst machen müssen. Sie hatte sich Emlyns uralten Mini geliehen und war zu einem Heimwerkermarkt in Belfast gefahren, wo sie Farbe gekauft hatte. Einer der Vorteile eines eigenen Hauhaltwarenladens war, dass man keine Pinsel, Farbrollen oder Terpentin kaufen musste; sie brauchte nur nach nebenan zu gehen und es sich zu holen.

Da der Laden Mittwochnachmittag geschlossen war, konnten sie und Emlyn an diesem Tag loslegen. Alice hatte alle Möbel aus ihrem Schlafzimmer in das kleinste Zimmer im ersten Stock verfrachtet. Sie hatte sich für ein zartes Grün entschieden, da sie fand, dass es beruhigend wirkte und gleichzeitig ein warmer Farbton war. Rasch verschwand die grellbunte Tapete unter der ersten Schicht Farbe.

»Ich denke, damit es wirklich deckt, sind zwei Schichten nötig, oder?«, sagte Emlyn, als er einen Schritt zurücktrat, um ihr gemeinsames Werk zu begutachten.

»Ich bin so froh, dass du mir hilfst, Emlyn.«

»Kein Problem. Das Einzige, was ich Mittwochnachmittag zu tun habe, ist, den Lotterieschein ausfüllen und abgeben.« Er sah auf seine Uhr. »Und dazu habe ich noch viel Zeit – die Annahmestelle hat bis sechs geöffnet.«

Alice grinste. Sie hatte Emlyns Lotterieleidenschaft ganz vergessen: Er hatte sogar einen Freund in Dublin, der ihm dort jede Woche ein Los kaufte. Kaum zu glauben! Obwohl er bisher kaum Glück gehabt hatte, blieb er optimistisch, dass er eines Tages Glück haben und Millionär werden würde, wie er es sich immer erträumt hatte.

Sie hatten zwei Stunden gestrichen und waren gerade mit der ersten Schicht fertig, als Bill, der Amerikaner, den sie am Tag von Jeans Begräbnis kennen gelernt hatte, an der Tür klingelte, um sich zu erkundigen, wie es ihr ginge. Statt des Kaffees, den er vielleicht erwartet hatte, drückte Alice ihm einen Pinsel in die Hand.

»Nun, sieht so aus, als hätten Sie sich schon ein wenig eingelebt. Hübsche Farbe. Gut, dass ich nicht in meinem Sonntagsstaat erschienen bin!« Er musterte den tropfenden Pinsel.

»Ich liebe Grün. Es macht Ihnen doch nichts aus, oder?«

»Was, das Grün? Keineswegs, ist auch eine von meinen Lieblingsfarben!«

»Nein, ich meinte mitzuhelfen.«

»Solange wir irgendwann eine Kaffeepause einlegen, helfe ich gern, ansonsten werde ich mich möglicherweise an meinen Gewerkschaftsvertreter wenden müssen!«

Alice lachte.

»Ich hoffe, dass Sie weiterhin die Gänseeier für mich besorgen werden«, sagte Bill, als er sich an die viel Sorgfalt erfordernde Aufgabe machte, um den Lichtschalter herum zu streichen.

Alice warf Emlyn einen fragenden Blick zu. Der nickte.

»Scheint kein Problem zu sein. Was machen Sie eigentlich mit den Eiern?«

»Essen, natürlich!«

»Ach! Schmecken sie denn wie normale Eier?«

»Normale Eier? Meinen Sie Hühnereier?«

Alice nickte.

»Sie unterscheiden sich ein wenig von den normalen Eiern – unter anderem sind sie größer als das Standardei.«

»Ach so.«

»Klingt so, als wären Sie enttäuscht.«

»Nein, überhaupt nicht.«

»Es wäre wohl aufregender, wenn ich erklärt hätte, dass ich sie für ein seltsames Ritual brauche, zu dem neben Gänseeiern auch Ziegenkadaver gehören?«

Alice rümpfte ihre Nase. »Nein, ich finde, es ist besser, wenn Sie sie einfach essen.«

Alice strich jeden Tag ein paar Stunden. Nachdem sie mit dem Schlafzimmer fertig war, malte sie die beiden anderen Zimmer im ersten Stock in einem zarten Gelb aus, als Nächstes kamen der Treppenabsatz und die Treppe mit einem sehr hellen Cremeton dran. Dem Treppengeländer verpasste sie ein glänzendes Weiß, wobei sie den Handlauf nur mit Klarlack überzog. Unten angekommen, strich sie das vordere Wohnzimmer in einem blassen Lila, das wunderschön aussah, wenn Sonnenlicht darauf fiel; das hintere Zimmer, das Jeans Wohnzimmer gewesen war, strich sie in einem hellen Kaffeebraun. Die Küche bekam denselben cremeweißen Anstrich wie der Flur. Als sie den Teppichboden im Flur und im Erdgeschoss ein wenig anhob, entdeckte sie darunter schöne Holzdielen, die sie abzog und wachste, wobei ihr Emlyn und ihr neuer Freund Bill erneut kräftig zur Seite standen.

Nachdem das erledigt war, wandte sich Alice dem Mobiliar zu. Die Einrichtung im vorderen Wohnzimmer war längst überfällig und landete ohne Umweg in dem gemieteten Container. Sie suchte ein gutes Möbelgeschäft in Bangor auf und kaufte ein recht günstiges (und bequemes) Sofa und einen Sessel für das vordere Zimmer und ein hübsches kleines Sofa für das hintere Wohnzimmer. Sich von Jeans Lieblingsfernsehsessel zu trennen, brachte sie nicht übers Herz, und sie ließ ihn stattdessen mit einem schokoladenbraunen Stoff aus Seidenimitat beziehen, der zu dem des Sofas und zu den hellbraunen Wänden passte. Die gerahmten Geschirrtücher verschwanden von den Wänden und statt ihrer schmückten nun die wenigen schönen Gemälde, die sie von ihren Eltern geerbt hatte, die frisch gestrichenen Wände, neben ein paar sorgfältig ausgesuchten Drucken in hübschen Rahmen. Die Nippesfiguren auf ihren Zierdeckchen wurden alle in Zeitungspapier eingewickelt und in Kartons verstaut, die auf den Speicher wanderten. Nun, da alle Flächen freigeräumt und die Teppiche verschwunden waren, wirkten der Flur und die beiden Zimmer im Erdgeschoss fast doppelt so groß.

Alice betrachtete etwas niedergeschlagen die Küchenschränke. Sie fielen beinahe in sich zusammen, und sie schwor sich, dass sie sich eine neue Küche zulegen würde, sobald sie genügend Geld beisammenhatte. Der kleine Gaskocher war ohnehin kaum noch zu gebrauchen: Nur eine der Kochstellen und der halbe Grill funktionierten, wobei der Backofen glücklicherweise noch seinen Dienst tat. Die Waschmaschine, offensichtlich ein Vorkriegsmodell, war ein schlechter Witz: Es dauerte fast drei Stunden, bis eine Ladung Wäsche durch war, und dann sah sie vor allem verknittert, aber kein bisschen sauberer aus, wenn sie sie herausholte.

Sie beschloss, Mr. Saunders, den Steuerberater ihrer Tante, aufzusuchen. Er schien bester Dinge zu sein. Er berichtete ihr, dass das Geschäft gut dastand; Jean hatte vor kurzem einiges Geld hineingesteckt, so dass Alice es sich leisten konnte, einen Kredit für eine neue Küche aufzunehmen.

Das war schnell geschehen, und sie zog los, um zu sehen, was das Küchenstudio zu bieten hatte. Sie wählte sandfarbene Türen im Shaker-Stil aus, und der Innenarchitekt des Studios erklärte sich bereit, bei ihr vorbeizukommen und ein paar Entwürfe zu machen. Nachdem sie sich auf einen Preis und einen Entwurf geeinigt hatten, wurde die Bestellung aufgegeben, unter anderem auch für eine neue Waschmaschine, einen Wäschetrockner und eine Kühl/Gefrier-Kombination amerikanischen Stils. Die war zwar am teuersten, aber Alice bestand darauf, sie in ihre winzige Küche zu quetschen.

Das Haus war fast zwei Wochen lang eine Baustelle, und Alice hatte schon daran gedacht, vorübergehend bei Emlyn einzuziehen, der sich allerdings sehr darüber aufregte, dass sie die Küche umbauen ließ. Ärgerte es ihn, weil er dachte, sie wollte alle Spuren von Jean auslöschen? Zu guter Letzt war die Küche jedoch von einem engen und muffigen kleinen Loch in einen Raum verwandelt, in dem man sich gerne aufhielt. Ihr neuer Gasherd war aus Edelstahl, genau wie der Backofen, und die Kühl/Gefrier-Kombination war so groß, dass sie mühelos darin Platz gefunden hätte. Der Innenarchitekt hatte es sogar geschafft, neben einer Arbeitsplatte eine kleine Theke mit zwei Barhockern, die darunter passten, unterzubringen.

Alice fing an, ihr neues Haus zu mögen. Es sah jetzt weniger wie ein Museum und mehr wie ein Ort zum Wohnen aus. Sie beschloss, noch etwas von ihren schwindenden Geldmitteln zu verwenden und das Ganze abzuschließen, indem sie das Haus von außen streichen ließ. Gerade rechtzeitig zu Weihnachten.

Weihnachten war immer etwas seltsam für Alice. Normalerweise verbrachte die Feiertage in trauter Zweisamkeit mit Gary, aber dieses Jahr kam Emlyn vorbei, und sie aßen gemeinsam zu Mittag. Emlyn brachte zwei Geschenke mit, eines war von ihm und das andere von Bill.

»Oh, danke!« Alice packte eine etwas unförmige Strickjacke von Emlyn aus.

»Na ja, nachdem du immer klagst, dass es im Laden so kalt ist, dachte ich, dass sie dich warm halten könnte.«

»Das wird sie bestimmt.«

»Sie ist aus Arran, in Schottland.«

»Toll.« Sie behielt die Strickjacke an, um Emlyn eine Freude zu machen, und stellte fest, dass sie tatsächlich sehr warm war. Sie würde damit keine Schönheitswettbewerbe gewinnen, dafür war es sicher das kuscheligste Kleidungsstück, das sie besaß.

Von Bill hatte sie ein Kochbuch bekommen. Eine der Seiten war mit einem blauen Post-it markiert. Sie schlug das Buch an dieser Stelle auf und fand dort ein Rezept für eine Quiche mit Gänseeiern, Zwiebeln und Schinken.

»Das ist ja nett!«

Emlyn bedachte sie mit einem wissenden Lächeln. Dann überreichte sie ihm sein Geschenk.

»Das ist ja unglaublich!«, rief er, als er das Bohrerset auspackte, das er sich schon seit ewigen Zeiten wünschte. In der Schachtel steckten noch fünf Lotteriescheine für den nächsten Samstag. Er umarmte sie.

»Was für ein schönes Geschenk, Alice, danke.« Sein plötzlicher Gefühlsausbruch ließ ihn erröten.

Das Mittagessen kam direkt aus der Feinkostabteilung von Marks & Spencer. Es gab eine kleine gefüllte Truthahnbrust für zwei Personen (und einen Bissen für Gary, der unter dem Tisch saß und mit hungrigen Augen zu ihnen hochsah), Bratkartoffeln, Karotten- und Pastinakenpüree, Maronen und Soße. Das Essen nahmen sie im vorderen Wohnzimmer ein, mit Blick auf den Hafen, über den gerade ein Sturm fegte. Danach guckten sie im Hinterzimmer fern: die üblichen Weihnachtsfilme und ein paar Sketche, die nicht wirklich lustig waren, aber die Zeit vertrieben.

»Lust auf einen Spaziergang?«, fragte Alice Emlyn.

»Jetzt?«

»Ja, warum nicht? Ich bin so satt und könnte es echt vertragen, mir ein bisschen die Beine zu vertreten.«

»Es ist dunkel.«

»Ach komm, ich beschütze dich!«

Sie liefen den verlassenen Pier entlang, und als sie durch die Stadt zurückgingen, fing es an zu schneien, kleine Flöckchen, die in der Luft tanzten und sich auflösten, sobald sie den Boden berührten.

»Wie schön! Glaubst du, er wird liegen bleiben?«, fragte Alice.

»Der Himmel sieht mir ganz danach aus, als würde es nicht so bald aufhören zu schneien, vielleicht wird es sogar noch stärker. Und dann wird der Schnee liegen bleiben.«

Ohne auf seine Proteste zu achten, begleitete Alice Emlyn bis zu seinem Haus, das einen knappen Kilometer von der Shore Street entfernt lag. Während sie nebeneinanderher gingen, überlegte sie, ob sie ihn noch einmal auf seine seltsame Theorie über den Tod ihrer Tante ansprechen sollte. Aber wozu? Sie hatte das Thema wiederholt anzusprechen versucht, aber er schreckte davor zurück wie ein verängstigtes Kaninchen. Abgesehen davon war Weihnachten nicht die richtige Zeit, ihn an so traurige Dinge zu erinnern. Besonders jetzt nicht, da es so friedlich war und so schön schneite.

An seiner Haustür, verabschiedete sie sich von ihm und wünschte ihm noch eine fröhliche Weihnacht. Dann ging sie langsam zurück zu ihrem Haus, während ihr die Schneeflocken ins Gesicht und auf den Mantel fielen. Die Flocken waren größer geworden und mehr. Alice war immer wieder fasziniert davon, wie der Schnee alle Geräusche dämpfte – um sie herum herrschte völlige Stille, das einzige Geräusch, das sie hörte, war das leise Knirschen ihrer Schritte auf dem Bürgersteig. Als sie ihre Haustür aufschloss, war die Vorderseite ihres Mantels schneebedeckt, als hätte sie sich durch einen Schneesturm gekämpft. Eine Weile saß sie am Fenster und sah zu, wie der Schnee ins Meer fiel, dann zog sie die Vorhänge zu und machte Feuer.

»Fröhliche Weihnachten«, sagte sie zu Gary, der zusammengerollt und leise schnurrend auf seinem Lieblingskissen auf dem Sofa lag. Das war ein schöner Tag, sagte sie sich, als sie ihr neues Kochbuch in die Hand nahm und darin herumblätterte.

14

Das Weihnachtsfest war in diesem Jahr grauenvoll gewesen. Am ersten Weihnachtsfeiertag hatte Charles die Zähne fast gar nicht auseinander bekommen. Isabel musste sich zu einem Lächeln zwingen, als sie den vor Freude kreischenden Zwillingen dabei zusah, wie sie ihre Geschenke auspackten. Sie würde lügen, wenn sie behaupten wollte, dass sie nicht mehr als einmal daran gedacht hatte, Charles zu verlassen. Als sie ihren Mann betrachtete, der wie festgeklebt vor der Mattscheibe saß, empfand sie etwas, das sie noch nie empfunden hatte – sie begann, ihn zu verachten. Diese Empfindung wurde noch dadurch verstärkt, dass ihre finanzielle Situation nach wie vor vollkommen unklar war. Sie hatte ihn weder danach gefragt noch seine Briefe über Wasserdampf geöffnet oder ihre Sparkonten überprüft. Sie hatte Angst vor der Wahrheit, wie auch immer sie aussehen mochte.

Während sie das Geschenkpapier wegräumte, versuchte sie sich einzureden, es sei ja nicht so schlimm, dass Charles ihr nichts geschenkt hatte.

»Ich wusste nicht, was du willst. Wir kaufen dir im Januar etwas, das du dir wirklich wünschst, okay?«, hatte er als Erklärung vorgebracht.

Seine Gleichgültigkeit ihr gegenüber war das Schlimmste, was sie je in ihrem Leben erfahren hatte. Wenn die Zwillinge nicht gewesen wären, dann hätte sie ganz bestimmt ihren Koffer gepackt und wäre zu Maggie gezogen.

Isabel servierte Charles, seinen Eltern und den Zwillingen das Weihnachtsmenü. Ursula, Charles Mutter, jammerte während des ganzen Essens.

»Oh, das ist viel zu viel für mich, liebe Isabel!«, hatte sie Isabel getadelt, als diese ihren Teller vor sie stellte. Sie klopfte sich auf den Bauch, praktisch ein nach innen gewölbter Hohlraum, und sagte leise: »Man darf sich nie gehen lassen.«

Isabel glaubte nicht recht gehört zu haben: Je älter diese Hexe wurde, desto weniger taktvoll meinte sie sein zu müssen. Sie hatte Isabel gegenüber schon immer kaum verhohlene Beleidigungen fallen lassen, sogar noch bevor sie zugenommen hatte. Unterstützung heischend sah sie zu Charles, aber der lächelte seine Mutter nur nachsichtig an. Daher zwang auch Isabel sich zu einem Lächeln und biss die Zähne zusammen. Am liebsten hätte sie den Teller genommen und in den Müll gekippt.

»Was du nicht schaffst, kannst du ja einfach stehen lassen«, sagte sie.

Der Vater von Charles hatte sich bereits eine dreiviertel Flasche Wein einverleibt, und seine Nase fing an, der von Rudolf dem Rentier zu ähneln. Als Isabel ihm seinen Teller servierte, sagte er nur: »Scheint so, als ginge uns der gute Rote langsam aus.«

Isabel blickte erneut zu Charles, aber der machte keine Anstalten, sich zu erheben und eine neue Flasche Wein aus der Küche zu holen. Sie trug den Kindern und Charles auf und dann ging sie in die Küche, holte den Wein heraus, öffnete die Flasche, schenkte ihrem Schwiegervater das Glas randvoll ein und wünschte sich insgeheim, dass er daran ersticken möge.

»Gib mir doch mal den Wein, Isabel«, sagte Charles, den Mund voll mit Rosenkohl und Bratkartoffeln.

»Vielleicht darf ich mir erst einmal selbst ein Glas einschenken, ja?«, fuhr sie ihn, den Tränen nahe, an.

»Was hast du denn? Ich habe doch nur um den Wein gebeten.« Charles sah etwas beleidigt aus.

Isabel schnitt in das Stück Truthahn auf ihrem Teller – wenigstens der beklagte sich nicht. Sie fand, dass ihr das Essen gut gelungen war: Das Fleisch war nicht zu trocken, die Bratkartoffeln waren außen knusprig und innen weich, der Rosenkohl war noch knackig und das Karotten- und Pastinakenpüree wunderbar buttrig.

Sie hatte alles selbst gemacht, sogar die Füllung für den verdammten Truthahn, und keiner von diesen Idioten am Tisch sagte ein Wort des Dankes. Amy und Henry futterten drauflos und aßen ihre Teller blank, was von ihrer Seite ein großes Kompliment war. Auch Ursula hatte alles aufgegessen, stellte Isabel voller Befriedigung fest – sie fragte sich, ob sie nicht sogar an dem Blumenmuster herumgekratzt hatte. Die Frau sah wie eine Krähe aus, nur nicht so freundlich. Stahlgraue Haare, zurechtgestutzt zu einem strengen Kurzhaarschnitt; ein dunkles Wollkostüm, das an ihr herunterhing; dürre Beine, die unter dem Rock hervorsahen; schwarze Lackschuhe mit riesigen Samtschleifen; und zur Krönung Perlen um den Hals, an den Handgelenken und den Ohren. Isabel ertappte sie dabei, wie sie die Zwillinge mit leichtem Widerwillen betrachtete – die Frau hatte in den fünf Jahren, seit die Zwillinge auf der Welt waren, nicht ein einziges Mal angeboten, auf die Kinder aufzupassen, nicht ein einziges Mal!

Es herrschte eisiges Schweigen am Tisch. Auch Isabel schwieg – das würde gerade noch fehlen, dass sie die ganze Arbeit machte und dann auch noch für die Unterhaltung sorgte. Ohne die Zwillinge aus den Augen zu lassen, nahm sie sich noch ein paar Bratkartoffeln – und spürte im nächsten Moment, wie Ursulas Blick sich in ihre Hand bohrte. Sie schob sich eine kleine Kartoffel in den Mund und bedachte Ursula mit einem Lächeln. Diese verzog keine Miene.

Es ist Weihnachten, Himmel noch mal, dachte sie, während sie in das verkniffene Gesicht ihrer Schwiegermutter blickte und sich wünschte, dass ihre Mutter über Weihnachten nicht nach England gefahren wäre. Sophie, ihre jüngere Schwester, hatte im Januar geheiratet und feierte Weihnachten als großes Familienfest in Bristol, wo sie und ihr Mann Steve lebten. Isabel und Charles waren auch eingeladen gewesen, aber Charles hatte Nein gesagt – wo sollten dann seine Eltern hin? Nun, wenn sie sich am Tisch umsah, konnte sie nur sagen – zum Teufel mit seinen Eltern! Nächstes Jahr würden sie keine zehn Pferde davon abhalten können, mit den Zwillingen nach Bristol zu fahren.

Sie war froh, dass Maggie über die Feiertage zu ihrem Bruder gefahren war. Michael und seine Freundin Lucinda lebten in Fermanagh, direkt an einem großen See. Sie führten ein wunderbares Hotel, dessen Zimmer mit Himmelbetten ausgestattet waren und Ausblick auf den hübschen See hatten. Zu Weihnachten hatten sie keine Gäste – es waren nur Michael, Lucinda, Maggie und Lucindas Schwester Harriet da, die für drei Tage von Glasgow gekommen war. Nach dem, was sie gehört hatte, hatten sie sich furchtbar betrunken und sich die Bäuche voll geschlagen. Isabel dachte daran, wie schmal Maggie war, und hoffte, dass sie tatsächlich richtig gegessen und nicht nur getrunken hatte.

Nach den Feiertagen war Maggie dann nach Malaga geflogen. Sie hatte beschlossen, dass eine möglichst große Distanz zwischen ihr und Malone Park genau das war, was sie im Moment brauchte.

Silvester war ebenfalls eine Katastrophe gewesen. Kurz bevor sie aufbrechen wollten, hatten sie und Charles so furchtbar darüber gestritten, wie viel sie dem Babysitter zahlen sollten, dass sie einen Augenblick lang tatsächlich geglaubt hatte, er würde sie schlagen. Aber er tat es nicht. Er verließ nur ohne sie das Haus und ging allein auf die Party. Sie hätte ihm folgen können, aber der Streit hatte die Zwillinge so verstört, dass sie zu guter Letzt den Babysitter zahlte und nach Hause schickte. Und dann saß sie in ihren schicken Hosen und dem Glitzertop auf dem Sofa, auf jeder Seite ein Kind, und sah sich Filme an. Um zehn Uhr brachte sie die beiden ins Bett, öffnete eine Flasche Wein, die sie ganz hinten im Kühlschrank gefunden hatte, und stieß mit sich selbst auf das neue Jahr an.

15

Der Wind wehte ihr die Haare ins Gesicht, und eine Strähne blieb an ihrem Lippenstift haften. Sie strich sie sich hinter das Ohr und lachte. José lächelte sie kurz an und wandte seine Aufmerksamkeit dann gleich wieder der Straße zu, ohne die Hand von ihrem schlanken, braun gebrannten Schenkel zu nehmen.

Sie fuhren auf der Küstenstraße nach Malaga. Die letzten zwei Wochen hatte Maggie in Marbella verbracht – sie war einkaufen gegangen, hatte Sex mit dem wesentlich jüngeren Mann gehabt und das erste Mal seit Monaten regelmäßig gegessen. Außerdem hatte es Maggie Riesenspaß gemacht, mit José in seinem Golf-Cabrio die Costa del Sol rauf- und runterzuflitzen.

Als sie den Flughafen erreichten, standen ihre Haare wenig attraktiv in alle Richtungen ab. Sie fuhren noch schnell tanken, und als José das Benzin bezahlen ging, wühlte sie in ihrem Kosmetikkoffer hektisch nach einer Bürste, um ihre Haare wieder in eine Frisur zu verwandeln, die nicht so aussah, als sei sie rückwärts durch eine Hecke gezogen worden.

Maggie wartete in der Kurzparkzone neben dem Auto, während José ihr Gepäck auslud, und fühlte sich etwas unglücklich bei dem Gedanken, gerade im Januar nach

Belfast zurückkehren zu müssen – sie hätte nichts dagegen gehabt, ihren Aufenthalt auf ewig zu verlängern. Gemeinsam liefen sie durch die Abflughalle zum Check-in, hinter einer Horde von Touristen in Trainingsanzügen her. Der fast unbezwingbare Wunsch überkam sie, José zu packen und ihn zurück in die Sonne zu ziehen, weg von den schreienden Kindern und erschöpften Eltern, die den Versuch aufgegeben hatten, ihre Sprösslinge im Zaum zu halten. Aber sie tat es nicht. Ruhig stand sie in der Schlange und reichte dem ernst dreinblickenden spanischen Mädchen am Check-in-Schalter Ticket und Pass.

»Wie viele Gepäckstücke?«

»Vier«, antwortete José und lächelte sie an.

»Das ist mehr, als pro Person erlaubt ist«, verkündete das Schaltermädchen mit einem Blick, der Wasser zum Gefrieren hätte bringen können.

Auch wenn Maggie eindeutig einen Größenvorteil hatte, schaffte es die Spanierin doch, auf sie herabzusehen.

»Ach ja? Auf dem Hinflug hatte ich keine Probleme deswegen.« Maggie versuchte es mit einem gewinnenden Lächeln.

José flüsterte dem Mädchen etwas auf Spanisch zu. Daraufhin ignorierte sie Maggie, blickte auf den Bildschirm vor sich, drückte ein paar Tasten und lächelte dabei immer wieder José an. Der Drucker neben ihr auf dem Tisch spuckte die Gepäckaufkleber aus. Ohne ein weiteres Wort befestigte sie sie an Maggies Koffern, und schon wurden sie vom Laufband davongetragen.

Maggie und José verließen den Schalter.

»Hallo, Ihr Handgepäck ist zu groß, um es mit an Bord zu nehmen!«, brüllte die kleine Hexe Maggie hinterher.

José warf ihr eine Kusshand zu, und sie errötete, winkte Maggie aber trotzdem wieder an den Schalter.

»Okay, du dumme Kuh, jetzt reicht's mir aber mit deinen Faxen!« Maggie machte auf dem Absatz kehrt, und bevor José ein weiteres Mal seinen Charme spielen lassen konnte, war sie zum Schalter zurückmarschiert, beugte sich drohend vor und herrschte das Mädchen an.

»Hören Sie, mir ist klar, dass Sie sich zu Tode langweilen und Ihnen nichts größeres Vergnügen bereitet, als unschuldigen Reisenden das Leben schwer zu machen. In diesem Handgepäck ist ein hochmoderner Computer, und wenn Sie irgendein Problem damit haben, dann würde ich vorschlagen, dass Sie sofort Ihren Vorgesetzten holen und schon mal die nötigen Vorkehrungen treffen, um den Start meines Flugzeugs zu verzögern.«

Woher sollte das Schaltermädchen auch wissen, dass die Tasche bis zum Rand voll war mit Beutestücken einer sehr teuren Shopping-Tour, die Maggie und José nicht mehr in die Koffer gebracht hatten, obwohl sie sich sogar zu zweit darauf gesetzt hatten, um sie zuzubekommen.

Das Mädchen zuckte mit den Achseln und wandte sich dann wieder dem Bildschirm zu.

»Na also, geht doch«, sagte Maggie leise und ging, ohne sie eines weiteren Blickes zu würdigen. Sie konnte sich gerade noch davon abhalten, einen kleinen Luftsprung zu machen.

José stand mit offenem Mund da. »Ich hatte keine Ahnung, dass du so furchteinflößend sein kannst, Maggie!«

Maggie fletschte die Zähne, und dann brach sie in Lachen aus, bei seinem erstauntem Gesichtsausdruck kehrte ihre gute Laune zurück. »Tut mir Leid, aber es kommt ja gar nicht in Frage, dass ich mich von einer wie der schikanieren lasse.«

»Das habe ich bemerkt.«

»Ich muss jetzt einchecken.«

»Ich werde dich vermissen. Sehen wir uns wieder?«

»Vielleicht, wenn ich das nächste Mal in Marbella bin«, antwortete Maggie ausweichend, aber insgeheim erfreut, dass er sie gefragt hatte.

Er winkte Maggie nach, bis sie aus seinem Blickfeld verschwunden war.

Auf dem Weg zur Business-Class-Lounge kam Maggie am Duty-free-Shop vorbei.

Mal kurz hineinschauen kann nicht schaden, dachte sie.

Die Türen zur VIP-Lounge glitten auf, und Maggie ließ sich auf ein Veloursledersofa sinken und stellte Kosmetikkoffer und Handtasche neben sich.

»Darf ich Ihnen etwas zu trinken bringen, Madam?« Wie aus dem Nichts stand plötzlich ein Kellner neben ihr.

»Äh, ja, ein Espresso wäre wunderbar – danke.«

Sie trank die winzige Tasse mit der superstarken Koffeinbombe in einem Schluck aus, nahm ihre Tasche und die Bordkarte und ging zurück zum Hauptterminal mit dem Duty-free-Shop. Die Abflughalle war voll von Leuten, die nach Sandwiches anstanden, sich gegenseitig die Trolleys in die Hacken stießen und auch sonst ziemlich schlecht gelaunt zu sein schienen. Zehn verschiedene Sprachen drangen auf ihre Ohren ein, als sie schnurstracks zur Parfüm- und Kosmetikabteilung eilte. Die nächsten zehn Minuten verbrachte sie damit, sich mit hunderterlei Düften zu besprühen, bis sie nicht mehr sagen konnte, welcher welcher gewesen war, und sie bis zum Himmel stank. Als Nächstes ging sie zur Elizabeth-Arden-Theke, roch an Cremes und testete Nagellacke, bis sie sich ein paar böse Blicke der Verkäuferinnen einfing. Sie entschied sich schließlich für eine Achtstundencreme, über die sie schon viel Gutes gehört hatte, und nahm auf dem Weg zur Kasse noch zwei Toblerone für Isabel und die Zwillinge mit.

Nach der Landung in Belfast spürte Maggie, wie sich ihre neu gefundene Stärke zusehends verflüchtigte. Glücklicherweise hatte sie Isabel gebeten, sie vom Flughafen abzuholen. Sie schob ihren Gepäckwagen aus der Ankunftshalle in den trüben Winternachmittag und spielte mit dem Gedanken, gleich wieder umzudrehen und den nächstbesten Flug zu buchen, der sie an irgendeinen anderen Ort brachte. Aber sie tat es nicht. Stattdessen wickelte sie sich fester in ihre Winterjacke und hielt Ausschau nach Isabels Auto. Sie musste nicht lange suchen, denn eben bog Isabel in einer Karre auf den Parkplatz ein, die sich anhörte wie ein Traktor, der gemütlich über ein Feld zockelt.

»Du bist heil zurück!«, rief Isabel und umarmte ihre Freundin, glücklich, dass Maggie wieder besser aussah.

»Ich bin so froh, dass du mich abholst.«

»Ist mir ein Vergnügen. Wie war's in Spanien?«

»Fantastisch. Tolles Wetter, und die Männer erst!«

»Hör bloß auf, da wird man ja neidisch! Hier hat es seit dem Tag, an dem du fortgefahren bist, entweder geschneit oder wie aus Kübeln gegossen.« Isabel hatte angefangen, Maggies Gepäck in der Kofferraum zu laden.

»Wo sind die Kinder?«

»Zu Hause.«

»Mit Charles?« Maggie war überrascht.

»Nein, mit Mum. Charles ist zur Abwechslung mal in London.«

»Na dann, umso besser, dass ich dir das hier mitgebracht habe.« Maggie holte die Tasche mit der Toblerone und der Achtstundencreme hervor.

»Wow! Elizabeth Arden! Maggs, das sollst du doch

nicht! Und Toblerone auch noch – mein Gott, was werde ich verwöhnt!«

Auch wenn Maggie die Creme ursprünglich für sich selbst gedacht hatte, lächelte sie nun ihre Freundin an, die schon seit einer halben Ewigkeit mit nichts mehr erfreut worden war.

»Weil du es mir wert bist.«

»Ist das nicht die Werbung von L'Oreal?«

»Ist doch egal, wert bist du es mir jedenfalls.«

Dafür wurde Maggie mit einer neuerlichen festen Umarmung belohnt.

»Dann erzähl mal, wie es war«, verlangte Isabel, während sie schon an einer Alpenspitze herumkaute, die sie sich sofort abgebrochen hatte.

Sie hielt Maggie die Schokolade hin, aber die schüttelte den Kopf. »Ich habe einen Mann kennen gelernt.«

»Nein!« Isabel fuhr beinahe gegen den Bordstein.

»Er ist achtundzwanzig und heißt José.«

»Im Ernst?« Isabels Augenbrauen verschwanden vor Überraschung beinahe in ihrem Haaransatz.

»Und noch dazu war er toll im Bett!« Maggie lachte, als ihre Freundin sich beinahe verschluckte.

»Ich bin immer noch attraktiv, weißt du«, fügte sie gespielt beleidigt hinzu.

»Entschuldigung, das habe ich doch gar nicht gemeint! Ich meinte, ich dachte ...«

»Du dachtest, dass ich dort zwei Wochen lang in meinem Apartment sitzen und in Selbstmitleid zerfließen würde, wie ich es die letzten Monate getan habe?«

»Also, so hätte ich es nicht gesagt, aber ...«

»Isabel!«

»Ich mach doch nur Spaß. Ich freue mich, auch wenn ich ein kleines bisschen neidisch bin. Ist er sexy?«

»Ob er was ist? Isabel, du hättest Stielaugen bekommen!«

»Ich habe jetzt schon Stielaugen.«

Die beiden Frauen brüllten vor Lachen, als sie über die M2 nach Belfast fuhren.

16

Alice hatte Jeans Sachen sorgfältig verpackt. Zusammen mit dem Nippes hatte sie auch die in Papier gewickelten Familienfotos in Kisten verstaut, so dass gleichzeitig alle schmerzhaften Erinnerungen weggeräumt waren.

Jetzt, nachdem das Haus mehr ihrem Geschmack entsprach, war es an der Zeit, sich um den Laden zu kümmern und die Rückzahlung des Kredits in Angriff zu nehmen. Die drei Monate, die sie nun schon in Donaghadee lebte, waren wie im Flug vergangen. Gary hatte sich an das Leben am Meer gewöhnt, und es schien ihm zu gefallen, dass er einen eigenen Garten hatte. Mit dem Garten hatte sich Alice allerdings noch nicht weiter beschäftigt. Er war völlig vernachlässigt – Jean hätte sich furchtbar aufgeregt, wenn sie gesehen hätte, wie ungepflegt er war. Immerhin könnte sich Alice ins Freie setzen, wenn die Temperaturen stiegen. Noch war Januar und das Wetter nach wie vor ziemlich ungemütlich.

Während sie eines Nachmittags mit Emlyn das Schaufenster des Ladens umdekorierte, dachte sie darüber nach, ob sie einen Untermieter aufnehmen sollte. Es war toll, ein ganzes Haus für sich zu haben, aber auch ein bisschen einsam. Vielleicht sollte sie eines der Zimmer an eine Frau vermieten, dann hätte sie Gesellschaft.

»Emlyn. Was hältst du davon, wenn ich eine Anzeige aufgebe und mir eine Untermieterin suche?«

»Keine schlechte Idee – es ist gut, wenn du jemanden in deinem Alter um dich herum hast. Es verliert sicher langsam seinen Reiz, mit mir in den Pub zu gehen.«

»Oh, ich habe nicht gemeint –«

»Alice, ich weiß, was du gemeint hat. Ich halte es wirklich für eine gute Idee.«

»Wo sollte ich die Anzeige am besten aufgeben?«

»Na ja, es gibt den *Spectator*, aber das ist eher ein Lokalblatt. Warum versuchst du es nicht mit dem *Belfast Telegraph*? Mit dem erreichst du viel mehr Leute. Ruf an und frag, wie viel es kostet.«

Alice nickte. »Klingt gut, ich werde morgen anrufen.«

»Ruf lieber gleich an – das Telefonbuch liegt neben dem Telefon –, das dauert keine Minute.«

Sie überließ Emlyn seinen Bemühungen, eine Figur aus Scheuerbürsten, Schnur und Besenstielen zu basteln. Für die Haare hatte er einen Besenkopf genommen, als Gesicht diente eine kleine Waschschüssel, und eben befestigte er Bürstenhände an Armen aus Besenstielen.

Alice ließ sich mit der Anzeigenabteilung verbinden und erfuhr, dass der Immobilienteil am Donnerstag erschien und dass die Resonanz viel größer war, wenn man bei den Immobilienanzeigen inserierte, statt einfach nur eine Anzeige in die normale Ausgabe unter Vermischtes zu setzen. Der Preis wurde nach der Anzahl der Wörter berechnet, eine Anzeige war also umso billiger, je kürzer sie war. Als Alice vom Telefon zurückkam, machte sie sich sofort daran, den Text der Anzeige zu entwerfen, die noch im Immobilienteil dieser Woche erscheinen konnte.

Im Handumdrehen hatte sie ihn formuliert: *Mitbe-*

wohnerin für 5-Zi-Haus in Donaghadee gesucht, frisch ren., ÖZH etc., monatl. 250 £, Tel: 91885967.

»Ob das wohl einladend genug klingt?«, fragte sie Emlyn, der eben letzte Hand an seinen Besenstiel- und Waschschüssel-Mann legte.

»Na, du willst ja wohl nicht, dass sich lauter schräge Vögel melden, oder? Du hast gesagt, was du willst, und alle nötigen Informationen gegeben – das reicht völlig. Jetzt ruf an und gib die Anzeige auf. Ich bin schon gespannt, wer sich alles melden wird.«

»Vielleicht hätte ich nicht reinschreiben sollen, wo es liegt – vielleicht will niemand bei mir einziehen.«

»Ruf an.« Emlyn deutete mit strengem Blick in Richtung Telefon.

Nachdem Alice die Anzeige aufgegeben hatte, überlegte sie, wann wohl der erste Anruf kommen würde.

»Nun, ich vermute mal, nicht vor Donnerstagabend«, war Emlyns hilfreicher Kommentar.

»Das ist doch erst in zwei Tagen«, jammerte Alice.

»Komm, hilf mir lieber, die Bürste an seinem Fuß zu befestigen.« Emlyn reichte Alice ein Stück Schnur, und sie beugte sich vor und knotete sie fest.

17

Als der Januar dem Februar wich und die Erinnerungen an ihren Urlaub in Spanien immer mehr verblassten, musste Maggie all ihre Kraft aufbieten, um ihrem Entschluss, sich nicht unterkriegen zu lassen, treu zu bleiben. Isabel war ein wahrer Engel gewesen, und sie wusste nicht, wo sie ohne ihre Freundin jetzt wäre –

wahrscheinlich schon längst eingeliefert in eine dieser Anstalten.

Ihr war klar, dass es so nicht weitergehen konnte und sie das große Haus in Malone Park loswerden sollte. Sie war das Gespött der Leute – nicht, dass sie jemals einen ihrer Nachbarn gesehen hätte, die verkrochen sich in ihren Häusern hinter den von Bäumen gesäumten Einfahrten, aber sie bekam mit, dass getratscht wurde. Sie war sich nicht einmal sicher, ob sie überhaupt weiterhin in Belfast wohnen wollte. Sie hatte Erkundigungen bei zwei Immobilienmaklern eingezogen, die angeblich gut sein sollten. Beide waren zu ihr ins Haus gekommen und hatten ihr Angebot unterbreitet, die Zimmer ausgemessen, die Summe genannt, die Maggie für ihr Haus erwarten konnte, ihr erklärt, wie die Besichtigungen vonstatten gingen und so weiter. Sie wollte nicht dabei sein, wenn sich die Interessenten das Haus ansahen, und als sie sich schließlich für einen Makler entschied, geschah das unter der Voraussetzung, dass er sich darum kümmern würde. Er erklärte sich dazu bereit, stellte eine Mappe zusammen, ließ sich einen Zweitschlüssel von ihr geben und befestigte ein Schild mit der Aufschrift »Zu verkaufen« an ihrem Gartenzaun.

An dem Abend, an dem ihr Haus inseriert wurde, bot der Makler von 19.00 bis 20.00 Uhr eine offene Besichtigung an, deshalb fuhr Maggie zu Isabel.

»Derek stellt sich einem Verkauf also nicht in den Weg?«

»Nein, das ist Teil unserer Trennungsvereinbarung, und er hat mir darüber hinaus den gesamten Verkaufserlös zugestanden.«

»Großzügig von ihm.«

Maggie nickte. »Ich weiß, aber er wird immer noch von Schuldgefühlen geplagt und das mit Recht. Ich glaube, er würde mir sein letztes Hemd geben, wenn ich es von ihm verlangen würde.«

»Muss ganz schön schwer für ihn sein«, meinte Isabel.

»Weißt du, das ist mir wirklich völlig egal.« Maggie blätterte in der Ausgabe des *Belfast Telegraph*, die auf dem Küchentisch lag. »Seltsam, wenn das eigene Haus inseriert wird.«

»Das kann ich mir vorstellen. Ist es nicht ein komisches Gefühl zu wissen, dass wahrscheinlich gerade eine Horde fremder Leute durch dein Haus marschiert, während du nicht da bist?«

»Ja, aber ich habe stundenlang aufgeräumt und sogar eine Putzkolonne für einen halben Tag kommen lassen, so dass es dort jetzt wie auf den Fotos in *Schöner Wohnen* aussieht. Ich bin froh, wenn ich es schnell verkaufen kann.«

»Ich kann es immer noch kaum glauben, dass dein Haus so viel wert ist.«

»Ja, verrückt, nicht wahr? Ich meine, wir haben es vor knapp sieben Jahren gekauft und seitdem hat sich der Wert praktisch verdoppelt.«

»Was fängst du denn mit einer Million an?«

»Falls ich sie kriege!«

»Falls du sie kriegst.«

»Na ja, bestimmt werde ich jede Menge Steuern zahlen müssen, und danach weiß ich noch nicht.«

»Was Kleineres anschaffen?«

»Es klingt albern, aber ich glaube nicht, dass ich mir gleich wieder einen Klotz ans Bein hängen will. Vielleicht miete ich eine Zeit lang etwas. Der Unterhalt von Derek ist mehr als ausreichend. Ich weiß nicht einmal, ob ich alleine wohnen will – ich könnte mir eine Wohnung mit jemandem teilen.«

»Du meinst eine Studentin, eine Mitbewohnerin?«

»Ja, etwas in der Art, könnte doch ganz lustig werden.«

»Maggs, ich glaube, du solltest es dir gut überlegen, bevor du einen solchen Schritt unternimmst. Du bist an einen gewissen Lebensstandard gewöhnt – du weißt doch gar nicht, wie es ist, mit jemandem zusammenzuziehen.«

»Gib mir doch bitte noch einmal die Zeitung.«

Isabel schob ihr die Zeitung zu, schenkte Rotwein nach und ging zum Herd, um nach dem Abendessen zu sehen. »Ich bin immer noch ganz verblüfft, dass Charles mit den Kindern ins Kino gegangen ist, ohne lange herumzustreiten.«

»Hmmm«, Maggie nickte zustimmend hinter der Zeitung. »Schau mal – hier unter den Mietangeboten ist eine Anzeige, in der eine Mitbewohnerin für ein Fünf-Zimmer-Haus in Donaghadee gesucht wird! Was heißt ÖZH?«

»Ölzentralheizung.«

»Woher weißt du das?«

»Hast du eine Ahnung, wie viele bescheuerte Immobilienanzeigen ich lesen musste, bevor wir das hier gefunden haben!« Isabel wedelte mit dem Kochlöffel in der Küche herum.

»Umziehen ist grässlich, was?«

»Das kannst du laut sagen. Es heißt ja, dass es nach einem Todesfall oder einer Scheidung das Schlimmste ist, was man durchmachen kann.«

»Zwei von drei ist nicht schlecht!«

»Oh, Maggs! Ich habe nicht daran gedacht, ich wollte nicht …« Isabel wurde knallrot, als ihr aufging, was sie da gerade gesagt hatte.

»Vergiss es, du musst mich nicht mit Samthandschuhen anfassen – bloß weil wir nicht darüber reden, heißt das ja nicht, dass es nicht passiert ist.«

»Trotzdem war es ziemlich taktlos von mir.«

»Schwamm drüber. Ich bin nicht mehr in Donaghadee gewesen, seit ich ein Kind war. Mum ging mit Großvater immer in dieses kleine Lokal. Wie hieß es gleich noch mal?« Sie trommelte mit ihren lackierten Fingernägeln auf den Küchentisch und versuchte, sich an den Namen zu erinnern. »Irgendwas mit Bell, glaube ich.«

»Nie davon gehört.« Isabel sah Maggie, die geistesabwesend vor sich hinstarrte, fragend an.

»Das ist doch nicht dein Ernst, oder? Ich meine, wo willst du deine ganzen Sachen unterbringen?«

»Vielleicht hat die Frau ja nichts dagegen, dass ich ein paar Möbel mitbringe. Den Rest verkaufe ich entweder oder ich lagere ihn ein.«

»Woher willst du denn wissen, dass es eine Frau ist? Es könnte auch ein perverser alter Kerl sein, der ein bisschen Spaß haben will.«

»Na gut, das werden wir wissen, sobald ich angerufen habe. Darf ich mal dein Telefon benutzen?«

»Maggs, ich finde wirklich, du solltest dir das gründlich überlegen.«

»Ach, Isabel, ein Anruf schadet doch nicht, oder?«

»Ich glaube, du spinnst.« Isabel gab ihr das schnurlose Telefon und wandte sich wieder dem Herd zu.

Ein paar Minuten später drückte Maggie die Trenntaste. »Sie klingt nett und überhaupt nicht nach einem perversen Lüstling, tut mir Leid.«

»Du willst also wirklich hinfahren und dich mit ihr treffen?«

»Ja, morgen früh. Ihr gehört der Haushaltwarenladen neben dem Haus, und sie hat gesagt, wenn sie auf mein

Klingeln nicht aufmacht, soll ich einfach eine Tür weitergehen. Bow Bells!«

»Was?«

»Das ist der Name des Lokals, in dem ich immer mit meinem Großvater war: Bow Bells. Gott sei Dank ist es mir wieder eingefallen – ich habe mir schon Sorgen gemacht, dass ich langsam Alzheimer bekomme.«

»Ich glaube, da musst du mit sechsunddreißig keine Befürchtungen haben. Apropos, was hast du eigentlich an deinem Geburtstag vor?«

»Vergiss es – lass uns einfach so tun, als gäbe es diesen Tag nicht, ja?«

»Maggs, du musst etwas machen! Komm schon, es sind nur noch ein paar Wochen.«

»Was für ein Tag ist der 18. April?«

»Sieh nach, hinter dir hängt ein Kalender.«

Maggie drehte sich auf ihrem Stuhl herum und studierte den Kalender, der an der Pinnwand hinter ihr hing.

»Donnerstag. Schickes Essen in Cinnamon?«

»Ist das nicht ein bisschen zu weit, wenn du bis dahin auf dem Land wohnst?«

»Ha ha, sehr witzig. Also, was hältst du davon?«

»Essen klingt gut, aber nur, wenn ich dich einladen darf.«

»Kommt nicht in Frage – diese kleine Feier geht auf Dereks Rechnung. Außerdem habe ich das Gefühl, dass mal wieder ein Besuch bei Leonard's fällig ist.«

»Du hast einfach Stil«, Isabel kicherte, »aber du musst mich mitnehmen.«

Leonard's war ein sehr teurer Juwelier in der Stadt, und der Besitzer hatte zu Weihnachten und Maggies Geburtstag immer gute Geschäfte mit Derek gemacht. Warum mit bewährten Traditionen brechen? Maggie dachte nach.

»Dieses Jahr ist mir irgendwie nach einem Diamantarmband. Du weißt schon, eines mit sehr, sehr vielen Diamanten!«

»Ich weiß genau, was du meinst!«

Isabel trug den Hühnchen-und-Brokkoli-Auflauf auf, und Maggie machte sich mit einem Appetit darüber her, wie ihn Isabel seit ihrer Rückkehr aus Spanien nicht mehr an ihr erlebt hatte.

»Ich habe mir gerade was überlegt«, sagte Maggie mit vollem Mund.

»Maggie, wenn du eines meiner Kinder wärst, würde ich dir verbieten, mit vollem Mund zu sprechen.«

»Ach, sei still! Ich habe mir gerade überlegt, was du davon hältst, im Sommer mit mir eine Woche nach Spanien zu fahren?«

»Ist das dein Ernst?« Isabel hörte auf zu essen.

»Klar doch, hast du Lust?«

»Blöde Frage. Natürlich habe ich Lust. Aber was ist mit den Kindern?«

»Kann deine Mutter sie nicht nehmen?«

»Vielleicht, aber ich kann sie ihr nicht eine ganze Woche zumuten.«

»Wozu gibt es Ehemänner. Frag Charles.«

»Das soll ja wohl ein Witz sein.«

»Frag ihn, du bist schließlich keine allein erziehende Mutter. Immerhin ist er heute mit ihnen ins Kino gegangen.«

»Ja, und er wird glauben, dass er damit für die nächsten sechs Monate seine Vaterpflichten erfüllt hat.«

»Versprich mir, dass du ihn fragst!«

»Okay, ich verspreche es.«

»Auf unseren Sommerurlaub!« Maggie hob ihr Glas, und Isabel stieß mit ihr an.

»Und darauf, dass du dein Haus für eine Million verkaufst!«

18

Als Maggie am Abend zuvor von Isabel nach Hause gekommen war, hatte sie eine Nachricht des Immobilienmaklers vorgefunden. Er hatte siebenundzwanzig Interessenten durch das Haus geführt, und fünf davon waren offensichtlich ernsthaft interessiert. Der Makler berichtete begeistert, dass er ein Angebot über achthundertfünfundsiebzigtausend Pfund für das Haus erhalten hatte, als er an diesem Morgen mit Maggie telefonierte, riet ihr jedoch zu warten. Das Haus war eben erst auf dem Markt, und er war der Meinung, dass noch bessere Angebote folgen würden.

Beschwingt durch die guten Nachrichten, summte Maggie vor sich hin, während sie sich fertig machte. Sie schlief jetzt wieder im großen Schlafzimmer. Selbstverständlich hatte sie zuvor die Bettwäsche, in der sie Derek und Cliff erwischt hatte, rituell verbrannt. Sie fühlte sich beinahe wie ein neuer Mensch. Es war eindeutig die richtige Entscheidung, das Haus zu verkaufen. Sie fuhr durch Malone Park und bekam fast Lust, allen Häusern, an denen sie vorbeikam, den Stinkefinger zu zeigen.

Auf der Fahrt nach Donaghadee sang sie die ganze Zeit zu der Musik aus dem Radio mit. In der kleinen Stadt angekommen, fuhr sie langsamer, damit sie die Hausnummern lesen konnte. Sie entdeckte das Schild von Maguire's Haushaltswaren und hielt am Straßenrand. Der Laden lag am Ende einer Reihe schmucker

Häuser, die auf den Hafen blickten. Das Schild sah frisch gestrichen aus, so wie das ganze Gebäude. Daneben stand das Haus aus der Anzeige. Es war ebenfalls vor kurzem in einem sehr hübschen Hellblau angemalt worden, während der Laden in einem gebrochenen Weiß erstrahlte. Beide Häuser wirkten sehr einladend – das alles machte einen vielversprechenden Eindruck. Maggie sperrte ihren Wagen ab, ging zu Haus Nr. 20 und klingelte. Keine Reaktion. Sie wollte einen Blick in das vordere Zimmer werfen, konnte jedoch nichts erkennen, weil vor den Fenstern hübsche Baumwolljalousien hingen – vermutlich, damit nicht jeder hineinsehen konnte, dachte sie. Der Anweisung der Frau folgend, ging sie in den Haushaltswarenladen. Hier drinnen war es viel dunkler als auf der Straße.

»Hallo?«, rief sie in das Halbdunkel.

»Hallo. Sie müssen Maggie sein.«

Irgendwo aus dem hinteren Teil des Ladens tauchte eine attraktive blonde Frau auf. Sie trug Jeans und ein Polohemd und hatte ihre langen Haare zu einem wippenden Pferdeschwanz zusammengebunden. Maggie war die junge Frau auf den ersten Blick sympathisch.

»Ja, die bin ich, und wer sind Sie?«

»Ach, Entschuldigung, wie unhöflich von mir. Ich bin Alice.«

Die hübsche Blondine streckte Maggie die Hand hin.

»Freut mich, Sie kennen zu lernen, Maggie. Ich konnte leider nicht drüben auf sie warten, wir haben heute eine Lieferung Blumentöpfe bekommen, die mindestens eine Tonne wiegen, und ich wollte sichergehen, dass sie der Lieferant an der richtigen Stelle ablädt.«

Maggie nickte verständnisvoll, als hätte sie es ständig mit Blumentopflieferanten zu tun.

»Kommen Sie – Sie wollen sich doch sicher das Haus ansehen?«

»Deshalb bin ich hier.« Maggie lachte.

»Klingt nicht so, als stammten Sie aus der Gegend«, bemerkte Maggie, als Alice die Haustür aufschloss.

»Ich bin ursprünglich aus Belfast, aber ich habe elf Jahre in London gelebt, und dort habe ich alles getan, um den Akzent loszuwerden.«

»Warum sind Sie zurückgekommen?«

»Ich habe das Haus und den Laden geerbt.«

»Hatten Sie in London mit Haushaltwaren zu tun?« Maggie war erstaunt.

»Nein!« Alice lachte, als habe Maggie etwas ungeheuer Komisches gesagt. »Ich bin Rechtsanwältin und habe mir für sechs Monate eine Auszeit genommen.«

»Ach so. Dann gehen Sie also nach London zurück?«

»Ich dachte eigentlich, dass ich es gar nicht so lange aushalten würde, aber irgendwie gefällt es mir hier.«

Als Maggie den Flur betrat, spürte sie, wie sich etwas an ihren Knöcheln rieb, und sie fuhr zusammen.

»Oh Gott!«, rief sie erschrocken aus.

»Keine Sorge, das ist nur Gary.« Alice deutete zu ihren Füßen, wo ein einäugiger Kater saß und sie anschnurrte.

»Entschuldigung, dass ich so hysterisch war, aber er hat mir einen ziemlichen Schrecken eingejagt. Ich bin nicht an Katzen gewöhnt.«

»Mögen Sie lieber Hunde?«

»Um ehrlich zu sein, ich bin überhaupt nicht an Tiere gewöhnt.«

»Verstehe. Aber er tut Ihnen bestimmt nichts.«

Maggie kam sich ziemlich albern vor, weil sie so heftig reagiert hatte – der Kater sah im Grunde genommen ausgesprochen harmlos aus.

»Das Haus und der Laden gehörten meiner Tante – sie starb vor ein paar Monaten und hat mir in ihrem Testament beides hinterlassen. Ich habe die Zimmer neu gestrichen und die alten Möbel ersetzt, so weit ich es mir leisten konnte. Die Küche ist funkelnagelneu. Das Einzige, an das ich mich bisher noch nicht gewagt habe, ist der Garten. Ich finde, er hat eine schöne Größe. Vor dem Sommer werde ich ihn noch in Ordnung bringen.«

»Das Haus ist sehr schön geworden«, sagte Maggie und musste nicht einmal schmeicheln. Das Haus war sehr viel kleiner als ihres, und die Möbel waren zum größten Teil schon ziemlich alt. Aber die Zimmer waren nett hergerichtet, und die Küche war einfach entzückend.

»Wollen Sie sich im ersten Stock umsehen?«, fragte Alice.

»Ja, gerne.«

Sie gingen die Treppe hinauf, Alice vorneweg.

Die beiden Schlafzimmer waren erheblich kleiner als Maggies riesiges Schlafzimmer mit dem dazugehörigen marmorgefliesten Bad, aber sie waren frisch gestrichen. Die Betten waren allerdings schrecklich – falls sie ernsthaft in Erwägung ziehen sollte, hier einzuziehen, würde sie ein Bett von zu Hause mitbringen – genauer gesagt würde sie ein Doppelbett aus einem der Gästezimmer mitbringen.

»Sie sehen so aus, als überlegten Sie gerade, wie unbequem die Betten aussehen.«

Maggie nickte.

»Da muss ich Ihnen leider Recht geben, sie sind grässlich, irgendwie ist mir das Geld ausgegangen, nachdem ich die Küche gekauft und das Haus und den Laden neu gestrichen hatte.«

»Ich kann ja mein Bett mitbringen«, sagte Maggie, ohne lange nachzudenken.

»Dann gefällt es Ihnen also?« Alice klang überrascht.

»Na ja, schon, aber ich muss –«

»Sagen Sie nichts, es gibt noch ein paar andere Interessenten. Denken Sie in Ruhe darüber nach und rufen Sie mich in den nächsten Tagen an, dann sehen wir weiter.«

Alice war so freundlich und zurückhaltend; Maggie fühlte sich in keiner Weise gedrängt, und sie ging noch einmal allein durch das Haus und sah sich um. Es hatte wirklich eine angenehme Atmosphäre, und sie konnte sich vorstellen, dass es nett sein würde, mit Alice zusammenzuwohnen. Aber war sie nicht schon ein bisschen zu alt für so etwas wie eine Wohngemeinschaft?

»Darf ich Ihnen eine persönliche Frage stellen?«, fragte Alice.

Sie standen in dem vorderen Zimmer mit Aussicht auf den Hafen. Es wirkte sehr friedlich. Maggie nickte. »Ja, sicher.«

»Nun, es geht mich natürlich nichts an, aber Sie fahren einen schicken Sportwagen, Sie sind gut angezogen, und, na ja, ich hatte nicht erwartet, dass sich auf meine Anzeige jemand melden würde, der, äh, einen so anderen Hintergrund hat.«

Alice bemühte sich offensichtlich, diplomatisch zu sein.

»Sie meinen, ich sehe nicht wie jemand aus, der in eine Wohngemeinschaft ziehen will?«, versuchte Maggie ihr zu helfen.

»Um ehrlich zu sein, kenne ich mich mit so etwas nicht aus – ich mache das zum ersten Mal. In London habe ich allein gelebt – allerdings wohnten in der Wohnung unter mir zwei wirklich gute Freunde. Sie fehlen mir. Es kann ganz schön einsam sein, wenn man allein lebt.«

»Wem sagen Sie das.« Maggie nickte zustimmend. »Ich

bin zum ersten Mal seit sechs, sieben Jahren allein, und es dauert eine Weile, bis man sich daran gewöhnt.«

»Kann ich Ihnen einen Kaffee oder Tee anbieten?«

»Ich nehme gerne einen Kaffee, wenn es Ihnen recht ist.«

Alice verschwand in der Küche. Maggie inspizierte das Wohnzimmer. Es gab ein Sofa, das neu aussah, einen Schreibtisch in der Ecke und eine ziemlich hässliche Kommode mit einer ausgeblichenen und fleckigen Platte, so als hätten darauf irgendwelche Dinge lange Zeit in der Sonne gestanden. Maggie vermutete, dass Alice bis auf das bequem wirkende Sofa mit dem hellen Bezug die meisten Möbel geerbt hatte. Die Aussicht von hier war atemberaubend – sie konnte die Copeland-Inseln erkennen, und an klaren Tagen konnte man wahrscheinlich bis Schottland sehen, das nur ein paar Kilometer entfernt lag. Ihr Sideboard würde sehr gut an die Stelle passen, an der momentan die Kommode stand. Sie setzte sich auf das Sofa – es war eines von denen, in die man sich am liebsten reinkuscheln und niemals mehr aufstehen würde.

»So, da ist der Kaffee.« Alice kam mit einem Tablett zurück, das sie auf der Kommode abstellte.

»Ganz schön hässlich, oder?«

»Wie bitte?«

»Die Kommode.«

Maggie grinste.

Alice reichte ihr einen Becher mit köstlich duftendem Kaffee und bot ihr einen Keks aus einer Schachtel mit belgischem Gebäck an. Maggie bediente sich und tunkte den Keks in den Kaffee. Die Schokolade schmolz und löste sich in der dampfenden Flüssigkeit auf.

»Der Kaffee ist hervorragend.«

»Danke. Susie, meine Freundin, hat mir ein Überlebenspaket mitgegeben, als ich wegging – und da war auch der Kaffee drin.«

»Nette Freundin.«

»Ja, das stimmt. Ich vermisse sie.«

»Wie ist es für Sie, wieder hier zu sein?«

»Am Anfang war es sehr merkwürdig. Aber allmählich gewöhne ich mich daran, ich habe schließlich meine Kindheit hier verbracht. Wie gesagt, ich wollte eigentlich nur sechs Monate bleiben, aber mittlerweile spiele ich mit dem Gedanken, meinen Aufenthalt zu verlängern.«

Die Zeit verging wie im Flug, während Alice von ihrer Tante und den mit ihrer Erbschaft verbundenen Bedingungen erzählte. Maggie hörte gespannt zu; sie machte es sich ganz selbstverständlich auf dem Sofa bequem und nahm eine der angebotenen Zigaretten.

»Und, was ist mit Ihnen?«, fragte Alice, nachdem sie Maggie von ihrem Leben berichtet hatte.

»Ach Gott, wo soll ich da anfangen?« Maggie seufzte, und dann, ohne dass sie hätte erklären können, warum, erzählte sie Alice alles, was in den vergangenen sechs Monate passiert war, einschließlich der Reise nach Spanien und José. Alice hörte ihr zu, ohne sie zu unterbrechen. Maggie hatte das Gefühl, eine Last abzuwerfen, so als spräche sie mit ihrem Therapeuten, nur war das hier billiger.

Irgendwie hat es etwas Befreiendes, wenn man jemandem, den man bis zu diesem Zeitpunkt nicht kannte, aus seinem Leben erzählt, dachte Maggie auf der Fahrt zurück nach Belfast. Sie wäre gern noch länger geblieben. Wahrscheinlich hätten sie den ganzen Tag verplaudert, wenn nicht Emlyn aufgetaucht wäre und Alice gebeten hätte, in den Laden zu kommen, da dort Hochbetrieb herrschte.

»Ich glaube, ich nehme das Zimmer, wenn sie mich will«, erklärte Maggie Isabel, als sie später an diesem Abend mit ihr telefonierte.

»Ist das dein Ernst?« Isabel hatte verblüfft zugehört, als Maggie ihr erzählte, wie gut sie sich mit Alice verstanden hatte.

»Mein voller Ernst.«

In den nächsten Tagen erhielt Maggie weitere Angebote für ihr Haus. Sie konnte gar nicht glauben, dass so viele Leute dort wohnen wollten. Aber sie war natürlich höchst erfreut. Die Angebote waren innerhalb von drei Tagen von achthundertfünfundsiebzigtausend auf neunhundertfünfzigtausend geklettert, und der Makler war genauso zufrieden wie sie.

»Nehmen Sie dies Angebot jetzt an«, riet ihr Seb, der Makler. »Es geht darum, so viel wie möglich für Ihr Haus zu bekommen, ohne dass sich die Bieter gegenseitig zu sehr hochschaukeln. Wenn dann der Meistbietende einen Rückzieher machen sollte, wird der Nächstbietende zuschlagen, ohne lange zu überlegen. Konkurrenz ist nur gut, so lange der Verkauf tatsächlich über die Bühne geht. Denken Sie daran, dass Ihr Haus noch nicht einmal eine Woche auf dem Markt ist. Nichts ist für einen Verkäufer frustrierender, als sich von den verschiedenen Angeboten mitreißen zu lassen, und dann bekommen die Interessenten kalte Füße, und das Haus geht für ein paar tausend weniger weg als erwartet.«

Maggie sagte ihm, dass sie seinen Rat befolgen würde, da es ja schließlich in seinem Interesse lag, den Verkauf so schnell und reibungslos wie möglich abzuwickeln. Was sie ihm nicht sagte, war, dass es ihr jetzt nur noch darum ging, so schnell wie möglich auszuziehen.

Am Montagabend rief Alice an.

»Hallo, ist dort Maggie?«

»Ja, hallo, Alice.«

»Ich hoffe, ich störe Sie nicht – habe ich einen schlechten Zeitpunkt erwischt?«

»Nein, überhaupt nicht.«

»Also, ich weiß, es entspricht nicht ganz den Gepflogenheiten, dass ich Sie anrufe statt andersherum, aber ich habe das Wochenende damit verbracht, mich mit lauter Verrückten zu unterhalten, und ich wollte fragen, ob Sie noch einmal über die Sache nachgedacht haben?«

Maggie lachte, sie war froh, dass Alice sie angerufen hatte.

»Ja, das habe ich. Ich bin sehr interessiert und wollte Sie fragen, ob es möglich wäre, ein paar Möbel mitzubringen?«

»Aber natürlich, ich wäre begeistert!«, rief Alice.

Maggie lächelte erleichtert. »Wollen Sie nicht zu mir kommen, und wir suchen aus, was Ihrer Meinung nach passen würde?«, fragte sie einem spontanen Einfall folgend.

»Sehr gerne, aber das liegt wirklich ganz bei Ihnen. Wenn wir ehrlich sind, ist alles besser als das, was zur Zeit hier rumsteht. Aber nur, wenn Sie es auch wirklich wollen?«

»Aber ja – das erspart es mir, alles zu verkaufen oder einzulagern.«

Sie plauderten weiter und überlegten, wie der Mietvertrag aussehen sollte. Alice sagte, sie würde für Maggie einen Mietvertrag für sechs Monate aufsetzen und danach würden sie ja sehen, wie die Sache lief. Maggie erklärte sich damit einverstanden, und sie verabredeten sich für den folgenden Vormittag.

19

»Sie nimmt es!«, verkündete Alice, als sie am nächsten Tag gut gelaunt in den Laden kam.

Emlyn streckte seinen Kopf zwischen den Gießkannen hervor, die er an Haken an der Decke aufzuhängen versuchte. Sie waren gerade dabei, ihr Angebot probeweise um verschiedene Gartengeräte zu erweitern, um zu sehen, wie sie sich verkauften, bevor sie Grünpflanzen oder Blumen ins Sortiment aufnahmen.

»Wie schön – freust du dich?«

»Sehr. Maggie ist so viel netter als irgendeine von all den Gestalten, die sich vorgestellt haben.«

Maggie war die Erste gewesen, der Alice das Haus gezeigt hatte. Am Wochenende war dann zunächst noch ein lesbisches Pärchen aufgetaucht, das sich ans Meer zurückziehen wollte. Danach kam eine barsche junge Frau Anfang zwanzig mit Tätowierungen auf dem Hals, die sich von Zigaretten zu ernähren schien – in der kurzen Zeit, die sie im Haus war, hatte sie ein ganzes Päckchen weggequalmt. Sie hatte Alice ständig mit einem großen Bündel Geldscheine vor der Nase herumgewedelt, um ihr die Entscheidung für sie leichter zu machen – glücklicherweise war Emlyn dabei gewesen, sonst hätte Alice sich vor Angst in die Hosen gemacht. Außerdem stellten sich noch drei oder vier völlig unscheinbare Mädchen vor, die sie zu Tode gelangweilt hätten. Doch – Maggie war mit Abstand die angenehmste, wenn auch ungewöhnlichste Bewerberin. Alice war überglücklich, dass sie das Zimmer mieten wollte und auch noch ein paar hübsche Möbelstücke mitbringen würde.

»Sie will, dass ich zu ihr komme, um die Möbel mit

auszusuchen, die hier ins Haus passen! Wie findest du das?«

»Soll ich dir noch mal mein Auto leihen?«

»Macht es dir etwas aus?«

»Nein, überhaupt nicht, es ist mir wie immer ein Vergnügen. Wann willst du fahren?«

»Morgen Nachmittag, wenn das in Ordnung ist?«

»Kein Problem, ich kümmere mich um den Laden.«

Alice bedachte ihn mit einem dankbaren Lächeln.

»So, und wo stellen wir die Gartenschirme auf?«, fragte er.

Am nächsten Nachmittag fuhr Alice in Belfast herum und versuchte sich zurechtzufinden. Sie hatte früher im Osten der Stadt gewohnt, aber Maggie lebte im Süden. Auf dem Weg durch das Stadtzentrum folgte sie den Hinweisschildern nach Malone. Sie fuhr die Malone Road entlang, vorbei am Methodist College und an The Bot und The Egg, zwei Pubs, die bei Studenten sehr beliebt waren, zumindest hatte man ihr das erzählt. Die Ulster Clinic zu ihrer Linken zeigte ihr, dass sie richtig war, und sie wechselte auf die äußere Spur, um nach rechts in Richtung Malone Park abzubiegen. Bis hierher hatten Maggies Anweisungen gestimmt. Sie zählte die Abzweigungen auf der rechten Seite, Osborne Park, Myrtlefield Park und dann Maggies Straße. Die steinernen Pfosten, zwischen denen sie durchfuhr, wiesen darauf hin, dass es sich um eine Privatstraße handelte. Alice war noch niemals zuvor in dieser Gegend gewesen, und sie war beeindruckt von der prachtvollen Allee. Sie war viel breiter als die anderen Straßen in dieser Gegend. Die Grundstücke waren riesig; zum Teil konnte man nicht einmal die Häuser sehen. Außer ihr war niemand mit dem Auto unterwegs, daher konnte sie mit Emlyns altertümlichem Mini gemächlich dahinzockeln und nach Maggies Haus Ausschau halten. Maggie hatte ihr gesagt, dass am Gartentor ein Schild mit der Aufschrift »Zu verkaufen« hing. Da war es. Sie bog in die Einfahrt – und ihr stockte beinahe der Atem. Vor ihr ragte ein enormes Gebilde aus roten Ziegeln und Sandstein auf.

»Wow!«, sagte sie leise. Sie erkannte den Mercedes wieder, mit dem Maggie nach Donaghadee gekommen war.

»Warum in aller Welt will jemand von hier weg, schwuler Ehemann hin oder her?«, fragte sie sich, als sie an der Tür klingelte.

Es dauerte eine Weile, bis Maggie an die Tür kam, doch schließlich öffnete sie und ein breites Lächeln erschien auf ihrem Gesicht, als sie Alice sah.

»Kommen Sie, immer herein mit Ihnen!«

Alice betrat die Diele mit einem etwas flauen Gefühl. Sie fühlte sich ein bisschen verloren in dieser beeindruckenden Umgebung.

»Wollen Sie gleich die Besichtigungstour machen, oder trinken wir zuerst Kaffee?«

»Kaffee wäre schön.«

Maggie führte sie in eine großzügige Küche mit einem Fußboden aus Marmor und Arbeitsflächen aus Granit. Die Kücheneinrichtung war aus Massivholz und roch förmlich nach Geld. Allerdings schien Maggie nicht oft zu kochen. Die dekorativ aufgehängten kupfernen Kasserollen waren offensichtlich noch nie benutzt worden, der verchromte Mixer sah funkelnagelneu aus, und der Herd blitzte – entweder kochte sie nicht oder sie hatte eine hervorragende Putzfrau.

»Ich glaube nicht, dass mein Kaffee mit Ihrem mithalten kann – ich habe nur Nescafé!«

»Das macht nichts. Ich mag Pulverkaffee – eigentlich mag ich ihn sogar lieber als frisch gemahlenen.«

Maggie brach in Lachen aus. »Ich auch!«

Sie tranken ihren Kaffee, während sie durch das Haus gingen und sich die Möbel ansahen. Alice ließ sich von Maggie deren Lieblingsstücke zeigen, die ihr sofort gefielen, und sie war nur allzu glücklich, dass Maggie sie mitnehmen würde. Außerdem würde sie ein Doppelbett mitbringen, nicht das übergroße Bett aus dem ehelichen Schlafzimmer, sondern ein kleineres aus einem der Gästezimmer. Es handelte sich um ein französisches Bett mit handbemaltem Holzrahmen mit dazu passenden Nachtkästchen, und Alice fand es sehr schön, und am liebsten hätte sie es für sich gehabt.

»Sie haben wirklich wunderbare Möbel! Ich bin richtig neidisch.«

»Wollen Sie nicht auch ein Paar Nachtkästchen mitnehmen? Sie haben doch gesagt, Ihre gefallen Ihnen nicht, weil sie abgenutzt und altmodisch sind. Wie wär's mit denen?« Sie deutete auf zwei hübsche Kästchen aus hellem Holz mit jeweils drei Schubladen.

»Sie sind wunderschön, wirklich, aber ich kann mir doch nicht etwas von Ihren Sachen nehmen.«

»Sie nehmen sie ja nicht – ich leihe sie Ihnen nur, langfristig natürlich. Wenn Sie sie nicht wollen, muss ich sie verkaufen oder sie landen im Möbellager.«

»Wie wär's, wenn ich sie Ihnen abkaufe?«

»In Ordnung.« Maggie nickte.

»Wie viel?«

»Zehn für beide.«

»Maggie, im Ernst.«

»Das ist mein Ernst. Das alles hat Derek bezahlt, es hat mich keinen Penny gekostet.«

»Das heißt nicht, dass Sie es einfach so weggeben sollten!«

»Tu ich ja nicht – sie kosten zehn Pfund. Und jetzt her mit der Kohle!«

»Okay, okay. Meine Handtasche ist unten.«

Als sie durch alle Zimmer durchgegangen waren, hatten sie eine ganze Reihe Möbel ausgesucht, die sich gut in Alices Haus machen würden, und Alice war stolze Besitzerin der billigsten und hübschesten Nachtkästtchchen, die sie jemals gesehen hatte. Sie hatte versucht, Maggie mehr dafür zu bezahlen, aber die hatte nichts davon wissen wollen.

20

Der Umzugswagen hielt vor dem Haus. Maggie hatte ihr Auto vor der Garage geparkt, damit es nicht im Weg stand. Jetzt rannte sie nach unten, um die Möbelpacker hereinzulassen. Ihr ganzes Leben war in Kisten verpackt, die über alle Zimmer des Hauses verteilt waren.

»Fertig?«, fragte Isabel. Sie war vorbeigekommen, um Maggie beim Umzug zu helfen – und auch moralische Unterstützung zu leisten.

»Fertig«, erwiderte Maggie und machte die Eingangstür weit auf.

Die beiden Männer von der Umzugsfirma erledigten ihre Arbeit schnell und effizient. Eine Woche zuvor hatten sie jede Menge Umzugskartons vorbeigebracht und Maggie und Isabel hatten alles an Kleidung, Einrichtungsgegenständen, Küchengeräten, Büchern, Teppichen und so weiter zusammengepackt, was Maggie mitnehmen konnte. Einige Sachen waren bereits eingelagert worden – vor allem die größeren Möbelstücke. Den Rest hatte sie für wohltätige Zwecke gespendet und außerdem hatte sie ihre Garderobe drastisch reduziert.

»Aber nur, um sie wieder aufzufrischen«, hatte sie mit einem Zwinkern zu Isabel gesagt und gekichert.

Taschen, Schuhe, Jacken, Röcke, Hosen, Mäntel, Skianzüge und alle übrig gebliebenen Sachen von Derek wurden eingepackt und bei einer gemeinnützigen Einrichtung abgeliefert, die einen Laden in der Lisburn Road betrieb und die Sachen hocherfreut in Empfang nahm.

Maggie hatte daran gedacht, ihre Sachen im Déja Vu zu verkaufen, einem Secondhandladen, der nur mit Designerkleidung handelte. Dann hatte sie jedoch beschlossen, dass sie nichts an den Dingen verdienen wollte, für die Derek bezahlt hatte. Das schloss auch die dunkelbraune Hose von Dolce und Gabbana mit ein, die Derek ihr zusammen mit einem Chanel-Kostüm, zwei Gucci-Handtaschen (die sich Isabel schnell unter den Nagel riss) und mehreren Paar Riemchensandaletten von Prada zum Geburtstag geschenkt hatte.

»Ach, hätte ich doch bloß die gleiche Größe wie du!«, jammerte Isabel und betrachtete sehnsüchtig die Hose.

»Isabel, und wenn du dich noch sehr anstrengst, um dich da reinzuquetschen – sie ist dir zu klein.« Maggie lachte, als sie ihre Freundin mit einem Bein in der Hose im Schlafzimmer herumhüpfen sah.

Isabel hätte weinen können.

»Und zu allem Überfluss habe ich auch noch solche Quadratlatschen!« Jetzt versuchte sie ohne Erfolg, ihre Füße Größe 41 in ein Paar von Maggies Sandaletten in Größe 38 zu zwängen.

Die beiden Möbelpacker waren in weniger als einer

Stunde mit dem Einladen fertig. Sie sollten direkt nach Donaghadee fahren, wo Alice auf sie wartete. Maggie und Isabel würden in Maggies Auto folgen.

»Wie geht es dir bei dem Gedanken, das hier zu verlassen?«, fragte Isabel, als Maggie sich ein letztes Mal umsah, um sicherzugehen, dass sie nichts vergessen hatte.

»Seltsamerweise bin ich erleichtert. Klar, ich werde das große Haus vermissen, aber ich freue mich wirklich schon auf meine neue Wohnung.« Sie legte den Arm um Isabel, und zusammen traten die beiden Frauen durch die Haustür und zogen sie hinter sich zu.

Sie fuhren zum Büro des Maklers.

»Bitte sehr.« Maggie überreichte ihm die Schlüssel zu ihrem Haus. Die neuen Besitzer würden gegen Mittag vorbeikommen, um die Schlüssel abzuholen – das Geld lag bei ihrem Rechtsanwalt, und damit war der Verkauf perfekt.

»Alles Gute, Maggie.« Seb, der Makler, schüttelte ihr die Hand. »Viel Glück in Ihrem neuen Heim.«

»Danke, Seb!« Sie grinste und eilte aus der Tür.

Sie stieg wieder in den Mercedes und ließ den Motor an. »Also, auf geht's!«

»Alles erledigt?«, fragte Isabel.

»Ab sofort bin ich keine Hausbesitzerin mehr.«

»Wie fühlst du dich?«

»Als ob ich sechzehn wäre und zum ersten Mal in eine WG ziehen würde – ich bin wahnsinnig aufgeregt.«

Isabel kannte Alices Haus noch nicht und war sehr gespannt.

Maggie beschrieb es ihr in allen Einzelheiten, vom hellblauen Außenanstrich über die Küche mit den Shaker-Möbeln bis zu dem kleinen Zimmer, das sie bald in Besitz nehmen würde.

»Mein Gott, ich kann mir überhaupt nicht vorstellen, dass du in einem Haus wohnst, das jemand anderem gehört! Was machst du bloß ohne eigenes Badezimmer?«, witzelte Isabel.

»Das ist die neue Maggie – diese Maggie wird mit jeder Situation fertig!«

»Prima, so lange die neue Maggie mir nicht die Ohren voll jammert, dass sie nicht genug Platz hat oder dass sich jemand ihre Schuhe ausborgt«, zog Isabel sie weiter auf.

»Alice hat genauso große Füße wie du, und außerdem scheint sie jede Menge Schuhe zu besitzen, dieses Problem werden wir also schon mal nicht haben.« Maggie streckte Isabel die Zunge raus.

Als sie vor dem Haus anhielten, war Isabel überrascht, wie hübsch es aussah.

»Meine Güte, ich hätte nicht gedacht, dass es so schön ist. Die Blumenkästen sind ja ganz süß.«

Maggie nickte und zog den Zündschlüssel ab. Vor ihnen stand der Umzugswagen. Die Eingangstür war offen und die Möbelpacker hatten bereits angefangen, die Umzugskartons ins Haus zu tragen. Als sie auf die Tür zugingen, erschien Alice.

»Hallo, Maggie.« Sie lächelte.

»Hallo, Alice – das ist Isabel. Die allerbeste Freundin auf der ganzen Welt. Sie hat mir geholfen, zu packen und aus Malone Park zu verschwinden.«

»Freut mich, Sie kennen zu lernen.« Alice streckte die Hand aus und Isabel schüttelte sie.

»Ganz meinerseits.«

Sie folgten Alice ins Innere des Hauses und achteten darauf, den Möbelpackern nicht in die Quere zu kommen.

»Gute Idee, jeden Karton zu beschriften, damit die Männer sie gleich ins richtige Zimmer bringen.«

»Dann klappt es also, das hatte ich gehofft.«

»Gott.« Im vorderen Zimmer stapelten sich bereits so viele Kartons, dass man sich kaum noch bewegen konnte. »Tut mir Leid, Alice, ich wusste nicht, dass ich so viel Zeug habe!«

»Kein Problem, das kriegen wir schon hin. Besser als zu Tante Jeans Zeiten wird es in jedem Fall.«

Die nächsten beiden Stunden verbrachten Alice und Isabel damit, die Kartons im Erdgeschoss auszupacken, während sich Maggie denen im ersten Stock widmete.

»Oh Mann, ich hatte ganz vergessen, wie sehr ich Umziehen hasse!«, rief Maggie von oben herunter.

Mittags machten sie Pause und genehmigten sich ein Sandwich. Anschließend zeigte Alice Isabel den Laden und machte sie mit Emlyn bekannt, der vor Neugier fast platzte. Alice wusste, dass es ihn seine ganze Willenskraft gekostet hatte, nicht schnell mal nach nebenan zu laufen, um herauszufinden, ob ihm irgendetwas entging.

»Sehr erfreut, Sie kennen zu lernen.« Emlyn war von Isabel offensichtlich genauso angetan wie von Maggie, und er küsste ihr galant die Hand, wie er es von Cary Grant abgeguckt hatte. Das brachte Isabel zum Kichern und weckte in Alice den Wunsch, ihm eins auf die Nase zu geben.

Am späten Nachmittag hatte Donaghadee eine neue Einwohnerin gewonnen und das Haus dank deren Möbel an Eleganz.

Die drei Frauen ließen sich auf das Sofa im Wohnzimmer plumpsen.

»Moment mal, ich habe ja noch was vergessen.« Maggie sprang auf und schnappte sich ihre Autoschlüssel.

»Bin sofort wieder da.«

»Maggs, was solltest du denn vergessen haben? Du hast alles hergeschleppt, was man sich nur vorstellen kann! Der Himmel stehe Alice bei!«

»Es ist nur was Kleines«, rief Maggie zurück, während sie bereits die Haustür öffnete.

Alice und Isabel blickten einander an, keine von ihnen hatte die geringste Ahnung, wovon Maggie sprach, und sie waren auch viel zu müde, um sich darüber Gedanken zu machen.

»Voilà!«, rief Maggie, als sie zurückkam.

Die beiden Frauen drehten sich zu ihr um und sahen sie eine Flasche Champagner schwenken.

»Lasst uns feiern!«

Alice holte ihre edlen Kristallgläser aus dem Schrank.

»Schöne Gläser«, sagte Isabel und drehte ihr Glas in der Hand, bevor Maggie ihr einschenkte.

»Worauf trinken wir?«, fragte Alice.

»Auf neue Freundschaften und einen neuen Anfang!« Isabel hob ihr Glas.

»Auf neue Freundschaften und einen neuen Anfang!«, echoten Maggie und Alice, und dann stießen sie an und nahmen eine großen Schluck Champagner.

21

Isabel hatte ein paar schreckliche Wochen hinter sich. Seit Maggie ihr Haus verkauft hatte und nach Donaghadee gezogen war, hatte sie sich einsamer denn je gefühlt.

Beim Betreten der Diele dachte sie darüber nach, wie sehr ihr eigenes Haus sie deprimierte. Sie schloss die Eingangstür, bückte sich, um die Post aufzuheben – und da war er, sprang ihr geradezu ins Gesicht. Wieder ein Brief der Bausparkasse, nur steckte dieser hier in einem roten Umschlag. Isabel ließ ihre Handtasche auf den Boden fallen, hob den Brief auf und hielt ihn mit beiden Händen fest. Sie war versucht, ihn zu öffnen und zu lesen. Bei der Vorstellung wurde ihr jedoch ganz übel. Sie legte ihn auf die Kommode in der Diele und ging in die Küche.

»Himmel, wenn ich noch eine Tasse Kaffee trinke, bekomme ich einen Herzanfall«, dachte sie, während sie Wasser aufsetzte.

Sie ging in die Diele, nahm den Brief und kehrte damit in die Küche zurück. Sie hielt ihn gegen das Licht, um zu sehen, ob sie durch den Umschlag etwas erkennen konnte, aber er war zu dick.

»Hör endlich auf, dich so kindisch zu benehmen«, schalt sie sich. »Das hier ist auch dein Haus und deshalb ist es auch deine Hypothek.« Als das Wasser kochte, hielt sie den Umschlag über den Dampf. Sie fuhr mit dem Zeigefinger unter die Lasche, öffnete vorsichtig den Umschlag und zog den Brief heraus.

Langsam las sie ihn, sie verstand nur die Hälfte von dem, was da stand. Sie seien mit den Raten mittlerweile drei Monate im Rückstand – Charles möge sich doch bitte melden, um mitzuteilen, wann mit dem Eingang der Zahlung zu rechnen sei oder ob es irgendwelche Probleme mit den vereinbarten Ratenzahlungen gebe. Am Ende des Briefs, direkt über der Unterschrift, war eine Nummer angegeben. Isabel ließ sich müde auf einen Küchenstuhl sinken.

Charles hatte die Hypothekenraten nicht bezahlt. Sie hatte gar nicht gewusst, wie hoch die monatliche Belastung war – zweitausend Pfund! Sie erinnerte sich an die fehlenden dreitausend Pfund – vielleicht hat er das Geld ja dafür verwendet, dachte sie hoffnungsvoll.

Sie vergrub ihr Gesicht in den Händen, was sollte sie nur tun? Sie steckte den Brief zurück in den Umschlag und klebte ihn wieder zu – es sah nicht besonders überzeugend aus. Vielleicht würde es Charles nicht auffallen, wenn er nach Hause kam, aber das war nicht sehr wahrscheinlich.

Wut stieg in ihr hoch, als sie so in der Küche saß und an die sinnlosen Ausgaben dachte, an das Theater mit Shirley Maxwell, das die gesamte Familie über sich hatte ergehen lassen müssen – und was das gekostet hatte? All das Gerede von Skiurlaub, von Internaten für die Kinder, wenn sie älter waren. Sie lachte in der leeren Küche laut auf.

Für wen zum Teufel hielt er sich eigentlich? Sie konnten nicht einmal die Hypothek abbezahlen! Mit geballten Fäusten lief sie in der Küche auf und ab. So ging es nicht weiter, sie beschloss, ihn zur Rede zu stellen, wenn er am Abend nach Hause kam.

Die Zeit, die ihr noch blieb, bis sie die Zwillinge abholen musste, verbrachte sie damit aufzulisten, wie viel Geld sie auf ihrem Konto hatte und was sie der Baugesellschaft schuldeten, und zu prüfen, ob alle anderen Rechnungen, wie die für Strom und Gas, beglichen waren. Zu ihrer Erleichterung war das der Fall.

Wie gewohnt holte sie die Zwillinge ab und fuhr mit ihnen nach Hause. Mit halben Ohr auf deren Geplapper lauschend, dachte sie über die Ratenzahlungen für die Autos nach. Charles hatte einen Bankkredit aufgenommen, um seinen BMW und ihren kleinen Mercedes zu bezahlen. Da die Raten für seinen Wagen seine Firma übernommen hatte, mussten sie wohl nur noch ihren abbezahlen.

Der Nachmittag zog sich hin, während sie versuchte,

sich abzulenken. Sie malte mit den Zwillingen und spielte im Garten Fußball mit ihnen – Henry versuchte, den Ball zwischen zwei Gartenstühlen durchzukicken, und sie war Torhüter. Es war ein herrlicher Nachmittag – an einem Tag wie diesem war es kaum zu glauben, dass sie so tief in Schwierigkeiten steckten. Halb hoffte sie, dass sie sich alles nur einbildete, aber tief in ihrem Herzen wusste sie, dass es wahr war. Das merkwürdige Benehmen von Charles, seine ständigen Launen, wie er sich hinter der Zeitung verschanzte, die dauernden Vergleiche mit seinen Kollegen. Vielleicht war es in London ja schick, so im Dreck zu sitzen, dachte sie während sie die Kinder am Abend ins Bett brachte.

Sobald sie das knirschende Geräusch von Autoreifen auf dem Kies in der Einfahrt hörte, war sie auch schon an der Haustür.

»Hallo, Isabel«, sagte er fröhlich, als er die Tür öffnete, und stellte seine Aktentasche und den Laptop neben dem Tisch in der Diele ab.

Sie sagte kein Wort, hielt ihm nur den Umschlag hin.

Das Lächeln verschwand aus seinem Gesicht.

Er stellte sich dumm. »Was ist das?«

»Du weißt ganz genau, was das ist. Das ist ein Brief, in dem man uns mitteilt, dass wir seit drei Monaten die Raten für die Hypothek nicht bezahlt haben, Charles.«

»Gib ihn her.« Er trat einen Schritt auf sie zu, sein Gesicht zeigte einen verärgerten Ausdruck.

Sie wich ihm aus. »Wo zum Teufel ist das ganze Geld von unserem gemeinsamen Konto geblieben?«

»Was zum …? Hast du mir etwa nachspioniert?«

»Nein, Charles. Vielleicht erinnerst du dich, letzten Oktober musste ich wieder in den Automobilclub eintreten, weil mein Auto nicht angesprungen ist. Und weißt du was? Ich habe versucht, den Mitgliedsbeitrag mit der Karte für unser gemeinsames Konto zu bezahlen. Du kannst dir sicher vorstellen, wie überrascht ich war, als die Karte nicht akzeptiert wurde. Ich habe beim Telefonbankingservice angerufen und, stell dir vor, es war kein Geld auf unserem Konto. Und es ist immer noch kein Geld drauf. Ich frage mich, wo es geblieben ist.«

»Was willst du damit sagen?« Charles stand vor ihr, ohne sich zu rühren.

»Vielleicht hast du ja eine kostspielige Geliebte in London, Schatz?«

»Wie kommst du denn darauf?«, platzte er heraus.

Seine Reaktion ließ darauf schließen, dass sie falsch lag, und wenn sie auch erleichtert war, sie wollte jetzt nicht lockerlassen.

»Oder du hast deine Leidenschaft für Pferderennen entdeckt.«

»Isabel! Um Himmels willen! Bist du verrückt geworden?«

»Sag du es mir, Charles – bilde ich es mir etwa nur ein, dass dreitausend Pfund verschwunden sind?«

»Verdammt noch mal! Ich schufte den ganzen Tag, und dann muss ich mir so etwas anhören, wenn ich nach Hause komme!«

»Ich hatte nicht den Mut, unser Sparkonto zu überprüfen. Aber ich schwöre dir, Charles, wenn ich herausfinde, dass du unsere gesamten Ersparnisse verjubelt hast, drehe ich dir den Hals um!«, sagte sie, und ihre Stimme wurde dabei immer lauter.

Wütend starrten sie sich an: Isabel, weil sie zugelassen hatte, dass sie und die Kinder in diese Lage geraten waren; Charles, weil er erwischt worden war.

»Ich will alles wissen, Charles – komm bloß nicht auf

die Idee, mir etwas zu verschweigen. Jedenfalls nicht, wenn dir etwas an unserer Ehe liegt.« Sie hatte sich mit in die Hüften gestemmten Armen vor ihm aufgebaut, er brauchte nicht zu denken, dass er mit ihr umspringen konnte, wie er wollte, auch wenn sie innerlich wie Espenlaub zitterte.

Charles konnte sich nicht erinnern, dass ihm seine Ehefrau jemals auf diese Art Paroli geboten hatte. Wenn ihm etwas nicht passte, gab sie normalerweise nach, weil sie keinen Streit wollte. Aber heute Abend war sie wirklich wütend – er hatte ihre Familie gefährdet, das Gleichgewicht ihrer Existenz, und sie war nicht gewillt, sich mit irgendwelchen schwachsinnigen Ausreden abspeisen zu lassen. Einen kurzen Moment lang erwog er, alles abzustreiten. Ihr zu sagen, sie solle den Mund halten, und so weiterzumachen wie bisher. Aber die Dinge standen nicht gut. Er sehnte sich danach, ihr alles zu sagen, in welche Schwierigkeiten er sie gebracht hatte, wie sehr er sie und die Kinder liebte und wie Leid es ihm tat – aber irgendetwas hielt ihn zurück. Sie würde sich so allein gelassen fühlen, so enttäuscht – er konnte es ihr nicht sagen. Was würde sie von ihm denken? Einen Teil wusste sie ja schon, aber das war noch nicht einmal die Hälfte. Konnte er ihr einfach die Wahrheit erzählen? Als er jedoch den verzweifelten Ausdruck in ihren Augen sah, brach es plötzlich aus ihm heraus, all das, was er in den letzten Monaten mit sich herumgetragen hatte.

»Es tut mir so Leid, Liebling – es ist alles verloren, ich habe alles aufs Spiel gesetzt, und ich habe verloren. Ich habe eine neue Hypothek auf unser Haus aufgenommen, das ja ohnehin schon so belastet ist, und alle unsere Ersparnisse aufgebraucht und das Geld, das wir für die Ferien in Disney World zurückgelegt hatten. Es ist alles weg.

Ich habe mich mit den Jungs in London zusammengetan und Aktien einer E-Commerce-Firma gekauft, die angeblich in den Himmel schießen würden. Ich wollte uns zu Millionären machen. Du hättest nicht mehr zu arbeiten brauchen. Du hättest dir keine Gedanken mehr darüber machen müssen, wie viel alles kostet, wir wären dieses schreckliche Haus losgeworden. Ich wollte für uns ein Haus in Frankreich kaufen, damit die Kinder Französisch lernen und du Kochkurse besuchen kannst, wie du es immer wolltest, und ich hätte vielleicht ein paar Tage im Monat als Unternehmensberater gearbeitet. Aber stattdessen habe ich uns praktisch ruiniert. Ich kann die Hypothekenraten nicht mehr zahlen, ich weiß nicht, was ich tun soll. Ich kann mit niemandem darüber reden, bald drehe ich noch durch.« Die Worte sprudelten nur so aus ihm heraus. Er hatte sich in seinem ganzen Leben noch niemals so schwach, so verletzlich und so erleichtert gefühlt.

Sie sah ihn schweigend an.

Er ließ sich auf den Boden sinken, das ständige Theaterspielen und das peinliche Geständnis war über seine Kräfte gegangen.

»Sag doch etwas«, bat er.

»Wie lange geht das schon so?« Sie lehnte sich an die gegenüberliegende Wand, ohne den Blick von seinem Gesicht zu wenden.

»Ein paar Monate. Die Aktien der Firma wurden vom Handel ausgeschlossen; sie sollte an die Börse zurückkehren, doch dann teilte man den Investoren mit, dass sie Konkurs angemeldet hat.«

»Du hast unsere Ehe zu einer Farce werden lassen.« Sie sah ihn mit festem Blick an. Sie hatte es wissen wollen, sie hatte es verlangt. Aber sie hatte nicht damit gerechnet, dass es so schlimm sein würde. »Weder Maggie noch ich haben offensichtlich eine besonders kluge Wahl getroffen.« Sie sah den Schmerz in seinen Augen, als sie das sagte, und sie freute sich darüber – sie wollte ihn verletzen, wollte ihm all die Verletzungen heimzahlen, die er den Kindern und ihr zugefügt hatte. Und warum? Alles nur für einen blödsinnigen Traum, für die Hoffnung, den großen Treffer zu landen.

»Isabel, ich habe nie –«

»Sag nichts, du hast schon genug gesagt. Und was willst du jetzt tun, um den Karren aus dem Dreck zu ziehen, in den du ihn gefahren hast?«

Er schüttelte den Kopf. »Ich weiß es nicht.«

Charles hatte stets die Verantwortung für ihr Leben übernommen; jetzt hockte er hier auf dem Boden wie ein kleiner Junge. Es hatte sie erschreckt zu sehen, wie er vor ihren Augen zusammengebrochen war.

»Wie hoch sind die Schulden?« Sie schaffte es, ihre Stimme ruhig klingen zu lassen.

»Vierhunderttausend.«

»Pfund?«

Er nickte, Tränen liefen über seine Wangen.

»Wie viel ist dieses Haus wert?«

»Vielleicht vierhundertfünfzigtausend.«

»Wenn wir es verkaufen, sind wir dann erlöst von diesem Alptraum?«

»Wenn wir die Rate für den nächsten Monat nicht zahlen, gehört es der Bank.«

»Du hast meine Frage nicht beantwortet.«

Charles hatte seine Ehefrau noch niemals so unnachgiebig und sachlich erlebt; das war eine ganz neue Seite an ihr.

Er nickte. »Vermutlich, falls wir es schnell verkaufen können.«

»Der Markt ist zur Zeit ganz gut, zumindest war er das, als Maggie ihr Haus verkauft hat – Frühling ist eine günstige Zeit, oder?«

»Es würde dir nichts ausmachen?«, fragte er.

»Soll das ein Witz sein? Ich kann dieses Haus nicht ausstehen. Wir ziehen wieder in unser Cottage. Ich nehme an, deine Stelle hast du noch?«

»Ja, die Geschäftsleitung weiß nichts davon – wir haben es für uns behalten.«

»Wir müssen das Haus zum Verkauf anbieten, und zwar schnell. Auf meinem Konto ist genug Geld, um die Rate für diesen Monat zu zahlen und vielleicht auch noch für den Übergangskredit für das Cottage. Wir sollten zusehen, dass wir das Haus schnell loswerden.«

»Isabel, es tut mir so Leid.«

»Das hast du schon gesagt, Charles, aber Entschuldigungen helfen uns jetzt nicht weiter, oder?«

Sie machte auf dem Absatz kehrt und ging die Treppe hinauf, Charles blieb allein zurück.

»Was habe ich bloß getan?«, schluchzte er. Hätte er in diesem Augenblick ein Messer in der Hand gehabt, er hätte es sich in die Brust gestoßen.

Im oberen Stockwerk fing Isabel an zu lachen, als sie ihr Schlafzimmer betrat und sich darin umsah.

Dieses bescheuerte Haus, dachte sie, das für Charles und das Leben, das er führen wollte, so wichtig war, und dann gibt er zu, dass er es genauso wenig ausstehen kann wie ich. Welche Ironie! Es wäre direkt zum Lachen, wenn die Sache nicht so ernst wäre!

Sie riss sich zusammen, nahm einen Stift und einen Notizblock von ihrem Nachttisch und ging wieder nach unten.

Charles hatte sich nicht von der Stelle gerührt. Wie er

da mit verweintem Gesicht und zerknittertem Anzug auf dem Boden saß, sah er irgendwie lächerlich aus. Ihr wurde plötzlich bewusst, unter welcher Anspannung er in den vergangenen Monaten gestanden haben musste, und sie war versucht, ihn in die Arme zu nehmen und an sich zu drücken und ihm zu sagen, dass alles wieder gut werden würde, solange sie zusammenhielten. Sie zwang sich jedoch, hart zu bleiben. Sie wusste nicht, ob alles gut werden würde. Er hatte seine Familie an den Rand des Abgrunds geführt; jetzt galt es, den Schaden zu begrenzen, es war nicht die Zeit, sich zu umarmen und zu küssen.

»Steh auf, wir haben einiges zu tun.«

Charles folgte ihr in die Küche und fuhr sich mit dem Jackenärmel über das Gesicht.

Isabel saß bereits am Küchentisch. Vor sich hatte sie einen Taschenrechner, Papier und Stift liegen.

»So, und jetzt überlegen wir, wie wir aus diesem Schlamassel herauskommen.«

Er setzte sich auf den Stuhl ihr gegenüber und sie machten sich an die Arbeit.

Isabel listete alle ihre Ausgaben auf und rechnete aus, wie hoch sie derzeit waren und wie weit sie sich reduzieren ließen, wenn sie den Gürtel enger schnallten.

»Wenn wir uns ein paar Monate wirklich einschränken, können wir von deinem Gehalt leben«, sagte er schließlich. »Wir könnten noch einmal mit der Bausparkasse verhandeln und mit meinem Gehalt die Raten bezahlen. Wir könnten auch wieder etwas zurücklegen – vielleicht wären sogar die Ferien in Disney World drin.«

»Ein Schritt nach dem anderen.« Isabel starrte auf die Zahlen vor sich. »Vergiss nicht, dass du eine neue Hypothek auf das Haus aufgenommen hast.«

Charles nickte. »Aber wir können es schaffen, Isabel,

ich weiß, dass wir es können.« Ein Schimmer von Hoffnung leuchtete in seinen Augen auf.

»Eines wollen wir klarstellen. Wir sind seit sieben Jahren verheiratet, und in den vergangenen sechs Monaten hast du eine sehr wichtige Sache vor mir geheim gehalten. Ich bin durch die Hölle gegangen; Weihnachten hätte ich dich um ein Haar verlassen. So etwas fördert nicht gerade das Vertrauen, Charles. Wenn wir finanziell überleben und unsere Ehe retten wollen, müssen wir einander vertrauen.«

»Du hast Recht.« Er nickte und verkniff es sich, näher auf die Bemerkung einzugehen, dass sie daran gedacht hatte, ihn zu verlassen.

»Du musst aufhören, mit diesen Schnöseln, die du als deine Kollegen bezeichnest, mithalten zu wollen. Die können einen solchen Schlag vielleicht verkraften, aber wir nicht – sieh doch nur mal, wie weit es dich gebracht hat. Du lieber Himmel, Charles, ich dachte, du hättest eine Affäre oder angefangen zu spielen.«

»Isabel, ich liebe dich doch. Ich würde mich niemals mit einer anderen Frau einlassen.«

Isabel sah ihren Mann an, der sich bemühte, nach diesem Schlag einen Anfang zu machen, und war trotz allem stolz auf ihn. Er hatte zugegeben, dass er Mist gebaut und sie in Schwierigkeiten gebracht hatte, aber jetzt saß er hier mit ihr und überlegte, wie sie aus diesem Schlamassel wieder herauskamen.

»Wie wäre es, wenn wir bei der Bausparkasse anrufen und uns erkundigen, was sich wegen der Hypothek machen lässt?«, fragte sie.

Er war einverstanden, und sie legten fest, wer am nächsten Tag was tun würde.

Als Isabel in dieser Nacht ins Bett krabbelte, war sie

entspannter als seit Monaten. Charles und sie schmiegten sich eng aneinander, und sie schlief tief und fest und wachte erst auf, als der Wecker klingelte.

Charles schlurfte verschlafen unter die Dusche, und sie kuschelte sich in ihr Kissen und dachte über den vergangenen Abend nach. Sie beschloss, niemandem von ihren Geldsorgen zu erzählen. Sie war überzeugt, dass alles wieder in Ordnung kommen würde – es würde nicht einfach sein, aber sie würden es schaffen. Nachdem sie miterlebt hatte, wie es Maggie und Derek ergangen war, hatte sie keine Lust, als Nächste den Gesprächsstoff für die Dinnerpartys in ihrem Bekanntenkreis zu liefern. Als Charles aus der Dusche kam, folgte sie ihm im Morgenmantel nach unten und machte für sie beide Tee.

Charles, der in den letzten zwei Tagen keinen Bissen gegessen hatte, verschlang mehrere Scheiben Toast mit Marmelade. Sein Gesicht war noch immer von Sorgen gezeichnet, aber es verlor schon etwas von der Anspannung, nachdem er endlich sein schreckliches Geheimnis preisgegeben hatte.

Als Charles neben seiner Frau in der Küche saß, fragte er sich zum hundertsten Mal seit dem gestrigen Abend, warum er es ihr nicht gleich erzählt hatte. Er konnte nur ahnen, wie kurz er davor gestanden hatte, sie und die Zwillinge zu verlieren. Bei dieser Vorstellung wurde ihm ganz anders. Ihm war völlig klar, zu welchem Idioten er geworden war, und es beschämte ihn zutiefst. Er hatte sich selbst nicht mehr leiden können.

Bevor er das Haus verließ, nahm er seine Frau in die Arme und gab ihr einen Abschiedskuss, und zum ersten Mal seit langem fuhr er mit dem Gefühl zur Arbeit, ein Mensch zu sein. Er konnte es kaum glauben, dass Isabel zu ihm stand. Sie hatte es ihm vergangene Nacht nicht leicht gemacht, aber wenn er an ihrer Stelle gewesen wäre, hätte er sich wahrscheinlich nicht anders verhalten. Sie hatten zum ersten Mal seit einer Ewigkeit wieder Zeit miteinander verbracht, und er hatte es genossen, auch wenn ihm ein anderer Anlass lieber gewesen wäre. Die ganze Fahrt über summte er zu der Musik aus dem Radio mit.

Er wusste, dass er es durchsetzen konnte, seine Geschäftsreisen erheblich zu reduzieren, um mehr Zeit mit seiner Familie zu verbringen, statt in der Großstadt den tollen Geschäftsmann zu spielen. Anfangs war ihm alles so aufregend vorgekommen, die Typen mit ihren fantastischen Gehältern und riesigen Prämien. Sie gaben das Geld mit vollen Händen aus. Er vermutete, dass für die meisten seiner Londoner Kollegen der Zusammenbruch von E-dock, der Firma, in die sie alle investiert hatten, kaum mehr als eine Unannehmlichkeit war. Er hatte sich ganz schön blenden lassen. Von jetzt an würde er seine Prioritäten richtig setzen.

22

Ein Monat war vergangen, und manchmal wunderte sich Alice immer noch darüber, dass gerade Maggie sich auf ihre Anzeige für eine Mitbewohnerin gemeldet hatte. Das entsprach so ganz und gar nicht ihrem bisherigen Leben. Allerdings schienen sie viel gemeinsam zu haben, abgesehen davon, dass Maggie sechs Jahre älter war als Alice, dazu neigte, Sätze mit »Als ich in Malone Park wohnte« zu beginnen, und süchtig nach Kosmetikartikeln war. Maggie behauptete, es sei ihr unmöglich, durch den Drogeriemarkt zu gehen, ohne wenigstens einen Nagellack auszuprobieren oder einen Lippenstift zu erstehen. Diese Anfälle waren seit dem Scheitern ihrer Ehe noch heftiger geworden, und das Badezimmer ähnelte mittlerweile einer Parfümerie, während Alices bescheidenes Kosmetiktäschchen, das in eine Ecke von Maggies Chromregal verbannt war, eher an eine letzte Ruhestätte für Wimperntusche erinnerte. Manchmal ging Alice ins Badezimmer, öffnete den Schrank und verbrachte eine vergnügliche Stunde damit, Lippenstifte auszuprobieren, sich zu vergewissern, dass ihr blauer Eyeliner nach wie vor nicht stand und Touché Eclat wirklich von Augenringen befreite. Maggie unterstützte sie darin natürlich und war glücklich, wenn sie Alice etwas aus ihrem reichhaltigen Make-up-Sortiment leihen konnte. Als Alice sich einmal über die Anzahl von Kosmetikprodukten in Maggies Besitz wunderte, erklärte ihr Maggie, sie sei der Traum eines jeden Marketingfachmanns: Sie konnte den Verführungen der Werbung einfach nicht widerstehen. Außerdem sehe sie mit ihren dunklen Haaren und ihrem kräftigen (eine Bezeichnung, die sie hasste) Teint aus wie ein schmächtiger Italiener, wenn sie ihre Augen nicht sorgfältig schminke. Alice hielt das für völligen Blödsinn – sie hatte Maggs ungeschminkt gesehen und wusste, dass sie ohne dicke Make-up-Schichten genauso gut aussah.

Alice war ziemlich überrascht gewesen, als Maggie vor ihrer Tür stand. Sie hatte eigentlich irgendein junges Mädchen erwartet, das nach dem neuesten Schrei gekleidet war. Na ja, Maggie war natürlich noch relativ jung, und sie war auch nach dem neuesten Schrei gekleidet – und sie war, wie sich zeigte, genauso umgänglich, wie sie auf den ersten Blick gewirkt hatte.

Schon bald nach ihrem Einzug fing Maggie an, im Laden zu helfen. Manchmal tauchte sie auf und trieb Emlyn auf die Palme, indem sie Artikel auf den Regalen hin und her schob, damit sie besser zur Geltung kamen.

»Nur weil es eine Dose Farbe ist und kein Paar Gucci-Schuhe, heißt das nicht, dass sie es nicht verdient, richtig präsentiert zu werden«, erklärte sie dem genervten Emlyn. Alice hielt sich zurück und ließ sie gewähren. Den Kunden schienen Maggie und der Glanz, den sie in den düsteren kleinen Laden brachte, jedenfalls zu gefallen.

Darüber hinaus war sie ehrenamtlich für zwei gemeinnützige Organisationen tätig. Mit dem Erlös aus dem Verkauf ihres Hauses und dem großzügigen monatlichen Unterhalt von Derek hatte sie es nicht nötig zu arbeiten, aber sie hatte das Gefühl, etwas tun zu müssen, deshalb half sie zwei Vormittage in der Woche in einem Laden der Krebshilfe und einen Vormittag unterstützte sie Oxfam im Kampf gegen den Hunger in der Welt.

Alice konnte noch immer nicht recht begreifen, warum Maggie ihr wunderbares Haus in Malone verkauft hatte und in ihr viel weniger luxuriöses Haus in der Kleinstadt gezogen war. Maggie hatte ihr erklärt, dass sie sich einsam gefühlt hatte, nachdem Claudia weggezogen war, und sie an dem riesigen Haus mit den teuren Möbeln keine Freude mehr gehabt hatte – vor allem, weil die Nachbarn ihr mit einer Mischung aus Mitleid und Schadenfreude begegneten.

»Ich fand den Gedanken, dass sie über mich redeten, einfach schrecklich. Derek hat getan, was er getan hat, und daran kann ich nichts ändern, aber der Teufel soll mich holen, wenn ich mich den Rest meines Lebens zur Zielscheibe des Spotts mache. Außerdem war das Haus für mich allein viel zu groß. Jetzt wohnt ein nettes Paar mit Kindern dort, und es ist das, was es sein sollte, nämlich ein richtiges Heim.«

Sie erklärte, dass ein Umzug die einzige Möglichkeit für sie war, mit dem Geschehenen fertig zu werden – entweder ein Umzug aufs Land oder in einen anderen Teil der Stadt. Da sie in Ruhe darüber nachdenken wollte, welche neue Richtung sie ihrem Leben geben sollte, hatte sie entschieden, dass es für den Augenblick genügen würde, fünfundzwanzig Kilometer nach Osten zu ziehen. Ach, und dann hatte sie ja noch das Apartment in der Nähe von Marbella, wohin sie jederzeit fahren konnte, allein oder zusammen mit Freunden – um sich in die Sonne zu legen, auf einer Shoppingtour bummeln zu gehen und sich von jungen Spaniern verwöhnen zu lassen.

Alice hätte sonst etwas dafür gegeben, eine Woche in der Sonne zu verbringen. Sie konnte sich schon gar nicht mehr daran erinnern, wann sie das letzte Mal im Ausland gewesen war. Ihr Passbild war inzwischen so alt – es zeigte sie noch mit Zahnspange, einer missglückten Dauerwelle und Glitzerlippenstift –, dass sich die Beamten an der Passkontrolle mühsam das Lachen verbeißen mussten. So war es jedenfalls die wenigen Male, als sie ihn vorgelegt hatte, gewesen.

Männern begegnete Maggie mit Misstrauen. Schlank und attraktiv wie sie war, würden die Verehrer nicht lange auf sich warten lassen, sie hätte jedoch kaum weniger Interesse zeigen können.

»Ich mach eben einen auf One-Woman-Show«, witzelte sie mit nachgemachtem amerikanischem Akzent.

In den sechs Monaten seit ihrer Trennung hatte sie sich allmählich mit Derek und seiner Untreue abgefunden. Sie sagte zu Alice, sie würde »den erbärmlichen Wicht niemals mehr eines Blickes würdigen«.

Sie hatte ein paar Wochen gebraucht, um sich an das Leben in Donaghadee zu gewöhnen, das sehr viel ruhiger war als das in Belfast – nicht, dass sie jemals in ein hektisches Arbeitsleben eingespannt gewesen wäre. Donaghadee gefiel ihr als Stadt. Die Leute waren freundlich – im Grunde genommen war es nicht mehr als ein großes Dorf, und sie fand sich schnell zurecht. Belfast lag nur fünfundzwanzig Kilometer entfernt, und die hatte sie mit dem Auto schnell zurückgelegt, wenn sie Isabel besuchte.

Obwohl Isabel inzwischen mehr arbeitete, trafen sie sich weiterhin regelmäßig zum Kaffeetrinken. Manchmal kam Isabel nach Bangor, das auf halber Strecke lag, aber meistens verabredeten sie sich in der Stadt – Maggie liebte ihren wöchentlichen Ausflug, da er ihr die Gelegenheit bot, ihren Lieblingsgeschäften in der Lisburn Road einen Besuch abzustatten.

Maggie wusste, dass zwischen Charles und Isabel etwas vorgefallen war, obwohl sie nicht darüber redete. Vor kurzem noch hatte sich Isabel beschwert, Charles entwickle sich allmählich zu einem Vollidioten, der von all den Dingen besessen war, die er früher verachtet hatte – jetzt sprach sie überhaupt nicht mehr über ihn und lächelte sehr viel häufiger, was ungefähr mit dem Zeitpunkt zusammengefallen war, als sie anfing, mehr zu arbeiten. Sehr merkwürdig, dachte Maggie, weil sie vermutlich finanzielle Probleme dazu zwangen.

Maggie mochte den Laden. Sie mochte all die seltsamen Dinge, die dort verkauft wurden, und fragte sich, wann man wohl jemals so etwas wie Dübel oder Vorhangringe aus Messing brauchte.

»Maggie, ich glaube, ich kenne niemanden, der von praktischen Dingen so wenig Ahnung hat wie du!« Alice lachte, als sie Maggie auf den roten Plastikdübel in ihrer Hand starren sah.

»Wofür soll das denn gut sein?«

»Um schwere Sachen an der Wand zu befestigen, Bilder zum Beispiel, oder Regale.«

Maggie blickte sie verständnislos an.

»Okay, nehmen wir mal an, du willst ein Regal an die Wand bringen, das kannst du ja nicht einfach annageln.« Alice hielt einen kleinen Nagel hoch, um zu zeigen, was sie meinte.

»Gut, so weit komme ich noch mit.«

»Dann weiter – du brauchst also Schrauben, die wiederum kannst du nicht einfach in die Wand drehen, oder?«

Maggie nickte.

»Deshalb bohrst du an der Stelle, an der die Schraube sitzen soll, ein Loch in die Wand und drückst den Dübel rein. Da hinein drehst du die Schraube, der Dübel dehnt sich aus, und das war's! Das Regal oder was auch immer ist sicher an der Wand befestigt.«

»Dehnt sich in dem Loch aus? Wie?«

»Wie ein Tampon!«, rief Alice genau in dem Augenblick, als zwei Frauen mittleren Alters den Laden betraten. Sie sahen sie entgeistert an.

Alice wurde knallrot, und Maggie brach in Lachen aus und verschwand schnell im Hinterzimmer, bis sie sich wieder beruhigt hatte.

»Na, diese Lektion werde ich jedenfalls nicht so schnell vergessen!«, sagte Maggie und grinste, als sie später mit einer Tasse Tee in der Hand wieder auftauchte.

Die beiden Frauen hatten einen Schrubber gekauft und den Laden hastig wieder verlassen, nachdem Alice ihnen ihr Wechselgeld gegeben hatte.

»Oh Mann! Wie peinlich! Glaubst du, sie haben es gehört?«

»Falls sie nicht stocktaub waren, würde ich sagen, ja!«

»Na gut. Aber du hast verstanden. Dübel. Das sind die Tatsachen des Lebens.«

Sie saßen zusammen hinter dem Ladentisch und nippten an ihrem Tee, als sich die Tür öffnete und ein grobschlächtig wirkender Mann hereinkam. Er sah sich im Laden um und ging dann schnurstracks wieder hinaus.

»Was war denn das?«

»Keine Ahnung.«

Nach der Mittagspause kam Emlyn zurück, in bester Stimmung und ungewöhnlich redselig. Maggie half dabei, ein paar Gartenmöbel zu arrangieren, die Alice eventuell in das Sortiment aufnehmen wollte. Hinter dem Laden befand sich ein hübscher Garten, nicht so groß wie der am Haus – mehr so eine Art Innenhof oder Patio, genau der richtige Ort, um einige Sonnenliegen und Tische und Stühle aufzustellen. Maggie mühte sich gerade mit einem Sonnenschirm ab, als die kleine Glocke im Hinterzimmer bimmelte und anzeigte, dass jemand den Laden betreten hatte. Maggie reagierte nicht darauf, da sie wusste, dass Alice und Emlyn im Laden waren und über die neue Schaufensterdekoration diskutierten, die Emlyn sich ausgedacht hatte. Alice bezweifelte, dass an unterschiedlich langen Angelschnüren aufgehängte Hämmer besonders attraktiv waren, und Emlyn versuchte sie vom Gegenteil zu überzeugen.

»Kann ich Ihnen helfen?«, hörte Maggie Alice den unsichtbaren Kunden fragen.

»Ich suche nach Jean, ist sie da?«, fragte eine barsche Stimme.

Maggie schnappte nach Luft, legte den Sonnenschirm

hin und spähte in den Laden. Es schien derselbe grobschlächtige Kerl zu sein, der heute Morgen schon einmal aufgetaucht war.

»Ich fürchte, Miss Maguire ist nicht mehr da«, sagte Alice.

»Ich dachte, das ist ihr Laden«, fuhr der Kerl im gleichen unfreundlichen Ton fort.

Alice, die sich bemühte, diplomatisch zu bleiben, um den Mann nicht in Verlegenheit zu bringen, versuchte es auf eine andere Art.

»Vielleicht kann ich Ihnen ja helfen?«

»Man hat mir gesagt, ich soll mit Jean sprechen.«

»Mein Gott, sie ist tot!«, kreischte Emlyn, schleuderte den Hammer, den in er in der Hand gehalten hatte, auf den Boden und rannte ins Hinterzimmer.

Maggie wollte Alice schon zu Hilfe eilen, aber dann hörte sie, wie Alice mit ruhiger Stimme antwortete.

»Miss Maguire ist letzten Oktober gestorben. Ich führe jetzt den Laden. Vielleicht kann ich Ihnen doch helfen?«

»Ich will mit dem reden, der sich um die Antiquitäten kümmert.« Er klang nicht so, als sei es ihm auch nur im Geringsten unangenehm, einen solchen Aufruhr verursacht zu haben.

»Antiquitäten? Nein, tut mir Leid, das ist ein Haushaltwarengeschäft.« Sie deutete auf die Regale mit Klobürsten, Schraubenziehern, Wäscheleinen und Unkrautvernichtungsmittel.

»Ja, und wer hat dann die Antiquitäten übernommen?«

Mein Gott, der Typ ist ja dümmer, als die Polizei erlaubt!, dachte Maggie. Gerade als sie Alice doch zu Hilfe kommen wollte, schoss Emlyn wie ein geölter Blitz aus dem Hinterzimmer.

»Ich muss Sie jetzt bitten zu gehen.« Er riss die Tür auf. Tageslicht strömte in den Laden.

Der merkwürdige Kerl rührte sich nicht von der Stelle. Er starrte Alice an und wartete auf eine Antwort.

»Tut mir Leid, aber ich habe keine Ahnung, wovon Sie reden. Weiter unten in dieser Straße gibt es einen Antiquitätenhändler, ich glaube, er hat heute geöffnet. Sein Name ist Mr. Farmer.« Alice lächelte noch immer, Maggie hörte jedoch ein Zittern in ihrer Stimme.

»Ich kann ja später noch mal wiederkommen.«

»Sir, ich –« Alice wollte noch etwas sagen, als er den Laden ebenso plötzlich verließ, wie er gekommen war.

Maggie trat an die Hintertür.

»Wer zum Teufel war das denn?«

»Keine Ahnung.« Alice ließ sich hinter dem Ladentisch wieder auf ihren Stuhl sinken. »Aber irgendwie ist mir ganz mulmig geworden. Emlyn, geht es dir gut?«

Emlyn, der immer noch neben der Tür stand, war leichenblass. Er gab keine Antwort.

»Emlyn, hallo!«, rief Maggie.

»Was für eine Unverschämtheit! Man kann doch nicht einfach in einen Laden kommen und in einem solchen Ton mit den Leuten reden – wir sollten die Polizei rufen«, stammelte er.

»Emlyn, geht es dir gut? Setz dich doch.« Alice schob ihm ihren Stuhl hin.

Emlyn schien sie und Maggie völlig vergessen zu haben und lief nervös im Laden auf und ab.

»Emlyn, willst du lieber nach Hause gehen?«, fragte Alice, nachdem sie sein merkwürdiges Verhalten eine Zeit lang beobachtet hatte.

»Nein, nein, mir geht's schon wieder gut.«

Den Eindruck machte er nun gar nicht.

»Emlyn, geh nach Hause, bitte!« Alice hatte langsam genug.

»Ich kann da nicht raus … so allein.«

Alice und Maggie sahen sich erstaunt an. Emlyns Mini stand direkt vor der Tür.

»Komm, Emlyn, ich bringe dich zu deinem Auto«, bot Maggie an.

Er nahm seine Autoschlüssel und seine Jacke vom Haken und ging, ohne Alice anzusehen, die dasaß, ihm hinterherstarrte und sich fragte, was in aller Welt hier gerade vor sich gegangen war.

Zwei Minuten später kam Maggie zurück.

»Was ist bloß in ihn gefahren?«

»Es hat wohl damit zu tun, dass Jeans Name gefallen ist. Ich glaube, er tut sich immer noch schwer, sich mit ihrem Tod abzufinden. Er bildet sich ein, dass sie nicht ausgerutscht ist. Er glaubt, sie wurde gestoßen.«

»Im Ernst?«

Alice nickte.

»Wie kommt er denn auf die Idee? Du hast mir nie irgendwelche Einzelheiten erzählt. Ach je, das tut mir Leid.«

»Schon gut. Ich weiß nicht, was ich glauben soll. Wenn du Jean gekannt hättest, fändest du es auch sehr merkwürdig, dass sie angeblich unterwegs war, um Brombeeren zu pflücken – am Straßenrand! Und dann auch noch zu dieser Jahreszeit, immerhin war schon Oktober. Wenn es Schlehen gewesen wären, hätte ich es ja vielleicht geglaubt. Jean machte hin und wieder Schlehenlikör, aber was zum Teufel hätte sie mit Brombeeren anfangen sollen?«

»Marmelade?«

»Sie war eine fürchterliche Köchin, und sie sagte immer, dass sie nicht einsehe, warum sie etwas selbst machen solle, wenn sie es im Supermarkt kaufen könne. Und Marmelade hat sie schon gar nicht eingekocht. Aber gleichzeitig hat Emlyn keine Erklärung dafür, oder er behauptet es wenigstens, warum jemand eine Frau Mitte sechzig umbringen sollte, die in einem Städtchen am Meer einen kleinen Haushaltwarenladen betreibt. Welchen Grund sollte es geben, sie vor einen klapprigen alten Bus zu stoßen?«

»Und was, meinst du, hat der Kerl gemeint? Du weißt schon, mit den Antiquitäten?«

»Glaubst du, dass das etwas damit zu tun hat?«

»Keine Ahnung. Aber ich finde es seltsam, dass fast sechs Monate nach ihrem Tod ein Mann, den du noch nie zuvor gesehen hast, hier reinkommt und nach ihr fragt, sie sogar beim Vornamen nennt, und dann keine Miene verzieht, als er erfährt, dass sie tot ist. Er hat sich offensichtlich nur für diese Antiquitäten interessiert und irgendjemand hat ihm gesagt, dass er nach ihr fragen soll.«

»Maggie, was sollte sie denn mit Antiquitäten zu tun gehabt haben? Ich meine, das meiste Zeug in ihrem Haus war völlig wertlos – ganz nett, aber sonst nichts. Und im Laden sind auch keine Antiquitäten versteckt – du weißt doch, wie es im Lager aussieht. Sie hat niemals von Antiquitäten gesprochen oder irgendein Interesse daran gezeigt. Geht es um antike Möbel? Antikes Porzellan, Spiegel, oder was sonst?«

»Vielleicht messen wir der Sache zu viel Bedeutung bei. Er kam mir ziemlich ungehobelt vor – vielleicht hat er nur irgendetwas falsch verstanden und gedacht, sie verkauft alte Möbel und nicht nur Möbelpolitur.«

»Wahrscheinlich hast du Recht, aber er scheint Emlyn zu Tode erschreckt zu haben.«

»Denkst du, dass mit ihm alles in Ordnung ist?«

»Ja, ich bin sicher, dass es ihm gut geht.«

»Vielleicht kann er etwas Licht in die Angelegenheit bringen?«

»Schon möglich. Aber jetzt sollten wir uns lieber deine Gartenmöbelausstellung ansehen. Wir könnten uns in Zukunft ja auch als Berater für die Gartengestaltung betätigen.«

»Klingt gut.«

Sie gingen nach draußen, um sich Maggies Werk anzusehen.

Zehn Minuten später bimmelte die Glocke erneut und Bill erschien, bevor Alice in den Laden gehen konnte.

»Dachte ich mir's doch, dass ihr beide hier draußen seid und heimlich raucht«, sagte er grinsend.

»Hey, der Tisch und die Stühle gefallen mir!«

»Was machst du denn an einem so wunderbaren Tag hier?«, fragte Alice. »Heute ist doch gar kein Eiertag.«

»Kann ein Freund nicht einfach mal vorbeischauen, um Hallo zu sagen?« Bill runzelte übertrieben die Stirn.

Maggie verfolgte das Geplänkel und lächelte. Wann würden die zwei es wohl jemals auf die Reihe kriegen? Da konnte man ja nicht mehr zusehen. In dem Monat, den sie jetzt hier wohnte, hatte Bill ständig »einfach mal vorbeigeschaut«. Sie wünschte inständig, dass er sich bald mit Alice verabreden würde, sonst musste sie mal ein Wörtchen mit den beiden reden.

»Übrigens lungert da ein merkwürdiger Typ auf der anderen Straßenseite herum«, sagte Bill. »Er starrt die ganze Zeit rüber. Ist alles in Ordnung?«

»Alles bestens, aber das scheint derselbe Kerl zu sein, der vorhin hier war.«

»Er hat ausdrücklich nach Jean gefragt und darauf beharrt, dass sie mit Antiquitäten handelt!«, fügte Maggie hinzu, um dem Ganzen einen dramatischen Anstrich zu geben.

»Seltsam«, sagte Bill.

»Sagt dir das was?«, fragte Alice.

Bill schüttelte den Kopf. »Nicht das Geringste, tut mir Leid.«

»Wir nehmen an, dass er etwas missverstanden hat«, sagte Alice, »aber Emlyn geriet danach so außer sich, dass wir ihn nach Hause schicken mussten.«

»Das sieht Emlyn gar nicht ähnlich.«

»Ich frage mich, ob der Kerl immer noch da ist«, sagte Maggie.

Sie gingen alle drei vorsichtig zum Schaufenster und versuchten hinauszuspähen, ohne selbst gesehen zu werden. Der Mann saß mit dem Rücken zum Meer auf der Mauer auf der gegenüberliegenden Straßenseite und sprach mit einem zweiten Mann. Bill kannte keinen von beiden.

»Vielleicht hat er Jean ja verwechselt«, sagte Maggie.

Der zweite Mann ging nach ein paar Minuten weg, der andere blieb jedoch noch über eine halbe Stunde lang an der gleichen Stelle sitzen.

»Soll ich rausgehen und mit ihm reden?«, bot Bill schließlich an.

»Nein. Es ist ja nicht verboten, auf einer Mauer zu sitzen. Außerdem ist es mir lieber, wenn er nicht mitbekommt, dass er uns nervös gemacht hat.«

Kaum hatte Alice das letzte Wort gesagt, sprang der Mann von der Mauer, lief die Straße hinunter und verschwand um die Ecke.

»Das Problem wäre gelöst«, sagte Alice.

»Bist du dir sicher?« Bill konnte sich noch nicht entschließen zu gehen.

Alice nickte. »Es ist alles in Ordnung – aber danke für deine Hilfe.«

Jetzt verabrede dich endlich mit ihr, mach schon, verdammt noch mal, dachte Maggie.

»Okay, dann gehe ich mal wieder.«

»Bis bald, Bill.«

Oje! Wie lange brauchte der gute Mann denn noch? Maggie seufzte.

»Was hältst du davon, wenn wir heute früher schließen?«, schlug Alice vor.

»Es ist dein Laden, mir ist es gleich!«

»Komm, wir gehen was trinken.«

Während Alice den Laden zusperrte, sah Maggie sich auf der Straße um, sie entdeckte jedoch keine Spur von dem Unbekannten.

»Die Luft ist rein!«, verkündete sie.

Sie gingen die Hauptstraße entlang und dann den Hügel hinauf in den Pub von Grace Neil, wo sie sich beide einen Gin Tonic genehmigten. In dem Pub war es warm und heimelig, und als dann auch noch eine Band zu spielen begann, herrschte schon bald ausgelassene Stimmung. Sie fühlten sich so wohl, dass sie einfach sitzen blieben und drei weitere Gin Tonic bestellten, gefolgt von einem riesigen Salat mit gebratener Hühnerbrust und einem Stück Bananenkuchen, das sie sich teilten.

Als sie sich später plaudernd und lachend auf den Heimweg machten, waren beide ein bisschen beschwipst.

Plötzlich packte Maggie Alice am Arm und zog sie in den Eingang eines Schuhgeschäfts.

»Sag nichts, da vorn steht wieder dieser Kerl, vor dem Schaufenster des Reisebüros.«

Alice spähte um die Ecke und zog den Kopf gleich wieder zurück.

»Maggs! Spinnst du? Was ist, wenn er gesehen hat, dass wir uns hier verstecken? Was sollen wir jetzt machen?«

»Glaubst du wirklich, er hat uns gesehen?«

»Ich weiß nicht, aber wenn, dann hält er uns wahrscheinlich für zwei Betrunkene.« Alice lächelte kläglich.

»Okay, ich habe übertrieben reagiert – lass uns hintenrum nach Hause gehen«, flüsterte Maggie.

Während sie schnell den Weg nach Hause zurücklegten, wurden beide wieder nüchtern. Als sie vor der Haustür ankamen, hatte Maggie bereits den Schlüssel in der Hand.

»Mach das Licht im Flur nicht an, damit er nicht merkt, dass wir da sind«, sagte Maggie.

»Maggs, er ist uns nicht gefolgt«, beschwerte sich Alice, der vom schnellen Gehen die Füße wehtaten. Sie verdrehte die Augen, aber sie ließ das Licht im Flur aus. Sie machten die Tür zum Wohnzimmer zu, so dass man von der Straße aus kein Licht im Haus sehen konnte.

»Er wird doch wohl nicht um das Haus herumgehen, oder?« Maggie warf einen vorsichtigen Blick in die dunkle Küche.

»Wahrscheinlich hat er sich einfach nur für Teneriffa zum Pauschaltarif von zweihundertfünfzig interessiert«, sagte Alice kichernd. »Warum um Himmels willen sollte er um das Haus herumgehen? Und warum sitzen wir hier eigentlich im Finstern?«

»Psst, er könnte uns hören.« Maggie hielt einen Finger an die Lippen.

»Meinst du, er steht draußen und hält ein Ohr an die Mauer? Maggs, diese Häuser sind über hundert Jahre alt und aus massivem Stein gebaut. Wahrscheinlich würde es noch nicht einmal jemand hören, wenn wir hier drinnen eine Pistole abfeuern.«

Trotzdem saßen beide vor dem leise gestellten Fernseher auf dem Sofa und lauschten mit halbem Ohr darauf, ob sich der Knauf der Haustür drehte oder die Türglocke läutete. Nach einer halben Stunde entspannte sich Maggie so weit, dass Alice Gary nach draußen lassen und den Fernseher lauter stellen durfte, damit sie wenigstens etwas verstanden.

23

Zwei Tage später öffnete Alice die Haustür, und wieder stand dieser Mann vor ihrem Haus, dieses Mal allerdings auf der gegenüberliegenden Straßenseite. Sie musste sich zusammenreißen, um die Tür nicht einfach wieder zuzuschlagen und zurück ins Haus zu flüchten.

Ganz ruhig, tu so, als hättest du keine Angst, sagte sie sich, als sie die paar Schritte zum Laden ging und die Tür öffnete. Wenn du davonläufst, schöpft er nur Verdacht – und er darf auf keinen Fall Verdacht schöpfen! Aber kaum hatte sie den Laden betreten, da verriegelte sie die Tür hinter sich. Sie stand da und wartete darauf, dass Emlyn kam, dann würde sie sich etwas wohler fühlen.

»Sag mal, versteckst du dich etwa hier drin?«, witzelte Emlyn, nachdem Alice die Tür für ihn aufgeschlossen und ihn in den Laden gezerrt hatte.

»Hast du ihn gesehen?«, fragte sie.

»Bill? Nein, es ist noch zu früh für ihn – um diese Zeit hat er immer irgendetwas an seinem Computer zu tun, seine E-Dings holen oder so.«

»E-Mails. Nein, nicht Bill, den Kerl! Erinnerst du dich? Der von vor ein paar Tagen!«

»Oh mein Gott, der Kerl!« Emlyn fasste sich mit einer zitternden Hand an die Brust. Er blickte aus dem Schaufenster. »Wo ist er?«

»Auf der anderen Straßenseite.«

»Nein, da ist niemand zu sehen. Bist du dir sicher, dass er da war?«

»Ja. Aber wahrscheinlich drehe ich langsam durch. Kaum sehe ich einen Typen zwei Mal in einer Woche, habe ich schon das Gefühl, ich werde verfolgt. Stattdessen sollte ich mich wahrscheinlich geschmeichelt fühlen.«

»Meinst du? Ich wäre nicht besonders gerne das Objekt der Begierde eines Monsters.« Emlyn erschauerte.

»Und was war am Samstag?«, wollte Alice wissen. »Warum bist du so ausgeflippt und hast dich nicht mal mehr allein aus dem Laden getraut?«

»Einfach so.« Emlyn wich ihrem Blick aus und starrte auf den Boden.

»Emlyn, wann immer du deine Schuhe anstarrst, siehst du aus wie ein ungehorsamer Fünfjähriger, und man weiß sofort, du lügst, dass sich die Balken biegen. Warum bist du so nervös?«

»Du kannst ganz schön herrisch sein, weißt du das?«

»Emlyn! Versuche nicht, das Thema zu wechseln, darauf fall ich nicht rein. Heraus mit der Sprache!«

»Okay, okay. Ich setz schon mal Wasser auf. Möchtest du Tee oder Kaffee?«

»Wenn das so weitergeht, dann kommt mir der Tee bald zu den Ohren raus, aber was soll's, ja, Tee mit ein bisschen Milch.« Alice trat wieder ans Fenster und sah unruhig hinaus.

»Kommt Maggie heute?«, hörte sie Emlyn aus dem Lager rufen.

»Keine Ahnung, aber ich denke schon. Sie war noch im Badezimmer, als ich ging.«

»Ist ja auch ein weiter Weg zur Arbeit«, witzelte Emlyn und erschien mit zwei dampfenden Bechern Tee.

»Da hast du Recht – schlimmer als zur Rushhour in London.«

»Na, ihr beiden?« Alice und Emlyn schrien vor Schreck auf, als sich die Ladentür öffnete.

»Oh, entschuldige, du bist es, Maggie. Alice hat wieder diesen Kerl gesehen.«

»Nein, wirklich?«

»Ja, aber er ist gleich wieder verschwunden.«

»Komisch ist das.« Maggie nahm den Tee, den ihr Emlyn anbot.

»Emlyn wollte mir gerade etwas erzählen.« Alice blickte Emlyn nach, der eben nach hinten ging, um einen weiteren Becher Tee zu machen.

»Was wollte er erzählen?«

»Warum er am Samstag halb durchgedreht ist.«

Sie warteten, bis Emlyn mit dem Tee zurückkehrte.

»Ich weiß nicht, ob das jetzt der richtige Zeitpunkt ist.« Emlyn warf Maggie einen fragenden Blick zu.

»Komm schon, Emlyn, ich werde keiner Menschenseele etwas sagen.«

»Na ja, es geht um Jean, aber wenn es Alice nichts ausmacht?«

»Tut es nicht, schieß los.«

»Also ...«, Emlyn räusperte sich. »Es war alles gewissermaßen ein Zufall.«

»Was?«, fragte Alice.

»Wenn du die Geschichte hören willst, dann unterbrich mich bitte nicht, ich habe momentan einfach nicht die Nerven, Alice.«

»Entschuldigung.«

»Vor etwa zwei Jahren – ist es schon zwei Jahre her? Egal, es ist ungefähr vor zwei Jahren gewesen. Jedenfalls hatten wir einen Kunden, der schon längere Zeit regelmäßig kam und den wir ganz gut kannten. Irgendwann erkundigte er sich bei Jean, ob sie einen Lagerraum hätte, in dem sie für ihn ein paar Möbelstücke lagern könnte – er sagte, dass er bei sich zu Hause keinen Platz dafür hätte.«

Alice und Maggie schwiegen; er hatte ihre ungeteilte Aufmerksamkeit.

»Wie Jean nun einmal war, erklärte sie sich einverstanden, und im Lauf der Woche kam er dann mit den Möbeln an, und wir schafften sie wie verabredet ins Lager und legten Decken darüber, damit sie geschützt waren. Irgendwann kam der Mann wieder und holte sein Zeug ab. Er gab Jean zweihundert Pfund dafür, dass er seine Sachen bei ihr lagern durfte. Sie wollte das Geld natürlich nicht annehmen, aber er bestand darauf. Wie auch immer, eine Woche später kam er wieder mit irgendwelchen Möbeln an. Inzwischen waren Jean und ich zu dem Schluss gelangt, dass an der Sache irgendetwas faul sein musste, aber sie sagte dem Mann, es sei in Ordnung, wenn es das letzte Mal wäre, weil wir eine große Lieferung erwarteten und dann keinen Platz mehr hätten. Also gut, der Mann kam zurück, aber dieses Mal hatte er nur ein paar kleine Beutel bei sich. Jean nahm sie, und später guckten wir nach, was in den Beuteln war – sie waren randvoll mit Schmuck. Nun, ihr könnt euch vorstellen, dass Jean jetzt erst recht nichts mehr damit zu tun haben wollte, und das erklärte sie dem Mann auch, als er das nächste Mal kam. Allerdings sagte sie nichts davon, dass wir wussten, was in den Beuteln war. Er erklärte, das sei schon in Ordnung, und beließ es dabei. Das dachten wir jedenfalls.

Ungefähr zwei Wochen später tauchte ein Mann hier auf, den wir beide noch nie gesehen hatten. Ein richtiger Grobian, stammte aus Belfast, und er drohte Jean mehr oder weniger, wenn sie nicht weiterhin irgendwelche Sachen lagern würde, würden ihr und dem Laden schreckliche Dinge zustoßen. Sie hatte furchtbare Angst.«

»Mein Gott, warum hat sie mir nichts davon erzählt?«, fragte Alice.

»Und warum ist sie nicht zur Polizei gegangen?«, fragte Maggie.

»Der Mann, der Grobian, sagte ihr, dass sie und der Laden beobachtet würden. Wenn sie zur Polizei ginge und er das mitbekäme, dann –« Emlyn fuhr sich mit der Hand über die Kehle.

Alice wurde übel.

»Ich glaube nicht, dass Jean ihm das abnahm – sie sagte zu mir, dass sie ihrer Meinung nach nur versuchten, sie einzuschüchtern. Aber sie glaubte, dass etwas anderes passieren könnte – dass sie den Laden anzünden würden oder so. Wie dem auch sei, Jean und ich lagerten weiterhin geklautes Zeug, ohne dass wir das wollten. Nach einer Weile gewöhnte sie sich an dieses ständige Kommen und Gehen, auch wenn es ihr nicht besonders gefiel. Manchmal waren sie zwei-, dreimal am Tag hier. Und sie bekam Geld. Sie war überzeugt, dass sie überwacht wurde. Aber dann fingen sie an, das Zeug nicht nur zu lagern und abzuholen, sondern es auch von hier aus zu verkaufen, und schließlich zwangen sie Jean sogar, das für sie zu übernehmen.«

»Nein!«, riefen Alice und Maggie gleichzeitig aus.

»Aber ja, ich sage die Wahrheit. Jean hehlte im Grunde mit Diebesgut! Ich glaube jedenfalls, dass man das so nennt. Die Kerle meinten wohl, dass sie vertrauenswürdig aussah – eine Ortsansässige, die jedermann kannte. Die Gute, Gott segne sie, war vollkommen mit den Nerven runter. Sie hat oft daran gedacht, es dir zu sagen, Alice, oder der Polizei, aber sie hatte schreckliche Angst. Das ging über ein Jahr so. Dann, ungefähr vier oder fünf Monate bevor sie starb, fehlten plötzlich ein paar der ›Antiquitäten‹ aus dem Lager. Sie setzten Jean massiv unter Druck, weil sie dachten, sie habe sie auf eigene Rechnung verkauft. Sie glaubten, Jean versuche in die eigene Tasche zu wirtschaften.«

Emlyn nahm einen Schluck von seinem inzwischen kalt gewordenen Tee. Mit angeekelter Miene stellte er den Becher wieder hin.

»Wie auch immer, sie schikanierten und bedrohten Jean, aber sie gab nicht klein bei. Sie erklärte ihnen, sie sei doch nicht blöd – sie wäre doch die Erste, auf die der Verdacht fiele. Sie erzählte ihnen auch noch irgendein Märchen von einem Einbruch im Laden, um den Verdacht von uns abzulenken, und zeigte ihnen sogar, welches Fenster die Einbrecher angeblich eingeschlagen und wie sie im Lager gewütet hatten.«

Alice und Maggie nickten, als wäre das alles vollkommen logisch.

»Ja, also, wo war ich stehen geblieben? Oh ja, die fehlenden Diamanten.«

»Diamanten!«, rief Maggie, als würde die Geschichte nun erst richtig interessant.

»Genau, es fehlten Diamanten – zwanzig geschliffene Diamanten –, fragt mich bitte nicht, woher sie stammten.« Emlyn legte beide Hände an die Brust auf seinen gemusterten Pullunder.

»Ja und, wer hatte sie genommen?«, fragte Alice, die es vor Spannung kaum mehr aushielt.

»Jean natürlich«, sagte Emyln, als ob das die selbstverständlichste Sache auf der Welt wäre.

»Jean?«

»Ja, aber das habe ich erst später erfahren – sie sagte es mir nicht, weil sie wusste, dass ich ihr es ausreden würde. Sie hatte die Nase voll davon, diesen Gangstern in die Hände zu arbeiten, die sie herumkommandierten und ihren Laden in einen Umschlagplatz für Diebesgut verwandelten, und daher beschloss sie, selbst ein paar Transaktionen vorzunehmen. Es war eine Schnapsidee, und das sagte ich ihr auch, als ich schließlich davon erfuhr. Aber es ging ganz einfach – ich muss schon sagen, Alice, Jean hatte durchaus ein Talent für so etwas.« Emlyn sah einen Moment lang wehmütig vor sich hin und kam dann wieder zu seiner Erzählung zurück. »Sie erklärte mir, sie hätte nur ein paar verkauft und den Rest versteckt.«

»Würde ich dich nicht besser kennen, Emlyn, würde ich schwören, dass du dir das alles ausgedacht hast.«

»Großes Indianerehrenwort.« Emlyn legte mit ernster Miene drei Finger auf sein Herz.

»Zwanzig Diamanten bedeuteten natürlich einen herben Verlust für die Gangster. Nachdem sie feststellen mussten, dass ihre Drohungen nicht dazu führten, dass Jean – oder ich – mit den Diamanten rausrückten, kamen sie zu der Überzeugung, dass es tatsächlich einen Einbruch gegeben hatte und die Diamanten von einer rivalisierenden Bande gestohlen worden waren, und sie zettelten einen Krieg an.«

»Wow! Du und Jean zwischen den Fronten eines Bandenkriegs!« Maggie war beeindruckt.

Alice fühlte sich immer schlechter. So hatte sie Jean nicht gekannt.

»Da Jean nun nicht mehr in der Schusslinie stand, versuchte sie, sich ganz aus der Sache herauszuziehen.« Er hielt inne.

»Und dann?« Maggie beugte sich neugierig vor und fiel dabei fast vom Ladentisch.

»Maggie, hier geht es um meine Tante Jean, nicht um eine idiotische Folge von den *Sopranos*!«

»'tschuldigung.« Maggie versuchte zerknirscht auszusehen, was ihr allerdings nicht ganz gelang.

»Irgendwann kamen sie jedenfalls und nahmen alles mit, was Jean für sie gelagert hatte. Sie sagten ihr, dass sie von nun an Ruhe vor ihnen hätte.«

»Das ist doch gut, oder?«

»Im Grunde schon. Irland ist allerdings kein großes Land, und Jean hatte die Diamanten an jemanden in Dublin verkauft; na ja, offensichtlich hat derjenige gequatscht, und das hat entweder die Bande, mit der wir es zu tun hatten, oder die von ihnen beschuldigte rivalisierende Gang mitgekriegt, jedenfalls waren sie jetzt wieder hinter Jean her. Ich habe viel darüber nachgedacht – Tag und Nacht, das kannst du dir ja wohl denken –, und ich glaube, sie hat es zugegeben, allerdings behauptet, dass sie alle Diamanten verkauft hat und nicht nur ein paar.«

»Ja«, sagte Maggie aufgeregt. »Genau. Sonst hätten sie sie am Leben gelassen, bis sie ihnen gesagt hätte, wo die anderen versteckt sind.«

»Aber«, sagte Alice, »was, wenn sie ihnen das Versteck tatsächlich verraten hat? Vielleicht dachte sie ja, dann wäre sie das Problem los?«

»Aber warum sollten sie sie dann umbringen?«, fragte Maggie.

»Rache?«, schlug Alice vor.

»Hört mal zu«, schaltete sich Emlyn ein, »wir haben an dem Tag, an dem sie starb, morgens noch darüber gesprochen, und sie schwor, sie würde ihnen die übrigen Diamanten niemals aushändigen, egal was passiert. Ich weiß, wie stur Jean sein konnte – sie hat ihnen garantiert nicht gesagt, wo die Diamanten sind.«

»Warum hast du das eigentlich nicht alles der Polizei erzählt, Emlyn?«, fragte Alice.

»Ich habe es ja versucht. Aber die taten so, als würde ich einen Haufen Unsinn reden. Zugegeben, ich klang wahrscheinlich nicht besonders überzeugend – aber ich konnte ihnen ja nur sagen, dass ich das alles vermuten würde. Ich konnte doch nicht erzählen, dass ich von all dem Kenntnis hatte, dass ich ein Komplize war! Sie erklärten mir, dass es ein Vergehen sei, die Zeit der Polizei unnötig zu verschwenden.« Emlyns Stimme bebte, und er sah so aus, als würde er jeden Augenblick in Tränen ausbrechen. »Und dann hielt ich es auch für besser, Gras über die ganze Geschichte wachsen zu lassen. Wenn Jeans Tod ein Racheakt gewesen war, sollte damit alles ein Ende haben. Wenn ich dagegen die Polizei auf die Spur der Gangster bringen würde, hätte ich sie garantiert auch bald auf dem Hals.«

»Na ja, angesichts dessen, dass sie jetzt wieder aufgetaucht sind und nach den Diamanten suchen, hast du wohl Recht«, sagte Maggie. »Sie haben sie nicht bekommen!«

»Und wo sind sie dann?«, fragte Alice.

»Ich habe keinen blassen Schimmer – sie wollte es mir nicht sagen.«

»Wie viele waren denn noch übrig?«

»Auch das weiß ich nicht.«

»Verdammt, Emlyn, willst du damit sagen, dass sich in diesem Laden vielleicht eine unbekannte Anzahl Diamanten befindet?« Alice zitterte, als sie ihn das fragte.

»Oder im Haus.« Emlyn nickte verzagt. »Ich habe überall gesucht. Ich sage dir, wenn sie mir unter die Finger gekommen wären, hätte ich sie dem Nächstbesten gegeben, der in den Laden gekommen wäre und nach ihnen gefragt hätte!«

Alice fühlte sich einer Ohnmacht nahe.

Maggie dagegen machte einen aufgeregten Eindruck. »Das ist also der Grund, warum dieser seltsame Typ hier aufgetaucht ist.«

Emlyn nickte. »Auch wenn ich ihn noch nie gesehen habe. Ich hatte gehofft, dass es vorbei ist. Sie müssen irgendwie herausbekommen haben, dass Jean nur ein paar der Diamanten verkauft hat.«

»Oh Gott, was für ein Durcheinander!« Alice vergrub den Kopf in den Händen.

Die Türglocke bimmelte, und alle sahen wie verschreckte Kaninchen zur Eingangstür, durch die eben der erste Kunde des Tages trat.

»Entschuldigung, aber die Tür war offen – Sie haben doch geöffnet?«

»Natürlich, kommen Sie nur rein«, Emlyn winkte einladend.

Es war eine junge Mutter mit einem kleinen Mädchen – sie wollte sich zwei Schlüssel nachmachen lassen. Emlyn begab sich sofort an seine Werkbank.

Alice spritzte sich kaltes Wasser ins Gesicht, während Maggie einen starken Kaffee zubereitete, in den sie einen Schluck von Emlyns Whiskey goss. Er hielt ihn in einem Schrank im Büro versteckt, in dem Glauben, dass weder Alice noch Maggie etwas davon wussten. Als sie den Whiskey in den Schrank zurückstellte, suchte sie ihn rasch ab, ob sich nicht vielleicht doch ein Beutel mit Diamanten darin verbarg.

24

Isabel hatte bei der Versicherungsfirma einen weiteren Vormittag die Woche heraushandeln können, und als Muriel stürzte und sich das Schlüsselbein brach, übernahm sie für die Zeit, in der sich ihre Kollegin erholte, auch noch deren drei Nachmittage. Muriel tat ihr zwar Leid, aber der Unfall ermöglichte es ihr, mehr Geld zu verdienen und das auch noch zum richtigen Zeitpunkt. Sie machte im Supermarkt in der Malone Road einen Aushang und war überrascht, wie viele Aufträge sie bekam. Sie hatte fast jeden Abend etwas zu tun; Charles zeigte ihr, wie sein Computer funktionierte, und dann legte sie los. Sie und Charles schufteten beide wie verrückt und sparten jedes Pfund, das ihnen übrig blieb. Sie hatten ein Gespräch mit der Bausparkasse und eines mit der Bank. Die waren zwar nicht gerade begeistert, als sie vom Stand der Dinge in Kenntnis gesetzt wurden, aber da die beiden von sich aus nach einer Lösung des Problems suchten, hatte sich die Bausparkasse damit einverstanden erklärt, dass sie die monatlichen Rückzahlungsraten verringerten und das Haus zum Verkauf anboten. Mit der Bank konnten sie sich darauf einigen, dass Charles' Gehalt auf ein eigenes Konto ging, von dem die Hypothek und der Überbrückungskredit abbezahlt würden und auf das sie bis auf weiteres keinen Zugriff haben sollten. Alle anderen Ausgaben bestritten sie mit dem Geld, das auf Isabels Konto einging. So eng war es finanziell für sie noch nie gewesen, aber wenn sich das Haus verkaufen ließ, sollte in ein paar Monaten das Schlimmste überstanden sein.

Das Verkaufsschild wurde in der ersten Aprilwoche

aufgestellt. Sie hatten denselben Makler wie Maggie gewählt und fanden, nachdem Seb ihr Haus geschätzt hatte, dass es tatsächlich so gut war, wie Maggie gesagt hatte.

Um Isabels Mund stahl sich sogar ein Lächeln, als sie das erste Mal in die Einfahrt fuhr und das Schild dastand. Im Gegensatz zu Maggie machte es ihr nichts aus, fremde Leute in ihrem Haus herumzuführen. Sie fand es interessant, was sie zu den einzelnen Zimmern sagten. Zu ihrer Überraschung schien den meisten Leuten das Haus zu gefallen. Isabel verband aber auch keine besonderen Erinnerungen mit dem Haus: Die Liebe zwischen ihr und Derryvolgie Avenue war nie besonders ausgeprägt gewesen. Es gab nicht so viele Gebote, und sie kamen auch nicht so rasch wie für Maggies Haus, aber es waren doch eine Menge Interessenten, die es sich ansehen wollten. Der Makler führte sie tagsüber herum und Isabel und Charles abends. Seb war zuversichtlich, dass sie mindestens vierhundertfünfzigtausend Pfund bekommen würden. Sie hofften inständig, dass er Recht behielt.

»Mann, es ist ganz schön anstrengend, das Haus immerzu sauber und präsentabel zu halten. Besonders, weil wir auf Joanne verzichten müssen.«

Joanne hatte sich mit Tränen in den Augen von Isabel verabschiedet, die sich wie eine schreckliche Verräterin vorkam, aber sie hatte Joanne die Wahrheit gesagt: Sie könnten sie sich nicht länger leisten, so Leid es ihr auch täte.

Maggie gegenüber war Isabel immer noch nicht mit der Sprache herausgerückt, warum sie ihr Haus verkauften.

»Es geht mich ja auch nichts an«, hatte Maggie gesagt, als Isabel sich dafür entschuldigte, dass sie sie nicht einweihte.

»Danke.« Isabel war froh, dass sie ihrer Freundin nichts erklären musste.

»Aber wenn du meine Hilfe brauchst, musst du mir nur Bescheid geben.«

Isabel nickte, dankbar für das Angebot, auch wenn sie nicht die Absicht hatte, irgendjemanden um irgendetwas zu bitten.

Maggie und Isabel saßen bei ihrem wöchentlichen Kaffeekränzchen zusammen, allerdings am Nachmittag. Maggie hatte Isabel einfach zu Hause überfallen und darauf bestanden, dass sie die verdammte Tipparbeit liegen ließ und mit ihr einen Kaffee trinken ging. Es war ein sonniger Apriltag, aber doch noch nicht so warm, dass sie draußen sitzen konnten, daher entschieden sich die beiden Frauen für einen Fenstertisch in ihrem Lieblingscafé.

Maggie machte sich zunehmend Sorgen um Isabel. Sie war keineswegs überzeugt davon, dass es ihrer Freundin gut ging. Sie wusste natürlich, dass das Haus zum Verkauf stand, aber Isabel hielt offensichtlich mit irgendetwas hinter dem Berg. Genauso wusste sie, dass der Verkauf eines Hauses sehr belastend sein konnte und dass es manchmal half, wenn einem jemand zur Seite stand, der bereits dasselbe durchgemacht hatte und darüber hinaus auch noch mit einer gescheiterten Ehe fertig werden musste.

Allerdings hatte Isabel bei ihren letzten Telefonaten recht fröhlich geklungen – selbst wenn sie in der Arbeit war, hatte sie einen erstaunlich munteren Eindruck gemacht, während sie dort früher immer vollkommen genervt war. Seltsam. Äußerst seltsam. Und jetzt, als sie in dem sonnendurchfluteten Café saßen, musste sie zugeben, dass sie sich getäuscht hatte, zwischen Isabel und Charles braute sich keineswegs etwas zusammen, wie sie vermutet hatte, die beiden schienen sich eher wieder näher gekommen zu sein. Sie freute sich, dass es ihrer Freundin so gut ging.

»Was auch immer gerade in deinem Leben vor sich geht, jedenfalls kannst du wieder lächeln!«, sagte sie zu Isabel.

»Wir haben über alles geredet. Charles fährt nicht mehr so oft nach London, und im Büro läuft es gut. Ich habe eine Menge Schreibarbeiten übernommen, und offen gestanden macht es mir sogar Spaß, weil ich auf diese Weise endlich lerne, mit dem Computer umzugehen. Ich hatte schon das Gefühl, dass ich zum alten Eisen gehöre, weil ich mich so überhaupt nicht mehr damit auskannte! Aber seit letzter Woche bin ich sogar im Internet! Weißt du, wir haben am Empfang einen Computer, mit dem man surfen kann, aber weder Muriel noch ich waren bislang in der Lage, ihn zu benutzen! Jetzt kann ich sogar meinen Kontostand auf dem Bildschirm überprüfen – übrigens sind auch fast alle großen Läden online.«

»Wirklich? Aber verdirbt einem das nicht ein wenig den Spaß am Einkaufen?«

»Na ja, ich habe online nichts gekauft, nur geguckt. Aber man kann sich seine Einkäufe landesweit liefern lassen, das ist schon praktisch, wenn es regnet und man keine Lust hat rauszugehen!«

»Du musst mir unbedingt zeigen, wie man so ein Ding benutzt – ich habe schließlich auch keine Lust, zum alten Eisen zu gehören.«

»Klar, mache ich gerne. Ich freue mich schon darauf, wenn Muriel in zwei Wochen zurückkommt – sie wird sich bestimmt schwarz ärgern, wenn sie mich wie einen Crack mit dem Computer umgehen sieht!«

»Isabel –« Maggie zögerte. »Sag, geht es dir wirklich gut?«

»Wirklich, Maggs, uns geht es gut, besser denn je sogar. Du hast ja mitbekommen, dass es finanziell bei uns nicht gerade zum Besten steht, aber das wird sich schon bald ändern. Weihnachten hinter mich gebracht zu haben, war eine Riesenerleichterung. Es gibt eine Lösung, und wir arbeiten darauf hin. Seltsam, dass Charles und ich erst etwas Schlimmes durchmachen müssen, um wieder zueinander zu finden. Habe ich dir schon erzählt, dass wir wieder miteinander schlafen – du weißt schon ...«

»Dachte ich mir doch, dass diese Wangen etwas rosiger als sonst aussehen!«

»Ich bin so glücklich,« Isabel lächelte versonnen, dann schlug sie sich die Hand vor den Mund. »Gott, Maggs! Was bin ich doch für ein Trampel!«

»Sei nicht albern. Mir geht's auch schon wieder viel besser.«

»Gefällt es dir noch bei Alice?«

»Aber ja! Ich helfe gern im Laden aus, und Emlyn und ich verstehen uns inzwischen richtig gut. Ich habe entdeckt, dass er ziemlich witzig sein kann, und wir spielen seit ein paar Wochen sogar zusammen Lotto – oder habe ich dir das schon erzählt? Nicht, dass wir bislang etwas gewonnen hätten, aber es macht Spaß.«

»Hört sich nett an.«

»Ich finde es wirklich schön, Isabel – auch wenn Alice gerade einige Sorgen hat. Als wir uns das letzte Mal gesehen haben, habe ich dir nichts davon gesagt, aber seit Neuestem hängt immer so ein Typ bei uns rum.«

»Dieser Bill, von dem du erzählt hast?«

»Nein, Bill ist ein Goldschatz! Ich glaube, er hat ein Auge auf Alice geworfen, aber sie hat es noch nicht gemerkt.«

»Welcher Typ dann?«

»Keine Ahnung, wer er ist. Manchmal sitzt er auf der Mauer gegenüber vom Laden. Alice bekommt jedes Mal fast einen Herzanfall, wenn sie ihn sieht.«

»Vielleicht ist er ja nur der Dorfdepp.«

»Emlyn sagt, er hätte ihn noch nie zuvor gesehen. Er sieht aus wie einer, der zum organisierten Verbrechen gehört. Und er spricht mit Belfaster Akzent.«

»Und daraus ziehst du deine Schlüsse? Du hast auch einen Belfaster Akzent! Pass bloß auf, Maggs, pass bloß auf, dass du nicht hinter Gittern landest!«

Maggie lachte. »Red keinen Unsinn!« Sie lehnte sich auf ihrem Stuhl zurück und nippte an ihrem dampfenden Caffé Latte.

»Jetzt mal im Ernst, willst du mir etwa weismachen, dass er in das organisierte Verbrechen verwickelt ist, nur weil er einen Belfaster Akzent hat?«

Maggie zögerte. »Na ja, das ist ja nicht das Einzige. Am ersten Tag kam er in den Laden und fragte nach Jean.«

»Oje, war es das, was Alice so verstört hat?«

»Ja, auch. Emlyn jedenfalls kriegte sich gar nicht mehr ein. Das Seltsame daran war, dass es dem Typen völlig egal zu sein schien, dass Jean tot ist und dass die beiden sich so aufregten.«

»Warst du dabei?«

»Ja, ich war hinten im Hof. Alice will Gartenmöbel und Blumentöpfe und solche Sachen ins Sortiment aufnehmen, und ich habe draußen eine Ausstellung vorbereitet. Aber ich habe gelauscht und alles mitgekriegt, was er sagte. Er wollte wissen, ob Alice nun anstelle von Jean mit Antiquitäten handeln würde!«

»Antiquitäten?« Isabel war im Laden gewesen und wusste, dass das älteste Stück darin die Kasse war.

»Ja. Ich habe nur Bahnhof verstanden. Alice sagte jedenfalls, nein, das täte sie nicht, dies sei schließlich ein Haushaltwarengeschäft. Er sagte, er habe gehört, dass Jean mit Antiquitäten handle, und dann rastete Emlyn aus, und der Kerl verschwand.«

»Das ist wirklich seltsam.«

»Emlyn war danach richtig fertig, und Alice sagte, er solle nach Hause gehen, aber er hat sich nicht mal allein zum Auto getraut. Was ihm gar nicht ähnlich sieht. Er hat uns mehr Nerven gekostet als der seltsame Typ, das kann ich dir sagen.«

»Habt ihr mit der Polizei geredet?«

»Was sollen wir ihnen denn sagen? ›Da ist ein Typ, der ein bisschen seltsam aussieht, können Sie ihn bitte von unserem Laden fern halten?‹ Das geht ja wohl kaum.«

»Und hat Emlyn erklärt, warum er so fertig war?«

»Ja, schon. Alice hat es aus ihm rausgekitzelt. Die Geschichte hörte sich ziemlich weit hergeholt an, und wenn nicht alles irgendwie zusammenpassen würde, dann würde ich sagen, dass er spinnt.«

»Ja, und was ist das nun für eine Geschichte? Wenn du es mir überhaupt erzählen darfst.«

»Ja, aber nur weil du Alice kennst. Und kein Wort davon zu Charles!« Maggie lächelte. Es war lange her, seit sie so etwas hatte sagen müssen. Sie war darauf gefasst gewesen, dass Isabel ihr von einer Trennung auf Zeit erzählen würde – und nicht, dass sie hören würde, sie hätten Geldsorgen, aber der Sex sei klasse!

Sie fasste Emlyns Geständnis in wenigen Worten zusammen.

»Wahnsinn!«, war alles, was Isabel herausbrachte, als Maggie mit ihrem Bericht fertig war. »Das hört sich ja an wie ein Film!«

»Wem sagst du das? Alice fiel beinahe in Ohnmacht,

als Emlyn sagte, er hätte keine Ahnung, wo sich die fehlenden Diamanten befinden.«

»Und ihr glaubt also, dass der Kerl zu der rivalisierenden Bande gehört?«

»Das wissen wir nicht. Aber er scheint zu wissen oder zu vermuten, dass nicht alle Diamanten verkauft worden sind und dass sie noch in irgendeinem Versteck liegen. Wir haben keine Ahnung, ob er Alice geglaubt hat oder nicht, als sie erklärte, sie wisse von nichts. Als er sie fragte, hatte sie ja auch wirklich keinen Schimmer von der ganzen Sache. Aber dass er immer noch in der Nähe des Ladens rumhängt, ist nicht besonders angenehm.«

»Das kann ich mir lebhaft vorstellen. Möchtest du für eine Weile bei uns unterschlüpfen?«

»Aber nein! Damit mir das alles entgeht? Außerdem würde ich Alice nicht allein im Haus zurücklassen wollen – sie ist im Moment ein bisschen nervös.«

25

Die nächsten zwei Wochen ließ sich der seltsame Kerl nicht blicken, und Alice hoffte inständig, dass die Sache damit ausgestanden wäre. Maggie war sich dessen nicht so sicher – sie hatte keine Ahnung, wer hinter den Diamanten her war, aber wenn sie selbst es wäre, würde sie nicht aufgeben, bis sie sie hätte, so viel stand fest. Die Frage war, wie weit würden die Ganoven gehen? Hatten sie Jean wirklich umgebracht, wie Emlyn glaubte? Maggie vermutete, dass Alice die Diamanten der Polizei übergeben würde, wenn sie wüsste, wo sie waren. Aber würde das nicht einen weiteren Rachemord provozieren? Maggie erschauerte. Tante Jean schien Maggie eine nette, verrückte alte Dame gewesen zu sein, und sie fand es schade, dass sie sie nicht kennen gelernt hatte.

Als Maggie eines Vormittags nach einem ausführlichen Frühstück in den Laden kam, entdeckte sie Alice, die hinter der Theke auf dem Rücken lag und ihren Kopf in einen Schrank gesteckt hatte.

»Was um Himmels willen tust du da?«, fragte sie.

»Ich habe beschlossen, endlich eine systematische Suchaktion nach diesem geheimnisvollen Päckchen zu starten.« Alice wand sich aus dem Schrank und blendete Maggie dabei versehentlich mit der Taschenlampe, die sie in der Hand hielt.

Natürlich hatte es nach Emlyns Geständnis schon eine Reihe unsystematischer Suchaktionen gegeben.

»Wo ist Emlyn?«

»Hinten, er telefoniert gerade und möchte nicht dabei gestört werden.«

»Wirklich? Und weiß man, ob er mit einem Mann oder mit einer Frau telefoniert?«

»Nein, das weiß man nicht, aber er hat demonstrativ die Tür geschlossen, bevor er zum Telefonhörer gegriffen hat.«

Maggie ging zur Tür, hörte aber nur gedämpftes Gemurmel. »So ein Mist! Ich kann kein einziges Wort verstehen.«

»Maggs, du bist wirklich unmöglich.«

»Ich weiß. Darf ich dich etwas fragen?«

»Sicher.« Alice rutschte zum nächsten Schrank und steckte ihren Kopf hinein.

»Vermisst du nicht dein Leben als Anwältin in London?«

Alice überlegte einen Moment. »Weißt du, eigentlich

nicht. Es ist komisch, gleich nach dem Umzug habe ich ziemlich oft an London gedacht. Ich vermisse Bernie und Susie natürlich, aber ansonsten habe ich seit Ewigkeiten keinen Gedanken mehr an London und meinen Beruf verschwendet. Justitia scheint ihre Anziehungskraft zu verlieren.«

»Dann hast du also nicht vor zurückzugehen?«

»Die nächste Zeit erst mal nicht. Ich empfinde das Leben hier, offen gestanden, als ziemlich heilsam. Abgesehen von Emlyns kürzlichen Offenbarungen gefällt es mir hier, es ist beschaulich, die Kunden sind nett, es gibt keine Verkehrsstaus. Warum fragst du? Ist irgendetwas?«

»Nein, ganz im Gegenteil. Ich fühle mich hier wesentlich wohler, als ich erwartet hatte.«

»Das ist doch erfreulich!«

»Ja, sicher. Das Haus war ein richtiger Klotz am Bein.«

»Wem sagst du das!«

»Ich habe bloß überlegt, wohin ich ziehen würde, falls du dein Haus verkaufen und zurück nach London gehen solltest.«

»Und zu welchem Entschluss bist du gekommen?«

»Bisher noch zu keinem.«

»So schnell gehe ich jedenfalls nicht weg.«

»Das ist schön.«

»Ja, finde ich auch.«

»So, und jetzt an die Arbeit. Soll ich dir bei der Suche nach den flüchtigen Diamanten helfen?«

»Das wäre toll«, war Alice' Stimme aus dem Schrank zu hören.

»Was macht ihr beiden Hübschen denn da?«, fragte Emlyn, der endlich aus dem Büro gekommen war und sehr zufrieden mit sich aussah.

»Mit wem hast du telefoniert?«, Maggie schob sich näher an ihn heran.

»Ich habe eine Verabredung!«, er strahlte.

»Eine Verabredung? Mit wem?«

»Du brauchst gar nicht so erstaunt zu tun, Maggie. Ich bin heiß begehrt, vergiss das nicht.«

»Oh, Entschuldigung! Aber mit wem denn nun?«

»Brenda.«

»Brenda?«, fragten Alice und Maggie wie aus einem Munde.

»Ja-ha.«

»Wo hast du denn *Brenda* her?«, fragte Maggie und dachte, dass es eigentlich ein Brendan sein sollte.

»Sie arbeitet in der Bank in der High Street.«

»Wann hast du sie kennen gelernt?« Alice richtete sich auf, bedeckt von einer feinen Staubschicht.

»Vor ungefähr zwei Wochen, als ich geschäftlich in Bangor war.« Emlyn half ihr, den Staub abzuklopfen.

»Aber du hast doch eben gesagt, dass sie in Donaghadee arbeitet.«

»Nein, ich habe gesagt, dass sie in der High Street arbeitet. Ich habe nicht gesagt, in welcher.«

»Ach so, dann kennen wir sie also nicht?«

»Vermutlich nicht.«

»Und was willst du mit ihr unternehmen?«

»Wann?«

»Bei eurer Verabredung, Romeo.«

»Ich dachte, ich koche für sie.«

»Du magst sie doch, oder?« Alice versuchte, damit fertig zu werden, dass es eine Frau und kein Mann war.

»Ja, na und?«

»Also ich würde sie irgendwohin ausführen, wo es schön ist.«

»Willst du damit etwa sagen, dass meine Wohnung nicht schön ist?«

»Genau das versucht sie dir zu sagen«, mischte sich Maggie ein.

»Nein, das stimmt nicht. Aber wenn du sie in deine Wohnung einlädst, wird sie sich bestimmt über deine Sammlung von Doris-Day-Devotionalien wundern. Nein, du solltest sie wirklich irgendwo anders hin ausführen.«

»Meine Damen, ich muss sagen, jetzt bin ich doch ein wenig beleidigt.« Emlyn sah sogar ziemlich beleidigt aus.

»Emlyn, wir sagen das doch nur, weil wir dich so mögen! Du musst diese zarte Romanze hegen und pflegen, da muss man ganz behutsam sein.«

»Ist meine Wohnung wirklich so schlimm?«

»Emlyn, an den Wänden hängen Bilder von nahezu allen Schwulenikonen des zwanzigsten Jahrhunderts! Welche Frau würde sich da keine Gedanken machen!«

»Kylie ist eine Schwulenikone?« Emlyn sah beunruhigt aus.

Alice verdrehte die Augen zur Decke. »Emlyn, ich glaube, ich werde dich nie verstehen.«

Emlyn machte einen verwirrten Eindruck.

Alice und Maggie verbrachten den größten Teil des Tages damit, den Laden auf den Kopf zu stellen und alles zu durchsuchen, während sich Emlyn um die Kunden kümmerte. Jedes Mal, wenn eine von ihnen einen Umschlag oder einen kleinen Beutel fand, der hinter ein Regal gefallen war, kreischte sie auf und die anderen beiden kamen angerannt, aber es war immer falscher Alarm.

»Mein Gott, alles, was wir bisher gefunden haben, waren massenhaft tote Spinnen und zwanzig Jahre alter

Dreck«, sagte Alice schließlich, während sie sich auf einem umgedrehten Eimer niederließ.

Maggie zupfte sich Spinnweben aus ihrem Haar. »Wie viel Uhr ist es?«

Alice sah auf ihre Uhr. »Zwanzig nach drei.«

»Wir haben noch nicht einmal zu Mittag gegessen.« Sie waren so vertieft in ihre Suche gewesen, dass sie gar nicht bemerkt hatten, wie die Zeit vergangen war. »Komm, ich lade dich zu einem späten Mittagessen in Belfast ein.«

»Wo?« Alice klang nicht abgeneigt.

»Wir essen etwas auf der Lisburn Road und dann machen wir eine kleine Runde durch die Boutiquen.«

»Ich bin dabei. Aber ich denke, vorher sollten wir uns noch umziehen.«

Maggie sah auf ihre verstaubten Jeans und musste ihr zustimmen. »Ja, wir sehen aus wie zwei Penner.«

»Das ist den Pennern gegenüber aber ungerecht«, murmelte Emlyn, als er sie zur Tür begleitete. »Ich sperr dann ab, wenn ich gehe.«

»Danke, Emlyn.« Bewusst ignorierte Alice seinen Ton.

»Sollen wir bei Isabel vorbeischauen?«, fragte Alice, als sie nach Belfast fuhren.

»Ich glaube, sie arbeitet heute Nachmittag. Sie muss gerade für einen Professor aus dem Queen's College eine ganze Menge tippen – er will nicht, dass seine Sekretärin die Sachen liest.«

»Geht sie dazu in sein Büro?«

»Nein, er bringt ihr die Manuskriptseiten vorbei, sie tippt sie ab, und am nächsten oder übernächsten Tag holt er das Ganze wieder ab und bezahlt sie.«

»Hört sich ungewöhnlich an.«

»Sag bloß nichts dagegen, sie verdient ein kleines Vermögen dabei.«

Alice liebte Maggies Auto. Man merkte überhaupt nicht, wie schnell man fuhr, selbst wenn die Umgebung nur so an einem vorbeizischte. Sie sah die begehrlichen Blicke der anderen Autofahrer, wenn sie an den Ampeln anhielten. Frauen in ihren kleinen Nissan Micras mit dem Rücksitz voller Kinder, die sich wünschten, wie sie das Dach zurückklappen und davonrauschen zu können. Geschäftsmänner in langweiligen Limousinen, die den hübschen kleinen Sportwagen betrachteten und davon träumten, aufs Land zu fahren, um Golf zu spielen und ihre geschäftlichen Sorgen zu vergessen.

Alice lehnte den Kopf gegen das weiche Leder der Kopfstütze und schloss die Augen. Im Handumdrehen waren sie in Belfast. Maggie fand auf der Lisburn Road einen Parkplatz, den Alice für viel zu klein gehalten hätte. Gelassen stieß sie mit dem Wagen rückwärts in die Lücke und ignorierte das wütende Hupen des Lastwagenfahrers hinter ihr. Bevor sie sich wieder nach vorne drehte und den Zündschlüssel abzog, zeigte sie dem Lastwagenfahrer den Vogel. Er schnappte nach Luft und ließ die Zigarette fallen, die er sich zwischen die Zähne geklemmt hatte. Alice sah, wie er unter das Lenkrad tauchte, um nach der brennenden Zigarette zu fischen. Maggie lachte, als sich der Verkehr hinter ihm zu stauen begann und ein wildes Hupkonzert einsetzte. Sie waren längst in dem nahe gelegenen Café verschwunden, als der Lastwagenfahrer seine Zigarette endlich gefunden hatte und aus dem Fenster warf. Er fuhr los, die Frau in dem Sportwagen verfluchend, die sich gerade für eine Linsensuppe mit Speck und Weißbrot entschieden hatte.

Alice bestellte einen getoasteten Bagel mit sonnengetrockneten Tomaten und Frischkäse und einen Kaffee.

»Hübsch ist es hier«, sagte sie und sah sich in dem kleinen Café um, dessen Wände von der benachbarten Galerie als zusätzliche Ausstellungsfläche genutzt wurden. Über ihren Köpfen hing ein Aquarell, das einen Platz in Dublin zeigte. Das Bild war schön – was derjenige, der es kaufte, allerdings auch finden musste, denn es kostete immerhin 750 Pfund.

»Isabel und ich kommen von Zeit zu Zeit hierher. Das Essen ist sehr gut.«

Alice nickte und biss von ihrem dick mit Frischkäse bestrichenen Bagel ab. »Lecker«, stimmte sie zu.

Nach dem Mittagessen führte Maggie sie in einen Laden, der umwerfend schöne Schuhe führte, und dann in eine schicke Kleiderboutique. Alice probierte eine schlichte Jacke aus unglaublich weichem Leder an.

»Steht dir.«

»Hm.« Alice warf einen Blick auf das Preisschild und hängte sie zurück.

Die Verkäuferinnen schienen Maggie zu kennen, und sie plauderten mit ihnen beiden, ohne aufdringlich zu sein. Eine Stunde später war Alice vollkommen erschöpft allein davon, Maggie beim Einkaufen zu beobachten – mein lieber Schwan, die griff vielleicht zu!

Maggie liebte diese Boutique – sie sagte, die Kleider passten ihr immer und die Verkäuferinnen hätten noch nie versucht, ihr irgendetwas anzudrehen.

Alice fand, dass Maggie in allem, was sie anprobierte, toll aussah. Es machte ihr richtig Spaß.

Bevor sie nach Hause fuhren, gingen sie zur Erholung noch einen Kaffee trinken, Maggie um neunhundert Pfund erleichtert.

»Ich überlege gerade, Alice.«

»Was?«

Alice ließ sich gerade ein Bad ein, Maggie lehnte im Türrahmen.

»Falls der Typ wieder auftaucht …«

»Ja?« Alice drehte sich mit fragender Miene zu ihr um.

»Ich denke, wir sollten uns an seine Fersen heften.«

»Was? Du meinst, wir sollten einen möglicherweise gefährlichen Kriminellen verfolgen? Warum denn?«

»Na ja, um herauszufinden, wohin er geht.«

»Ach so, und wenn wir wissen, wohin er geht, was tun wir dann?«

»Ihn beobachten.«

»Verstehe.« Alice steckte ihre Hand in das Badewasser, um sicherzugehen, dass es nicht zu heiß war. Sie schob Maggie in den Flur und schloss die Tür, um sich auszuziehen.

»Das ist doch eine gute Idee.« Maggie streckte ihren Kopf durch die Tür, gerade als Alice in die Wanne steigen wollte.

»Maggs!«

»Glaubst du nicht?«

»Das meine ich nicht. Ich will baden!«

»Ja und? Wenn wir wüssten, wohin der Kerl geht, könnten wir ihn im Auge behalten und herausfinden, was er will.«

»Maggie, er hat sich hier nicht wieder blicken lassen. Möglicherweise machst du aus einer Mücke einen Elefanten.«

»*Noch* hat er sich nicht wieder blicken lassen.«

Alice legte sich zurück und versuchte, sich zu entspannen, was nicht ganz einfach war, da Maggies Gesicht nur ein paar Zentimeter über ihrem Kopf schwebte.

»Aber ich denke, er wird es tun.«

»Okay, wenn er zurückkommt, werden wir ein bisschen Detektiv spielen, einverstanden?«

»Ja!« Maggie war hoch erfreut.

»Darf ich jetzt bitte in Ruhe baden?«

»Aber natürlich, gnädige Frau.« Maggie lachte und schloss die Badezimmertür, damit Alice endlich ihr Bad genießen konnte.

26

Zwei Wochen nachdem sie ihr Haus zum Verkauf angeboten hatten, erhielten Isabel und Charles das erste Angebot. Vor Freude tanzten sie durch die Küche, und die Zwillinge, die ihnen zusahen, klatschten in die Hände und lachten. Das erste Angebot lautete auf vierhundertfünfundzwanzigtausend Pfund. Das war nicht genug, aber für den Anfang nicht schlecht. Sie hatten bestimmt hundert Leute durch das Haus geführt. Alle hatten sich begeistert gezeigt, aber der Makler hatte ihnen erklärt, dass die meisten Leute das taten, egal ob sie interessiert waren oder nicht. Es war nur ein Paar dabei gewesen, das wirklich furchtbar gewesen war. Denen könnte es nicht einmal der liebe Gott recht machen, würde Isabels Mutter sagen.

Die beiden hatten ganz genau gewusst, welcher Termin ihnen am besten passte, um das Haus anzusehen. Isabel musste an diesem Tag nicht arbeiten, daher hatte sie dem Makler gesagt, dass sie die beiden herumführen könnte. Die Sekretärin in dem Maklerbüro, die den Termin vereinbarte, hatte Isabel auf diplomatische Art zu verstehen gegeben, dass die beiden es auch sonst sehr genau nahmen – sie hatten ihnen schon andere Häuser gezeigt. Isabel hatte ihr versichert, dass sie mit ihnen schon klarkäme. Aber um sicherzugehen, hatten sie und ihre Mutter das Haus am Vormittag vor dem Besichtigungstermin noch einmal gründlich geputzt. Die Böden wurden gesaugt, gewischt und poliert. Alles Spielzeug und die Malbücher wurden ins Kinderzimmer verbannt und die Kleider ordentlich in die Schränke gehängt – Isabel war überrascht gewesen, wie viele Leute einen Blick in die Kleider- und Küchenschränke werfen wollten. Isabel zündete im Haus ein paar Duftkerzen an, um eine angenehme Atmosphäre zu schaffen.

Um halb zwei ging die Türglocke: auf die Minute pünktlich. Isabel strich ihren Rock glatt und öffnete die Haustür mit einem freundlichen Lächeln.

»Guten Tag. Ich bin Isabel Adams, ich freue mich, Sie kennen zu lernen. Treten Sie doch bitte ein.«

»Ernest und Aoiffe McLean.« Der Mann schüttelte ihre Hand, ohne ihr Lächeln zu erwidern. Mrs. McLean sagte weder etwas noch lächelte sie. Sie hielt in der Hand die Unterlagen des Maklers.

»Nun, das ist also die Diele!« Isabel lachte und ging ihnen voraus in den Salon.

Die McLeans folgten ihr nicht; sie drehte sich zu ihnen um, gerade als Mrs. McLean das Licht in der Diele ausmachte.

»Etwas dunkel, nicht?«, sagte sie zu ihrem Mann. Er nickte und machte sich in den Unterlagen eine Notiz.

»Was meinst du, ist das echtes Parkett?«, fragte Mrs. McLean ihren Ehemann.

»Bin mir nicht sicher.« Eine weitere Notiz in den Unterlagen.

Isabel holte tief Luft und sagte sich, dass vielleicht genau das die Leute waren, die das Haus kauften. Tapfer weiterlächelnd versuchte sie es erneut.

»Der Salon.«

Dieses Mal folgten sie ihr. Drinnen fing Mr. McLean sofort an, die Wände abzuklopfen, als erwartete er, eine Geheimtür zu entdecken oder eine Wand, bei der die Maurer schlampig gearbeitet hatten. Aber mehr als ein dumpfes Klopfen war nicht zu hören.

»Solide Wände«, grummelte er.

Keiner von beiden sagte etwas zu den schönen Farben, die Shirley in solche Begeisterung versetzt hatten.

»Diese Tür führt ins Esszimmer.« Sie führte sie in das angrenzende, tiefrot gestrichene Esszimmer. Das Silber war geputzt und in ihrer schönsten Kristallvase stand ein Strauß Rosen.

Wieder kein Kommentar, dafür erneutes Klopfen an den Wänden.

Zurück in die Diele und dann in die Küche.

Mr. McLean ging schnurstracks zur Terrassentür und überprüfte die Isolierung der Doppelglasscheiben.

»Wir haben sie erst vor sechs Monaten einbauen lassen, es ist also noch Garantie drauf«, klärte Isabel ihn auf.

Mr. McLean drehte sich nicht um; er öffnete die Tür und trat in den Garten. Mrs. McLean guckte währenddessen in sämtliche Schränke; Isabel war froh, dass ihre Mutter sie vormittags noch einmal durchgewischt hatte.

»Die Küche ist sehr praktisch.« Isabel versuchte ein Gespräch mit Mrs. McLean anzufangen, während Mr. McLean offenbar die Pflanzen im Garten inspizierte. »Und es ist genug Platz zum Essen.«

Mrs. McLean blickte zum Tisch und nickte.

»Und dort drüben ist unser Wohnzimmer, wo wir vermutlich die meiste Zeit verbringen.« Sie war versucht hinzuzufügen, »nach Feng-Shui-Regeln eingerichtet«, ließ es aber bleiben – der Witz würde an diese humorlose Frau vermutlich verschenkt sein. Sie führte sie ins Wohnzimmer, das ein Strauß Blumen in einer blauweißen Vase schmückte, die Isabel vor Jahren auf einem Markt in Frankreich gekauft hatte.

»Der Garten ist recht schön.« Mr. McLean tauchte plötzlich in der Tür auf. Isabel sah an ihm runter und stellte fest, dass er sich nicht die Mühe gemacht hatte, sich die Schuhe abzutreten, und der Fliesenboden voller Fußabdrücke war. Weder er noch seine Frau schienen es zu bemerken, und Isabel war es zu peinlich, ihn darauf hinzuweisen.

Sie trampelten hinter Isabel die Treppe hoch. Mittlerweile fiel es ihr einigermaßen schwer, zu lächeln und höflich zu bleiben.

Sie zeigte ihnen den ersten Stock mit den beiden Kinderzimmern, dem großen Badezimmer und einem Gästezimmer, das nach hinten auf den Garten blickte. Kein Kommentar. Im zweiten Stock führte sie die beiden in das zweite Gästezimmer und das Elternschlafzimmer, von dem eine Tür zum Badezimmer abging. Sie freute sich schon auf das Gesicht der beiden – das höchst ungewöhnliche Schlafzimmer hatte bisher jedem eine Reaktion entlockt. Schweigen. Sie blickten sich nur kurz in dem Raum um, als wären sie gerade erst auf dem Planeten gelandet. Dann gingen sie ins Badezimmer. Das erste Anzeichen, dass Mrs. McLean vielleicht wirklich etwas in dem Haus gefiel, bestand darin, dass sie mit der Hand über die Marmorfliesen strich. Aber selbst da war sich Isabel nicht ganz sicher, ob die sie nicht doch eher besonders scheußlich fand.

Das Zimmer im dritten Stock diente Charles im Moment als Büro und gleichzeitig als Stauraum, und es stand voll mit Koffern, einem Kleiderständer mit ihren Sommersachen und Charles' großem Schreibtisch mit Computer und Flachbildschirm. Zumindest war es ausnahmsweise aufgeräumt.

»Kommt man von hier aus in den Speicher?«

»Äh, ja«, erwiderte Isabel, die noch nie in dem Speicher gewesen war.

»Macht es Ihnen etwas aus, wenn ich mich dort umsehe?«

Isabel schüttelte den Kopf.

Beide McLeans sahen sie erwartungsvoll an.

Schließlich dämmerte es Isabel. Sie warteten darauf, dass sie die Leiter herunterholte. »Einen Moment, ich hole die Stange.«

Sie hakte die Stange in den Metallring des Riegels, der die Tür zuhielt, zog daran, und die kleine Falltür öffnete sich. Die Holzleiter an der Tür war so konstruiert, dass sie mit Hilfe von Gewichten ein Stück ausgefahren wurde, sobald man die Tür öffnete. Wenn die Tür ganz offen war, konnte man sie dann vollständig ausziehen – was Isabel ziemlich ungeschickt tat und dabei wünschte, sie hätte diese Besichtigung doch dem Makler überlassen. Sie trat einen Schritt zurück, als die Leiter endlich ganz ausgefahren war, recht zufrieden mit ihrem ersten Versuch.

»Ist da oben Licht?«, fragte Mr. McLean.

Isabel nickte. Woher sollte sie das wissen?

Er verschwand auf der Leiter wie eine Maus in einem Hosenbein.

»Komm, Aoiffe!«, rief er nach unten, nachdem er das Licht eingeschaltet hatte.

Mrs. McLean kletterte die Leiter hoch. Sie hatte immer noch kein Wort zu Isabel gesagt.

Fünf Minuten später tauchten Mr. McLeans Tweedbeine Sprosse für Sprosse wieder auf.

»Guter Stauraum.« Er kritzelte eine weitere Notiz in die Unterlagen, während seine Frau ohne stützende Hand die Leiter herunterklettern musste.

»Vielleicht möchten Sie sich noch einmal allein umsehen?«, fragte Isabel, während sie wieder ins Erdgeschoss gingen.

»Nein, das reicht. Danke, dass Sie sich die Zeit genommen haben.«

Isabel öffnete die Haustür, und die McLeans gingen, ohne sich noch einmal umzublicken, über die kurze Einfahrt und bogen nach links zur Malone Road ab. Mrs. McLean hatte während der gesamten Besichtigung kein einziges Mal das Wort an Isabel gerichtet. Isabel war überzeugt, dass sie nicht im Geringsten interessiert waren.

»Ehrlich gesagt, würde ich mir nicht einmal die Mühe machen, sie anzurufen«, erklärte sie Cathy, der Sekretärin in dem Maklerbüro, als sie dort anrief, um mitzuteilen, dass die McLeans den Termin wahrgenommen hatten.

»Nun ja, aber das ist bei uns so üblich«, erklärte Cathy ihr. »Abgesehen davon, bei solchen Leuten weiß man nie. Die beiden nehmen es ziemlich genau, finden Sie nicht?«

»Tja, so kann man es auch sagen!« Isabel lachte.

Erstaunlicherweise gaben die McLeans zwei Tage später ihr Angebot für das Haus ab.

27

»Alice?«, flüsterte Maggie durch die geschlossene Schlafzimmertür.

»Alice, wach auf!« Sie öffnete die Tür zu Alice' Zimmer und sah hinein. Alice schlief tief und fest. »Alice!« Maggie schüttelte sie leicht an der Schulter.

»Was zum – Maggie, was ist denn los? Es ist …« Sie warf einen Blick auf ihren Wecker, »es ist halb fünf in der Früh!«

Gary sprang vom Fußende des Bettes und bedachte Maggie mit einem bösen Blick, weil sie seinen Schlaf gestört hatte. Dann trottete er davon, um sich ein ruhigeres Plätzchen zu suchen.

»Psst, sprich doch leise!« Maggie hielt den Finger an die Lippen. »Er ist im Hof hinter dem Laden.«

»Wer?«

»Der Gangster!«

»Oh mein Gott!« Alice war plötzlich hellwach. »Was sollen wir jetzt machen?« Sie kletterte aus dem Bett, griff sich ihren Bademantel und schlüpfte in ihre Tigerpfoten-Hausschuhe.

»Keine Ahnung, aber sei still.«

»Maggs, das Haus hat Doppelglasfenster, er kann uns nicht hören.« Allerdings schlug ihr Herz so laut, dass sie meinte, man müsste es bis zum anderen Ende der Straße hören können.

Gemeinsam schlichen sie auf Zehenspitzen in Maggies Schlafzimmer und schoben den Vorhang ein kleines bisschen zur Seite, um hinauszuspähen, ohne selbst gesehen zu werden. Und tatsächlich, da schlich eine schemenhafte Gestalt durch den Hof hinter dem Laden.

»Bist du sicher, dass er es ist? Hast du sein Gesicht erkennen können?«

Maggie schüttelte den Kopf. »Er war immer im Schatten, und ich dachte, wenn ich ihm mit einer Taschenlampe ins Gesicht leuchte, ist das zu aufdringlich.«

Alice kniff sie in den Arm.

»Aua!«

»Lass die Witze. Ich habe eine ganz einfache Frage gestellt.«

»Okay, er ist es.«

Aus dem Hof drang ein gedämpftes Geräusch zu ihnen herüber und sofort richteten sie ihre Aufmerksamkeit wieder auf die nächtlichen Aktivitäten, die da draußen stattfanden. Eine Taschenlampe blitzte auf, und in diesem Moment konnten sie sehen, dass nicht nur ein Mann im Hof war, sondern zwei, und dass die beiden gerade versuchten, in den Laden einzubrechen.

»Verdammt, was tun wir jetzt?« Alice sprang von Maggies Bett und machte sich auf den Weg zum Telefon.

»Warte mal. Was meinst du, wenn wir hier im Haus Licht machen, würde sie das vertreiben?«

»Ich versuch's mal mit dem Badezimmer.« Alice knipste die Badezimmerlampe an, und ein Lichtschein fiel in den Hof.

Die beiden Männer drückten sich gegen die Wand.

»Ich glaube, es funktioniert«, zischelte Maggie aus ihrem Zimmer Alice zu.

»Hauen sie ab?«

»Nein. Ich glaube, sie verstecken sich nur.«

»Na, dann funktioniert es wohl doch nicht, oder? Ich rufe jetzt die Polizei.«

»Wie wär's, wenn wir unten ein paar Lichter anmachen, damit es so aussieht, als wären wir aufgestanden?«

Alice rannte nach unten und schaltete dort mehrere Lampen ein, wobei sie sich die ganze Zeit fragte, warum sie eigentlich nicht die Polizei rief.

»Und?«, rief sie leise die Treppe hoch.

»Sie verstecken sich immer noch. Ich glaube, sie sind in der Falle.«

»Toll, da sind uns also zwei Killer in die Falle gegangen! Und was sollen wir jetzt mit ihnen machen?«

»Warte mal, ich glaube, da rührt sich was. Ja, sie versuchen zu fliehen, sie klettern in unseren Garten!«

»Klingt nicht nach einem guten Fluchtplan!« Alice raste wie der Blitz die Treppe hoch.

»Ist okay. Sie sind auf die Mülltonne geklettert und dann auf die Straße gesprungen.« Maggie ließ den Vorhang los.

Alice schlich wieder nach unten und machte das Licht aus. Als sie zurückkam, sagte sie der noch immer aufgeregten Maggie gute Nacht und legte sich wieder hin. Sie war weniger als zwanzig Minuten auf gewesen, trotzdem war sie ganz durchgefroren, und sie wollte sich schnellstmöglich unter ihre Decke verkriechen.

»Alice, bist du wach?« Maggie öffnete die Tür zu Alice' Zimmer.

»Nein!«, kam es gedämpft aus Richtung des Bettes.

»Entschuldigung, was hast du gesagt?« Maggie zog die Decke weg.

»Maggie, mir ist kalt, und ich bin müde. Wir haben es geschafft, die Gangster in die Flucht zu schlagen, und jetzt lass mich bitte wieder schlafen!«

»Aber ich bin viel zu aufgeregt, um schlafen zu können.« Maggie kletterte neben Alice ins Bett und zog die Decke über sich. »Was, glaubst du, wollten die im Hof? Sie haben bestimmt nach den Diamanten gesucht, oder?«

»Ich werde nachher die Polizei anrufen, Maggie. Ich finde es nicht richtig, dass sie uns in unserem Haus nicht in Ruhe lassen. Noch dazu wegen eines saublöden Verbrechens, das wir nicht einmal begangen haben.«

»Aber mal angenommen, du findest die Diamanten, würdest du sie dann zurückgeben?«

»Wem zurückgeben? Ich würde sie der Polizei aushändigen und damit Schluss.«

»Oh.« Maggie machte einen sehr enttäuschten Eindruck. »Wir wissen gar nicht, wie viele Diamanten Jean verkauft hat. Es könnten zehn oder noch mehr übrig sein.«

»Maggie. Als Emlyn uns die Geschichte mit den Diamanten erzählt hat – und dir damit offenbar einen Floh ins Ohr gesetzt hat –, sagte er auch, er glaube, dass Tante Jean wegen dieser verdammten Klunker umgebracht wurde. Ob das nun stimmt oder nicht, sie haben ihr auf jeden Fall kein Glück gebracht, und ich möchte nichts damit zu tun haben. Falls wir sie überhaupt jemals finden sollten.« Sie war jetzt hellwach, und es hatte wohl keinen Sinn mehr zu versuchen, wieder einzuschlafen.

»Was, wenn sie richtig groß sind?«

»Groß oder klein, sie gehören uns nicht.«

»Macht es dir keine Angst, dass zwei Männer versucht haben, in deinen Laden einzubrechen?«

»Im Moment kann mich nichts mehr schockieren. Es war zwar irgendwie unheimlich, aber Angst hatte ich eigentlich nicht – die beiden machten einen ziemlich amateurhaften Eindruck auf mich. Aber abgesehen davon, dass ich vergessen habe, mich bei dir zu bedanken, weil du gerade noch einen Einbruch verhindert hast, wollte ich dich eigentlich auch fragen, wie es kommt, dass du überhaupt wach warst?«

»Ich habe ein neues Yoga-Video ausprobiert, das ich letzthin bestellt habe, und da habe ich Stimmen gehört.«

»Yoga?«

»Na ja, wenn ich ›ausprobieren‹ sage, dann meine ich damit eher zugucken. Ich lag im Bett. Ich sehe mir diese Übungen gerne an – ich kann mich nur nicht überwinden, sie zu machen.«

Alice schüttelte den Kopf. »Um halb fünf Uhr morgens?«

»Mein Schlaf war noch nie besonders gut.« Maggie zuckte die Achseln, als wäre damit alles erklärt. »Glaubst du, wir hätten ihnen folgen sollen?«

»Wohin? Um diese Zeit? In unseren Schlafanzügen? Ich glaube, das hätten sie bemerkt.«

»Stimmt, aber nächstes Mal sollten wir es unbedingt tun.«

»Ehrlich gesagt, hoffe ich, dass es kein nächstes Mal gibt!«

In den nächsten paar Wochen passierte nicht viel – nichtsdestoweniger warf Maggie jede Nacht vorm Zubettgehen aus ihrem Schlafzimmerfenster einen prüfenden Blick in die Runde. Alice brachte Emlyn dazu, Bill zu bitten, im Hof des Ladens einen Bewegungsmelder zu installieren, der das Licht einschaltete, sobald sich jemand der Hintertür des Ladens näherte. Das Licht würde höchstwahrscheinlich jeden verjagen, der dort herumschlich, auf jeden Fall würde es Maggie aufwecken.

Bereits drei Nächte später schaltete sich das Licht ein. Dieses Mal war es zwei Uhr früh. Maggie wachte sofort auf. Sie lauschte, konnte aber nichts hören. Sie setzte sich im Bett auf, zog den Vorhang einen winziges Stück zurück und spähte aus dem Fenster. Sie hielt sich die Hand vor den Mund, um nicht laut aufzuschreien. Direkt unter dem Badezimmerfenster stand in gebückter Haltung ein Mann mit dem Rücken zu ihr. Sie erhaschte einen Blick auf sein Profil. Es war nicht der Mann, der sich immer vor dem Laden herumgetrieben hatte. Sie ließ den Vorhang los und stürzte fast aus dem Bett in ihrer Hast, in Alices Schlafzimmer zu kommen.

»Verdammter Mist!«

Mit einem Ruck fuhr Alice hoch und machte sich fast in die Hosen, als Maggie in ihr Bett sprang und dabei fluchte wie jemand, der gleichzeitig am Tourette-Syndrom litt und auf Drogen war. Laut protestierend, dass er erneut in seinem Schönheitsschlaf gestört wurde, verschwand Gary dieses Mal unter Alice' Bett.

»Sind sie wieder da?«

Maggie nickte heftig. »Unter dem Badezimmerfenster! Nicht derselbe Kerl, da bin ich sicher, ich habe sein Gesicht gesehen. Oh Gott, Alice, es war schrecklich, er war direkt unter dem Fenster.«

Schlotternd vor Angst schlang Maggie ihre Arme um Alice.

Sie schlichen sich zitternd in Maggies Zimmer, und zu ihrem Entsetzen hörten sie draußen ein schlurfendes Geräusch. In diesem Moment ging das Licht im Hof aus.

Die beiden Frauen zogen sich, immer noch mit zittrigen Knien, in das andere Schlafzimmer zurück, von wo Alice den Polizeinotruf anrief. Ihre Stimme bebte, und der Beamte am Telefon sagte ihr, sie solle sich beruhigen – Donaghadee würde sofort verständigt werden.

Es schien eine halbe Ewigkeit vergangen zu sein, als die beiden Frauen endlich die blauen Lichter über die High Street kommen sahen, die Sirenen waren nicht eingeschaltet. Alice zog eine Jogginghose an, nahm die Strickjacke, die ihr Emlyn zu Weihnachten geschenkt hatte, und lief nach unten, um die Polizisten hereinzulassen. Sie waren zu dritt gekommen.

Alice erklärte ihnen die Sachlage, und einer von ihnen machte sich auf den Weg in den Hof, während die anderen beiden im unbeleuchteten Laden verschwanden. Alice zog sich ins dunkle Wohnzimmer zurück. Sie schlang die Arme um sich, während sie auf und ab ging und immer wieder aus dem Fenster blickte, um zu sehen, wann die Polizisten wieder auftauchten.

»Ist alles in Ordnung?«

Sie drehte sich um. Maggie stand in der Tür, sie trug ebenfalls ihre Jogginghose und eine Fleecejacke, die über dem Treppengeländer gehangen hatte.

»Ja, die Polizisten sind noch im Laden.«

Plötzlich waren mehrere Schreie zu hören und das Geräusch von schnellen Schritten. Die Polizisten brüllten etwas, und das Licht im Laden ging an. Sie standen beide stocksteif da und lauschten.

»Sollen wir nachsehen?« Maggie hatte sich schnell wieder gefangen und war bereits auf dem Weg.

»Ich weiß nicht, vielleicht sollten wir lieber hier bleiben und warten, bis die Polizei zurückkommt.«

Zehn Minuten später klingelte ein Polizist an der Tür.

»Miss Watson?«

»Ja?«

»Es waren Einbrecher im Laden. Leider konnten sie uns entwischen. Sie haben die Hintertür zum Laden aufgebrochen. Wir müssen Sie bitten nachzusehen, ob sie etwas entwendet haben. Meine Kollegen sichern gerade die Tür, aber morgen früh sollten Sie als Erstes einen Glaser kommen lassen.«

Alice nickte.

»Haben Sie eine Ahnung, wer diese Einbrecher gewesen sein könnten?«, fragte er.

Alice und Maggie schüttelten beide den Kopf.

Maggie sah Alice an. Sie fragte sich, ob sie etwas von den vermissten Diamanten erzählen würde, aber Alice blieb still.

28

»Oh mein Gott! Das ist ja furchtbar!«

Isabel lauschte am Telefon Maggies Bericht über den Einbruch in den Laden, den Besuch der Polizei und die schlaflosen Nächte, die Alice und sie hinter sich hatten.

»Fühlst du dich dort überhaupt noch sicher genug?«

»Natürlich! Ich kann doch nicht abhauen, wenn's gerade spannend wird. Und wie ich schon gesagt habe, will ich Alice in dieser Situation nicht einfach allein lassen.«

»Es ist nicht dein Problem«, erinnerte Isabel sie sanft.

»Ich habe aber das Gefühl, dass ich da genauso drinstecke. Ich war dabei, als Alice die ganze Geschichte herausgefunden hat. Sie kann es gar nicht glauben, dass ihre Tante sich mit solchen Leuten eingelassen hat, geschweige denn, dass sie angefangen hat, das Zeug auf eigene Faust zu verkaufen.«

»Vielleicht sollten wir lieber nicht am Telefon darüber reden?«

»Komm schon, Isabel. Die Polizei von Donaghadee ist nicht das FBI, ich glaube nicht, dass sie Festnetz-Gespräche abhören.«

»Trotzdem, man kann nie vorsichtig genug sein.« Isabel warf einen Blick in den Garten. Sie gönnte sich gerade eine Pause und machte sich eine Tasse Tee, bevor sie Professor Offensteins Forschungsbericht über die Auswirkungen einer städtischen Umgebung auf das Wachstum von Pflanzen weiter abtippte. Nicht gerade eine Aufsehen erregende Studie – die Antwort hätte ihm auch Isabel geben können: Die Stadt tat den Pflanzen nicht besonders gut.

Muriel hatte sich von ihrem Schlüsselbeinbruch so weit erholt, dass sie wieder in die Arbeit gehen konnte. Isabel hatte ihr eine Karte mit Genesungswünschen überreicht und tat so, als mache es ihr nicht aus, dass ihre Arbeitszeit jetzt wieder verkürzt wurde. Muriel war genauso mürrisch wie vor ihrem Unfall, nur dass es jetzt wirklich etwas gab, worüber sie klagen konnte. Wenn Isabel nicht so eingespannt gewesen wäre, hätte sie Maggie um all die mysteriösen und aufregenden Erlebnisse in Donaghadee beneidet.

»Wie steht's bei dir? Tippst du immer noch den Bericht von Professor Dingsbums über Löwenzahn ab?«

»Ja. Im Grunde läuft alles prima. Wir haben das erste Angebot für unser Haus.«

»Toll. Das ist doch ein gutes Gefühl, oder?«

Isabel stimmte ihr zu. »Charles fährt nur noch einmal im Monat nach London. Ich kann es gar nicht fassen, wie viel besser die Beziehung zwischen ihm und den Kindern jetzt ist. Stell dir vor, er hat angefangen, ihnen Gutenachtgeschichten vorzulesen, und Henry und Amy haben immer seltener Alpträume.«

»Und da redet man immer davon, dass jemand ein neues Kapitel aufschlägt! Charles hat gleich ein neues Buch aufgeschlagen! Ich bin so froh, dass es bei euch wieder gut läuft.«

»Ich auch. Es ist, als wären wir noch mal frisch verheiratet. Wir reden die ganze Zeit miteinander, machen mit den Kindern Spaziergänge am Fluss, sie rennen herum und spielen, und wir unterhalten uns und schmieden Pläne. Ich freue mich wirklich darauf, wieder in unser Cottage zurückzuziehen.«

»Dazu hast du auch allen Grund. Bist du in letzter Zeit mal dort gewesen?«

»Na ja, du weißt doch, dass wir es für ein paar Monate an diesen Arzt vermietet hatten, der gerade von seiner Frau frisch getrennt war?«

»Ja, ich erinnere mich – Leamnington, nicht wahr?«

»Ja. Ich glaube, ich weiß jetzt, warum seine Frau ihn verlassen hat – er ist der schmutzigste, unordentlichste Mensch, der mir jemals begegnet ist. Und ich dachte immer, meine Kinder sind Ferkel. Er hat das Haus in eine Müllhalde verwandelt.«

»Das glaube ich nicht!«

»Vor ein paar Wochen ist er ausgezogen. Ich weiß, er ist ein Mann, und Männer haben es im Allgemeinen nicht so sehr mit Sauberkeit. Aber im Wohnzimmer standen Teller mit eingetrockneter Tomatensoße auf dem Boden, daran klebten sogar noch Pommes frites, Maggie!«

»Iiih, das ist ja ekelhaft.!«

»Ich erzähle dir lieber nicht, wie es im Badezimmer aussah. Überall Schamhaare. Es würde mich nicht wundern, wenn der Mann völlig kahl wäre – ich glaube, er hat seine gesamte Körperbehaarung im Waschbecken, im Klo und in der Dusche hinterlassen.«

»Das reicht! Ich mag es gar nicht hören.«

»Ich brauche dir wohl nicht zu sagen, dass wir das Bett und die ganze Bettwäsche verbrennen würden, wenn wir es uns leisten könnten. Es wird eine gewaltige Putzaktion nötig sein, bevor ich die Zwillinge auch nur einen Schritt ins Haus gehen lasse! Ich glaube, für Charles war es ein richtiger Schock, unser Häuschen in diesem Zustand zu sehen, aber so ist es eben mit Mietern.«

»Na ja, darüber solltest du eher mit Alice reden«, witzelte Maggie.

»Im Ernst, Maggs, was hat sie jetzt vor?«

»Ich weiß es nicht. Sie will im Laden eine Alarmanlage installieren lassen und vielleicht auch eine im Haus. Ich glaube, wir würden uns dann beide sicherer fühlen.«

»Immer noch keine Pläne, dir was Eigenes zu kaufen?«

»Ich habe noch nicht darüber nachgedacht. Ich genieße die Stunden, die ich im Laden verbringe. Ich habe keine Ahnung, wie Alice und Emlyn dort etwas finden, aber mir macht es Spaß, in all diesen merkwürdigen Heimwerkerutensilien herumzukramen. Und die Typen hier sind auch nicht übel.«

»Ich dachte, du hättest von Männern für eine Weile die Nase voll.«

»Ich mache doch nur Spaß. Das Durchschnittsalter unserer Kunden liegt ungefähr bei fünfundsechzig, und sie haben eine Vorliebe für Klobürsten!«

»Ooh! Jetzt bin ich aber wirklich neidisch!«

Nach dem Telefonat mit Maggie tippte Isabel ein paar Seiten des Forschungsberichts ab und beschloss dann, ins Cottage zu fahren und ein bisschen sauber zu machen, während ihre Mutter die Zwillinge von der Schule abholte. Sie sollten sofort umziehen können, wenn sich die Angebote der Summe näherten, die sie sich vorstellten.

Als sie in die von Unkraut überwucherte Einfahrt des Cottages bog, stahl sich ein Lächeln auf Isabels Gesicht. Sie konnte es gar nicht erwarten, hier wieder zu wohnen. Das Cottage war eine alte, aus Backstein errichtete

Scheune, die sie gleich nach ihrer Hochzeit umgebaut hatten. Sie hatten viel Liebe hineingesteckt, und Isabel war insgeheim immer froh darüber gewesen, dass sie das Häuschen nicht losgeworden waren. Sie hatten den Kindern noch nichts von dem Umzug erzählt – sie wollten sie nicht jetzt schon in Aufregung versetzen. Aber sie wusste, dass sich Amy und Henry freuen würden. Sie hatten immer gerne im Garten gespielt, vor allem nachdem Charles ihnen aus Seilen und einem alten Traktorreifen, den ihm ein Bauer aus der Nachbarschaft überlassen hatte, eine Schaukel gebaut hatte.

Isabel öffnete die verblichene Eingangstür, von der an einigen Stellen die gelbe Farbe abblätterte, und trat ein. Es roch etwas muffig, aber schließlich war auch seit Wochen nicht mehr gelüftet worden. Die Heizung wurde über eine Zeitschaltuhr geregelt und lief ein paar Stunden am Tag, es war also nicht feucht, sondern alles nur ein bisschen vernachlässigt. Nach dem Auszug des Mieters sah es immer noch wie auf einer Müllhalde aus, aber das war ihr egal. Es war ihr Zuhause, und sie war froh, wieder hier zu sein. Sie drehte die Heizung hoch, da es trotz der milden Temperaturen draußen im Inneren des Hauses eiskalt war. Sie stellte ihre Putzutensilien ab, zog ihren Mantel aus und hängte ihn an den Haken an der Hintertür. Die Möbel gefielen ihr nicht mehr – sie hatten dem Mieter eine Menge alter Sachen dagelassen, aber die wollte sie nicht behalten. Sie hoffte, dass sie die meisten Möbel aus der Derryvolgie Avenue mitnehmen konnten, vor allem das Bett. Das alte im Schlafzimmer oben würde schnurstracks in den Müllcontainer wandern.

Nachdem sie Gummihandschuhe übergestreift hatte, machte sie sich mit einer Flasche Allesreiniger in der Hand daran, das Haus in einen einigermaßen hygienischen Zustand zu versetzen. Sie schaltete das Radio ein und summte während des Arbeitens vor sich hin. Isabel gehörte zu den merkwürdigen Menschen, für die Putzen eine angenehme Beschäftigung war. Während sie den Küchenboden schrubbte, dachte sie über ihre Familie nach und darüber, wie es weitergehen würde. Sie war froh und erleichtert, dass Charles endlich damit herausgerückt war, warum er sich so furchtbar verhalten hatte. Dass er ihre Ersparnisse für irgendwelche Aktien rausgeworfen hatte, ärgerte sie zwar ungemein, gleichzeitig war sie jedoch erleichtert, dass keine andere Frau im Spiel gewesen war. Wenn sie an das verlorene Geld dachte, stieg die Wut erneut in ihr hoch, aber das ließ sich jetzt nicht mehr ändern, und es brachte nichts, sich deswegen aufzuregen. Sie sammelte die schmutzigen Teller, Tassen, Gläser und Aschenbecher ein, die überall im Haus verteilt waren, und ließ sie im Spülbecken in heißem Wasser und Spülmittel einweichen. Sie wartete, bis sich die festgeklebte Tomatensoße und der Schimmel gelöst hatten, und steckte dann alles in die Geschirrspülmaschine.

Nachdem die Küche wieder einigermaßen annehmbar aussah, nahm sie sich das Wohnzimmer vor und saugte Staub, als hinge ihr Leben davon ab. Im Geist richtete sie es neu ein, und zwar nicht im Stil von Shirley Maxwell! Die Zimmer brauchten allesamt einen neuen Anstrich, und das Sofa und die Sessel im Wohnzimmer hatten ausgedient. Alle Sitzgelegenheiten schienen in der Mitte durchzuhängen – Isabel konnte sich beim besten Willen nicht denken, was der Doktor damit angestellt hatte. Er genoss zwar einen gewissen Ruf als Herzensbrecher, aber welche Frau sollte sich hier gerne aufgehalten haben, während er gerade versuchte, in seinen Kaffeetassen Kulturen zur Heilung von Krebs zu züchten?! Sie arbeitete sich in den ersten Stock vor. Von den drei Schlafzimmern waren die beiden kleineren verhältnismäßig unberührt geblieben. Der Doktor hatte eines davon als provisorisches Arbeitszimmer benutzt und das andere als Schrank. Bei ihrem ehemaligen Schlafzimmer sah die Geschichte jedoch anders aus. Die Nachttischchen zeigten Brandlöcher von Zigaretten. Isabel stellte sich vor, wie der große kräftige behaarte Mann mit einer Zigarette zwischen den Fingern im Bett lag und sich für ein Geschenk Gottes an die Frauen hielt – es schüttelte sie. Glücklicherweise waren die Nachttischchen nichts wert, sie hatten sie vor ein paar Jahren auf einem Ausflug nach Edinburgh billig bei Ikea erworben, so dass Isabel ihnen nicht nachtrauern würde, wenn auch sie im Müllcontainer enden würden. Überall im Haus hatte der Teppichboden undefinierbare Flecken – Isabel war sicher, dass es sich bei einigen davon um Kaffee oder Rotwein handelte, andere sahen dagegen wie Tinte aus. Gott sei Dank hatte der Makler die Kaution nicht zurückgezahlt, nachdem der Doktor ausgezogen war! Der Teppichboden musste erneuert werden. Sie saugte im Badezimmer Unmengen von abgeschnittenen Zehennägeln auf und machte sich mit einigem Ekel daran, auch die Haare auf dem Boden der Badewanne aufzusaugen. Die Dusche sah nicht besser aus. Mit der Düse des Staubsaugers versuchte sie, so viele Haare wie möglich zu entfernen. Nachdem sie Badewanne, Dusche, Klo und Waschbecken mit ihrem stärksten Reinigungsmittel geschrubbt hatte, schüttete sie Abflussreiniger in die Ausgüsse, um den Dreck aufzulösen, an den sie nicht herankam. Während Isabel die Spuren des Mannes beseitigte, der hier gewohnt hatte, hatte sie das Gefühl, ihr Haus allmählich wieder in Besitz zu nehmen. Sie erinnerte sich an die erste Begegnung mit ihrem Mieter, als sie ihm das Haus gezeigt hatte.

»Nennen Sie mich einfach Graham«, hatte er lächelnd gesagt.

Isabel fand sein Benehmen ein bisschen albern und schrieb es einem infolge der Trennung angeknacksten Selbstbewusstsein zu. Bei näherem Kennenlernen wurde ihr jedoch klar, dass dieser Mann sich allen Ernstes für den begnadetsten Chirurgen Irlands und einen unwiderstehlichen Charmeur hielt. Dass er bei einigen Frauen tatsächlich landen konnte, erstaunte sie noch mehr. Isabel hatte den Eindruck, dass es ihm Spaß machte, sie aus der Fassung zu bringen, obwohl sie wusste, dass er sich nicht im Entferntesten für sie interessierte – er schien auf Blondinen im Minirock abzufahren.

Schließlich verstaute sie ihre Putzausrüstung wieder im Kofferraum ihres Autos, sperrte das Cottage zu und fuhr zurück nach Belfast, in Gedanken mit Wandfarben beschäftigt. Sie würde dem Laden von Alice einen Besuch abstatten, um neue Pinsel zu kaufen und ein paar andere Dinge, die sie zum Streichen brauchte.

Auf der Fahrt dachte sie über Maggie nach. Sie war stolz auf ihre Freundin – stolz darauf, dass sie den Mut gehabt hatte, ihren untreuen Ehemann zum Teufel zu schicken, und das, ohne ihre Würde und ihre positive Lebenseinstellung zu verlieren. Als Maggie bei Alice eingezogen war, obwohl sie sich doch ein wunderbares Haus in der Nähe von Belfast hätte kaufen können, hatte sie einen Stich von Eifersucht verspürt. Sie wurde in ihrem großen Haus zurückgelassen, mit Zwillingen, die sie ständig auf Trab hielten, und einem Ehemann, der nie da war, weil er entweder in London zu tun hatte oder in Dublin Kunden ausführte. Aber jetzt stand das Haus zum

Verkauf, Charles hatte seine Geschäftsreisen erheblich eingeschränkt, und die Zukunft sah wieder rosiger aus. Sie, Maggie und Alice saßen manchmal bis spät in die Nacht bei heißer Schokolade und Keksen zusammen und plauderten, sie trafen sich zu Pokerabenden mit Emlyn und Bill, an denen es normalerweise jede Menge Bier und Pizza gab und nur wenig Geld den Besitzer wechselte – oder sie veranstalten Videomarathons »ausschließlich für Damen« und sahen sich zwei oder drei kitschige Liebesfilme hintereinander an, ohne dass sich jemand darüber beschwerte.

Wenn Isabels Mutter auf die Zwillinge aufpasste, machten sie und Maggie es sich auf der Bank im Garten gemütlich, tranken ein Fläschchen Rioja, das Maggie mitgebracht hatte, und pafften gemütlich vor sich hin. Dabei unterhielten sie sich über das Neueste in ihrem Leben. Isabel erzählte von ihrer jüngsten Diät und Maggie von ihrer letzten Einkaufstour, oder sie berichtete, wer gerade ein Techtelmechtel mit dem Trainer im Fitnessstudio hatte. Nicht, dass eine von ihnen sich daran erinnern konnte, wie es dort aussah! Isabel war sich nicht einmal sicher, ob sie überhaupt noch Mitglied war.

29

»Was ist das denn?«, fragte Maggie mit in die Hüften gestemmten Händen und schief gelegtem Kopf.

Es war ein sonniger Nachmittag im Mai, sie hatten beschlossen, den Gefrierschrank abzutauen, und waren in den Garten gegangen, um zwischendurch Jeans alten Grill aus dem Schuppen zu holen.

Maggie hatte zu guter Letzt auf die Hilfe eines Fachmanns bestanden, und der Landschaftsgärtner, den sie daraufhin engagiert hatten, hatte den Dschungel bereits wieder halbwegs in einen gepflegten Garten zurückverwandelt.

Maggie und Alice waren auf ihrem Weg zum Schuppen noch nicht sehr weit gekommen, als etwas die Aufmerksamkeit von Alice auf sich zog.

»Mein Gott, siehst du das nicht!«, kreischte sie und wich entsetzt zurück, am liebsten wäre sie davongelaufen.

Sie starrten auf etwas, das wie ein Fuß aussah und aus einem Haufen abgeschnittener Ästen, toter Pflanzen und abgemähtem Gras ragte, den der Gärtner mitten auf dem Rasen zusammengetragen hatte. Maggie beugte sich vor, um ihn näher in Augenschein zu nehmen.

»Geh da weg!« Alice packte sie am Arm und versuchte, sie von diesem aus dem Komposthaufen ragenden Ding wegzuziehen.

»Ach, komm schon, Alice, du glaubst doch selbst nicht, dass das da wirklich ein Fuß ist, der mitten in deinem Garten in einem Laubhaufen steckt, oder?«, Maggie schüttelte den Kopf.

Die Vorstellung ließ Alice erschauern.

»Im Ernst, wann hast du das letzte Mal einen Fuß auf deinem Grundstück gefunden? Mir ist jedenfalls nie einer aufgefallen.«

Alice sah ganz grün im Gesicht aus. »Gut, dann bin ich eben hysterisch«, sagte sie und bewegte sich ein paar Schritte von dem Haufen weg in Richtung Haus.

»Ich ziehe das jetzt raus, um dir zu beweisen, dass es kein Fuß ist – vermutlich ist es nur ein schmutziger alter Schuh, der seit einer Ewigkeit hier herumliegt und den der Gärtner mit zusammengerecht hat, ohne es zu merken.« Sie beugte sich über das schmutzige schuhähnliche Gebilde, packte es und zog daran. Beide Frauen waren wie vom Donner gerührt, als sie entdeckten, dass an dem Fuß ein Bein hing. Alice musste sich abwenden und übergab sich.

»Alice, ich glaube, wir haben soeben unsere erste Leiche gefunden. Fühlt sich so an, als ob da noch mehr dranhängt.« Maggie trat einen Schritt zurück, sie schien zu überlegen, ob sie den Rest der Leiche ausgraben sollte – dann übergab auch sie sich.

Maggie, die eindeutig zu viele Folgen von *Akte X* im Fernsehen gesehen hatte, begann, Blätter und Zweige von dem Bein zu entfernen. »Es ist ziemlich behaart, ich nehme an, dass es sich um einen Mann handelt.«

Alice war entsetzt. »Hör mal, heißt es nicht immer, dass man am Tatort eines Verbrechens nichts anfassen soll? Wäre es nicht besser, wenn wir die Polizei benachrichtigten?« Sie wischte sich mit einem zerknüllten Taschentuch über den Mund. Ihr war heiß und schlecht, und sie hatte das Bedürfnis, sich hinzulegen.

»Ja, natürlich, geh und ruf an.« Maggie ließ sich nicht ablenken. Sie schien sich in Rekordzeit von ihrer Übelkeit erholt zu haben.

»Ich gehe nicht allein – du musst mitkommen.«

Sie gingen ins Haus und riefen den Notruf an. Die Stimme am anderen Ende klang alles andere als überzeugt, als sie von ihrem grausigen Fund berichteten.

»Sie haben also in einem Haufen von Gartenabfällen auf Ihrem Rasen ein Bein gefunden?«

»Ja, um Himmels willen, das habe ich doch gesagt! Mein Gott! Da liegt ein Toter in meinem Garten. Zuerst hielten wir es ja für einen alten Schuh, aber als dann meine Freundin daran zog, hing ein Bein dran, und deshalb glauben wir, dass da eine ganze Leiche liegt.«

Verzweiflung machte sich in ihr breit. Sie hatte gedacht, dass im Handumdrehen Hunderte von Polizeiautos vor ihrer Tür stehen würden, aber die Frau am anderen Ende glaubte offenbar, sie wolle sie nur auf den Arm nehmen.

Maggie nahm Alice, die allmählich die Fassung zu verlieren begann, den Hörer aus der Hand, nannte der Polizeibeamtin ihren Namen und ihre Adresse und bat sie, sofort jemanden zu schicken.

Ihr verzweifelter Ton musste die Beamtin davon überzeugt haben, dass es sich nicht um einen dummen Scherz handelte. Sie wies Maggie an, im Garten nichts anzufassen.

»Bleiben Sie ganz ruhig, bis jemand kommt und sich die Sache ansieht – ich werde sofort einen Wagen schicken.«

»Danke.« Maggie legte auf. »Sie klang nicht sehr überzeugt. Okay, was machen wir jetzt?«

»Du lieber Gott, ich weiß es nicht – wann hast du denn das letzte Mal wegen so etwas bei der Polizei angerufen?« Alice hatte keine Ahnung, was zu tun war. Sie ging in der winzigen Küche auf und ab, als könnte sie dadurch den Abstand zwischen sich und dem Garten vergrößern. Maggie wusch sich die Hände mit dem stärksten antibakteriellen Putzmittel, das sie in der Küche finden konnte.

»Lass uns rausgehen und noch einmal nachsehen«, schlug sie vor.

Es war so ähnlich, wie wenn man auf der Straße Zeuge eines Unfalls wurde: Man wusste, dass es nicht richtig war, dauernd hinzustarren, aber man konnte den Blick einfach nicht davon abwenden.

»Maggie, Scheuerpulver tut deinen Händen nicht besonders gut – hätte es Seife nicht auch getan?«

Maggie schenkte ihr keine Beachtung und trocknete ihre Hände am Vorhang ab, in diesem Augenblick der Krise dachte sie nicht an ein Handtuch.

»Ich halte es für keine sehr gute Idee, noch mal rauszugehen – die Frau hat gesagt, dass wir die Leiche nicht anfassen sollen.« Alice sah Maggie zu, wie sie in dem Schrank unter der Spüle herumkramte.

»Willst du denn nicht wissen, wer es ist?« Maggie zog ein Paar Gummihandschuhe an und öffnete die Hintertür.

»Um Himmels willen, glaubst du wirklich, dass wir den Toten kennen? Was hoffst du denn zu entdecken?«

»Alice, die Leiche liegt nicht ohne Grund in deinem Garten. Aber den werden wir kaum herausfinden, wenn wir nicht nachsehen. Hast du irgendetwas langes Spitzes?«

»Spitz, nein – reicht ein Besen?«

»Ja, gute Idee, hol von nebenan einen Besenstiel.«

Alice flitzte los.

Emlyn war überrascht, als sie in den Laden stürzte.

»Hast wohl Sehnsucht nach dem Laden?«

»Emlyn! Im Garten liegt eine Leiche!«

Emlyn tat so, als würde er auf der Ladentheke ohnmächtig zusammenbrechen. »Haha, guter Witz, Alice, aber du bist ein bisschen spät dran. Der erste April war vor einem Monat!«

»Ich meine es völlig ernst«, sagte sie, während sie einen Besenstiel aus dem verzinkten Eimer nahm und damit hinauseilte.

»Alice!«, rief Emlyn ihr nach, aber sie öffnete bereits wieder die Tür zu ihrem Haus.

Maggie sah aus dem Küchenfenster und wippte dabei auf und ab, als würde sie gleich zu einem Rennen starten. Alice gab ihr den Besenstiel.

»Lang genug?«

»Bestens.«

Glücklicherweise traf die Polizei ein, bevor Maggie Gelegenheit hatte, sich als Gerichtsmedizinerin zu versuchen und die Reste von Mr. X freizulegen. Vor dem Haus hielt ein Polizeiwagen, und zwei sehr junge Beamte läuteten an der Tür. Sie waren ausgesprochen freundlich, schienen jedoch etwas skeptisch zu sein, als Alice ihnen so ruhig wie möglich von dem vermeintlichen Leichenfund im Laubhaufen berichtete.

»Ich weiß, dass es strafbar ist, ohne Grund die Polizei zu rufen. Bitte folgen Sie mir.«

Als sie die Polizisten ins Haus führte, kam Emlyn aus dem Laden und sperrte ab. Er heftete sich an ihre Fersen, fest entschlossen, sich nichts entgehen zu lassen. Alice führte sie durch die Küche in den Garten, wo Maggie stand und das Bein anstarrte. Sie trug immer noch die Gummihandschuhe und hielt den Besenstiel umklammert. Die beiden Beamten gingen nicht zu weit auf den Rasen, um keine Spuren zu vernichten. Ein Blick auf den Haufen toter Pflanzen genügte, und sie griffen zu ihren Funkgeräten, um zu melden, dass Verdacht auf ein Gewaltverbrechen bestehe und die Spurensicherung aus Newtownards angefordert werden solle. Maggie und Alice wurden zurück ins Haus geführt, und die Polizisten markierten ihre Spuren, um spätere Verwechslungen auszuschließen und den Tatort zu sichern.

Kaum eine halbe Stunde später war der Garten voller Leute, die Erfahrung im Umgang mit Gewaltverbrechen hatten: der Polizeifotograf, ein Gerichtsmediziner, der offiziell den Tod feststellen musste, und zwei Männer von der Spurensicherung, die den Garten in verschiedene Bereiche unterteilten. Einer fertigte eine Skizze vom Tatort an und der andere sammelte Beweismaterial. Sie machten Hunderte von Fotos und eine Videoaufnahme, bevor sie vorsichtig Blätter und Zweige von dem Bein entfernten und den Rest eines sehr nackten, sehr toten Mannes freilegten. Auf eine unerklärliche, morbide Art fasziniert, sahen ihnen Alice, Maggie und Emlyn vom Küchenfenster aus dabei zu.

»Ich dachte immer, dass es mich mehr erschüttern würde«, sagte Maggie, »immerhin ist das meine erste Leiche.«

Alice schwieg, sie umklammerte ein Glas Whiskey, als hinge ihr Leben daran, und fragte sich, warum jemand sich ausgerechnet ihren Garten ausgesucht hatte.

Die Haut des toten Mannes war aschfahl, aber als er weiter freigelegt wurde, konnten sie auf seiner rechten Seite rötlich violette Flecken erkennen. Dabei handelte es sich um so genannte Leichenflecken, wie Alice dem Gespräch der beiden Männer von der Spurensicherung entnehmen konnte. Er sah fast so aus, als schliefe er – wenn man einmal von dem Einschussloch an der rechten Schläfe seines Kopfes absah.

Detective Inspector Henderson traf ein. Er leitete die Ermittlungen. Er wurde von Detective Sergeant McIlroy, einer Polizistin, und den Detectives Constables Murphy und Kane begleitet. Sie bildeten das Ermittlungsteam, das mit der Aufklärung dieses Verbrechens beauftragt war.

Detective Inspector Henderson warnte die Frauen vor – auch wenn das Einschussloch ziemlich unscheinbar aussah, die Austrittswunde würde sehr viel größer sein. Zu ihrer Erleichterung schien es sich bei der Leiche nicht um jemanden zu handeln, den sie kannten, andererseits ließ sich das nicht mit Sicherheit sagen, da sie nur die rechte Seite seines Gesichts sehen konnten.

»Wir bezeichnen das als ›frische‹ Leiche, das heißt, er ist noch nicht lange tot«, erklärte DI Henderson den dreien, die ihn mit weit aufgerissenen Augen ansahen.

Alice versuchte, nicht zu der Leiche hinzuschauen, aber ihr Blick wurde immer wieder wie magisch davon angezogen. Der Tote war ein großer Mann mit blonden Haaren; er hatte vermutlich ganz gut ausgesehen. Auf seinem Gesicht lag ein erschrockener Ausdruck, so als sei er überrascht worden. Es war nicht viel Blut zu sehen, nur nasse Haare, die an seinem Gesicht klebten, und blasse, fast durchsichtig wirkende Haut, die aber glücklicherweise nicht aufgequollen war. Der Tote wurde auf eine saubere Plane gelegt, und Kopf, Hände und Füße wurden in Plastiksäcke gehüllt. DS McIlroy, die neben Alice stand, erklärte ihr, damit wolle man verhindern, dass irgendwelche Spuren verloren gingen, die sich möglicherweise an der Leiche befanden. Während Alice beobachtete, wie der Tote in einen großen Leichensack gesteckt wurde, fragte sie sich, wo wohl seine Kleidung abgeblieben war. Nach einer Reihe komplizierter Prozeduren wurde er schließlich aus dem Garten getragen und weggebracht, um identifiziert und obduziert zu werden.

Anschließend wurden sie von DS McIlroy und DC Kane im Wohnzimmer verhört.

DS McIlroy hatte ein freundliches Gesicht. Sie wollte wissen, ob die Frauen die Leiche irgendwie berührt hatten, bevor die Polizei eingetroffen war. Maggie gab zu, dass sie den Fuß angefasst hatte, ansonsten hätten Alice und sie aber nichts berührt. Auf die Frage, ob sie den Toten kannten, erklärten sie, dass sie den Mann noch niemals zuvor gesehen hatten.

Dann fragte DS McIlroy, ob sie zu irgendeinem Zeitpunkt seltsame Geräusche im Garten gehört hätten. Sie dachten angestrengt nach, konnten sich jedoch nicht entsinnen – allerdings hätten sie um die Mittagszeit das Haus verlassen, um Einkäufe zu erledigen. Alice erwähnte außerdem ihre nächtlichen Besucher, aber das sei schon Wochen her. Da sie nichts von den Diamanten erzählte, sagte auch Maggie nichts davon. Auch Emlyn ließ kein Wort darüber verlauten, allerdings präsentierte er den Beamten eine wüste Theorie nach der anderen, bis sie ihn schließlich baten zu gehen. Widerstrebend trollte er sich nach nebenan.

Die Polizisten verhielten sich ziemlich rücksichtsvoll. Da DC Murphy sah, wie durcheinander die beiden Frauen waren, erklärte er ihnen, dass seiner Erfahrung nach und den Aussagen der Männer von der Spurensicherung zufolge erste Hinweise darauf deuteten, dass der Mann irgendwo anders umgebracht worden und die Leiche dann in den Garten geschafft worden war. Im Laub waren kaum Blutspuren zu sehen, und nach den Leichenflecken zu urteilen, war er an einer anderen Stelle ermordet worden und hatte dort einige Zeit auf der rechten Seite gelegen. Es gab keine Anzeichen für einen Kampf, und auch von seiner Kleidung war keine Spur zu entdecken. Diese Umstände und die Tatsache, dass die Leiche frisch war, ließen darauf schließen, dass er wahrscheinlich in der Nacht zuvor in den Garten gebracht worden war, möglicherweise aber auch in der Mittagszeit, während sie einkaufen waren.

Alice ging der Gedanke durch den Kopf, ob sie und Maggie wohl unter Verdacht standen, bis die Polizei weitere Beweise fand. Sie behielt diesen Gedanken jedoch für sich.

Mittlerweile war der Garten als Ort eines Verbrechens abgesperrt worden, ebenso die Gasse, auf die das hintere Gartentor führte, und der schmale Weg neben dem Haus. Die beiden Männer von der Spurensicherung durchkämmten den Garten nach irgendwelchen weiterführenden Spuren, konnten jedoch nichts finden. Alles wurde aus jedem erdenklichen Winkel fotografiert. Sie nahmen den größten Teil des Haufens mit den Gartenabfällen mit und sammelten überall im Garten weitere Proben. Das Gartentor wurde sorgfältig auf Stofffasern, Fingerabdrücke oder irgendwelche anderen Spuren untersucht, die einen Hinweis auf den Mörder oder das Opfer geben konnten. Das hintere Tor und der Zaun, die Fenstersimse und die Hintertür wurden mit Pulver eingestäubt, das Fingerabdrücke sichtbar machte.

Die Frauen waren erstaunt zu hören, dass sich auf der Hintertür und am Fenstersims Hunderte von Abdrücken fanden.

DI Henderson und sein Team verabschiedeten sich, bald nachdem der Tote ins Leichenschauhaus gebracht worden war. Einer der Beamten musste zusammen mit den Spurensicherungsexperten an der Obduktion teilnehmen. DS McIlroy sagte den Frauen, sie würden wiederkommen, um weitere Fragen zu stellen. Maggie und Alice nickten nur.

Sobald Emlyn den letzten Polizeibeamten wegfahren sah, war er wie der Blitz wieder zur Stelle.

»Ich weiß, was hier vor sich geht«, sagte er immer wieder und nickte dabei, während er im vorderen Zimmer an einem Whiskey nippte.

Weder Alice noch Maggie schenkten ihm besonders

viel Beachtung – sie waren mit ihren eigenen Gedanken beschäftigt.

Nachdem sie ihm eine Stunde lang mit halbem Ohr zugehört hatte, bat Maggie ihn zu gehen. Die Ereignisse dieses Nachmittags hatten sie ziemlich mitgenommen und Alice sprach davon, dass sie in ein Hotel ziehen wolle.

30

Laura, Isabels Mutter, saß mit den Zwillingen in der Küche und sah ihnen beim Malen zu. Im Backrohr stand ein Auflauf und verbreitete einen köstlichen Duft.

»Oh, danke, Mum, du bist meine Rettung!« Isabel gab jedem der Zwillinge einen Kuss auf den Scheitel, aber sie schienen es kaum zu bemerken.

»Haben sich die beiden benommen?«

»Tadellos.«

»Wirklich?«

Laura war eine der patentesten Frauen, die Isabel kannte. Die Zwillinge waren wahrscheinlich der reine Alptraum gewesen, aber Laura ließ ihnen nie irgendwelchen Unfug durchgehen, und ganz gleich, was sie anstellten, sie verpetzte sie nie bei ihrer Mutter.

»Ja, wirklich, mein Schatz. Ich hoffe, du bist nicht böse, aber ich habe was zum Abendessen für euch gemacht.«

»Böse? Ich bin begeistert. Mein Gott, das Cottage sah aus wie ein Schweinestall! Ich dachte, ich kriege die Ränder in der Badewanne nie mehr weg, ganz zu schweigen von den abgeschnittenen Fußnägeln, die ich aufgesaugt habe, und dem Schimmel, den ich aus den Tassen kratzen musste. Als Nächstes werde ich mich ans Streichen machen.« Laura verzog das Gesicht. »Was sind das bloß für Leute, die nicht mal putzen, wenn sie irgendwo ausziehen? Nun, Mr. Graham Leamington gehört jedenfalls dazu.«

»Ach ja, der Chirurg, oder?«

Isabel nickte.

»Ich habe von ihm gehört. Ich glaube, Siobhan O'Neill hatte vor einiger Zeit etwas mit ihm.«

»Wie kann sie nur – der Typ ist einfach furchtbar!«

»Es hielt auch nicht lange«, sagte Laura. »Ach ja, zwei Dinge, bevor ich es vergesse. Der Makler hat angerufen – er hat irgendwas von einem weiteren Angebot erzählt.« Laura lächelte, als sie das sagte.

»Hat er gesagt, wie viel?«

»Vierhundertfünfunddreißigtausend.«

»Klasse! Langsam nähern wir uns der Sache.«

Die magische Zahl vierhundertfünfzigtausend rückte in greifbare Nähe.

»Und dann hat vor fünf Minuten noch Maggie angerufen. Sie klang völlig aufgelöst. Du hattest wie üblich dein Handy nicht eingeschaltet, und ich soll dir ausrichten, dass du sie sofort anrufen sollst, wenn du zurückkommst.«

Isabel nahm das Telefon und ging damit ins Wohnzimmer. Sie stellte sich an die Terrassentür und sah hinaus in den Garten, während sie die Nummer in Donaghadee wählte. Dabei knabberte sie an einem Butterkeks.

Am anderen Ende läutete es, aber es dauerte eine Weile, bis jemand abnahm.

»Maggie? Ich bin's, Isabel – tut mir Leid, dass ich nicht da war, als du angerufen hast – was ist los?«

»Isabel, wir haben vor ein paar Stunden eine Leiche im

Garten gefunden!« Maggie war völlig außer Atem, als sei sie ans Telefon gerannt.

Was hatte Maggie da eben gesagt? Sicher hatte sie sich verhört.

»Entschuldigung, Maggs, in der Leitung muss eine Störung sein – ich habe verstanden, dass ihr eine Leiche im Garten gefunden habt.«

»Das habe ich ja auch gesagt! Da lag eine Leiche in einem Haufen Laub und solchem Zeug.«

»Eine Leiche?« Isabel ließ sich auf einen Stuhl sinken, den Keks hatte sie vergessen. Laura sah zu ihr herüber, als sie den veränderten Klang in ihrer Stimme bemerkte.

»Alice und ich waren im Garten – wir wollten ein paar Dinge gemeinsam erledigen, den Gefrierschrank abtauen, den Grill aus dem Schuppen holen und so – und da sahen wir etwas aus einem Laubhaufen ragen. Es war ein Mann! Ein toter Mann in unserem Garten!«

»Wer ist es?«

»Keine Ahnung, ich hab ihn noch nie gesehen.«

»Maggie! Willst du mir erzählen, dass in eurem Garten eine Leiche lag und ihr nicht wisst, wie sie dahin gekommen ist?«

»Ja.«

»Du lieber Himmel. Das muss etwas mit den Diamanten zu tun haben!«

»Ich weiß! Hör mal, kannst du herkommen? Alice macht die ganze Sache schwer zu schaffen, und Emlyn ist mittlerweile das reinste Nervenbündel.«

»Okay, ich fahr gleich los.«

Isabel drückte die Trenntaste und rief ihre Mutter aus der Küche. »Mum«, sagte sie leise, damit es die Kinder nicht hörten, »es ist etwas Furchtbares passiert. Maggie und Alice haben eine Leiche im Garten gefunden.«

»O mein Gott! Wer ist es?«

»Na ja, das wissen sie nicht, aber Maggie sagt, dass es Alice gar nicht gut geht, und sie hat gefragt, ob ich kommen kann. Würde es dir etwas ausmachen, noch ein paar Stunden auf die Kinder aufzupassen?« Isabel dachte an die Schreibarbeiten, die sie zu erledigen hatte, aber schließlich geschah es nicht jeden Tag, dass ihre beste Freundin eine Leiche entdeckte und sie um Hilfe bat.

»Ich kann über Nacht bleiben«, sagte ihre Mutter und nickte. »Dann brauchst du dich nicht zu beeilen.«

»Danke, Mum, du bist wirklich ein Engel.« Sie warf einen letzten langen Blick auf den Auflauf, der im Backrohr vor sich hin garte, gab den Zwillingen noch einmal einen Kuss, zog ihren Mantel an und machte sich auf den Weg an den Ort des Verbrechens.

Auf der Fahrt hatte sie jede Menge Zeit zum Nachdenken. Als sie bei Bangor auf die Umgehungsstraße fuhr, überlegte sie, wie eine Leiche wohl aussehen mochte. Und warum sollte jemand gerade in diesem Garten eine Leiche abladen? War das nur Zufall? Vielleicht war es ja eine Warnung an Alice, die Diamanten herbeizuschaffen, bevor ihr das gleiche Schicksal wie ihrer Tante blühte. Aber welchen Sinn sollte es haben, jemandem Angst einzujagen, der, soweit den Ganoven bekannt war, nichts von der ganzen Sache wusste und auch nicht wusste, mit wem er es zu tun hatte? Und warum sollten sie die Aufmerksamkeit auf das Haus von Alice lenken, wenn sie Jean tatsächlich umgebracht hatten und damit bis jetzt davongekommen waren? Das hieß, falls ihre Tante wirklich gestoßen worden und nicht ausgerutscht war.

In Isabels Kopf wirbelten die Gedanken durcheinander, während sie nach Donaghadee raste.

31

Maggie war überrascht, Isabel so bald zu sehen – es schien erst ein paar Minuten her zu sein, dass sie mit ihr gesprochen hatte. Sie musste wie der Teufel gefahren sein.

»Gott sei Dank bist du da! Und du musstest die Zwillinge nicht mitnehmen.«

»Mum ist bei ihnen. Was ist das nur für eine schreckliche Geschichte!«, rief Isabel aufgeregt. »Erzähl mir ganz genau, was passiert ist!«

Maggie führte sie in die Küche, damit sie das gelbe Absperrband der Polizei bewundern konnte, das die Bäume rings um den Garten mit dem mittlerweile dezimierten Komposthaufen zierte.

»Wow, da drüben lag also die Leiche!« Aus Isabels Stimme klang eine Mischung aus Abscheu und Erstaunen.

»Ja, wir sind rausgegangen, um den Grill zu holen, als Alice den Fuß bemerkte.«

»Den Fuß?« Isabel sah Alice an.

Alice erschauerte und nickte.

»Und was habt ihr dann gemacht?«

Isabel verschlang jedes Wort von Maggies dramatischem Bericht.

Alice setzte Wasser für Tee auf, um nach dem vielen Whiskey, den Maggie ihr seit dem Besuch der Polizei aufgenötigt hatte, wieder einen klaren Kopf zu bekommen.

»Und ihr habt ihn nicht erkannt?«, fragte Isabel, als Maggie mit ihrer Schauergeschichte fertig war.

»Nein, Gott sei Dank nicht!« Die Erinnerung ließ Alice erbeben.

»Na ja, um ehrlich zu sein, eine Leiche sieht aus wie die andere«, erklärte Maggie wichtig.

»Maggs, hast du vor dem heutigen Tag überhaupt schon mal eine Leiche gesehen?«, fragte Alice und reichte ihr eine Tasse Earl Grey.

»Eins verstehe ich nicht«, sagte Isabel, »wenn sie wollten, dass ihr die Leiche findet, um euch zu erschrecken, warum haben sie sich dann die Mühe gemacht, sie in einem Haufen Blätter zu verstecken? Und wenn sie nicht wollten, dass man sie entdeckt, warum haben sie sie dann so schlecht versteckt?«

»Mein Gott, hört auf, so ein Zeug zu reden!« Alice war immer noch grün im Gesicht, und ihr wurde wieder leicht schwindlig.

»Warum gehst du nicht rauf und nimmst ein heißes Bad?«, schlug Maggie vor, schüttete ihren Tee in die Spüle und holte Weingläser aus dem Schrank. »Und dann lassen wir uns was vom Chinesen kommen.«

Isabel sah ausgesprochen erfreut aus – plötzlich erschien es ihr gar nicht mehr so schlimm, dass ihr der Auflauf ihrer Mutter entging. »Ich sollte eigentlich nicht. Weißt du, vor drei Wochen habe ich Charles erklärt, dass es im Leben Wichtigeres gibt, als auszusehen wie Jennifer Lopez. Ich versuchte mich selbst zu trösten, weil ich drei Wochen hintereinander nicht bei den Weight Watchers war. Er nickte verständnisvoll und sagte: ›Es gibt im Leben allerdings auch Wichtigeres, als auszusehen wie Madeleine Albright!‹«

Sie lachte, als sie diese Geschichte zum Besten gab, aber Maggie und Alice wussten, dass es sie verletzt haben musste. Arme Isabel! Selbst wenn sie sich bemühte, ein Muster an Enthaltsamkeit zu sein, erlitten die Schokoladenkekse bei ihren Besuchen jedes Mal den Schock ihres Lebens.

»Du hast heute überhaupt noch nichts gegessen«, erinnerte Maggie Alice.

»Ich weiß, aber ich glaube nicht, dass ich was runterkriege. Mir ist nicht mehr so übel gewesen, seit ich im Kino *Hannibal* gesehen habe und dem Mann in der Reihe vor mir fast in den Hemdkragen gekotzt hätte. Ich ...«

Isabel sah sie schwanken und eilte zu ihr, um sie aufzufangen.

»Weggetreten«, sagte sie.

Als Alice wieder zu sich kam, lag sie in eine Decke gewickelt auf dem Sofa, und Isabel sah sie besorgt an. Sie fröstelte.

Als Nächstes hielt ihr Maggie einen Becher Tee unter die Nase.

»Ich kann Tee mit Zucker ja nicht ausstehen, aber angeblich wirkt er Wunder.« Sie bot den Tee dar, als sei er das Elixier des Lebens.

Alice nahm den Becher und nippte, dann verzog sie das Gesicht, sie war auch nicht gerade ein Fan von süßem Tee.

»Danke. Wie lange habe ich geschlafen?«

»Du meinst, seit du in der Küche in Ohnmacht gefallen bist und dir beinahe den Schädel aufgeschlagen hast? Nicht länger als zehn Minuten.«

»Tut mir Leid.« Alice fühlte sich erbärmlich.

»Du brauchst dich nicht zu entschuldigen. Du hast heute Nachmittag in deinem Garten eine Leiche gefunden«, stellte Isabel nüchtern fest. »Aber ich finde, du solltest wirklich etwas essen.«

»Okay. Aber ihr versprecht mir, nicht mehr davon zu reden.«

»Wir haben was beim Chinesen bestellt, es sollte in einer halben Stunde fertig sein. Wir holen es auf der Fahrt zu Isabel ab – ich dachte, es wäre dir lieber, heute Nacht nicht hier zu schlafen.

Alice nickte dankbar.

»Hast du etwas dagegen, wenn ich jetzt ein Bad nehme?« Alice lag auf dem Sofa in Isabels Wohnzimmer, sie fühlte sich ein bisschen besser.

»Gute Idee«, sagte Maggie. »Bleib liegen, ich lass es dir ein, mit jeder Menge Schaum.«

»Danke, Maggs.« Alice ließ sich zurücksinken und bedeckte ihr Gesicht mit den Armen, vor ihrem geistigen Auge stand immer noch das Bild des unbekannten toten Mannes.

»Fernsehen?«, fragte Isabel.

»Klar – nur zu, was immer du sehen willst.«

Isabel schaltete den Fernseher ein und zappte durch die Kanäle, die Folge von *Polizeiarzt Dangerfield* übersprang sie rasch.

»Ah, ich liebe diesen Film.« Sie blieb bei Channel 4 hängen, wo gerade *French Kiss* lief.

»Ich auch.«

Zusammen sahen sie zehn Minuten lang Kevin Kline dabei zu, wie er mit Meg Ryan flirtete, bis Maggie von oben rief, dass Alice jetzt kommen könne.

Maggie, eine überzeugte Anhängerin der Devise »Viel hilft viel«, wenn es um Badezusätze ging, schien eine halbe Flasche von Isabels sorgsam gehütetem Amber-und-Lavendel-Badeöl in das heiße Wasser geschüttet zu haben. Alice konnte vor lauter Dampf kaum etwas sehen.

»Danke, Maggs, das ist wunderbar. Schönes Badezimmer.« Alice betrachtete die Marmorfliesen, die bis zur Decke reichten.

»Ja, bei den Enten bin ich mir allerdings nicht so sicher bin!« Maggie deutete auf die kleine Familie Porzellanenten, die neben der Tür standen, als ob sie hinauswollten.

»Warte mal.« Maggie holte ein Feuerzeug aus ihrer Hosentasche, beugte sich vor und zündete eine Grapefruit-Duftkerze neben der Badewanne an. Beim Hinausgehen schaltete sie das Licht aus und ließ Alice im sanften Schein der Kerze zurück.

Alice schlüpfte aus ihren Kleidern und warf sie in einer Ecke des Badezimmers auf den Boden – am liebsten hätte sie alles, was sie heute getragen hatte, verbrannt oder zumindest ausgekocht. Der wohlriechende Dampf schien eine reinigende Wirkung zu haben, und die Anspannung des Tages begann von ihr abzufallen, als sie tief einatmete. Wenigstens war ihr jetzt nicht mehr übel, und es blieben nur noch ein paar Fragen, die sie nicht beantworten konnte. Aber heute Nacht würde sie nicht mehr darüber nachdenken. Sie würde so lange in der Badewanne liegen bleiben, bis sie völlig verschrumpelt war.

Nach einer Riesenportion Schweinfleisch süßsauer mit gebratenem Reis, einem Glas Rotwein und einer kräftigen Dosis Liebesfilme ging es Alice schon sehr viel besser. Isabel führte sie in eines der Gästezimmer. Alice schlüpfte dankbar unter die weiche Daunendecke und vergrub ihren Kopf in den dicken Kissen. Sie fiel in einen tiefen, traumlosen Schlaf.

Vor sich die Reste des chinesischen Essens, blieben Maggie und Isabel auf dem Sofa sitzen und unterhielten sich über die Ereignisse des vergangenen Tages.

»Warum im Garten? Warum nicht im Hof des Ladens?«, fragte Isabel.

»Vielleicht fanden sie es persönlicher, die Leiche dort zu lassen, wo Alice wohnt, anstatt nebenan.«

Isabel dachte nach. »Vielleicht war der Kerl betrunken, stolperte durch das Tor in den Garten, wurde ohnmächtig und starb eines natürlichen Todes.«

»Nachdem er auf geheimnisvolle Weise ein verschlossenes Tor geöffnet, seine Kleidung versteckt und sich mit dem Kopf voran in einem Komposthaufen vergraben hat? Nette Art zu sterben. Und dann ist da noch das kleine Problem mit der Kugel in seinem Kopf.«

»Stimmt. Weißt du was, ich glaube, es ist Zeit, dass ich auch ins Bett komme. Warte! Ich hab's!«

»Was ist?«

Isabel starrte sie mit weit aufgerissenen Augen an. »Was, wenn das Ganze ein Komplott ist? Um den Verdacht auf Alice zu lenken! Damit sie verhaftet wird?«

»Wozu sollte das gut sein? Sie hoffen doch, dass sie die Diamanten hat und sie ihnen geben wird.«

»O ja – Gott, ich weiß auch nicht!«

»Ich bin allerdings überzeugt«, sagte Maggie, »dass wir unter Verdacht stehen. DS McIlroy hat uns vorhin bestimmt nicht geglaubt.«

32

»Was ist …« Alice fuhr im Bett hoch. Sie sah sich im Zimmer um, wusste nicht gleich, wo sie sich befand. Dann fiel ihr wieder ein, dass sie im Haus von Isabel war, und sie ließ sich erleichtert zurück in die Kissen sinken.

Die Tür ging auf, und ein Streifen Licht fiel auf das Bett. In der Tür stand eine kleine Gestalt.

»Hallo«, flüsterte ein leises Stimmchen.

»Hallo«, flüsterte Alice zurück. Es musste noch sehr früh sein, wenn sie flüsterten.

»Ich heiße Amy.«

»Aha.« Alice lächelte.

»Ich bin fünf, und ich habe einen Hamster, sein Name ist Fluffy.«

Amy kam in ihren riesigen Hausschuhen ins Zimmer geschlurft.

»Und wo ist er?«, fragte Alice, froh über die Gesellschaft.

»Er schläft noch – er steht nicht so früh auf.« Sie kam näher ans Bett.

»Wie spät ist es denn?«

»Halb sieben.« Amy setzte sich an das Fußende.

»Meine Güte, das ist aber früh. Bist du nicht mehr müde?«

»Nein. Aber Mummy wird böse, wenn wir sie so früh aufwecken.« Amy rutschte näher zu Alice.

Alice war verwundert, dass es das kleine Mädchen nicht beunruhigte, eine Fremde im Haus vorzufinden.

»Ja, das kann ich mir vorstellen. Mummy kann nicht oft länger liegen bleiben, oder?« Immerhin war Samstag.

Amy schüttelte den Kopf und kletterte neben Alice. Sie unterhielten sich eine Weile. Amy erzählte ihr alles über ihren Bruder Henry, ihre Mummy, die die liebste Mummy auf der ganzen Welt war, und fragte, ob sie Alice Frühstück machen sollte.

»Wie wär's, wenn wir das gemeinsam machen?«

Amy nickte heftig. Sie nahm Alice bei der Hand und führte sie durch das stille Haus in die Küche. Alice hatte keine Ahnung, wo Maggie und Isabel steckten, aber sie war sicher, dass sie nicht besonders erfreut wären, so früh gestört zu werden.

»Also, was willst du zum Frühstück?«, fragte Alice das kleine Mädchen und schaltete das Licht an.

»Schoko-Cornflakes.«

»Weißt du, wo die sind?«

Amy schlurfte in ihren rosafarbenen Barbie-Hausschuhen zum Eckschrank, holte die Packung heraus und gab sie Alice, die erst nach einigem Suchen die Schüsseln fand. Sie füllte zwei kleine Schüsseln, während Amy den Kühlschrank aufmachte und die Milch herausnahm. Alice setzte Wasser auf und machte sich einen starken Kaffe. Amy gab ihr einen Löffel und setzte sich.

»*So schokoladig, dass die Milch zu Kakao wird*!«, sang Alice, wie sie es in der Fernsehwerbung gehört hatte.

Amy schob sich kichernd einen Löffel Cornflakes in den Mund. Alice konnte sich nicht entsinnen, jemals Schoko-Cornflakes gegessen zu haben, aber sie musste zugeben, dass sie recht lecker waren. Nach dem Frühstück führte Amy ihr vor, wie gut sie sich mit dem Fernseher auskannte, und sie setzten sich, um sich irgendeine schreckliche frühmorgendliche Sendung für Kinder anzusehen.

»Das gefällt mir nicht«, sagte Amy zu Alice, als sie so nebeneinander auf dem cremefarbenen Sofa saßen.

»Mir auch nicht«, erwiderte Alice. »Hast du nicht was Besseres?«

Amy nickte, kletterte vom Sofa und ging zu dem Schränkchen neben dem Fernseher. Es war voller Videos. Sie überlegte kurz und nahm dann eines heraus.

»Weißt du, wie herum man es reinsteckt?«, fragte Alice.

Amy nickte und legte die Videokassette richtig ein. Alice war beeindruckt. Die Titelmusik von *Die Schöne und das Biest* erklang, und Alice drehte schnell den Ton leiser, damit nicht das ganze Haus aufwachte. Amy schien alle Lieder zu kennen, singend wiegte sie sich im Takt zur Musik …

»Alice?«

»Hmmm?«

»Alice, geht es dir gut?«

Alice öffnete die Augen und erblickte Isabel, die sich über sie beugte. Sie saß immer noch auf dem Sofa. Amy hatte sich in ihren Arm gekuschelt und schlief tief und fest. Auf dem Bildschirm herrschte Schneegestöber.

»Gott, wie spät ist es?«

»Neun«, sagte Isabel leise. »Hat unsere kleine Madame dich geweckt?« Sie deutete auf Amy.

»Nein, ich war schon wach. Wir haben zusammen gefrühstückt.«

»Das habe ich gesehen«. Isabel lächelte. »Willst du Kaffee? Maggie schläft noch.«

»Ja, gern. Ist doch kaum zu glauben, dass ich mitten in der besten Liebesszene zwischen dem Biest und der Schönen eingeschlafen bin«, sagte sie und befreite sich vorsichtig von dem ruhig atmenden Kind.

Isabel nahm eine Decke von der Rückenlehne des Sofas und deckte das kleine Mädchen zu.

»Wie fühlst du dich heute?«, fragte sie Alice, die immer noch sehr blass war.

»Sehr viel besser. Danke. Ich bin froh, dass ich heute Nacht hier schlafen konnte. Glaubst du, zu Hause ist alles in Ordnung?«

»Bestimmt. Wenn wir die Kinder versorgt haben, bringe ich dich und Maggie heim, falls du dich dazu in der Lage fühlst.«

»Klar. Vielen Dank.«

Alice umarmte Isabel. Die Herzlichkeit dieser Frau tat ihr gut. Isabel öffnete die Terrassentüren, und die Küche füllte sich mit den Geräuschen eines Sommertages.

»Wirst du das hier nicht vermissen? Ich meine, jetzt, wo es zwischen dir und Charles wieder besser läuft?«

»Nicht wirklich. Mit diesem Haus verbinde ich nur schlechte Erinnerungen. Ich weiß, solche hohen Zimmer sind toll, und wir haben viel Platz, aber als ich gestern im Cottage war, wusste ich, dass wir die richtige Entscheidung getroffen haben. Dort ging es uns gut, und ich glaube, dass das auch wieder so sein wird.«

»Das ist schön. Es wäre schrecklich, wenn du ausziehen müsstest, ohne es zu wollen.«

»Ja, da hast du Recht. Ich freue mich auf das Cottage. Ich werde vor unserem Umzug alles neu streichen, als Überraschung für Charles. Er hat immer noch ein schlechtes Gewissen, weil wir ausziehen müssen, und macht sich Vorwürfe, egal, wie oft ich ihm sage, dass es genau das ist, was ich will.«

Alice wusste nicht im Einzelnen über die neuesten Entwicklungen in Isabels Leben Bescheid, aber sie freute sich, dass alles eine glückliche Wendung genommen zu haben schien.

»Ich wünschte, bei mir gäbe es auch eine glückliche Wendung«, sagte sie laut.

»Die Leiche hat dich erschreckt?«

»Ja, sehr.«

»Nun, es ist ja auch gruselig. Klar ist ja wohl, dass sie nicht zufällig in deinem Garten gelandet ist – sieht eher so aus, als stecke eine Absicht dahinter. Aber lass dir bloß keine Angst einjagen. Man wird oft am besten mit einer Situation fertig, wenn man versucht, das Geheimnis zu lösen.«

»Was meinst du?«

»Gut, es mag ein bisschen merkwürdig klingen, aber … na ja, wenn mich meine jüngsten Erfahrungen eines gelehrt haben, dann das: Wenn einem eine Sache Angst macht, dann sollte man sich ihr stellen und versuchen, sie zu verstehen. Nicht den Kopf in den Sand stecken – was ich sonst gerne tue. Verstehst du, was ich meine?«

»Natürlich, ja, ich muss etwas tun. Unter Mordverdacht zu stehen ist ein ziemlich seltsames Gefühl. Die Polizei hat es zwar nicht so direkt gesagt, aber es war ziemlich offensichtlich.«

»Forsche ein bisschen nach. Versuche herauszufinden – oder zu erraten –, was Jean mit den verschwundenen Diamanten gemacht hat.«

»Aber ich habe schon endlos gesucht, nichts, keine Spur von ihnen.«

»Du kanntest Jean doch besser als irgendjemand sonst – außer Emlyn natürlich. Was könnte Jean mit den Diamanten gemacht haben? Versetz dich in ihre Lage – versuche, ihren Gedankengängen zu folgen. Diese Leute haben sie benutzt, und sie wusste nicht, wie sie aus der Sache rauskommen sollte. Und da hat sie sich einen Plan ausgedacht, den sie für einigermaßen sicher hielt.«

»Nur dass ihr nicht klar war, wie ernst ihre Lage wirklich war und wie skrupellos die Leute waren, mit denen sie es zu tun hatte.«

»Trotzdem, ich glaube, das ist das Beste, was du jetzt machen kannst: Versuche wie Jean zu denken.«

Isabel hatte Recht. Alice musste sich eine Strategie ausdenken, eine, die sie oder ihre Freunde nicht in Gefahr brachte. Sie musste ihr Leben, ihr Zuhause und ihren Laden wieder in den Griff bekommen. Wie kam sie dazu, in ständiger Angst vor einem unbekannten Feind zu leben? Das passte nicht zu ihr. Sie verbannte die Vorstellung, sich einfach in einem Flugzeug aus dem Staub zu machen, aus ihrem Kopf. Sie würde nicht Hals über Kopf nach London zurückkehren.

Maggie kam die Treppe herunter, während sie noch darüber sprachen.

»Guten Morgen!«, sagte sie und streckte die Arme in die Höhe, um ihre verspannten Schultern zu lockern.

Sie setzte sich an den Küchentisch und bediente sich aus der Kanne, in der noch ein bisschen warmer Kaffee war.

»Was tun wir jetzt?«, erkundigte sie sich.

»Wie Jean denken«, erklärte ihr Isabel.

»Gute Idee«, sagte Maggie.

Laura ging mit den Zwillingen spazieren, nachdem sie Alice ihre Zimmer und all ihre Lieblingsstofftiere, Bücher und Playmobil-Figuren gezeigt hatten.

Nach einer weiteren Kaffeerunde am Küchentisch fuhr Isabel Alice und Maggie zurück in die Shore Street.

Es wäre herrlich gewesen, im Garten zu sitzen, aber das kam nicht in Frage, bevor die Polizei nicht erlaubte, die Überreste des Komposthaufens zu beseitigen. Stattdessen setzten sie sich auf die Mauer gegenüber dem Laden, den Emlyn unbedingt hatte aufmachen wollen, und aßen Eis. Es waren etliche Spaziergänger unterwegs, die nach dem kalten, feuchten Winter wieder etwas Bewegung in ihre steifen Glieder bringen wollten. Alice genoss es, dazusitzen, die Leute zu beobachten und sich zu fragen, was sie sonst wohl so taten. Sie hatte nie begriffen, warum manche Frauen in Faltenröcken, Pumps und Anoraks spazieren gingen. Bequem sah es jedenfalls nicht aus.

Während sie zusah, wie die Seemöwen um die Fischerboote kreisten und das Leben in der Stadt seinen gewohnten Gang ging, konnte sie kaum glauben, dass sie tags zuvor eine Leiche in ihrem Garten gefunden hatten.

Genau in diesem Augenblick tauchte der Kerl auf, der vor ein paar Wochen schon einmal da gewesen war, und näherte sich dem Laden. Er hatte die Hände in den Taschen vergraben und spähte durch das Schaufenster. Alice und Maggie wagten nicht, sich zu rühren. Er schenkte seiner Umgebung keine Beachtung – er starrte einfach nur durch das Fenster und machte keine Anstalten, die Hände aus den Taschen zu nehmen oder die Tür zu öffnen. Dann richtete er sich auf und ging davon.

Maggie sprang von der Mauer, immer noch an ihrem Eis leckend.

»Komm schon, das ist unsere Chance!«

»Maggs, ich weiß nicht. Dieser Mann könnte jemanden umgebracht haben.«

»Es ist helllichter Tag, und um uns herum sind jede Menge Leute. Nimm zur Tarnung einfach dein Eis mit. Falls er uns entdecken sollte, sieht es so aus, als würden wir spazieren gehen und dabei plaudern und Eis essen.«

Alice sprang von der Mauer, und sie liefen über die Straße.

Emlyn riss die Ladentür auf. Vor Aufregung war er knallrot im Gesicht.

»Habt ihr ihn gesehen? Habt ihr gesehen, der kreuzt einfach hier auf und schaut durchs Fenster, als wäre überhaupt nichts dabei?«

»Wir haben ihn gesehen, und wir werden ihm nachgehen«, sagte Maggie.

»Ach, du meine Güte! Darf ich mitkommen?«

»Nein, Emlyn, bleib hier und lass den Laden auf. Dann merken sie nicht, dass wir beide verschwunden sind, falls sie den Laden beobachten«, sagte Alice.

»Wir stehen also immer noch unter Beobachtung?« Emlyns Augen waren so groß wie Untertassen.

»Da kannst du deinen Hintern drauf verwetten«, sagte Maggie mit unbewegter Miene.

Emlyn eilte zurück in den Laden, die Vorstellung, so offen auf der Straße allen Blicken ausgesetzt zu sein, versetzte ihn in Schrecken.

Alice und Maggie bogen um die Ecke; keine Spur von dem Kerl.

»Mist, wo ist er hin?«

Sie rannten die Straße entlang. Weiter vorn gabelte sie sich in zwei Einbahnstraßen. Alice sah nach links, und Maggie sah nach rechts.

»Da ist er!« Maggie hatte ihn entdeckt. Er bewegte sich stadtauswärts, immer noch zu Fuß.

Sie warfen ihre Eistüten in den nächstbesten Abfalleimer und rannten los. Er verschwand hinter einer Tankstelle. Als sie fast auf gleicher Höhe waren, tauchte er in einem weißen Ford Escort wieder auf. Sie duckten sich hinter einen geparkten Lastwagen und sahen ihn in Richtung Bangor davonfahren.

»Prima, wir haben ihn verloren!«, sagte Alice.

»Soll ich zurücklaufen und das Auto holen?«

»Bis dahin ist er schon zu weit weg. Wir würden ihn niemals finden.«

»Hast du dir das Kennzeichen gemerkt?«, fragte Maggie.

»Nein, du?«

»Glaubst du, dass er uns gesehen hat?«

»Bestimmt nicht. Er hat sich voll auf den Verkehr konzentriert.«

Niedergeschlagen gingen sie zurück zum Laden. Ein weißer Escort war nicht gerade ein außergewöhnliches Auto, aber zumindest wussten sie jetzt, wonach sie Ausschau halten mussten und wo er parkte.

»Ich finde, wir sollten ihn Jimmy nennen«, sagte Maggie, als sie die High Street entlanggingen.

»Warum?«

»Na ja, wir können ihn ja nicht dauernd ›den seltsamen Kerl‹ oder ›den komischen Typen‹ nennen – das dauert zu lange. Und da wir nicht wissen, wie er heißt, bin ich dafür, ihn Jimmy zu taufen.«

»Warum nicht Mörder-Jimmy?«

»Sehr witzig, Alice. Jimmy ist einfacher zu merken. Einverstanden?«

»Meinetwegen.« Alice war deprimiert. Es war das erste Mal, dass sie einen Verdächtigen verfolgt hatte, und er war ihnen binnen kürzester Zeit entwischt.

Am darauf folgenden Montag war Alice allein im Laden, Emlyn hatte sich einen Tag freigenommen. Sie füllte gerade die Registrierkasse mit Wechselgeld auf, als die Türglocke ging. Sie machte die Kasse zu, drehte sich um und sah sich Auge in Auge Mörder-Jimmy gegenüber.

»Gibt's was Neues wegen der Antiquitäten?«

»Hören Sie, es tut mir Leid, aber ich weiß wirklich nicht, wovon Sie reden.«

Auf einmal kam es ihr gar nicht mehr so schwierig vor, sich an seinen Namen zu erinnern.

»Irgendwelche merkwürdigen nächtlichen Besucher?«

»Verzeihung?«

»Rechne nicht damit, dass du ruhig schlafen kannst, bevor die Antiquitäten wieder aufgetaucht sind. Terry sagt, dass er allmählich die Geduld mit dir verliert. Du willst doch nicht, dass es dir geht wie dem guten alten Malcolm, oder?« Er grinste und entblößte dabei Zähne, die offenbar auf Kriegsfuß mit der Zahnbürste standen.

Alice wollte etwas sagen, bekam jedoch keinen Ton

heraus und konnte ihn nur wie ein verschrecktes Kaninchen anstarren. Endlich fand sie ihre Stimme wieder, auch wenn sie sie kaum wieder erkannte.

»Wer ist Malcolm?«, piepste sie.

»Du bist wirklich schlecht informiert, was? Warum fragst du nicht die Schwuchtel, die hier arbeitet? Ich glaube, er kennt den guten alten Malcolm. Terry gibt dir noch bis nächste Woche, um die Diamanten aufzutreiben. Und komm nicht auf die Idee, die Polizei anzurufen – wir kriegen es mit.«

»Sie werden Ihre Diamanten schon bekommen!«, entfuhr es Alice.

»Gutes Mädchen, du begreifst schnell.« Er schlug mit einer riesigen behaarten Hand auf die Verkaufstheke und verließ den Laden, wobei er einen schwachen Geruch nach Schweiß und schlechtem Atem zurückließ.

Alice sperrte den Laden zu und schaltete die Alarmanlage ein, die Bill installiert hatte. Sie öffnete die Eingangstür ihres Hauses und ging ins Wohnzimmer, wo Maggie gerade verschiedene Nagellackfarben an ihren Zehennägeln ausprobierte.

»Ich habe ihn wieder gesehen!«

»Wen? Du meinst doch nicht etwa Jimmy?« Maggie hätte beinahe das Fläschchen mit silbrig glitzerndem Nagellack auf das Sofa fallen lassen. »Wo?«

»Er war bis vor etwa fünfzehn Sekunden im Laden«, sprudelte Alice aufgeregt hervor. »Er hat gesagt, dass Terry –« Sie hielt inne, um Luft zu holen.

»Wer ist Terry?«

»Weiß ich nicht, aber er hat gesagt, Terry gebe mir noch bis nächste Woche, um die Diamanten aufzutreiben – und dieses Mal sagte er tatsächlich ›Diamanten‹ –, oder mir werde es wie Malcolm gehen!«

»Wer ist Malcolm?«

»Ich weiß es nicht! Würdest du mich vielleicht mal ausreden lassen? Also, falls ich in einer Woche die Diamanten nicht rausrücke, geht's mir wie Malcolm, und ich soll die Schwuchtel, damit hat er Emlyn gemeint, fragen, wer Malcolm ist!«

»Was? Emlyn weiß es?«

»Was um Himmels willen soll ich denn jetzt machen?«

»Ich rufe Isabel an – ihr fällt sicher was ein.«

Maggie schnappte sich das schnurlose Telefon und wählte Isabels Nummer.

»Hallo – ja, schon, es ist dringend, aber zehn Minuten sind kein Problem.« Sie trennte die Verbindung. »Sie zeigt gerade jemandem das Haus und ruft dann zurück.«

Alice setzte sich aufs Sofa und ließ den Kopf zwischen die Knie sinken. Ihr war schwindlig, und beim letzten Mal, als das passierte, war sie in Ohnmacht gefallen.

Nach dem ersten Klingeln war Maggie schon am Apparat.

»Isabel? Danke, dass du zurückrufst. Der Kerl war wieder da! Er hat Alice bedroht und geradeheraus von den Diamanten gesprochen.«

»O mein Gott!« Isabel konnte nicht glauben, dass die Ganoven so direkt auf ihr Ziel lossteuerten.

»Wir wissen nicht, was wir jetzt machen sollen.« Maggie wiederholte, was Alice ihr erzählt hatte.

»Informiert sofort die Polizei«, sagte Isabel.

»Aber dieser Jimmy hat gesagt, dass sie das mitkriegen würden!«

»Vielleicht wollte er euch nur Angst machen. Er hat quasi zugegeben, dass er Malcolm, wer immer das auch war, umgebracht und euch in den Garten gelegt hat. Damit habt ihr zwar immer noch keinen Beweis, und die

Polizei auch nicht, aber jetzt könnt ihr der Polizei wenigstens einen Verdächtigen liefern.«

»Was ist, wenn sie uns nicht glauben?«

»Ihr habt nichts dabei zu verlieren, wenn ihr es ihnen erzählt.«

»Meinst du wirklich?«

»Natürlich. Ich denke, es wäre auch eine gute Idee, alles aufzuschreiben, was euch zu der Geschichte einfällt, damit ihr im Eifer des Gefechts nichts vergesst.«

»Was hast du heute Abend vor?«

»Nichts, warum?«

»Ist Charles zu Hause?«

»Ja, ich glaube schon.«

»Würde er ein paar Stunden auf die Zwillinge aufpassen?«

»Ja, sicher, wenn ich ihn darum bitte.«

»Was hältst du davon herzukommen, damit wir bei einem Teller Spaghetti darüber reden können?«

»Okay, ich kläre das mit Charles und gebe euch Bescheid.«

Ein paar Stunden später läutete es an der Tür, und Maggie, die dachte, es sei Isabel, ging öffnen. Vor der Tür standen DS McIlroy und DC Murphy.

»Dürfen wir reinkommen?«, fragte DS MCIlroy.

»Ja, natürlich.« Maggie führte sie in das vordere Zimmer und bat sie, Platz zu nehmen. »Kann ich Ihnen Tee oder Kaffee anbieten?«

»Nein danke, wir bleiben nicht lange«, versicherte ihr DS McIlroy.

Alice kam aus dem oberen Stock herunter, als sie Maggie mit den Polizeibeamten reden hörte, und setzte sich auf die Armlehne von Maggies Sessel.

»Sagt einer von Ihnen der Name Malcolm Hewitt etwas?«, fing DS McIlroy freundlich an, ließ die beiden Frauen dabei jedoch keine Sekunde aus den Augen. »Aus ihrem Gesichtsausdruck schließe ich, dass Ihnen der Name nicht ganz unbekannt ist?«

Heute war es Murphys Aufgabe, Notizen zu machen, und er hob kaum den Kopf.

»Na ja, äh, er kommt mir tatsächlich irgendwie bekannt vor«, sagte Alice und spürte zu ihrem Entsetzen, dass sie rot wurde. »Aber ich kann mich nicht erinnern, wo ich ihn schon einmal gehört habe. Was ist mit dir, Maggie?«

»Ja, mir kommt er auch bekannt vor«, sagte Maggie gelassen.

Nach einer Pause fuhr DS McIlroy fort: »Also, bei dem Toten, den Sie gestern in Ihrem Garten gefunden haben, handelt es sich um einen gewissen Malcolm Hewitt, einen Antiquitätenhändler aus Hillsborough. Haben Sie irgendeine Idee, wie seine Leiche in Ihren Garten kommt?«

Die beiden Frauen schüttelten den Kopf. Sie wussten tatsächlich nicht, ob es eine Verbindung zwischen Jean und Malcolm Hewitt gab.

»Hat Ihre Tante ihn gekannt?«

»Keine Ahnung«, sagte Alice. »Ich werde morgen Emlyn fragen. Er könnte es wissen.«

»Gut. Falls er es weiß oder Ihnen sonst irgendetwas einfällt, das uns weiterhelfen könnte, rufen Sie bitte mich oder einen unserer Kollegen an – wir sind in Newtownards.« Sie überreichte Alice eine Visitenkarte, auf der die Durchwahl angegeben war. »Und jetzt wollen wir Sie nicht länger stören.«

Alice brachte sie zur Tür.

»Danke, DS McIlroy.«

Alice schloss die Tür und stieß einen Seufzer der Erleichterung aus.

Später an diesem Abend saßen die drei Frauen um eine Familienpizza mit Schinken und Champignons herum und diskutierten über die beste Vorgehensweise.

»Wer immer diese Kerle auch sind, offensichtlich wollen sie ihre Diamanten zurückhaben, also müssen es die gleichen sein, die Jean das ganze Zeug gebracht haben«, stellte Isabel fest, während sie ein Stück Pizza nahm.

»Nein! Es könnte sich auch um eine rivalisierende Bande handeln, die irgendwie von den Diamanten erfahren hat und sie sich jetzt unter den Nagel reißen will«, sagte Maggie, angelte sich einen Streifen von dem geschmolzenen Käse aus der Mitte der Pizza und schob ihn in den Mund.

»Oder es könnten die Leute aus Dublin sein, die noch mehr Diamanten wollen – wir wissen ja nicht, was Jean mit ihnen vereinbart hat«, überlegte Alice. »Und Jimmy schien nicht zu wissen, dass Jean tot ist.«

»Er klang nicht so, als käme er aus dem Süden.«

»Das heißt ja nicht, dass sie im Norden keine Leute haben, die für sie arbeiten, oder?«

»Stimmt. Damit hätten wir also drei verschiedene Szenarios.« Alice machte sich Notizen.

»Na ja, drei verschiedene Banden, ein Szenario. Bedauerlicherweise wissen wir nicht, mit wem wir es zu tun haben, aber ich glaube, wir können mit ziemlicher Sicherheit davon ausgehen, dass es Gangster sind.«

»Immerhin wissen wir, was unser Jimmy für ein Auto fährt und wo er es abstellt«, sagte Maggie, »wenn wir eines unserer Autos bei der Tankstelle stehen lassen würden, könnten wir ihm nächstes Mal folgen.«

»Er scheint sich immer vormittags hier rumzutreiben – am ehesten bekommen wir ihn wohl zwischen neun und elf zu Gesicht.«

»Also müssen wir darauf vorbereitet sein. Diejenige von uns, die ihm folgen wird, sollte sich bei der Tankstelle postieren, aber nicht im Auto – er darf sie nicht sehen.«

»Und wir brauchen ein Handy, um durchzugeben, wohin die Fahrt geht«, sagte Isabel.

»Wäre es nicht gut, ein zweites Auto in Reserve zu haben?«, fragte Alice.

»Du meinst, wenn ich ihm von der Tankstelle aus folge, rufe ich an, und eine von euch fährt dann als Rückendeckung hinterher?«, sagte Maggie.

»Das könnte funktionieren – er rechnet vermutlich nicht damit, dass ihm zwei Wagen folgen.« Isabel war von der Idee sehr angetan.

»Wenn wir Glück haben, rechnet er nicht einmal damit, dass ihm auch nur ein Wagen folgt«, sagte Alice. »Ich habe im Laden vor Angst geschlottert, und jetzt glaubt er bestimmt, dass er uns zu Tode erschreckt hat.«

»Damit liegt er ja nicht so weit daneben«, sagte Maggie.

»Dann wäre also alles klar?«, fragte Isabel.

»Isabel, bist du sicher, dass du dich darauf einlassen willst?« Alice machte sich Gedanken, dass sie andere in diesen Alptraum mit hineinzog.

»Bin ich. Es geht schließlich nicht, gleichzeitig diesem Kerl hinterherzufahren und den Laden geöffnet zu lassen und so zu tun, als wäre alles ganz normal, wenn wir nicht zu dritt sind. Mich kennt er nicht, daher werde ich mich ohne weiteres an seine Fersen heften können. Wir haben den Vorteil, dass er nicht damit rechnet, verfolgt zu werden, deshalb wird er nicht besonders vorsichtig sein. Mit ein bisschen Glück finden wir raus, auf welcher Seite er steht.«

»Aber arbeitest du nicht an ein paar Vormittagen, Isabel?«, fragte Maggie.

»Den Mittwochvormittag habe ich mir ohnehin freigenommen, weil ich einen Termin beim Zahnarzt habe, aber den kann ich absagen. Und dann hoffen wir einfach, dass er am Mittwoch aufkreuzt.«

»Höchstwahrscheinlich lässt er einen Tag ausfallen«, sagte Maggie. »Am Mittwoch könnten wir also Glück haben.«

»Jetzt müssen wir bloß noch Emlyn ausquetschen, was die Verbindung zwischen diesem Malcolm und Jean angeht. Also los, frisch gewagt, ist halb gewonnen.« Alice nahm das Telefon von der Sofalehne und rief Emlyn in seiner Wohnung an.

Er meldete sich nach dem ersten Läuten, als hätte er darauf gewartet.

»Oh, Alice, hallo.« Er klang ein wenig enttäuscht.

»Hast du einen Anruf von Brenda erwartet?«

»Nein, nein, ich bin nur froh, dass du kein Vertreter für Schallschutzfenster bist.«

Alice fiel die falsche Munterkeit in seiner Stimme auf.

»Du magst sie, was?«

»Ja. Bei unserer Verabredung lief alles so gut, dass ich nicht verstehe, warum sie sich nicht meldet.«

»Emlyn, darf ich dich was fragen?«

»Ja.«

»Wer war Malcolm?«

»Woher weißt du von Malcolm?«

»Egal, wer war er?«

»Er war, äh, er war so eine Art Geschäftspartner von Jean – er half ihr bei – na, du weißt schon, was ich meine.«

»Den Diamanten?«

»Alice! Sei still!«

»Der Tote im Garten ist Malcolm.«

»Malcolm? Das im Garten war Malcolm? Ich habe ihn überhaupt nicht erkannt! Bist du sicher?«

»Ja. Vorhin war die Polizei da und hat Maggie und mich gefragt, ob wir ihn kannten.«

»Ach, du meine Güte. Ich glaube, ich werde ohnmächtig.«

»Dann setz dich hin. Es geht noch weiter, Emlyn. Heute ist wieder dieser Kerl aufgetaucht und hat uns gedroht – um genau zu sein, er hat mir gedroht – und dabei hat er auf Malcolm verwiesen.«

Aus dem Hörer drang ein Geräusch wie unterdrücktes Schluchzen.

»Wir müssen diese verdammten Diamanten finden, und zwar schnell. Er hat uns eine Woche Zeit gegeben. Dazu kommt, dass man Maggie und mich verdächtigt, einen Typen umgebracht zu haben, den wir noch nicht einmal kennen …«

Nun war ein Geräusch zu vernehmen, das so klang, als habe Emlyn den Hörer fallen lassen.

»Na toll, jetzt ist er wirklich ohnmächtig geworden«, sagte Alice zu Isabel und Maggie, während sie darauf wartete, dass Emlyn sich wieder hochrappelte. »Emlyn, bitte hilf mir!«

»Okay. Auf der Unterseite der Registrierkasse findest du einen mit Klebeband befestigten Schlüssel. Ich glaube, es ist der Schlüssel zu einem Schließfach in einer Bank in Belfast.«

»Soll das heißen, du hast die ganze Zeit davon gewusst und nichts gesagt?«

»Ich weiß doch nicht, ob die Diamanten wirklich dort

sind! Ich weiß nur, dass Jean das Fach gemietet hat, nachdem die Diamanten im Laden abgegeben worden waren.«

»Welche Bank?«

»Bank of Ireland, Donegall Place.«

Alice trennte die Verbindung. »Haltet mich fest, er hat mir gerade mal so nebenbei gesagt, dass Jean ein Bankschließfach in der Stadt hatte.«

»Wo ist der Schlüssel? Warum haben wir ihn nicht gefunden?«

»Er klebt unter der bescheuerten Registrierkasse.«

»Nein!«

»Doch. Morgen werde ich Emlyn den Hals umdrehen – er hat uns tagelang ruhig dabei zugesehen, wie wir auf der Suche nach den Diamanten den ganzen Laden auf den Kopf gestellt haben!«

»Sei nicht zu streng mit ihm«, sagte Maggie. »Er wusste wahrscheinlich nicht, was er tun soll, und da hielt er es wohl für besser, nichts zu sagen – du weißt ja, ›selig sind die Einfältigen‹. Vielleicht bildete er sich ein, dieser Terry könnte dir nichts tun, wenn du wirklich nicht weißt, wo die Diamanten sind. Jetzt, nachdem man dir unverhohlen gedroht hat und dieser Malcolm steif wie ein Brett in deinem Garten herumlag, hat er keine andere Wahl, als es dir zu erzählen.«

»Du glaubst also, Emlyn hat nur versucht, uns zu schützen?«

»Auf die einzige Art, die ihm einfiel.«

»Seltsame Vorgehensweise.«

»Es ist nur eine Theorie – zerbrich dir deswegen nicht weiter den Kopf.«

»Was fangen wir mit dem Schlüssel an? Sollen wir ihn gleich holen?«

»Na ja, bisher war der Ort, an dem er sich befindet, sicher. Ich denke, wir sollten ihn bis morgen früh dort lassen und dann zur Bank fahren und nachsehen.«

»Deine Tante Jean wird immer merkwürdiger.«

»Das kannst du laut sagen! Ich wünschte, sie hätte mir diesen blöden Laden niemals vererbt.«

»Vielleicht hielt sie dein Leben für langweilig. Und auf jeden Fall hättest du Isabel und mich nie kennen gelernt, wenn Tante Jean nicht gewesen wäre! Was wäre das erst für eine Tragödie gewesen!« Maggie lächelte strahlend, um die düstere Stimmung zu vertreiben.

33

Sie fuhren in Maggies Auto nach Belfast. Maggie war aufgeregt wie ein kleines Mädchen vor dem ersten Schultag, Alice dagegen kam sich wie eine Verbrecherin vor. Der Schlüssel war an der Stelle gewesen, die Emlyn ihnen genannt hatte – am Boden der schweren Registrierkasse. Sie hatten beide Hand anlegen müssen, um sie auf die Seite kippen zu können. Alice hatte morgens gleich bei der Bank angerufen und hielt alle Papiere und Ausweise bereit, die erforderlich waren, um das Schließfach öffnen zu lassen.

Der stellvertretende Leiter der Niederlassung führte sie in einen abgeschlossenen Raum und kam kurz darauf mit der Box aus dem Schließfach wieder. Er stellte sie auf den Tisch und zog sich zurück, damit Alice und Maggie den Inhalt in Ruhe anschauen konnte. Als Alice den Schlüssel ins Schloss steckte, hielten sie beide die Luft an. Sie drehte ihn entgegen dem Uhrzeigersinn, und das Schloss sprang auf. Sie hob den Deckel.

»O Gott, o Gott!«, flüsterte Maggie, als sie hineinsahen.

Es lag ein brauner, gepolsterter Umschlag darin. Alice nahm ihn heraus und ließ seinen Inhalt auf den Tisch gleiten, zwei kleinere Umschläge, von denen einer an sie adressiert war. Sie riss ihn mit dem Zeigefinger auf. Es war ein Brief von Jean. Schweigend lasen sie ihn.

21. September

Liebe Alice,
sollte ich nicht bei dir sein, wenn du diesen Brief liest, dann stecke ich leider in Schwierigkeiten oder bin möglicherweise sogar tot. Emlyn wird dich inzwischen eingeweiht haben, aber falls er es tatsächlich geschafft hat, das Geheimnis zu bewahren, sollte ich dir sagen, dass ich seit einiger Zeit gestohlene Möbelstücke, Antiquitäten und Gemälde lagere. Emlyn wird dir bestätigen, dass dies gegen unseren Willen geschieht, aber man lässt uns keine andere Wahl. Er sagt die Wahrheit.

In dem anderen Umschlag sind Diamanten. Es sind sechzehn Stück. Ich glaube, sie sind einige Monate bevor man sie mir zur Aufbewahrung gegeben hat bei einem Juwelier in Hamburg gestohlen worden. Mein Tod wird eine unmittelbare Folge meiner Entscheidung sein, vier der Diamanten ohne Erlaubnis der Männer, die sie mir übergeben haben, zu verkaufen. Es war keine kluge Entscheidung, da diese Diamanten gewissermaßen Terry Lomax gehören. Sorge bitte dafür, dass er sie niemals zurückerhält. Er hatte vor, mit den Diamanten Heroin zu beschaffen, das er in Irland verkaufen wollte. Damit möchte ich nichts zu tun haben. Der Wert der Steine liegt bei etwa einer halben Million Pfund. Der Name des Juweliers ist Henkel und sein Geschäft heißt genauso. Bitte gib sie ihm zurück, dann wird mein Tod nicht umsonst gewesen sein.

Nimm Kontakt mit Malcolm Hewitt auf (Emlyn weiß, wer er ist), er wird dir helfen, die Steine ihrem rechtmäßigen Besitzer zurückzugeben. Ich muss dir wohl nicht erst sagen, dass du es mit skrupellosen Männern zu tun hast und man verhindern muss, dass sie mit dem Leid anderer Geld machen.

Emlyn, wenn du den Schlüssel gefunden hast und diesen Brief liest, sorge dafür, das Alice in Sicherheit ist, ich möchte nicht, dass sie irgendeiner Gefahr ausgesetzt wird. Du bist ein guter Mensch, und ich vertraue dir. Pass auf sie und den Laden auf.

Und schließlich muss ich dich, Alice, noch um Verzeihung bitten, dass ich dich in diese schreckliche Sache mit hineingezogen habe.

Viel Glück, Gott schütze dich
Jean Maguire

Über Alice' Wangen liefen Tränen. Maggie brachte kein Wort heraus. Alice las den Brief noch einmal und dann legte sie ihn beiseite und öffnete den zweiten Umschlag. Die beiden Frauen starrten mit großen Augen die schönen, makellosen Steine an, die in dem hellgelben Umschlag lagen.

»Eine halbe Million Pfund«, flüsterte Maggie.

Alice sagte kein Wort; sie konnte den Blick nicht von den funkelnden Diamanten abwenden.

Maggie schüttete die Diamanten aus dem Umschlag vorsichtig in ihre Hand; sie hatte noch nie so viele große Diamanten gesehen. »Wow!« Sie ließ sie auf ihrer Handfläche herumrollen, vollkommen fasziniert davon, wie jede winzige Facette das Licht einfing. Dann ließ sie sie auf den Tisch gleiten und zählte sie, es waren sechzehn Stück.

»Da wird ein Juwelier in Hamburg im Moment wohl ziemlich sauer sein.«

»Wie zum Teufel sollen wir sie ihm zurückgeben, wenn Malcolm uns nicht mehr helfen kann?«

»Wenn wir die Polizei einschalten, werden die sie vielleicht als Beweisstücke einbehalten«, sagte Maggie, ohne den Blick von den Steinen zu heben, die als funkelndes Häufchen vor ihr lagen.

»Keine Ahnung.«

»Ich wünschte, wir könnten sie behalten und brauchten nichts zu sagen.« Maggie seufzte und dachte an den wundervollen Schmuck, der sich daraus machen ließe.

»Maggs, das ist Drogengeld. Zwei Leute sind deswegen schon gestorben. Ich möchte nicht, dass wir die Nächsten sind.«

»Das will ich auch nicht.« Maggie wurde unsanft auf den Boden der Tatsachen zurückgeholt.

Alice steckte die Diamanten zurück in den Umschlag.

»Sollen wir sie wieder in das Schließfach legen? Damit sie in Sicherheit sind?«

Maggie nickte. »Und dann sollten wir uns mit Herrn Henkel in Verbindung setzen und ihm sagen, dass wir seine Diamanten haben.«

Als Erstes mussten sie herausfinden, wie sie Herrn Henkel kontaktieren konnten. Sie erhielten unerwartete Hilfe von Bill. Er kam ein paar Stunden nachdem sie die Diamanten gefunden hatten in den Laden, um seine Eier zu holen und wie üblich mit Alice zu plaudern. Alice konnte einen mitfühlenden Zuhörer gebrauchen, eine Schulter, an der sie sich ausweinen konnte, überhaupt alles, dessen sie habhaft werden konnte. Bill hatte diese unbekümmerte amerikanische Art, die es einem leicht machte, mit ihm zu reden; er war ein Mensch, dem man sich ohne Zögern öffnete, und er hatte ein Talent dafür, zur richtigen Zeit am richtigen Ort zu sein. In den sieben Monaten, die Alice ihn kannte, war er ein guter Freund geworden – wenn er auch immer eine direkte Antwort vermied, sobald sie ihn fragte, warum er Chicago verlassen und sich in einem Provinznest wie Donaghadee niedergelassen hatte. Sie liebte dieses Provinznest, aber Bill verband, soweit sie wusste, nichts damit, und es war seltsam, das seine Wahl gerade auf diesen Ort gefallen war. Geschickt umging er ihre Fragen, indem er sie in Gegenfragen verwandelte, die sie zu guter Letzt beantwortete, und so kam es auch, dass sie ihm mehr oder weniger unbeabsichtigt das Geheimnis um die Diamanten verriet.

»Dann war also dieser Typ, Jimmy, der sich so seltsam verhalten und nach Jean erkundigt hat, wieder da, nur bedrohte er dich dieses Mal?«

Alice nickte kläglich. »Er sagte mir sogar, wer die Leiche im Garten war. Aber davon habe ich der Polizei nichts erzählt.«

»Er hat es dir gesagt?« Bill schien wirklich überrascht zu sein.

»Ja, er sagte, wenn wir nicht innerhalb von einer Woche die fehlenden Diamanten herausrücken, dann würde ich dasselbe Schicksal wie Malcolm Hewitt erleiden.«

»Wer ist denn dieser Malcolm?«

Alice erzählte ihm, was Emlyn ihnen im Zuge seiner neuesten Geständnisse verraten hatte, auch von der Entdeckung des Bankschließfachs und Jeans Brief.

»Dann wusste Jean also, dass sie sich in Gefahr befand?« Bill konnte es nicht glauben.

»Scheint so. Aber Emlyn meinte, dass sie sich einbildete, die Situation im Griff zu haben, und ihr nicht wirklich klar war, wie skrupellos diese Gangster waren. Sie war allzu zuversichtlich, und das kostete sie schließlich das Leben. Sie hat es übrigens sogar geschafft, den Juwelier ausfindig zu machen, dem die Diamanten gestohlen wurden – ein Herr Henkel aus Hamburg.«

»Ein sehr bekannter Juwelier«, murmelte er.

»Du kennst ihn?« Alice war überrascht.

»Äh, ja. Meine Mutter stammte aus Deutschland. Ich glaube, sie besaß ein paar Schmuckstücke von Henkel.«

»Verstehe.« Alice hatte vergessen, dass ein Amerikaner nie nur Amerikaner war – er war immer auch Pole, Deutscher, Schotte, Ire oder Italiener.

»Und was willst du jetzt tun?« Bill lenkte das Gespräch zurück auf die Diamanten, weg von seinem Familienstammbaum.

»Keine Ahnung, Bill. Ich habe vor, Herrn Henkel zu kontaktieren und ihm zu sagen, dass ich sechzehn seiner gestohlenen Diamanten habe. Ich weiß, dass ich seine Nummer wahrscheinlich über die internationale Telefonauskunft bekomme oder so, aber woher weiß ich, dass es der richtige Henkel ist? Oder was ist, wenn ich ihn finde und ein Treffen mit ihm vereinbare und dann einer von Terrys Spießgesellen mit einem überzeugenden deutschen Akzent auftaucht und mich und Emyln totschlägt?«

Bill nickte, ihm war klar, in was für einer misslichen Lage sie sich befand.

»Und selbst wenn ich es schaffe, die Diamanten ihrem rechtmäßigen Besitzer zurückzugeben, was dann? Terrys Leute werden kommen und mich trotzdem totschlagen, aus dem Land vertreiben, mein Haus niederbrennen oder sonst irgendetwas Schreckliches tun!«

»Du musst ihnen eine Falle stellen, genau, das ist es.« Als Alice ihn mit verständnislosem Blick ansah, fuhr er eilig fort: »Im Ernst, wenn du die Diamanten zurückgeben und nicht mehr Angst um dein Leben haben willst, brauchst du die Hilfe der Polizei.«

»Aber Jimmy hat mir zu verstehen gegeben, dass sie es mitbekämen, wenn ich die Polizei informiere. Ich habe keine Ahnung, wie groß Terrys Bande ist, ziemlich groß vermutlich, wenn sie mit gestohlenen Diamanten und Drogen handeln – kann es da nicht sein, dass auch Leute von der Polizei auf seiner Gehaltsliste stehen?«

»Woher weißt du, dass er mit Drogen handelt?«

»Das stand in Jeans Brief. Deswegen war es ihr auch so wichtig, dass der rechtmäßige Besitzer die Diamanten zurückerhält. Sie hat geschrieben, Terrys Bande würde mit den Diamanten Drogen kaufen, und die Drogen würden sie dann weiterverkaufen – an irische Kinder. Was vielen Familien großes Leid und den Gangstern einen Riesenprofit bringen würde.«

»Nur weil man Terry daran hindert, die Diamanten zu verkaufen, werden nicht gleich alle Drogenkartelle zusammenbrechen, das weißt du.«

»Ja, schon, aber es war Jean sehr wichtig.«

Bill zuckte die Achseln. »Ich glaube jedenfalls, wenn du

die Diamanten nicht zurückgibst und auch sonst nichts unternimmst, werden sie dich weiterhin bedrohen und so lange hinter dir hersein, bis sie sie wiederhaben. Wie gesagt, du wirst ihnen eine Falle stellen müssen. Die Polizei muss Terry und seine Helfer festnehmen, bevor sie dich in die Hände bekommen, wenn sie erst einmal entdeckt haben, dass du wusstest, wo die Diamanten waren und sie ihrem rechtmäßigen Besitzer zurückgegeben hast. Sonst werden sie sich früher oder später an dir rächen.«

Der Respekt, den Alice für Bill empfand, wurde bei seinen Worten noch größer. Er war wirklich nicht nur einer dieser stets gut gelaunten und lächelnden Amerikaner, für den sie ihn gehalten hatte.

»Aber an wen soll ich mich denn wenden? Wer ist für so was zuständig?«

»Ich kenne da jemanden, einen Polizisten, der viel Erfahrung mit dieser Art von internationalen Verbrechen hat.«

»In Amerika?«

»Nein, hier in Belfast.«

»Und er würde uns helfen?«

»Sicher. Da du die Diamanten hast, weißt du, dass Emlyn die Wahrheit gesagt hat, und es sieht auch immer mehr danach aus, als sei Jean tatsächlich nicht einfach ausgerutscht und vor einen Bus gefallen. Du hast eben erzählt, dass dieser Schläger von Terry mehr oder weniger gestanden hat, dass sie Malcolm umgebracht haben. Insofern kann man wohl annehmen, dass sie auch bei Jeans Tod die Finger im Spiel hatten.«

»Aber kommt Jimmy dann in den Laden und erkundigt sich nach Jean, wenn Terry wusste, dass sie tot ist?«

»Gute Frage. Aber so einfach sind die Dinge meistens nicht.«

»Die rivalisierende Bande?«, schlug Alice vor.

»Diejenige, die Terry die Drogen verkaufen wollte?«

»Oder jemand, der versuchte, das zu verhindern?«

»Weißt du was, ich werde auf jeden Fall mal meinen Freund anrufen. Er kennt sich da aus, und selbst wenn dieser Terry ein paar Leute bei der Polizei gekauft hat, was ich sehr bezweifle, gehört Liam ganz bestimmt nicht dazu.«

»Wie kannst du dir dessen so sicher sein?«

»Er ist mein Cousin.«

»Ich dachte, deine Familie stammt ursprünglich aus Deutschland.«

»Mütterlicherseits – mein Vater war Ire. Liam Donnelly ist der älteste Sohn meiner Tante. Er ist bei der Kriminalpolizei – sie arbeiten mit Interpol und anderen Behörden zusammen. Vielleicht kennt er Terry Lomax sogar. Außerdem schulde ich ihm ohnehin eine Einladung auf ein Bier.«

»Okay, wenn du meinst, das ist das Richtige?«

»Ganz sicher. Ich werde auch Erkundigungen über diesen Henkel einziehen, den Juwelier – nur damit wir sicher sein können, dass an ihm nichts faul ist.«

»Und wie willst du das anstellen?« Alice war erstaunt, dass Bill, der niemals zu irgendetwas eine feste Meinung zu haben schien, plötzlich auf alles eine Antwort wusste.

»Internet. Wenn er ein so bekannter Juwelier ist, wie wir glauben, hat er garantiert eine Website.«

»Klar!« Das war eine gute Idee. Warum war sie nicht selbst darauf gekommen? »Und was soll ich machen?«, fragte sie, auf einmal unsicher, welche Rolle sie in dem Spiel übernehmen sollte.

»Sorge dafür, dass Maggie und du im Haus in Sicherheit seid, vielleicht solltet ihr sogar für ein paar Nächte zu eurer Freundin Isabel ziehen. Ich rufe dich an, sobald ich mit Liam gesprochen habe.«

»Und was ist mit dem Laden? Würde das nicht verdächtig aussehen, wenn wir ihn einfach zumachen und verschwinden?«

»Ich denke, im Moment kann keiner mehr dem anderen was vormachen. Sie wissen, dass du weißt, um was es ihnen geht. Du hast dich einverstanden erklärt, die Diamanten für sie wiederzubeschaffen. An eurer Stelle würde ich mich verdrücken.«

»Isabel hat Familie – ich möchte nicht, dass sie in die Sache mit hineingezogen werden. Und wie soll Lomax mit mir Verbindung aufnehmen, so dass wir ihm eine Falle stellen können, wenn ich nicht da bin?«

»Das ist ein Argument.«

»Gott, was ist, wenn sie kommen und nach ihnen suchen, bevor wir irgendwas unternehmen konnten?«

»Mach dir keine Sorgen. Ich kümmere mich darum. Wenn du schon nicht wegwillst, dann versuche wenigstens, weiteren Schwierigkeiten aus dem Weg zu gehen.« Bill lächelte Alice zärtlich an, dann fügte er hinzu. »Ich meine es ernst, Alice, sei vorsichtig. Das hier ist kein Spaß.«

Er blickte sie mit ernster Miene an, die jedoch sofort wieder einem Lächeln wich. Alice dachte, auch wenn das nicht unbedingt der richtige Zeitpunkt war, dass er eigentlich noch viel attraktiver war, als sie bisher gedacht hatte. Vielleicht würde sie ja auch über seinen amerikanischen Akzent hinwegsehen können.

»Zu Befehl!« Sie grinste und vergaß lieber, ihm zu sagen, dass sie, Maggie und Isabel für den nächsten Morgen eine Überwachungsaktion geplant hatten.

»Ich rufe dich an, sobald ich etwas Neues weiß«, sagte er im Gehen.

»Bill, du hast deine Eier vergessen!«, rief sie ihm nach, aber die Tür war schon hinter ihm zugefallen, und er konnte sie nicht mehr hören. Alice schnappte sich den Eierkarton und lief ihm nach.

»Bill!«

Er blieb stehen und drehte sich um.

»Danke.« Er nahm die Eier und lächelte sie noch einmal an.

Alice' Herz machte einen kleinen Sprung. Sie sah ihm nach, wie er wegging, bezaubert von seinem knackigen Hintern in den Cordhosen und gleichzeitig verwundert, was sie sich eigentlich dabei dachte.

Um neun Uhr am darauf folgenden Morgen war Alice ganz und gar nicht mehr überzeugt davon, dass sie das Richtige taten. Nach dem Gespräch mit Bill fühlte sie sich in ihrer Meinung bestätigt, dass sie die Angelegenheit Profis überlassen sollten. Aber ihr Plan stand. Maggie saß in der Nähe der Tankstelle hinter der aktuellen Ausgabe von *Marie Claire* in ihrem Auto und wartete darauf, dass Jimmy in seinem weißen Ford Escort auftauchte, um ein paar morgendliche Einschüchterungsversuche zu unternehmen. Alice war hinten im Büro des Ladens und tat so, als arbeite sie und kaue sich nicht vor lauter Nervosität die Nägel ab. Emlyn bediente vorne ein paar Kunden. Er hatte bereits recht viele von den neuen Teakholzgartenmöbeln an den Mann gebracht und hielt sich jetzt für einen Spitzenverkäufer. Er hatte keine Ahnung, was sie vorhatten, aber wie hieß es so schön, selig sind die Einfältigen.

Isabel saß ebenfalls in ihrem Auto, ein Stück die Straße

runter, und hielt sich, das Handy in Griffnähe auf dem Beifahrersitz, bereit. Sie hatte die Nummerschilder des Autos mit Dreck beschmiert – im Grunde genommen hatte sie das ganze Auto unter einer Dreckschicht begraben –, so dass die Gangster es nicht identifizieren konnten, falls sie es bemerkten. Sie wickelte ein Schokominzbonbon aus seinem Papier und steckte es sich in den Mund. Dabei ließ sie keine Sekunde den Rückspiegel aus den Augen, für den Fall, dass Jimmy beschließen sollte, nicht bei der Tankstelle, sondern direkt vor dem Haus zu parken.

So saßen sie ungefähr eine Stunde herum, ohne dass etwas passierte. Maggie unterhielt sich gerade damit, zuerst Alice und dann Isabel anzurufen und ihnen am Telefon ihre Horoskope vorzulesen, als plötzlich ein weißer Escort auf den Vorplatz fuhr und auf der gegenüberliegenden Seite hielt. Maggie, die gerade mit Isabel sprach, fiel beinahe das Telefon aus der Hand.

»Sieht so aus, als wären es zwei. Einen von den beiden habe ich noch nie gesehen, er geht in die Tankstelle. Er ist drinnen! Ich kann nicht erkennen, was er kauft.«

»Ich bin sicher, dass das nicht besonders wichtig ist«, sagte Isabel am anderen Ende der Leitung.

»Er kommt wieder raus, geht auf das Auto zu. Sie sind jetzt beide im Auto. Sie lassen den Motor an! Sie sind in deine Richtung unterwegs!«

»Okay, bleib, wo du bist.« Isabel trennte die Verbindung und rief Alice an.

»Hallo?« Alice meldete sich nach dem ersten Klingeln.

»Es sind zwei, sie sind zu uns unterwegs. Maggie ist bei der Tankstelle. Ich bin draußen. Wir bleiben in Verbindung.« Isabel hängte ein, bevor Alice die Gelegenheit hatte, auch nur ein Wort zu sagen.

»Mist!«, sagte Alice in die tutende Sprechmuschel und legte den Hörer auf.

Sollte sie nach vorne gehen, oder sollte sie hier warten, bis Emlyn sie holte? Alice ging in den Laden und begrüßte Mrs. O'Neill ein bisschen zu überschwänglich. Emlyn sah sie mit hochgezogenen Augenbrauen an. Sie ignorierte ihn und half Mrs. O'Neill, ihre neue Waschschüssel und die Spülbürste in eine Plastiktasche zu stecken.

»Vielen Dank, und bis bald!«, rief Alice der Frau hinterher, als sie den Laden verließ.

»Geht's dir gut? Du kommst mir ein bisschen nervös vor.«

»Mir geht es prima. Was macht Brenda?«, fragte Alice unvermittelt.

»Der geht es gut – wir treffen uns Ende der Woche auf einen Drink. Bist du sicher, dass alles in Ordnung ist, Alice? Du bist ein bisschen blass um die Nase.«

Die Klingel an der Ladentür ging und lenkte Emlyns Aufmerksamkeit von Alice' blasser Nase ab. Wobei die seine im nächsten Moment dieselbe Färbung annahm. Jimmy und ein Kerl, den sie beide noch nie gesehen hatten, schritten zielstrebig auf den Ladentisch zu. In einer Ecke des Ladens standen ein Mann und eine Frau und sahen sich Eierbecher an, und ein junger Mann verglich verschieden große Dübel miteinander. Weder Alice noch Emlyn machten Anstalten, ihm zu helfen.

Alice nahm wieder den muffigen Geruch wahr, den Jimmy ausströmte, und kämpfte gegen den Impuls an, sich mit den Fingern die Nase zuzuhalten.

»Na, Mädels?«, Jimmy grinste Emlyn bei diesen Worten provozierend an.

»Guten Morgen. Ich glaube, Sie sind ein wenig früh

dran. Wenn ich mich recht erinnere, haben sie uns bis nächste Woche Zeit gegeben.« Alice sagte das mit einem Selbstvertrauen, das sie nicht empfand. Genauer gesagt, löste sich ihr Selbstvertrauen in diesem Moment gerade in nichts auf.

»Wir dachten, wir sehen mal nach dem Rechten. Sie wissen ja, wie es ist – Terry hat gern alles im Griff.«

Der andere Typ, der genauso widerwärtig war, bedachte Alice mit einem lüsternen Blick.

»Davon hätte ich auch gern ein bisschen was im Griff.« Er hatte eine tiefe, raue Stimme, als ob er viel rauchen würde, und er sprach starken Dialekt. Auffordernd hob er eine Augenbraue.

Jimmy lachte, und sie klopften sich auf die Schulter. Emlyn und Alice standen so nah beieinander, dass sie sich praktisch berührten.

»Nun, unser Befinden lässt nichts zu wünschen übrig, danke der Nachfrage«, sagte Alice kühl.

»Das sehe ich«, versuchte es der ungehobelte Provinz-Casanova noch einmal.

Alice blickte ihn ausdruckslos an; sie wollte keinerlei falsche Zeichen aussenden.

»Wir wollten nur sichergehen, dass sie am Wochenende nicht auf Abwege geraten.« Jimmy und sein Kumpel lachten.

»Wir haben eine Abmachung für nächste Woche. Wir werden hier sein.« Alice ging nicht näher darauf ein, welche Abmachung sie meinte und mit wem, aber sie log nicht, sie würde hier sein.

»Gut, freut mich zu sehen, dass ihr Mädels euch zu benehmen wisst.«

Jimmy sah sich um und nahm eine Schachtel mit Kerzen aus dem Korb mit Restposten.

»Hübsch«, sagte er und steckte die Kerzen in seine Tasche. Sein Kumpel nahm ebenfalls eine Schachtel.

»Bis bald, Mädels!«

Lachend gingen sie zur Tür.

Noch bevor die Tür hinter ihnen ins Schloss gefallen war, tippte Alice schon eine Kurzwahlnummer ein.

»Siehst du sie?«

»Ja«, antwortete Isabel.

»Ich rufe Maggs an.«

Emlyn öffnete und schloss den Mund wie ein überdimensionaler Goldfisch.

Alice trennte die Verbindung und tippte eine andere Kurzwahlnummer ein. Maggie meldete sich.

»Sie haben den Laden verlassen, Isabel folgt ihnen.«

Kaum hatte Maggie aufgelegt, klingelte ihr Telefon erneut.

»Wir fahren in ungefähr dreißig Sekunden an dir vorbei.« Isabel legte auf.

Maggie drehte den Zündschlüssel und legte den Gang ein. Sie sah den Escort an der Tankstelle vorbeifahren, gefolgt von Isabel. Maggie fuhr los und heftete sich an Isabels Auto. Sie hoffte, dass Isabel daran gedacht hatte, die Nummer des Escorts aufzuschreiben, während die beiden Typen im Laden waren.

Anders als Isabel mit ihrem dreckverkrusteten Auto hatte Maggie das Spezialangebot der Tankstelle genutzt, um die Wartezeit zu überbücken: Ihr Auto war gewaschen und poliert, und auch das Öl war nachgefüllt. Leider machte sie das nur umso auffälliger. Während Isabel vollkommen überzeugend die gestresste Mutter spielte, die sie ja auch war, sah Maggie eher wie ein Filmstar aus, der sich hierher verirrt hatte. Glücklicherweise waren die beiden Männer zwei Autos vor Isabel in ein Gespräch vertieft und bemerkten die beiden Amateurdetektivinnen nicht, die ihnen auf den Fersen waren.

Sie folgten dem Escort bis in den Osten von Belfast. Isabel sorgte dafür, dass immer ein paar Autos zwischen ihnen waren. Maggie hatte mehr Probleme – ständig versuchten andere Fahrer, vor ihr in die Spur einzuscheren, und sie musste ein ganzes Stück zurückbleiben, um nicht noch mehr aufzufallen. Der Escort bog in eine Sackgasse ab. Isabel sah das Schild und fuhr an der Einmündung der Straße vorbei, dann hielt sie an und sprang aus dem Auto. Sie spähte um die Ecke und sah gerade noch, wie der Escort in eine Garage fuhr und sich das Tor hinter ihm schloss. Maggie stoppte hinter Isabels Auto. Isabel ging zurück zu ihrem Auto und machte Maggie ein Zeichen, ihr zu folgen. Sie parkten in der nächsten Straße, die parallel zu der Sackgasse verlief, und gingen zurück, wobei sie den Eindruck zu erwecken versuchten, als sei nichts dabei, dass zwei gut gekleidete Frauen in einem heruntergekommen Stadtteil einen kleinen Spaziergang unternahmen.

»Was machen wir jetzt?«, flüsterte Maggie.

»Wir sehen nach, wie die Straße heißt, und dann verschwinden wir von hier. Wir wollen ja keinen Verdacht erregen.«

Maggie ging in den Zeitschriftenladen ein paar Häuser weiter und kaufte ein Päckchen Zigaretten und ein Rubbellos. Dann ging sie zurück zu ihrem Auto, stieg ein und fuhr los. Sobald sie weit genug entfernt war, hielt sie an und rief Isabel auf dem Handy an.

»Ich fahr nach Hause«, sagte Isabel. »Meine Mutter kann heute Nachmittag nicht auf die Kinder aufpassen, und ich habe außerdem noch viel zu tippen.«

»Kein Problem, wie heißt die Straße?«

»Charleville Street.«

»Okay, ich melde mich später noch mal.«

Maggie rief Alice an.

»Sie sind in eine Garage in der Charleville Street gefahren. Ich komme jetzt zurück.«

Maggie war so sehr damit beschäftigt, ihren CD-Spieler in Gang zu setzen, dass sie gar nicht bemerkte, dass Bill drei Autos hinter ihr fuhr.

34

Bill kam zwei Tage später mit einem ihr unbekannten Mann bei Alice vorbei.

»Das ist Liam Donnelly – Liam, das sind Alice Watson, Emlyn Gordon und Maggie Sullivan.«

»Hallo, freut mich, Sie kennen zu lernen.« Liam schüttelte allen die Hand.

Er war größer als Bill, hatte dunkle Haare und strahlend blaue Augen. Alice bemerkte, dass Maggie ihren Blick gar nicht mehr von ihm losreißen konnte. Genauso wenig bekam sie das Lächeln aus ihrem Gesicht. Auch Bill bemerkte es. Er warf Alice einen Blick von der Seite zu, und sie grinste.

»Okay, die gute Nachricht ist, dass wir Henkel aufspüren konnten«, sagte Liam. »Es war nicht besonders schwer – er ist einer der angesehensten Juweliere in Hamburg, und wir haben auch schon mit ihm gesprochen. Er ist hocherfreut, dass Sie einen Teil seiner Diamanten wiedergefunden haben. Bill sagte mir, Sie glauben, dass vier fehlen.«

»Äh, ja.« Alice war froh, dass Bill Jean nicht mit ins Spiel gebracht hatte.

»Jedenfalls ist er froh, dass er nicht auch die anderen, die immerhin mehr als eine halbe Millionen Pfund wert sind, verloren geben muss!«

Alice hatte den Eindruck, dass Liam sie prüfend ansah. Dann fuhr er fort. »Er schickt seinen Sohn Frank nach Belfast, um sie zu holen. Zwei deutsche Polizisten werden ihn zu seinem Schutz begleiten.«

Alice nickte. Maggie verhielt sich noch immer wie ein Teenager, den wie ein Blitz aus heiterem Himmel die Liebe getroffen hatte, und war ihr nicht gerade eine große Hilfe.

»Sie kommen Montagnachmittag an. Nun die schlechte Nachricht. Wenn wir Terry Lomax und seine Bande hinter Schloss und Riegel bringen wollen, werden wir Sie, nun ja, als Lockvögel brauchen.«

»Lockvögel?« Dieses Wort wischte das Lächeln aus Maggies Gesicht. Emlyn wurde blass.

»Was müssen wir tun?«, fragte Alice.

»Wir gehen davon aus, dass Terry Sie beobachten lässt, bis der Zeitpunkt gekommen ist, an dem er die Diamanten bei Ihnen abholen kann. Dieser Mann ist der Polizei bekannt, und da wir wissen, mit wem wir es zu tun haben, nehmen wir die Drohung sehr ernst, die er Ihnen durch Darren zukommen ließ.«

»Darren?« Die drei sahen ihn fragend an.

»Der Kerl, den ihr Jimmy nennt«, klärte Bill sie auf.

Drei Köpfe nickten verstehend.

»Ich weiß, dass die ganze Angelegenheit für Sie sehr nervenaufreibend ist, und wir sind Ihnen dankbar, dass Sie sich an uns gewandt haben. Wir sind schon lange hinter diesem Mistkerl her, und wenn wir Alfie Nailor festnageln können, mit dem er unter einer Decke steckt, können wir uns alle in den Ruhestand begeben.« Liam grinste sie an. Er hatte die gleichen Lachfältchen wie Bill.

»Was ist mit den Ermittlungen im Mordfall?«, fragte Alice.

»Die werden fortgeführt, aber ich denke, wir können mit einiger Sicherheit sagen, dass Sie nicht mehr zum engen Kreis der Verdächtigen gehören. Auch wenn Detective Inspector Henderson glaubt, dass Sie etwas vor uns verbergen.«

»Ja, gestohlene Diamanten«, brach es aus Maggie heraus, aber sie würde schließlich im Augenblick alles tun, um die Aufmerksamkeit dieses Mannes auf sich zu ziehen.

Fehlt nur noch, dass sie ihm ohnmächtig in die Arme sinkt, dachte Alice.

»Wir arrangieren für Sie ein Treffen mit Frank Henkel im Flughafenhotel, Sie werden dabei unter Polizeischutz stehen. Sie bringen die Diamanten mit, die Sie Montagvormittag von der Bank abholen. Henkel wird die Diamanten an sich nehmen und dann umständlich und genau prüfen. Terry lässt Sie sicher von einem seiner Helfer beobachten, der ihm sofort Bericht erstattet, was Sie dort treiben. Henkel wird unter Begleitschutz das nächste Flugzeug nach Heathrow nehmen und von dort aus weiter nach Hamburg fliegen. Es werden ihn auch einige Männer von der SSU begleiten, falls Terry ihm ein paar Schläger auf den Hals hetzt. Kommen Sie so weit mit?«

»So weit schon. Aber was ist die SSU?«, fragte Maggie, bevor Alice auch nur den Mund aufmachen konnte.

»SSU? Das steht für Special Support Unit, Spezialeinsatzkräfte, die wir immer an Ort und Stelle haben, wenn's irgendwo brennt.«

Maggie nickte beeindruckt.

»Anschließend fahren Sie zurück nach Donaghadee

und tun das, was sie jeden Tag machen. Wir wollen, dass Sie sich alle drei im Laden aufhalten. Es sei denn, Miss Sullivan kennt einen sicheren Ort in Belfast, wo sie unterschlüpfen kann – sie wird nicht unbedingt gebraucht, wenn sie da nicht mit hineingezogen werden will.«

»Aber ich stecke doch schon mittendrin«, sagte Maggie schnell. Sie würde diesen göttergleichen Mann nicht aus den Augen lassen, wenn es sich irgendwie vermeiden ließ. Wusste man's, ob sie nicht gerettet werden musste?

»Okay, Sie drei halten sich also alle hier im Laden auf. Auf der Treppe und im Lager im ersten Stock werden Leute von uns postiert sein, genauso nebenan, im Haus und im Hof. Auch die Straßen nach Donaghadee werden überwacht. Sobald sich einer von Lomax' Männern blicken lässt, erhalten die Polizisten Mitteilung, dass Sie Gesellschaft erwarten können. Sie werden zu keiner Zeit mehr als fünfzehn Meter von Ihnen entfernt sein.«

»Was ist, wenn sie nicht gleich kommen? Wenn sie warten, bis es Nacht ist?«

»In Anbetracht dessen, dass Terry Lomax bekannt ist für seine Wutausbrüche, wenn ein Geschäft schief geht, können wir mit einer sofortigen Vergeltungsmaßnahme rechnen. Aber auch wenn er sich zusammenreißen kann und sie auf später verschiebt, werden ständig Polizisten in Ihrer Nähe sein.«

Es blieb nicht viel mehr zu sagen. Nachdem Liam ihnen erklärt hatte, dass er vor dem Treffen auf dem Flughafen noch einmal vorbeikommen würde, um den Plan mit ihnen durchzugehen, brach er auf. Es war Freitag, sie mussten also noch zwei Tage so tun, als wenn nichts wäre, während die letzten Vorbereitungen getroffen wurden.

»Nur eines noch, Liam.«

»Ja, Alice?«

»Jimmy, ach nein, Darren sagte mir, wenn wir die Polizei informieren würden, bekäme Terry das mit. Woher wissen Sie, dass bei der Polizei niemand etwas von unserem Plan durchsickern lässt. Wir könnten uns noch vor Sonntag mausetot in einem Laubhaufen wiederfinden.«

»Es überrascht Sie vielleicht, aber in unserer Abteilung kommt Korruption so gut wie nicht vor. Für diesen Einsatz wird eine Spezialeinheit gebildet, und die örtliche Polizei wird keine Kenntnis davon erhalten. Ihr Freund Terry wird in mehreren Ländern gesucht. Ich kann Ihnen gar nicht sagen, wie wichtig diese Aktion hier für uns ist. Mein Partner ist Detective Inspector Patrick Macauley. Sein Bruder wurde vor ein paar Jahren von Terry Lomax umgebracht, er war zum falschen Zeitpunkt am falschen Ort. Sie können sich vorstellen, dass er Lomax nicht besonders gut leiden kann.«

Liam strahlte so viel Entschlossenheit aus, dass Alice schon bei dem Gedanken an Montag vollkommen erschöpft war, nachdem er und Bill endlich gegangen waren.

»Was für ein Mann!« Maggie hob eine Hand an die Stirn, als wäre ihr schwindlig, während sie zusah, wie er in das Zivilauto der Polizei stieg.

»Na, besonders spritzig schien er mir nicht zu sein«, entgegnete Alice.

»Ich finde ihn einfach toll! Glaubst du, ich habe ihm gefallen?«

»Schwer zu sagen, nachdem er vor allem damit beschäftigt war, uns zu erklären, dass wir uns direkt in der Schusslinie befinden werden – wobei du ja gleich Hier! schreien musstest – und warum sein Partner so stinksauer ist!«

»Sollten wir nicht bei der Bank anrufen und Bescheid geben, dass wir noch mal an das Schließfach wollen?«, fragte Emlyn, ohne der Diskussion über die Qualitäten von Detective Inspector Donnelly Beachtung zu schenken.

Sein Vorschlag erstaunte Alice; aber in der letzten Zeit warteten ja die unwahrscheinlichsten Kandidaten mit Überraschungen auf.

»Gute Idee, Emlyn.«

»Was machen wir jetzt?« Maggie zupfte ein Stückchen Nagellack von ihrem Zeigefingernagel.

»Ich denke mal, wir warten auf weitere Instruktionen«, sagte Emlyn ruhig.

Maggie und Alice sahen ihn an.

»Hattest du heute Morgen eine Schüssel voll Nerven aus Drahtseil zum Frühstück?«, fragte Maggie ihn.

Emlyn lachte und zuckte mit den Schultern.

So wie Bill am Dienstag, dachte Alice. Sie betrachtete ihn prüfend, ob sich auch an seinem Erscheinungsbild etwas geändert hatte, aber er sah so aus wie immer. Gepunktetes Halstuch, Jeans, jedes einzelne Haar an seinem Platz. Muss an Brenda liegen, dachte sie.

»Na, wenn das so ist, dann gehe ich jetzt einkaufen – vielleicht fahre ich auch bei Isabel vorbei und bringe sie auf den neuesten Stand. Oh, das hätte ich beinahe vergessen, sie hat gestern ihr Haus verkauft.«

»Gott sei Dank, endlich! Wie viel?«

»485 000 Pfund!«

»Das ist ja toll für sie! Ich wette, sie sind beide sehr froh.«

»Sehr. Lustigerweise war es das seltsame Paar, die McLeans, das zu guter Letzt den Zuschlag bekommen hat. Mrs. McLean hat gesagt, sie habe noch nie ein so schönes Haus gesehen.«

»Dank Shirley Maxwell!«, rief Alice.

»Das kann man wohl sagen«, lachte Maggie. »Da sieht man mal wieder, wie voreingenommen man ist. Vielleicht sollten wir ihr eine Glückwunschkarte schicken!«

Alice und Emlyn verbrachten den Rest des Freitags im Laden. Die Gartenmöbel gingen weg wie warme Semmeln.

»Wenn sich das Zeug weiter so gut verkauft, kann sich unser Besuch am Montag im Lager ganz gemütlich ausbreiten«, bemerkte Emlyn, als ein junges Paar mit dem letzten der Teakholztische und vier passenden Stühlen den Laden verließ.

»Erinnere mich bloß nicht daran. Ich sollte wohl besser schnell Nachschub bestellen. Kaum scheint mal die Sonne, bricht hier die Grillsaison aus. So schnell können wir gar nicht liefern, wie die Leute kaufen wollen.«

»Morgen ist der erste Juni, Sommer!«

»Wenn das hier alles vorbei ist, wirst du dann Ferien machen?«, fragte Alice.

»Nun«, Emlyns Wangen röteten sich leicht. »Ich möchte bei Brenda ja nicht mit der Tür ins Haus fallen, aber ich dachte, ich frage sie vielleicht, ob sie nicht mit mir ein verlängertes Wochenende im Lake District oder so verbringen möchte.«

»Die Beziehung scheint ja langsam Formen anzunehmen.«

»Na ja, nachdem sie mich erst überhaupt nicht angerufen hat, telefonieren wir jetzt fast jeden Abend. Ich lade sie heute Abend ins Pier 36 zum Essen ein.«

»Das freut mich für dich, Emlyn! Jeder braucht ein bisschen Liebe im Leben.«

Emlyn sah von dem Bestellkatalog auf, den er gerade durchblätterte. »Ach ja? Und was hast du heute Abend vor?«

»Bislang noch nichts.« Alice lächelte bei der Erinnerung an Bills Hintern in den verbeulten Cordhosen. Vielleicht würde sie ihn später anrufen und fragen, ob er Lust hatte, mit ihr essen oder lieber etwas trinken zu gehen.

Am Abend dieses Tages war Alice leicht verärgert. Sie hatte Bill einige Male erfolglos zu erreichen versucht. Bestimmt war er mit seinem humorlosen Cousin ausgegangen.

Da klingelte das Telefon, das neben dem Sofa stand.

»Hallo, Alice.«

Es war Maggie.

»Hallo, wo bist du?«

»Ich gehe heute Abend mit Isabel und Charles essen. Sie fragen, ob du nicht mitkommen willst.«

Alice sah an sich herunter auf ihre Trainingshose und das abgetragene alte T-Shirt. Plötzlich hatte sie keine Lust mehr auszugehen, besonders wenn das hieß, noch bis nach Belfast fahren zu müssen.

»Das ist nett, aber ich habe schon gegessen. Ich wollte nur noch in die Badewanne, und dann gleich ins Bett.«

»Gut, dann übernachte ich vielleicht bei Isabel. Wenn es dir nichts ausmacht.«

»Natürlich nicht, viel Spaß heute Abend.«

Alice warf das Telefon aufs Sofa. Was sollte sie nur mit dem angebrochenen Abend anfangen? Emlyn hatte eine Verabredung. Maggie war die Nacht über weg. Sie hatte noch nichts gegessen. Sie wartete darauf, dass dieser blöde Bill sie endlich zurückrief.

»Ach, der kann mich mal!«, rief sie, erhob sich vom Sofa, schenkte sich ein Glas Rotwein ein und ging hoch, um sich eine Wanne mit viel Badeschaum einzulassen.

Bis zur Taille im heißen Wasser sitzend, trug sie eine

Gesichtsmaske auf – der Stress der letzten Tage hatte hässliche, picklige Flecken in ihrem Gesicht hinterlassen. Die blassgrün getönte Maske versprach, die Haut von allen Unreinheiten zu befreien und sie gründlich zu reinigen und zu erfrischen. Es war eine dieser Masken, die fest wurden. Nach fünf Minuten fühlte es sich an, als sie ihr Gesicht zu Stein geworden.

Da klingelte es unten an der Tür.

Wer konnte das jetzt noch sein? Alice rührte sich nicht, blieb lieber in ihrem Kokon.

Es klingelte noch einmal, und Alice fing an, nervös zu werden. War das vielleicht Darren, der sie wieder schikanieren wollte? Sie beugte sich vor und schöpfte sich mit den Händen warmes Wasser ins Gesicht. Die Maske löste sich von ihrer Haut. Sie kletterte aus der Badewanne und wickelte sich in ihren Morgenmantel, an ihren Beinen hing noch Schaum. Ängstlich schlich sie die Treppe hinunter. Durch die Riffelglasscheibe in der Haustür konnte sie eine Gestalt ausmachen, aber nicht sehen, wer es war. Für Emlyn war sie zu groß, für Darren nicht kräftig genug und für Maggie zu breit in den Schultern.

»Ja?« Sie stellte sich nicht direkt hinter die Tür. Ihr Herz klopfte ein bisschen schneller, als das Adrenalin sich in ihrem Blutkreislauf auszubreiten begann.

»Alice?«, kam die Antwort mit Bills amerikanischen Akzent.

Vor Erleichterung hätte sie beinahe in die Hände geklatscht. »Eine Sekunde, ich war gerade in der Badewanne!«

Sie öffnete die Tür mit einem breiten Lächeln. Bill stand da mit einer Flasche Wein in der Hand – das war gut; weniger gut war, dass direkt hinter ihm Liam wartete. Alice versuchte, ihre Enttäuschung zu verbergen. Das

Letzte, was sie im Moment brauchen konnte, war, dass Liam »Meisterdetektiv« Donnelly noch einmal die Vorgehensweise für den Montag erklärte.

»Tut uns Leid, wenn wir dich gestört haben sollten.« Bill sah ein wenig verlegen aus.

Bleib freundlich, ermahnte sich Alice. »Aber nein, kommt nur rein!« Sie trat einen Schritt zur Seite und ließ die beiden Männer eintreten.

»Ich zieh mir nur schnell etwas an.« Sie lief schnell nach oben, während die Männer im Flur ihre Jacken aufhängten.

So hatte sie sich ihren Freitagabend nicht vorgestellt. Sie durchsuchte ihr Schlafzimmer nach ihrer sauberen Jeans – sie war nirgends zu finden, und Alice wollte bei den beiden Männern nicht den Eindruck erwecken, sie würde ewig lange darüber nachdenken, was sie anziehen sollte. Deshalb streifte sie eine etwas angeschmuddelte Jeans und einen sauberen, eng anliegenden Pullover mit V-Ausschnitt über. Er betonte ihre Figur, ohne dass es so aussah, als lege sie es darauf an, was sie ja schließlich auch nicht tat. Bei einem Blick in den Spiegel stellte sie entsetzt fest, dass die Gesichtsmaske einen blassgrünen Schimmer an Kinn und Haaransatz hinterlassen hatte.

»Na toll«, murmelte sie und wusch ihr Gesicht über dem Waschbecken im Badezimmer. Sie verrieb ein bisschen Feuchtigkeitscreme und trug Rouge auf, obwohl ihre Wangen nach dem Bad eigentlich schon rot genug waren. Ein Hauch Lipgloss und eine Schicht oder zwei von Maggies Drama-Lash-Mascara von Chanel. Widerstrebend ließ sie das Badewasser ablaufen und ging wieder hinunter zu Bill und Liam.

Sie saßen im hinteren Wohnzimmer und wirkten etwas nervös.

»Ich hol nur noch einen Korkenzieher.« Alice rauschte auf dem Weg in die Küche an ihnen vorbei.

Als sie mit dem Korkenzieher in der Hand zurückkam, richtete sich Liam auf dem Sofa stocksteif auf. Sie gab jedem ein Glas, und Bill öffnete die Flasche.

»Es ist schwierig, an irgendetwas anderes zu denken als an die Lockvogel-Aktion, oder?«, bemerkte Alice.

»Stimmt«, sagte Bill. »Einer der Gründe für unseren Besuch ist, dass ich dir eine Art Glücksbringer für Montag geben wollte.« Er überreichte ihr eine kleine Schachtel. Sie errötete leicht, als sie sie entgegennahm.

»Ach, das ist wirklich nett von dir, aber das wäre doch nicht nötig gewesen.« Jetzt wünschte sie erst recht, Liam wäre nicht da – sie hätte sich gerne vorgebeugt und sich bei Bill mit einem Kuss bedankt. Sie öffnete die Schachtel und fand ein silbernes Armband mit einem kleinen Katzenanhänger darin. Es war nicht gerade geschmackvoll, aber sei's drum, er meinte es gut!

»Danke! Das ist reizend, ganz reizend!« Sie konnte es ja in der Schublade ihres Nachttischchens aufbewahren.

»Leg's doch mal um, ich helfe dir. Ich dachte, es würde dich an Gary erinnern.«

Bill wollte es offensichtlich gleich an ihr sehen.

»Okay.« Sie setzte sich auf die Kante des Sessels und hielt Bill ihr Handgelenk hin, damit er den Verschluss des Armbands zumachen konnte.

»Na, passt doch!«

Es sah gar nicht einmal so schlecht aus, wenn man es trug. Sie nahm sich vor, das nächste Mal, wenn sie an einem Schmuckgeschäft vorbeikamen, wie nebenbei auf Sachen zu zeigen, die ihr gefielen – nur für den Fall.

»Versprich mir, dass du es am Montag tragen wirst«,

sagte er ernst und blickte ihr dabei in die Augen. »Es soll dir Glück bringen.«

Alice blieb nichts anderes übrig, als wie ein kleines Mädchen zu antworten: »Ich verspreche es dir«, während sie seinen Blick erwiderte.

Plötzlich erhob sich Liam vom Sofa und ging hinaus in den Flur. Als er zurückkam, nickte er Bill kaum wahrnehmbar zu. Alice bemerkte es zwar, wusste jedoch nicht, was es bedeuten sollte. Sie war müde und entspannt nach dem Bad, warum sich also den Kopf zerbrechen? Sie machte es sich im Sessel bequem und nippte an ihrem Wein, die kleine Silberkatze baumelte an ihrem Handgelenk.

»Wo ist eigentlich Gary?«, fragte Bill. »Ich habe ihn schon ewig nicht mehr gesehen.«

»Ach, nach dem Vorfall im Garten hat er angefangen, im Schrank zu schlafen – es war ihm hier wohl ein bisschen zu viel los.«

Die beiden Männer blieben eine Stunde. Liam wurde immer nervöser, und Alice wünschte, er würde gehen.

Schade, dass du deinem Cousin nicht ähnlicher bist, dachte sie und fragte sich, was Maggie nur an einem so langweiligen, ungehobelten Kerl finden konnte. Allerdings stand er wohl ziemlich unter Druck, was die Organisation der geplanten Operation anging.

Bill war wie immer, auch wenn er sich sichtlich bemühte, nicht über Montag zu sprechen. Stattdessen konzentrierte er sich auf Samstag und fragte Alice, ob sie Lust hätte, mit ihm spazieren zu gehen.

»Wie wäre es, wenn wir zum Naturpark Crawfordsburn fahren würden?«, fragte sie eifrig.

»Hört sich gut an. Hast du Lust, dich uns anzuschließen, Liam?«

»Nein, ich habe morgen schon was vor.«

Gott sei Dank, sagte Alice, allerdings nur zu sich selbst.

Bald darauf gingen sie, sie blieben nicht einmal so lange, bis die Flasche ganz ausgetrunken war. Das erledigte Alice später allein, dazu gab es Hühnchen Tikka Masala, frisch aus der Mikrowelle.

»Kein besonders toller Abend, was?«, bemerkte sie zu Gary, den der Geruch des Essens aus seinem neuen Versteck im Schrank gelockt hatte.

Sie löffelte ein Schälchen Thunfisch in Gelee in seine Schüssel, setzte sich an die Theke in der Küche und aß ihr geschmacksneutrales Hühnchen, während sie zusah, wie Gary sein Abendessen in Rekordzeit verschlang. Nachdem sie die Hälfte ihres faden Essens verspeist hatte, verließ sie der Appetit, sie kippte den Rest in den Abfall und beschloss, ihr Dinner mit zwei Erdnussriegeln zu beschließen, die sie rasch hintereinander verschlang.

»Morgen gehe ich spazieren«, teilte sie Gary mit, und hatte den Eindruck, dass er sie mit einem anklagenden Katzenblick bedachte, als er neben ihr auf das Sofa kletterte. Sie faltete die beiden Papierhüllen ihrer Nachspeise zu kleinen Dreiecken zusammen und schob sie in die leere Weinflasche.

»Siehst du? So wird niemals jemand etwas davon erfahren.«

Der Kater rollte sich neben ihr zusammen, legte seinen schweren Kopf auf ihr Bein und schnurrte zufrieden mit halb geschlossenen Augen. Alice zappte sich durch die Programme: Es lief rein gar nichts, was interessant gewesen wäre.

»Warum zahle ich eigentlich Kabelgebühren, um Hunderte von Programmen empfangen zu können, wenn sie dann doch nur Schrott bringen?«, fragte sie den schlafenden Kater. Schließlich blieb sie bei Sky One hängen, das eine Sendung über Ibiza brachte. Alice hatte den Eindruck, dass sie sie schon einmal gesehen hatte, und zwar vor ein paar Monaten in London. Während sie dem Sprecher zuhörte, wusste sie plötzlich wieder, um wen es in der Reportage ging. Sie überlegte, ob sie die Sendung aufnehmen sollte, um sie Maggie zu zeigen, wenn sie nach Hause kam. Es war der Bericht über die beiden Schwulen aus Belfast, die in San Antonio eine Bar eröffnet hatten: der eine war Derek, Maggies Ex, und der andere sein Freund Cliff. Alice sah gebannt zu und konnte sich kaum vorstellen, dass ihre Freundin mal mit diesem Typen im Fernsehen in seinem Leinenanzug und dem Richard-Clayderman-Teint verheiratet gewesen war. Vielleicht war Liam doch nicht so übel.

Als sie später ins Bett ging, betrachtete sie schläfrig das Armband an ihrem Handgelenk. Sie überlegte, ob sie es abnehmen sollte, aber dann lächelte sie bei der Erinnerung daran, dass Bill es ihr unbedingt hatte umlegen wollen. Wenn sie morgen miteinander spazieren gingen, sollte sie es besser tragen, damit er nicht beleidigt war. Sie schlief ein, noch bevor ihr Kopf das Kissen berührt hatte, und träumte die ganze Nacht über wildes Zeug von einem Mann, der hinter ihr herjagte, den sie aber in der Dunkelheit nicht sehen konnte, und in ihrem Traum bimmelte der kleine Silberanhänger wie ein Glöckchen.

35

Maggie wachte um sechs Uhr auf. Sie lag im Bett und versuchte, noch einmal einzuschlafen, aber es half nichts – der Gedanke an den vor ihnen liegenden Tag machte sie zu nervös. Sie sagte sich immer wieder, dass sie in der Obhut von Profis waren und dass alles gut gehen würde, wurde jedoch das Gefühl nicht los, dass dieser Tag auf einer Menge Annahmen beruhte: Alle hofften, dass Terry Lomax wie immer übereilt handeln würde und sich von den Männern mit den Hundemarken schnappen ließ. Sie hörte, dass die Dusche lief – Alice war schon im Badezimmer.

Auch Alice hatte schlecht geschlafen und war ständig aufgewacht. Irgendwann hatte sie es aufgegeben, sich auf ein Buch konzentrieren zu wollen, und hatte sämtliche Ausgaben von Maggies *Marie Claire* durchgeblättert. Jetzt beschäftigte sie sich damit, ausführliche Körperpflege zu betreiben. Nachdem sie sich abgetrocknet hatte, trug sie eine von Maggies zahllosen teuren Körperlotionen auf. Sie ließ sich Zeit damit und cremte sich sorgfältig ein. Dann wusch sie sich das Gesicht, trug Feuchtigkeitscreme und sogar eine Grundierung auf, und schließlich malte sie Augen, Wangen und Mund an, etwas, das sie eigentlich nur machte, wenn sie abends ausging. Geschminkt, eingecremt und von Kopf bis Fuß duftend widmete sie sich der Kleiderfrage. Sollte sie Trainingshosen anziehen, falls sie vor Terry weglaufen mussten? Oder sollte sie etwas Schickes für das Treffen mit Frank Henkel tragen? Vielleicht sollte sie ja auch etwas aussuchen, das sexy war, wegen Bill? Schließlich entschied sie sich für eine olivgrüne Hose und einen beigefarbenen

Pulli mit U-Bootausschnitt, beides schick und doch bequem genug, um notfalls rennen zu können. Sie haderte noch mit sich, welche Halskette sie nehmen sollte, als Maggie hereinkam und sich auf ihr Bett setzte.

»Morgen. Du konntest wohl auch nicht schlafen?«, fragte Alice.

Maggie, die immer noch in ihrem männermordenden Satinnachthemd steckte, schüttelte den Kopf.

»Geh erst mal duschen, ich mache uns einen Kaffee.«

»Prima. Du riechst gut. Dolce und Gabbana?«

Alice nickte. »Ich hoffe es macht dir nichts aus, wenn ich es benutze?«

»Um Himmels willen, nein! Ich habe es schon ewig nicht mehr getragen, obwohl es wirklich gut ist.«

Maggie erhob sich und ging ins Badezimmer, die Luft darin war von Alice' Dusche noch immer feucht und warm. Sie zog ihr Nachthemd über den Kopf und hängte es an den Haken an der Tür. Dann stellte sie sich unter die Dusche, schloss die Augen und ließ sich das Wasser auf Kopf und Rücken prasseln.

Unten schüttete Alice den letzten Rest von Susies Kaffee aus dem Überlebenspaket in den Kaffeebereiter. Sie hatte ein schlechtes Gewissen, schon seit Monaten hatte sie weder mit Bernie noch mit Susie gesprochen. Das Wasser fing an zu kochen, und sie goss es über den gemahlenen Kaffee und beobachtete, wie er langsam auf den Boden des Glaszylinders sank. Alice war zu nervös, um etwas zu essen, daher zündete sie sich eine Zigarette an, was sie sonst so früh am Morgen nie tat. Das Nikotin zeigte sofort seine Wirkung, und sie entspannte sich etwas, wenn auch nicht sehr. Ein paar Minuten später kam Maggie in die Küche, trotz Schminke sah sie blass aus.

Sie nippten an ihrem Kaffee, ohne viel zu sagen. Auch

Maggie zündete sich eine Zigarette an; der Knoten in ihrem Magen wollte sich nicht lösen.

»Um wie viel Uhr müssen wir aufbrechen?«

»So um neun, denke ich. Bill ruft an und gibt uns Bescheid.«

Maggie sah auf ihre Armbanduhr: Es war halb acht. »Wie kommt es eigentlich, dass Bill sich so sehr in diese Sache reinhängt?«

»Ich denke mal, das hat damit zu tun, dass Liam sein Cousin ist.«

»Stimmt, kann sein. Hast du auch Lust, ein bisschen Frühstücksfernsehen zu schauen?«

»Gerne, ich tu alles, was mich ablenkt.«

Sie wanderten in das andere Zimmer und schalteten den Fernseher ein. Eamon Holmes auf ITV hatte irgendeine schreckliche, furchtbar angezogene Frau zu Gast. Sie redete über die wichtigsten Halsausschnitte der Saison und darüber, was man sonst noch tragen sollte.

»Auf jeden Fall nichts von dem, was die anhat«, sagte Maggie und schaltete auf Channel 4 um, wo man einem bedauernswerten Mann dabei zusehen konnte, wie er vor seiner Wohnungstür die Fragen eines Interviewers von Big Breakfast über sich ergehen lassen musste, der unter anderem wissen wollte, ob er seine Schuhe vor oder nach der Hose anzog.

Um acht Uhr vierunddreißig rief Bill an.

»Alice?«

»Ja?«

»Seid ihr bereit?«

»Die Bank macht erst um halb zehn auf.«

»Aber ihr sitzt angezogen da, die Mäntel über dem Arm, so dass ihr jederzeit aufbrechen könnt?«

»Na ja, Mäntel haben wir keine über dem Arm.«

Bill lachte. »Das ist okay. Ihr geht also zur Bank, wie besprochen. Liam und sein Partner werden euch folgen.«

»Woher wissen wir, nach wem wir Ausschau halten sollen?«

»Das sollt ihr nicht, genau darum geht es ja. Es reicht, wenn ihr wisst, dass sie in eurer Nähe sind.«

Bill klang sehr geschäftsmäßig, so als hätte er Tag für Tag mit solchen Dingen zu tun.

»Okay, und was dann?« Alice wollte sichergehen, dass sie jedes Detail im Kopf hatte, bevor sie die Haustür hinter sich zumachte.

»Dann fahrt ihr direkt nach Aldergrove, parkt auf dem Parkplatz des Hotels und geht in die Lobby. Frank Henkel wird schon dort sein – sein Flieger landet in diesen Minuten. Es werden ein Mann von der Versicherung bei ihm sein und zwei deutsche Polizisten. In der Lobby werden sich noch mehr Polizisten aufhalten, ihr werdet sie allerdings nicht als solche erkennen können. Händige Henkel die Diamanten aus, so wie Liam es mit dir durchgegangen ist – dann wird Henkel mit den anderen Männern weggehen. Ihr beiden bleibt noch, trödelt ein bisschen herum, trinkt Kaffee und versucht so auszusehen, als würdet ihr euch gut unterhalten, auf jeden Fall nicht so, als würdet ihr euch Sorgen machen. Falls Terry euch beobachten lässt, möchten wir, dass er denkt, ihr wärt allein und bester Laune. Dann steigt ihr wieder ins Auto und fahrt direkt hierher zurück. Mit ein bisschen Glück sollten wir nicht allzu lange warten müssen.«

»Okay, ich glaube, ich habe die einzelnen Schritte im Kopf.«

»Viel Glück, Alice. Wird schon schief gehen. Ach ja, noch was, vergiss nicht, die Hintertür des Ladens zu öffnen, damit das SSU-Team reinkann.«

»Okay.«

»Und Alice …?«

Sie hielt die Luft an – klang das etwa so, als wollte er ihr ein gewisses Geständnis machen?

»Trägst du auch deinen Glücksbringer?«

»Oh – ja. Ja, das tue ich.« Der hatte ja regelrecht einen Tick mit diesem Armband.

»Sicher?«

Mann! »Sicher bin ich sicher!« Sie hob die Hand zum Hörer und schüttelte sie. »Hörst du es klingeln?«

Bill lachte. »Gut!«

»Also dann, bis bald«, sagte sie.

»Bis bald!«

Die Verbindung wurde unterbrochen.

»Okay, Maggs, brechen wir auf.«

Maggie zog sich ihre Jacke an, als sie im Flur waren. »Gott, ich bin so nervös, ich glaube, ich kann nicht fahren.«

»Natürlich kannst du. Komm schon, Maggie Sullivan, das ist das Abenteuer, das du dir schon immer gewünscht hast.«

»Na ja, rückblickend betrachtet, glaube ich, habe ich mir nur Mr. Donnelly gewünscht, am liebsten nackt.«

»Mannstolles Weib!« Alice lachte, und ihre Laune besserte sich schlagartig.

Sie verließen das Haus, wobei sie sich nach Kräften bemühten, nicht den Eindruck zu erwecken, als würden sie nach Liam oder einen von Terrys Männern Ausschau halten.

Sie gingen in den Laden und schalteten die Alarmanlage aus. Alice schloss die Hintertür auf und wurde beinahe ohnmächtig vor Schreck, als ein Mann in Zivil ihr vom Hinterhof aus ein Okay-Zeichen gab.

Sie machte einen Satz nach hinten. »Wo zum Teufel kommt der denn her?«

Gleich darauf verließen sie den Laden und gingen zielstrebig auf Maggies Autos zu, das hinter dem Haus abgestellt war. Maggie hielt sich bis nach Bangor genauestens an die Geschwindigkeitsbegrenzung, dann waren sie auf der Umgehungsstraße und damit auch mitten im morgendlichen Pendlerverkehr.

»Wenn das so weitergeht, kommen wir gerade noch rechtzeitig an.«

Im Kriechtempo fuhren sie bis Sydenham, wo viele Autos zum Flughafen abbogen. Der Verkehr wurde weniger, sobald sie auf dem Zubringer ins Stadtzentrum waren. Sie fuhren über die Queen's Bridge zur Oxford Street, dann nach rechts in die May Street, folgten der Straße am Rathaus vorbei und bogen dann wieder nach rechts in die Great Victoria Street ab. Maggie hielt gegenüber dem Rathaus vor Marks & Spencer an.

»Gut, du wartest auf mich, ich bin so schnell wie möglich zurück.« Alice stieg aus dem Mercedes und lief durch das Kaufhaus. Sie schlängelte sich durch die morgendlichen Einkäufer und nahm den Ausgang zum Donegall Place, der auf die Haupteinkaufsstraße führte. Viele Menschen waren an diesem Montagmorgen noch mit gesenkten Köpfen auf dem Weg zur Arbeit. Alice wandte sich nach links und stand im nächsten Moment vor der Bank of Ireland. Sie holte tief Luft und drückte die Eingangstür auf. Drinnen empfing sie derselbe Bankangestellte, der ihr schon in der letzten Woche das Schließfach geöffnet hatte. Er führte sie nach hinten in das Kämmerchen und ließ sie dort mit der Box allein. Alice holte den Umschlag aus der Box, klappte den Deckel zu und verschloss die Box wieder. Nachdem sie den Umschlag in der Innentasche ihrer Jacke verstaut hatte, verließ sie den Raum. Sie bedankte sich bei dem Bankangestellten, der keine Ahnung hatte, ob sie etwas aus der Box herausgenommen oder in sie hineingelegt hatte. Dann eilte sie durch den Eingangsbereich der Bank auf die Straße zurück.

Statt durch die Einkaufszone zu laufen, ging sie dieses Mal um die Ecke zur Chichester Street. Sie blickte hoch zu der Uhr auf dem Dach des Kaufhauses, die Zeiger sagten ihr, dass es Viertel vor zehn war. Sie war gut in der Zeit.

Maggie sah, wie Alice auf sie zukam. Sie ließ den Motor an, entriegelte die Beifahrertür aber erst, als Alice ihre Hand am Türgriff hatte. Sie hatte zu viele Filme gesehen, in denen einer der bösen Buben auf den Rücksitz kletterte und einem seine Knarre an den Kopf hielt. In ihrem Auto, das keine Rückbank hatte, müsste der Ganove sich allerdings neben sie setzen, was aber durchaus vorstellbar war, wenn man den Gerüchten über Mr. Lomax Glauben schenkte.

»Hast du sie?«

Alice ließ sich auf den Beifahrersitz gleiten und zog die Tür zu. Maggie betätigte wieder die Verriegelung. »Ja.«

»Gut, dann lass uns abhauen, bevor mir diese fiese kleine Politesse einen Strafzettel verpasst.« Sie deutete auf eine glubschäugige Frau, die Maggies Auto nicht aus den Augen ließ. Sie sah so aus, als jucke ihr schon der Strafzettelfinger, daher lenkt Maggie rasch auf die Mitte der Fahrbahn und reihte sich in den Verkehr zum Zentrum ein. Sie fuhren am Gerichtsgebäude und der Albert Clock vorbei. Beim alten Co-op hielten sie an der Ampel an und bogen nach links Richtung M2 ab. Als sie die Schnellstraße erreichten, wurde der Verkehr weniger, die meisten Autos wollten in die Stadt, nicht aus ihr heraus.

»Zeig sie doch noch mal«, bat Maggie, als sie endlich die Stadt hinter sich gelassen hatten.

Alice nahm den Umschlag aus ihrer Tasche und hielt ihn so, dass Maggie hineinsehen konnte.

»Verdammt! Sie sind einfach toll!«

»Ich weiß«, sagte Alice, »aber in einer Viertelstunde werden wir sie aus den Händen geben und nie wiedersehen.«

»Ich könnte aus Versehen an der Abfahrt zum Flughafen vorbeifahren, weißt du«, sagte Maggie hoffnungsvoll.

»Während Liam und seine Kumpel hinter uns herfahren und wer weiß wer sonst noch?«

»Gutes Argument, überzeugend vorgebracht«, sagte Maggie, während sie die Abfahrt nach Templepatrick nahm. Sie fuhren in hohem Tempo durch ein Dorf und hatten bald das letzte Stück der Strecke zum Flughafen erreicht.

»Ich weiß, es ist dumm, aber ich bin so aufgeregt, dass ich mich übergeben könnte.«

»Ich versuche auch die ganze Zeit, so zu tun, als ob ich nicht nervös sei.«

Sie kicherten leicht hysterisch – und mussten plötzlich anhalten. Vor ihnen waren eine Baustelle. Man hatte eine provisorische Ampel aufgestellt, und es gab nur eine Fahrspur, die abwechselnd aus beiden Richtungen befahren werden konnte.

»Oh nein, so etwas habe ich schon mal im Fernsehen gesehen. Solche Straßenarbeiten sind immer eine Falle – wir fahren an den Straßenrand, halten und dann kommen die Ganoven und zerren uns aus dem Auto.« Maggie hielt das Lenkrad so fest umklammert, dass ihre Fingerknöchel weiß hervortraten. Ihr war schlecht, und sie wollte nach Hause.

»Maggie, erstens sind die Türen verriegelt, und zweitens schaltet die Ampel gerade auf Grün«, sagte Alice.

Und so flitzten sie an den Bauarbeitern vorbei, die dastanden und die schöne Frau bewunderten, die ihr Auto fuhr, als hinge ihr Leben davon ab.

»Maggs, beruhige dich, bevor wir in den Laster da hineinrauschen.«

Maggie trat knapp hinter dem blauen Kleinlaster auf die Bremse. Sie stellte das Radio an und trommelte ungeduldig mit den Fingernägeln auf das Lenkrad. Der Laster bog am Kreisverkehr nach links ab, und Maggie drückte wieder aufs Gas. Bis zum Flughafen war es nur noch ein knapper Kilometer. Kurz darauf bogen sie auf den Parkplatz des Fitzwilliam-Hotels ein. Alice hatte den Umschlag wieder in ihrer Jackentasche verstaut. Sie stiegen aus und bemühten sich, sich nicht allzu auffällig umzusehen. Keine von ihnen hatte bemerkt, ob Liam ihnen auf der Straße gefolgt war.

»Entweder sie sind richtig gut oder sie sind überhaupt nicht da«, flüsterte Maggie Alice zu, als sie über den Parkplatz der Empfangshalle zustrebten.

Alice war überzeugt, dass Terry Lomax jeden Augenblick aus dem nächsten Busch springen würde, aber nichts passierte. So weit lief alles nach Plan.

Die Lobby war typisch für ein Dreisternehotel: eine Empfangshalle mit gefliestem Boden und Sitzgruppen mit niedrigen Tischchen, alles in warmen, freundlichen Terracottatönen gehalten. Frank Henkel und seine Entourage waren nicht zu übersehen, da sich sonst niemand im Empfangsbereich aufhielt. Der Tisch vor ihnen stand voll mit Kaffee- und Milchkännchen. Es war zehn nach zehn.

Die Männer erhoben sich, um sie zu begrüßen.

»Guten Tag, Miss Watson, Miss Sullivan, danke, dass Sie gekommen sind. Ich bin Frank Henkel, und das ist Herr Scholl von der Monde-Versicherung.«

Er sah nicht besonders gut aus, was Maggie von dem Erben eines Juweliers eigentlich erwartet hätte. Er war, milde ausgedrückt, unscheinbar. Sein Anzug machte den Eindruck, als wäre er für einen anderen geschneidert worden, und hing an seiner mageren Gestalt herunter. Seine paar Haare hatte er mit einem tiefen Scheitel über den Kopf gekämmt, und seine Haut war pockennarbig, Folge einer Pubertätsakne oder vielleicht auch des jugendlichen Klebstoffschnüffelns. Bei dieser doch eher etwas unwahrscheinlichen Vorstellung musste Maggie grinsen. Herr Scholl war ein älterer Herr, gut gekleidet und mit ergrautem Haar. Die beiden Polizisten wiederum hatten dagegen etwas. Maggie musterte sie verstohlen. Beide waren groß und gut gebaut, und sie hatten blaue Augen und kantige Züge.

Henkel hielt sich nicht damit auf, die beiden Polizisten vorzustellen, die sich gleichzeitig mit ihm erhoben hatten. Sie nickten lächelnd den beiden Frauen zu, sagten aber kein Wort.

Alice und Maggie schüttelten die ausgestreckten Hände und setzten sich dann auf die beiden freien Stühle. Alice zog den Umschlag heraus und überreichte ihn Henkel. Er nahm ihn und warf einen Blick hinein. Er murmelte dem anderen Mann etwas Unverständliches zu, und dann holte er eine Brille hervor. Er prüfte ein paar Steine, und ein Lächeln breitete sich auf seinem Gesicht aus.

»Ich glaube, Sie kennen meine Cousine, Miss Sullivan.« Er fixierte Maggie durch seine dicken Brillengläser.

»Ich?« Maggie sah ihn verwundert an und fragte sich, woher sie eine Verwandte von ihm kennen sollte.

»Claudia Cameron? Nun, seit kurzem wieder Claudia Henkel.«

»Das gibt es doch nicht! Nein, ich hatte keine Ahnung, dass sie eine Cousine von Ihnen ist. Wie geht es ihr?« Maggie war wirklich erstaunt. Dieser Mann war der Cousin von Claudia!

»Traurige Geschichte. Aber es geht ihr so weit gut.« Er errötete ein wenig.

»Richten Sie Ihr doch bitte viele Grüße aus.«

»Das werde ich tun.«

Das Gespräch endete so abrupt, wie es begonnen hatte. Er ließ die Diamanten wieder in dem Umschlag verschwinden und verstaute diesen in einer eleganten Aktentasche.

»Ich danke Ihnen, dass Sie mir das Eigentum meines Vaters zurückgegeben haben. Es scheint alles in Ordnung zu sein. Nun müssen Sie uns leider entschuldigen, wir haben eine Buchung für den Flug nach Heathrow um elf Uhr.« Alle erhoben sich von ihren Stühlen und verabschiedeten sich. Dann verschwand das Grüppchen und mit ihnen die Diamanten. Es war sechzehn Minuten nach zehn.

»Wahnsinn!« Maggie ließ sich wieder auf den Stuhl fallen, nachdem die Deutschen aus ihrem Blickfeld verschwunden waren.

Alice tat es ihr nach. »Schade, dass es zu früh für einen Drink ist.« Sie sah sehnsüchtig zu der geschlossenen Bar.

»Ha, hättest du gedacht, dass das Claudias Cousin ist? Sie ist mehr Mann als er!«

Ein Kellner trat an ihren Tisch. In Nordirland gab es zwei Arten von Bedienungen, dachte Maggie, diejenigen, die eine perfekte Ausbildung genossen haben, und diejenigen, die in Hotels arbeiten. Dieser Typ hier schien eine kleine Auseinandersetzung mit einer Flasche Tomatenketchup gehabt und sie verloren zu haben – der größte Teil ihres Inhalts befand sich auf seiner gestärkten Hemdbrust unter dem Jackett, das ohnehin für einen schlankeren Mann gemacht zu sein schien. Sie bestellten beide Kaffee, und er schlurfte los, um ihn zu holen.

»Das ging doch ziemlich gut.«

»Ja, finde ich auch.« Magggie holte eine Packung Zigaretten aus ihrer Celine-Handtasche und bot Alice eine an; dann gab sie Alice und sich Feuer und lehnte sich zurück, während sie auf den Kaffee warteten. Er war lauwarm und bitter. Sie tranken die Tassen nicht aus.

»Meinst du, wir haben lange genug gewartet?«, fragte Alice Maggie.

»Glaube schon. Hier ist doch weit und breit keine Menschenseele. Was sollte dieses ganze Gequatsche von wegen der Interpol-Agenten, die mit der Menge in der Lobby verschmelzen würden?«

»Vielleicht hatten sie ja keine Menge zum Verschmelzen und verstecken sich deshalb.« Alice blickte kurz nach rechts und nach links. Aber außer den beiden Leuten an der Rezeption, die sich nicht im Geringsten für sie zu interessieren schienen, war niemand zu sehen.

»Komm, wir gehen.« Maggie warf drei Pfund für den Kaffee auf den Tisch und ein Trinkgeld von fünf Pence für den preisgekrönten Kellner, der spurlos verschwunden war.

Sie standen auf und verließen das Hotel.

»Vergiss nicht zu lächeln«, zischte Alice, als sie an die frische Luft traten.

»Warum? Hier ist doch keiner.« Maggie lächelte trotzdem, als ob Alice etwas Lustiges gesagt hätte.

Sie stiegen ins Auto und machten sich auf den Weg nach Hause. Es war ein sehr ruhiger Vormittag, und auf der Straße waren nur wenige Autos unterwegs – im Grunde nur die beiden vor ihnen.

»Also, ich weiß nicht, ob ich erleichtert oder enttäuscht sein soll«, sagte Maggie munter.

»Noch ist es nicht vorbei – wir müssen immer noch mit Terry Lomax und seinen Schlägern fertig werden.«

»Ja, aber deswegen sind doch die Leute von dieser SSU in deinem Laden, oder nicht? Übrigens, ich kann Liam nirgendwo sehen – ich wette, er ist überhaupt nicht hier.« Maggie reckte ihren Hals, vielleicht konnte sie ihn ja im Rückspiegel entdecken.

»Maggie!«, kreischte Alice.

Maggie setzte sich wieder normal hin und richtete die Augen fast auf die Straße. Die Autos vor ihr hatten eine Vollbremsung hingelegt, das vordere Auto war auf die Gegenfahrbahn ausgeschert und nahm Maggie damit die Möglichkeit, an ihnen vorbeizufahren. Die Reifen des Mercedes quietschten, als Maggie mit ihrem Fuß, der in einem hochhackigen Stiefel steckte, hart auf die Bremse trat – blauer Rauch stieg von den Hinterreifen hoch, als sie blockierten.

»Nein!«, schrie Alice und riss die Arme hoch, um sich vor dem Aufprall zu schützen.

Als sie in das Auto hineinrutschten, wurden beide Frauen nach vorne geschleudert und landeten in den Airbags, die den Schlag etwas milderten.

Alice hörte aus der Ferne männliche Stimmen. Sie war benommen, aber unverletzt. Die Beifahrertür öffnete sich – einer der Männer schnitt ihren Sicherheitsgurt mit einem Messer durch. Dann wurde sie von einer groben Hand aus dem Auto gezerrt.

»Setz die Weiber hinten rein«, brüllte eine schroffe männliche Stimme mit Belfaster Akzent.

Bevor sie einen Blick auf die Männer werfen konnte, wurde irgendwas Raues um ihren Kopf gewickelt – sie konnte gerade noch sehen, dass sie mit Maggie dasselbe machten. Die groben Hände drückten sie auf die Rückbank des Autos, das vorher auf die Gegenfahrbahn ausgeschert war. Der Fahrer trat aufs Gas, und der Wagen schoss mit aufheulendem Motor davon. Die ganze Sache hatte weniger als eine Minute gedauert.

Als Liam hinter dem Mercedes am Straßenrand anhielt, dessen Motor noch immer lief, waren nur noch die Bremsspuren des ersten der beiden Entführerautos zu sehen. Er war mit seinen Männern etwas hinter Maggie zurückgefallen und hatte den Mercedes nicht mehr rechtzeitig einholen können.

»So ein verdammter Mist!« Er schlug mit der geballten Faust auf das Lenkrad. Langsam fuhr er um den Mercedes herum, und dann gab er Vollgas. »Gib durch, was hier passiert ist, damit Bill Bescheid weiß. Die SSU-Männer sollen von Donaghadee abgezogen werden – sie werden dort jetzt nicht mehr gebraucht.«

Patrick Macauley hatte solche Hinterhalte schon öfter erlebt, und man musste ihm nicht zweimal sagen, was er zu tun hatte. Innerhalb von Sekunden hatte er der SSU mitgeteilt, dass ihre Zielobjekte den Lockvögeln eine Falle gestellt hatten und dass die Operation gründlich schief gegangen war.

Liam nahm Funkverbindung mit der Zentrale auf und gab eine Beschreibung der beiden verdächtigen Autos durch.

»Ich hoffe bloß, dass sie dieses verdammte Armband trägt«, sagte Patrick zu seinem Partner, als sie sich an die Verfolgung der Autos machten.

»Das tut sie«, sagte Liam.

Im gesamten Gebiet war die Polizei in Alarmbereitschaft, aber die Fluchtautos schienen sich in Luft aufgelöst zu haben.

Alice und Maggie, die Köpfe zwischen die Knie gedrückt, wimmerten auf der Rückbank des Autos.

Alice hatte festgestellt, dass eine der Stimmen mit einem ausländischen Akzent sprach, aber sie konnte ihn nicht identifizieren. Sie wusste, dass Maggie neben ihr saß. Ein schwerer Arm lag quer über ihrem Rücken, so dass sie sich nicht aufrichten konnte. Der Glücksbringer war ihr über den Arm gerutscht und am Handgelenk hängen geblieben; sie umklammerte die Silberkatze, um sich zu beruhigen. Sie war überzeugt, dass man sie beide umbringen würde, trotzdem versuchte sie, sich auf ihre Umgebung zu konzentrieren. Sie wusste, dass sie in einem blauen Auto saß; so viel hatte sie erkannt, als es mit quietschenden Reifen angehalten hatte, aber sie hatte keine Ahnung, welche Marke es war. Es tuckerte wie ein Traktor, konnte also nicht neu sein. Sie nahm auch den Geruch von Benzin wahr. Er drang aus dem Lumpen, die sie ihr um den Kopf gebunden hatten, und verursachte ihr Übelkeit. Sie kämpfte darum, nicht ohnmächtig zu werden.

Nach einer halben Ewigkeit kam das Auto endlich zum Stehen, und die Männer fingen an zu reden – während der Fahrt waren sie die meiste Zeit still gewesen.

Alice und Maggie wurden aus dem Auto gezogen. Man nahm ihnen die Augenbinden ab, und sie rangen, benebelt von den Dämpfen aus den Lumpen, nach Luft. Sie befanden sich in einem Raum eines Rohbaus, von der Decke hingen Leitungen herunter, an einer Wand stand ein Gerüst, das mit Plastikplanen verhängt war. Sie mussten also auf einer Baustelle sein, schloss Alice daraus. Es waren noch keine Fenster eingebaut, und die Fensteröffnungen waren mit Folie verdeckt. Von einer Wand tropfte Wasser und hatte dort, wo es auf den Betonboden traf, eine grüne, schleimige Spur hinterlassen. Alice blickte zu Maggie, die neben ihr stand – einer der Pfennigabsätze ihrer Stiefel war bei dem Gerangel abgebrochen, so dass sie seltsam schief dastand. Ihr Make-up war verschmiert. Alice wusste, dass sie ähnlich aufgelöst aussah. Jemand brachte zwei Plastikstühle, und man zwang sie, sich zu setzen, und dann wurden ihre Handgelenke mit Stricken gefesselt.

Maggie musterte ihre Entführer. Darren war dabei, der Kerl, der sie wiederholt im Laden aufgesucht hatte. Den Mann, der sie mit seinem Auto in den Hinterhalt gelockt hatte, hatte sie noch nie gesehen. Zwei von ihnen schienen keine Iren zu sein – was sich bestätigte, als sie in einer ihr unbekannten Sprache miteinander redeten, die sich irgendwie osteuropäisch anhörte. Sie funkelten Maggie böse an, als sie merkten, dass sie sie beobachtete. Sie sah sofort weg.

Wo waren eigentlich Liam und Patrick geblieben, fragte sie sich wütend. Was war mit dieser ach so tollen Eliteeinheit, die sie beschützen sollte?

Ihr Körper schmerzte von dem Aufprall, und sie hatte Kopfweh von dem Benzindämpfen. Sie wünschte sich, sie wäre bei Isabel und sie würden bei einer Tasse Kaffee die Vorteile der American-Express-Platin-Karte besprechen, statt zitternd mit Alice und ein paar Schlägern hier zu sitzen. Wie Alice war sie überzeugt, dass sie sterben würden. Verzweifelt versuchte sie, nicht in Panik zu geraten, aber als sie plötzlich eine Stimme hinter sich hörte, pinkelte sie sich vor Schreck fast in die Hose.

»Willst du mir etwa sagen, dass mir diese beiden Weiber hier all die Probleme bereitet haben?«

Die Stimme war englisch, männlich und bösartig.

Sie konnten Schritte auf dem nackten Betonboden hinter ihnen hören.

Ein klein gewachsener Mann trat in ihr Blickfeld. Er war so blass, dass man ihn für einen Albino hätte halten können, hätte er nicht so schwarze, gemeine Augen gehabt.

Wäre Maggie nicht so verängstigt gewesen, hätte sie laut aufgelacht: Dieser Mann war nicht größer als ein Zwölfjähriger! Er konnte nicht mehr als 45 Kilo wiegen. Und das sollte Terry Lomax sein?

»Also, Schätzchen«, er trat zu Alice und nahm ihr Kinn und ihre Wangen zwischen seine kleinen blassen Hände, »was hast du zu deiner Entschuldigung vorbringen?« Er legte fragend den Kopf schief.

Alice brachte kein Wort heraus. Er presste ihr Kinn mit unerwartet festem Griff zusammen. Sie sah ihn nur mit angstgeweiteten Augen an.

»Du hast mich gerade eine ganze Stange Geld gekostet, Schätzchen.« Er ließ ihr Gesicht los und ging auf die andere Seite des Raums, eine finstere kleine Gestalt in einem schwarzen Ledermantel und schwarzen Jeans.

»Was soll ich nur mit euch beiden machen?« Er drehte sich auf dem Absatz um, seine Miene war ausdruckslos. »Deine Tante hat uns reingelegt, weißt du. Wir glaubten, sie hätte alle Diamanten verkauft – und wir waren nicht die einzigen, die sie reingelegt hat. Dann erhielten wir die Information, dass sie doch noch immer im Besitz der Diamanten war, als sie diesen ein wenig überraschenden Unfall hatte.« Er lächelte, als hätte er gerade einen Witz gemacht. »Aber wo steckten die Klunkerchen? Die

Schwuchtel hat es nicht gewusst. Daher war es ein glücklicher Zufall, dass du aufgetaucht bist, Schätzchen, und das Familienerbe angetreten hast. Wir dachten, wir warten einfach ein bisschen, dann wird uns die junge Dame zu den Diamanten führen, und schon sind wir wieder im Geschäft. Was uns etwas verwunderte, war, dass du nichts unternommen hast. Aber ich bin ein geduldiger Mann. Deshalb war ich umso mehr enttäuscht, als du dich mit den Deutschen getroffen und ihnen die Klunker zurückgegeben hast. Ein unerwarteter, nicht besonders kluger Schachzug von dir.« Seine Augen verengten sich, sie waren hart und glitzerten wie zwei polierte Jettsteine. »Und wen haben wir da?« Er richtete seine Aufmerksamkeit auf Maggie. »Du siehst so aus, als könnte ich ein bisschen Spaß mit dir haben.« Er grinste böse und kratzte sich im Schritt.

Allein die Vorstellung ließ Maggie schaudern.

Hinter Alice' linker Schulter war ein Knurren zu hören, das Geräusch von Nägeln, die über den Boden kratzten. Ein riesiger, skandinavisch aussehender Mann, der wie Terry einen schwarzen Mantel und dreckige Jeans trug, trat mit zwei riesigen, an ihren Leinen zerrenden Rottweilern in ihr Blickfeld. Er riss an der Leine; die Hunde taumelten zurück und setzten sich neben ihn.

»So ist es brav, Ladys«, sagte Terry mit einem zärtlichen Ton in der Stimme. Die Hunde legten sich auf dem kalten Boden und ließen ihre Zungen seitlich aus dem Maul hängen.

Alice hatte das Gefühl, mit Maggie in einen schrecklichen Hollywood-Alptraum geraten zu sein.

»Was wollen Sie?«, fragte sie.

»Habt ihr das gehört, Jungs? Die Kleine hat ihre Sprache wiedergefunden!«

Die Männer grinsten ihren Boss dämlich an.

»Gestatte, dass ich mich erst einmal vorstelle.« Er baute sich vor ihnen auf – nicht dass er sie überragte, aber die Gegenwart der riesigen Rottweiler und ihres gleichermaßen riesigen Hundeführers schuf das erwünschte angsteinflößende Szenario. »Ich bin Terry Lomax, und das sind meine Partner.« Er machte eine weit ausholende Geste, die alle Männer in dem Raum einschloss. »Wir sind ein super Team, wie ihr vermutlich schon bemerkt habt. Pedro dort drüben ist Spanier, Raj stammt wie ich aus London, und das ist Jürgen aus Holland«, er deutete auf den Hundeführer, »und dann ist da noch Darren, ein waschechter Belfaster, den ihr, glaube ich, schon kennen gelernt habt, und Jack aus Schottland. Wir sind gesamteuropäisch, wie man es heute sein muss. Ich finde, es macht das Leben leichter, wenn man viele Sprachen spricht.« Er lachte erneut, und seine Männern fielen wie auf ein Stichwort hin ein.

Alice hielt es nicht für ein gutes Zeichen, dass er ihnen die Namen seiner Leute verriet. Wenn sie vorhätten, sie und Maggie am Leben zu lassen, würden sie sich wohl kaum vorstellen.

»Und jetzt werde ich dir sagen, was ich will.« Er hörte auf zu lachen, zog sich einen Stuhl heran und setzte sich, die Ellbogen auf die Rückenlehne gestützt. Er hätte bedrohlich ausgesehen, wäre da nicht der Umstand gewesen, dass seine Zehen nicht ganz den Boden berührten. »Ich möchte mein Geld zurückhaben, das ist es, was ich will. Aber wichtiger noch, ich will nicht, dass mich jemand für dumm verkauft. Wenn ich euch einfach so davonkommen lasse, wird das der Konkurrenz einen ganz falschen Eindruck vermitteln, meint ihr nicht?«

Pedro, der Spanier, fingerte an der schwarzen Pistole

herum, die er in der linken Hand hielt. Als Maggie das sah, kippte sie vor Schreck fast vom Stuhl. Aber die hilfreiche Hand von Raj, der hinter ihr stand, schob sie wieder in eine aufrechte Haltung. Sie sah zu Alice, Furcht stand in ihr Gesicht geschrieben.

»Ja, und da habe ich mir überlegt, wie ihr eure Schulden begleichen könnt.« Terry rieb sich gedankenverloren mit der rechten Hand das Kinn. Er warf Maggie erneut einen lüsternen Blick zu. »Ich denke, ich sollte an euch ein Exempel statuieren. Damit jeder die Botschaft versteht. Mit Terry Lomax treibt man keine Spielchen.« Er erhob sich und rückte seinen Stuhl zur Seite. Die Hunde sprangen mit einem Knurren auf die Beine. »Zuerst hatte ich mir überlegt, dass ich euch von den beiden Ladys hier zerfleischen lasse, aber das würde eine furchtbare Sauerei geben, und ich habe keine Lust, der Reinigung eine Riesenrechnung zu bezahlen, deshalb dachte ich, ein hübscher sauberer Schuss in den Hinterkopf reicht auch. Ihr werdet praktisch nichts davon merken.« Ein kreischendes Lachen kam aus seiner Kehle.

Raj und Darren zogen ein Stück Plastikplane von dem Gerüst und legten sie vor Alice und Maggie auf den Boden.

Das war's dann also. Wir werden sterben. Alice sah sich voller Panik um, ob sie nicht etwas fände, um die Männer abzulenken, so dass sie und Maggie versuchen konnten zu fliehen. Aber gleichzeitig wusste sie, dass das sinnlos war. Sie waren beide in keinem guten Zustand, ihr tat alles weh von dem Unfall und der Herumschubserei. Sie wusste nicht einmal, wo sie sich befanden. Sie sah auf den Anhänger von Bill an ihrem Handgelenk und dachte, dass er ihr nicht viel Glück gebracht hatte. Die Silberkatze baumelte an ihrem Handgelenk, das von der Fessel blutig gerieben war. Dort spürte sie wenigstens keinen Schmerz mehr.

Darren und Pedro zogen Maggie auf die Füße und führten sie zu der Plastikplane, die auf dem Boden flatterte – die Plane vor einer der Fensteröffnungen hatte sich gelöst und ließ den Wind durch. Maggie weinte leise, als sie sie mit gefesselten Händen auf die Knie zwangen. Dann kam Alice dran. Die Haare hingen ihr ins Gesicht, so dass sie ihre Freundin nicht sehen konnte.

»Es tut mir so Leid, Maggie«, flüsterte sie.

Maggie hatte sie wohl verstanden, denn sie konnte ein Wimmern neben sich hören.

»Okay, Kumpels, lasst uns das hier hinter uns bringen, und zwar schnell, und macht mir bloß keine Sauerei. Übermorgen soll hier die große Eröffnungsparty steigen. Irgendwoher muss ich ja mein Geld bekommen, oder?«

Alice merkte, dass sich Terry von ihnen wegbewegte: seine Stimme entfernte sich. Sie hörte das Klicken der Pistole, die Pedro in der Hand gehalten hatte, und vermutete, dass er sie entsicherte und den Abzug spannte, um sie schussbereit zu machen.

»Polizei! Lasst die Waffen fallen!« Bills Stimme hallte von den Betonwänden wider. »Alice, Maggie, runter auf den Boden!«

Alice und Maggie kippten zur Seite, allerdings eher aus Überraschung, als um Bill zu gehorchen. Auf einmal war der ganze Raum erfüllt von Schüssen und Pulvergeruch. Die beiden Frauen lagen mit dem Gesicht zum Boden und konnten nicht sehen, was um sie herum passierte. Die Schießerei schien ewig zu dauern, als sie schließlich aufhörte, spürte Alice, wie eine Hand sie an Schulter und Ellbogen in die Höhe zog. Die Haare wurden ihr aus dem Gesicht gestrichen, und sie sah sich Bill gegenüber, der eine schusssichere Weste trug und eine Skimütze mit einem Schachbrettmuster.

Sie öffnete den Mund, um etwas zu sagen, aber kein Wort kam über ihre Lippen. Dann fing sie an zu weinen und konnte die Flut nicht mehr aufhalten, die aus ihr herausbrach. Liam half Maggie auf die Beine; um genau zu sein, hob er sie hoch und schloss sie in seine Arme. Er hatte dieselbe Weste und Mütze an wie Bill. Alice sah sich wie betäubt in dem Raum um. Vier der fünf Männer, die sie eben noch in ihrer Gewalt gehabt hatten, lagen tot auf dem Boden. Ein weiterer Mann in der gleichen schusssicheren Weste wie Bill und Liam hielt die beiden Rottweiler fest, die jetzt vor Angst leise jaulten.

»Wo ist Terry?«, flüsterte Alice.

»Er konnte entkommen, aber Paddy ist ihm mit dem Rest der Mannschaft auf den Fersen«, antwortete Liam, während er Maggie von ihren Handfesseln befreite. In diesem Augenblick brach sie zusammen, und er fing sie gerade noch auf. Ihre Arme hingen schlaff an ihr herunter.

»Komm, wir bringen euch hier raus«, sagte Bill, während er sich an Alice' Fesseln zu schaffen machte. »Ziemlich aufgeschürft«, bemerkte er, als er den Strick gelöst hatte und ihre blutenden Handgelenke untersuchte.

Alice fand endlich ihre Stimme wieder. »Wie kommt ihr eigentlich hierher?« Sie konnte immer noch nicht glauben, dass sie am Leben war und die Männer aus Lomax' Bande tot zu ihren Füßen lagen. Vorsichtig stieg sie über die Leichen und die leeren Patronenhülsen.

»Los, wir hauen ab.« Liam ging mit Maggie auf den Armen vor.

Auf der Straße angekommen, glaubte Alice ihren Augen nicht zu trauen: Sie befanden sich mitten in Belfast.

Sie waren in einem nahezu fertig gestellten Gebäude festgehalten worden – das große Schild besagte, dass es das größte Vergnügungszentrum Irlands werden sollte.

»Wie hast du uns gefunden?«, fragte Alice Bill, der sie behutsam zu einem wartenden Laster führte, dessen Fenster geschwärzt waren.

Er fasste sie am Handgelenk und schüttelte den kleinen Glücksbringer.

»Ein Sender«, sagte er schlicht. »Die benutzen wir bei der CIA.«

36

Isabel legte den Hörer auf und drehte sich zu ihrem Mann um, der damit beschäftigt war, Umzugskartons zu packen.

»Du wirst nie im Leben glauben, was Maggie und Alice passiert ist!«

»Jetzt erzähl mir bloß nicht, dass sich die beiden wieder als Amateurdetektivinnen betätigt haben.« Charles lächelte und wickelte eine Nachttischlampe in Zeitungspapier.

»Nein, tausendmal besser!« Und sie fing an zu erzählen.

Charles schüttelte immer noch ungläubig den Kopf, als der Umzugswagen in die Einfahrt bog. Die Zwillinge hatten sie zu Isabels Mutter gebracht, die mit ihnen zum Eisessen in die Lisburn Road gegangen war.

Die nächsten Stunden verbrachten sie damit, den Umzugswagen und ihre beiden Autos zu beladen, bis fast nichts mehr hineinpasste. Dann fuhr Charles hinter dem

Umzugswagen her zum Cottage, während Isabel zurückblieb, um noch einmal schnell durchzuputzen. Auf keinen Fall würde sie das Haus den neuen Besitzern als Müllhalde hinterlassen, wie Dr. Leamington es gemacht hatte. Sie wischte die Böden und saugte die Teppiche, und dann lud sie den Staubsauger in den Kofferraum ihres Autos. Mit einem Lächeln schaltete sie alle Lichter aus. Im Garten fand sie neben dem Gewächshaus Henrys Fußball. Da, wo sie jetzt hinzogen, würde er viel öfter Fußball spielen. Sie betrachtete die Stufe mit den verräterischen Spuren hastig ausgedrückter Zigaretten und grinste, als sie an die Qualen ihres Nachbarn dachte, der unerklärlicherweise immer wieder Zigarettenkippen zwischen seinen Azaleen gefunden hatte. Nachdem das Haus sauber und leer war, schaltete Isabel ein letztes Mal die Alarmanlage ein. Sie schloss die Eingangstür zu der mitternachtsblauen Diele und ging zu ihrem Auto. Während sie mit so viel Schwung aus der Einfahrt fuhr, dass die Reifen den Kies aufspritzen ließen, warf sie mit größter Befriedigung noch einmal einen Blick auf das Schild mit der Aufschrift »Verkauft« am Tor. Leichten Herzens ließ sie die Derryvolgie Avenue hinter sich. Sie bog in die Malone Road ein und fuhr weiter in Richtung Umgehungsstraße und Cottage. Das Schlimmste haben wir hinter uns, dachte sie. Dieses Kapitel ihres Lebens war abgeschlossen, und sie hoffte, dass sich auch für Alice und Maggie alles bald zum Besseren wenden würde.

Sie drehte das Radio laut auf, ließ die Seitenfenster herunter und sang zu dem Lied mit, das gerade gespielt wurde. An der Ampel hielt ein Lieferwagen, in dem lauter Arbeiter saßen, neben ihr. Vorbei die Tage, an denen sie stur nach vorne gesehen und gehofft hatte, dass einer sie nicht bemerkte. Sie sang noch ein bisschen lauter und bedachte jeden der Männer mit einem strahlenden Lächeln. Als die Ampel auf Grün umsprang und sie weiterfuhr, begannen die Männer zu klatschen, was ihr Lächeln noch breiter werden ließ.

Während Isabel sich im Cottage ans Auspacken machte, holte Charles den Rasenmäher aus der Garage und mähte das Gras im Vorgarten, der durch Büsche und Bäume von der Straße abgeschirmt war. Isabel packte den Karton mit der Aufschrift »Küche« aus und bereitete Sandwiches und etwas zu trinken vor. Sie stellte die Sachen auf ein Tablett und trug sie in den hinteren Garten, wo der Rasen schon gemäht war. Das Picknick war ein bisschen improvisiert, aber Henry war in seinem Element, er spielte in den Büschen Soldat und kam hin und wieder angelaufen, um von seinem Sandwich zu beißen, während Amy versuchte, mit ihrem Sandwich ihren Teddybären zu füttern, was damit endete, dass sie ihm das Fell voll Butter schmierte.

Isabel streckte sich auf der Decke aus, die Charles aus dem Kofferraum seines Wagens geholt hatte. Der Garten war erfüllt vom Zwitschern der Vögel und Henrys »Peng, peng«. Die Sonne schien, und obwohl Isabel noch einen Berg Kisten auszupacken hatte und alle möglichen anderen Arbeiten auf sie warteten, war sie völlig entspannt. Es tat gut, wieder zu Hause zu sein.

»Komm, lass uns einen Spaziergang machen.« Charles stand auf, nachdem er das letzte Sandwich verdrückt hatte.

»Liebling, ich muss noch so viel auspacken.« Isabel sah zum Haus – hinter den Fenstern stapelten sich die Umzugskartons, die die Möbelpacker dort abgestellt hatten.

»Das kann warten, komm, lass uns unseren ersten Spaziergang machen, und danach helfe ich dir.«

Isabel wusste, dass das äußerst unwahrscheinlich war, aber die Zwillinge bettelten so lange, bis sie nachgab – für ein friedliches Leben würde sie alles tun.

»Ich hole die Gummistiefel.« Charles verschwand hinter dem Haus.

»Die Gummistiefel sind alle bei mir im Auto!«, rief Isabel ihm nach, aber er war bereits weg.

Einen Augenblick später tauchte er ohne Gummistiefel, dafür aber mit einem winzigen Pelzknäuel im Arm wieder auf.

»Ein Hund!« Amy reagierte als Erste, ließ ihren Teddy unsanft fallen und rannte zu ihrem Vater.

»Toll!« Henry kam unter dem Apfelbaum vor und rannte ihr nach.

»Was hast du –?« Isabel war völlig überrumpelt; Charles hatte sie nicht gefragt, ob sie einen Hund wollte.

»Es ist eine Sie. Überlegt mal, ob euch ein Name für sie einfällt.«

Die kleine Hündin zappelte und wollte heruntergelassen werden. Charles setzte sie ab, und sie legte sich sofort auf den Rücken, um sich von den Zwillingen den Bauch kraulen zu lassen. Sie waren durch die Katzen an Tiere gewöhnt, deshalb hatten sie keine Angst vor dem Hund, aber Charles musste ihnen zeigen, wie sie ihm sanft über den Bauch streichelten, ohne ihm wehzutun.

Charles sah Isabel mit einem, wie er hoffte, gewinnenden Lächeln an.

»Ach, was soll's! Er ist süß.« Isabel ging in die Hocke, als der winzige Hund auf noch etwas wackligen Beinchen auf sie zusteuerte.

Das Hündchen hatte ein seidenweiches Fell, schwarze Knopfaugen und eine kleine feuchte Knubbelnase.

»Dürfen wir sie Amelia nennen?«, fragte Amy ihre

Mutter, während Isabels Hand von sehr kleinen, aber spitzen Zähnen bearbeitet wurde.

»Nein, Schätzchen – du hast schon zwei Puppen und einen Teddy, die Amelia heißen. Gib ihr einen anderen Namen.« Isabel war froh, dass es hier im Haus keine teuren Teppiche gab, die Schaden nehmen konnten – sie stellte sich bereits die vielen kleinen Unfälle vor, die demnächst passieren würden.

Charles gab der kleinen Hündin eine Kaustange zum Spielen, und sie verwandelte sie sofort äußerst geräuschvoll in einen Haufen Krümel.

»Crunchie!«, sagte Henry. »Das hört sich an, wie wenn man auf ein Crunchie beißt, und die gleiche Farbe hat sie auch!«

Charles sah Isabel an, die zustimmend nickte.

»Gut, dann heißt sie ab jetzt Crunchie.«

Henry klatschte in die Hände, glücklich, dass die Wahl auf auf seinen Namen gefallen war. Amy blickte leicht beleidigt drein.

»Sollen wir mit ihr spazieren gehen?«, fragte Charles.

»Ist sie dafür nicht noch zu klein?«, erkundigte sich Isabel.

»Na ja, wir können mit ihr ja eine Runde im Garten drehen.«

Isabel setzte sich wieder auf die Decke, nippte an dem Glas Wein, das sie sich zu den Sandwiches eingeschenkt hatte, und sah ihrem Mann und ihren Kindern zu, die Crunchie dazu zu bewegen versuchten, ihnen hinterherzulaufen. Crunchie, die noch niemals an einem solch aufregenden Ort gewesen war, rannte überallhin, wo sie nichts zu suchen hatte, und die Zwillinge quietschten vor Vergnügen, weil sie den quirligen Hund ständig einfangen mussten. Mit hochrotem Kopf jagte Charles hinter allen dreien her. Das Hündchen war wirklich eine Überraschung, aber durchaus eine erfreuliche. Isabel hoffte nur, dass nicht alle Arbeit an ihr hängen bleiben würde, aber dann dachte sie an die Bewegung, die ihr das verschaffen würde – und abgesehen davon, würde ihr der Hund Gesellschaft leisten, wenn die Zwillinge in der Schule waren und Charles arbeitete.

Isabel hatte weiter Tipparbeiten angenommen und war inzwischen so eine Art persönliche Assistentin von Professor Offenstein, dem man nach seiner bahnbrechenden Studie über das Leben von Großstadtpflanzen die Mittel für ein weiteres Forschungsprojekt zur Verfügung gestellt hatte. Sie konnte die Büroarbeit für ihn gut von zu Hause aus erledigen, und die Berichte schickte sie ihm per E-Mail. Einmal in der Woche fuhr sie allerdings ins Queen's College und arbeitete dort in seinem Büro. Der Job machte ihr Spaß. Es war die reinste Freude für den Professor zu arbeiten, der von ihrem Organisationstalent vollkommen begeistert war. Sie mochte das College und die Horden von Studenten, die mit dicken Büchern mit unaussprechlichen Titeln unter dem Arm über den Campus schwärmten, und hoffte, dass ihre Zwillinge eines Tages dazugehören würden.

Außerdem wollte sie wieder mit Malen anfangen – es gab einige Malkurse, an denen sie teilnehmen konnte, und Maggie hatte bereits versprochen, ihr ein paar ihrer Bilder abzukaufen, natürlich unter der Voraussetzung, dass sie gut waren.

Eine Woche später hatten sich Alice und Maggie schon wieder einigermaßen erholt. Die Stricke, mit denen sie gefesselt worden waren, hatten ihnen ziemlich übel die Handgelenke aufgeschürft – aber davon und von der ausgestandenen Angst abgesehen hatten sie bei ihrem Abenteuer keinen weiteren Schaden davongetragen, wenn man ein paar Reparaturen an Maggies Auto nicht mitzählte. Ständig kamen irgendwelche Leute, die begierig darauf waren, die ganze Geschichte zu hören. Journalisten hatten angerufen und um Exklusivinterviews gebeten. Maggie hatte es das größte Vergnügen bereitet, »Kein Kommentar!« zu sagen, bevor sie auflegte. Tatsächlich ging es ihr schon wieder so gut, dass sie angefangen hatte, über eine Karriere als Privatdetektivin nachzudenken.

»Maggie, du bist in Ohnmacht gefallen vor Angst.«

»Na ja, ich denke ja auch nicht an ›harte‹ Detektivarbeit. Du weißt schon, wir könnten nach den entlaufenen Katzen alter Damen suchen und so was in der Art.«

»Was mit richtigem Nervenkitzel also. Warum hast du das nicht gleich gesagt? Wir sollten sofort Visitenkarten drucken lassen.«

»Vermutlich hast du Recht. Ich will bloß nicht wieder so ein langweiliges Leben führen.«

»So wie sich die Dinge zwischen dir und Liam entwickeln, halte ich es für ziemlich unwahrscheinlich, dass das passiert.«

Maggie grinste von einem Ohr zum anderen. Sie lagen beide in Alice' Decke gehüllt auf dem Sofa und sahen sich irgendeinen alten Kriegsfilm auf Channel 4 an.

Die Türglocke läutete, und Alice und Maggie blickten sich an, keine hatte Lust aufzustehen.

»Ich geb dir 'nen Fünfer, wenn du aufmachst«, bot Alice an.

»Ich geb dir 'nen Zehner, wenn du gehst«, gab Maggie zurück.

»Okay, du übernimmst heute Abend das Essen beim

Inder.« Alice schlurfte in ihren Hausschuhen durch den Flur, in dem es dunkel und kalt war.

»Hallo, ich dachte, ich schau mal vorbei und erkundige mich, wie es den beiden Invalidinnen geht.« Vor der Tür stand Isabel, eine riesige Schachtel Pralinen unter dem einen Arm und ihr erstes wirklich gutes Bild unter dem anderen.

»Das ist ja eine furchtbar schwere Schachtel, die du da mit dir herumschleppst, komm, ich helf dir«, sagte Alice kichernd. Isabel gab ihr die Pralinen und folgte ihr ins Wohnzimmer.

»Maggie, du faules Stück«, sagte Isabel und lachte, als Maggie das Gesicht hob, um sich auf die Wange küssen zu lassen, aber keine Anstalten machte aufzustehen, so dass Isabel sich zu ihr hinunterbeugen musste.

»Wow!« Maggie hatte die Pralinen erspäht.

»Ich dachte mir, pfeif drauf! Wir wohnen wieder in unserem Cottage, ihr beide seid gesund und munter und es sieht so aus, als stünde euch mit zwei Hütern des Gesetzes Liebesglück ins Haus!«

»Nicht dass ich wüsste.« Maggie wurde knallrot.

Nachdem Liam sie nach dem Schusswechsel aus dem Gebäude getragen hatte, hatte er sie auf den Rücksitz des Polizeiautos gesetzt, um sie ins Krankenhaus zu bringen. Sie hatte die Augen aufgeschlagen, und das Erste, was sie sah, waren zwei strahlend blaue Augen und Bartstoppeln. Sie hatte von Anfang an eine Schwäche für ihn gehabt, aber jetzt war Liebe daraus geworden, oder zumindest heftiges Begehren.

»Tu doch nicht so, Maggs, Liam hat dich seit vergangenem Montag jeden Tag besucht«, stellte Alice fest.

»Und was ist mit dir? Bill ist in letzter Zeit auch ziemlich häufig hier aufgetaucht!«

Es stimmte, Bill hatte sie besucht. Aber nur, um ihr zu erklären, dass er CIA-Agent sei und einen befristeten Einsatz in Nordirland habe. Er hatte mit einem Team zusammengearbeitet, das Terry Lomax auf der Spur war. Seine Erklärung hatte sie ziemlich überrascht, aber jetzt wusste sie zumindest, warum er sich mit Tante Jean angefreundet hatte und so häufig im Laden erschienen war, nachdem sie ihn übernommen hatte. Er hatte sich ausgerechnet, dass Terry sich irgendwann an Alice heranmachen würde, es war nur eine Frage der Zeit. Ihr war klar, dass ihr der Sender, der in dem Armband von Bill versteckt gewesen war, das Leben gerettet hatte. Und ihr war auch klar, dass Bill das alles getan hatte, weil es zu seinem Auftrag gehörte, nicht weil er sich etwas aus ihr machte.

»Hey, lass mal sehen, ist das etwa ein Bild, was ich da erblicke?« Maggie setzte sich auf, um es näher in Augenschein zu nehmen.

Isabel hielt es schüchtern hoch. Es war ein Aquarell und zeigte den Eingang des Cottages. »Na ja, ich weiß nicht, ob es wirklich gut ist.«

»Es ist großartig, Isabel«, sagte Maggie.

»Die Farben sind einfach wundervoll!«, sagte Alice.

»Es ist für euch«, sagte sie und sah sie beide an.

»Für uns?«, fragte Maggie entzückt.

»Bist du sicher?«, fragte Alice. »Willst du es nicht behalten?«

»Ehrlich gesagt, ich habe zwei davon gemalt – aber das hier ist das bessere.«

»Wir müssen einen hübschen Rahmen dafür machen lassen.« Maggie betrachtete das Bild. »Danke!« Sie drückte Isabel fest an sich.

Isabel errötete vor Freude. Sie fand das Bild eigentlich auch ziemlich gut.

Erneut läutete es.

»Okay, Mädels, ich gehe aufmachen«, sagte Isabel und stand auf.

»Es ist die Polizei!«, sagte sie, als sie DI Henderson und DS McIlroy ins Wohnzimmer führte, in dem es allmählich etwas eng wurde.

Alice sprang auf und versuchte die Decke hinter der Rückenlehne des Sofas verschwinden zu lassen, damit es nicht ganz so unordentlich aussah.

»Bitte bleiben Sie sitzen.« DI Henderson nahm auf dem einzigen freien Stuhl im Zimmer Platz, so dass DS McIlroy notgedrungen neben ihm stehen bleiben musste.

»Setzen Sie sich doch bitte.« Maggie erhob sich vom Sofa und ließ sich im Schneidersitz vor dem Kamin nieder.

DS McIlroy nahm lächelnd das Angebot an. Sie setzte sich und strich ihren Rock glatt.

»Was können wir für Sie tun?«, fragte Alice. Sie hatte es langsam satt, von der Polizei ausgefragt zu werden, und hoffte, dass sie in dem Mordfall nicht mehr auf der Liste der Verdächtigen standen.

»Nun, wir haben eine gute Nachricht für Sie und ein paar Informationen, von denen wir dachten, dass sie Sie vielleicht interessieren, nachdem sie kürzlich an der Operation zur Festnahme von Terry Lomax beteiligt waren«, sagte DI Henderson.

»Haben Sie ihn erwischt?«, fragte Maggie aufgeregt.

»Er hat vor zwei Tagen einen seiner falschen Pässe bei der Einreise nach Kolumbien benutzt, Sie können also versichert sein, dass ihn die CIA-Agenten vor Ort bei nächster Gelegenheit verhaften werden.«

Alice wusste, dass Bill dort war. Er war am Abend zuvor von Heathrow abgeflogen. Bis zu diesem Zeitpunkt hatte er ihr noch keine näheren Einzelheiten berichten können.

DI Henderson überließ es DS McIlroy, den Rest zu erzählen.

Sie setzte sich aufrecht hin und begann.

»Wir sind vor allem deshalb gekommen, weil wir Ihnen mittlerweile mehr über den Tod von Malcolm Hewitt sagen können. Die Leute von der Spurensicherung haben ein paar eindeutige Indizien gefunden, die Alfie Nailor ganz oben auf die Liste der Verdächtigen bringen.«

»Wen?«, fragte Isabel. Den Namen hatte sie nie zuvor gehört.

»Alfie Nailor, einer von Terrys Bande. Wir glauben, dass er einer der beiden Männer war, die in Ihren Laden eingebrochen sind.«

»Ach, dann war das also der Typ, den wir ein paarmal zusammen mit Darren gesehen haben?«, fragte Maggie und bewunderte die Fingernägel von DS McIlroy, denen kürzlich eine ausgezeichnete Maniküre zuteil geworden war.

»Höchstwahrscheinlich.« Die Polizistin strich sich eine lose Strähne ihrer blonden Haare hinters Ohr, bevor sie fortfuhr. »Wie Sie vermutlich wissen, war von Anfang an klar, dass Mr. Hewitt nicht in Ihrem Garten umgebracht worden war – unserer Meinung nach wurde er nur dorthin geschafft, um Sie einzuschüchtern und Sie glauben zu machen, dass Sie das nächste Opfer sind. Was den jüngsten Ereignissen nach zu urteilen ja auch fast der Fall gewesen wäre.«

Maggie und Alice sahen sich an und lächelten.

»Nachdem wir erst einmal die Leiche identifiziert hatten, ging es in erster Linie darum, den Tatort zu finden.

Wir haben zuerst Mr. Hewitts Wohnung untersucht und danach stand fest, dass er sie nicht freiwillig verlassen hatte. Wir fanden im Haus Spuren eines Kampfes: umgeworfene Lampen, verrutschte Teppiche, der Fernseher lief noch und so weiter. Es gab allerdings keine Anzeichen dafür, dass er tatsächlich dort ermordet worden war.«

Isabel nickte, völlig gebannt von dem, was die Polizistin berichtete.

»Jedenfalls stand mit einiger Sicherheit fest, dass Mr. Hewitt aus seiner Wohnung entführt worden war, und wir versuchten nun herauszufinden, wohin man ihn verschleppt hatte. Wir überprüften die üblichen Verdächtigen, und es blieben zwei mögliche Täter übrig: Alfie Nailor und Darren O'Brien. Dann erfuhren wir von einem Anruf, der auf dem Polizeirevier in Bangor eingegangen war: Jemand hatte sich über den Lärm aus einer Wohnung in einem in einzelne Wohnungen unterteilten alten Haus beschwert. Der Nachbar war besorgt, weil die Wohnung leer gestanden hatte, und er befürchtete, dass sich dort Hausbesetzer breitgemacht haben könnten. Zwei Beamte fuhren hin, um der Beschwerde nachzugehen. Als sie in die Wohnung kamen, war niemand mehr da, aber es gab verschiedene Hinweise, dass sich dort jemand aufgehalten hatte. Die Fenster waren mit schwarzer Farbe zugepinselt, so dass man im Inneren der Wohnung nicht mehr unterscheiden konnte, ob es Tag oder Nacht war.« DS McIlroy machte eine Pause und warf DI Henderson einen Blick zu, um sich zu vergewissern, dass sie fortfahren durfte.

Alice wurde ganz übel bei der Vorstellung, was der arme Malcom durchgemacht haben musste. Sie war so froh, dass Terry Lomax für immer aus ihrem Leben verschwunden war.

Nachdem ihr Vorgesetzter zustimmend genickt hatte, setzte DS McIlroy ihren grausigen Bericht fort.

»Außerdem stand im kleinsten Zimmer ein Feldbett – und an der Tür befand sich ein Schloss. Im Wohnzimmer entdeckten die Beamten etwas, das sie für Blutflecke hielten, und sie benachrichtigen die Spurensicherung in Bangor. Das Blut stammte von Hewitt. Damit hatten wir den Beweis, dass Mr. Hewitt entführt und in dieser Wohnung in Bangor gefangen gehalten worden war.«

»Mein Gott!«, flüsterte Alice.

»Stofffasern, die dort gefunden wurden, stimmten mit Fasern an der Leiche von Malcolm Hewitt überein. Bei der Durchsuchung von Alfie Nailors Wohnung kam einer der Männer von der Spurensicherung auf die Idee, den Filter in Mr. Nailors Waschmaschine zu untersuchen. Dort fanden sich ähnliche Fasern. Eine nähere Untersuchung ergab, dass es sich um Teppichfasern handelte. Deshalb nehmen wir an, dass Hewitt in einen Teppich eingerollt aus der Wohnung geschafft und an einen anderen Ort gebracht wurde, wo man ihm mit einer Neun-Millimeter-Pistole in die Schläfe schoss. Wir haben die Patronenhülse bis jetzt nicht finden können, aber unter den Dielen in Mr. Nailors Wohnung stießen wir auf eine Glock neun Millimeter.«

Maggie wurde ganz anders, wenn sie daran dachte, was Alice und ihr alles hätte passieren können – sie könnten jetzt unter irgendwelchen Fußbodendielen liegen, wo man sie jahrelang nicht entdeckte.

»Dann hat man ihm seine Kleidung ausgezogen und ihn gewaschen oder mit Wasser abgespritzt, weil die Mörder wohl glaubten, dass sich auf diese Weise alle Spuren beseitigen ließen. Sie hatten jedoch nicht an seine Fingernägel gedacht. Unter den Nägeln fand der Pathologe jede Menge mit den anderen übereinstimmende Teppichfasern, die hängen geblieben waren, als Mr. Hewitt versucht hatte, sich zu befreien.«

Isabel war verblüfft, was die Polizei anhand von ein paar Fasern alles herausfinden konnte. Dann dachte sie jedoch an die Verwüstungen, die die Zwillinge auf Schritt und Tritt hinterließen, und daran, dass sie nach einem Blick auf die Farbe/Malstifte/Krümel auf dem Boden immer genau sagen konnte, was sie gemacht hatten. Sie lächelte vor sich hin – vielleicht sollte sie sich bei der Polizei bewerben?

»Die Ermittlungsbeamten haben Mr. Nailor festgenommen und verhört. Als er erfuhr, dass Darren O'Brien tot ist und Terry Lomax auf der Flucht, gab er zu, dass er, Darren O'Brien, Terry Lomax und Raj Persha an dem Mord beteiligt waren. Mr. Lomax und Mr. Persha haben Sie am Montag ja kennen gelernt. Sie wollten herausfinden, wo die verschwundenen Diamanten sind, weil sie wussten, dass Mr. Hewitt der ehemalige Geschäftspartner Ihrer Tante war.«

»Aber warum haben sie ihn umgebracht?«, fragte Maggie, die nicht ganz mitkam.

»Mr. Hewitt muss ihnen damit gedroht haben, zur Polizei zu gehen«, sagte DI Henderson. »Und er hätte sie natürlich identifizieren können, nachdem er einige Zeit in ihrer Gesellschaft verbracht hatte.«

»Und dann haben sie die Leiche in den Garten gelegt, weil sie dachten, dass ihnen Alice vor lauter Angst verrät, wo die Diamanten sind!«, fügte Isabel entsetzt hinzu.

»Ihnen war nicht klar, dass Sie zu diesem Zeitpunkt noch nichts von den verschwundenen Diamanten wussten«, sagte DI Henderson zu Alice gewandt. »Als Sie die Leiche entdeckten, bekamen Sie zwar einen gehörigen

Schreck, aber die beabsichtigte Wirkung stellte sich nicht ein, da Sie den Mann ja überhaupt nicht kannten.«

»Warum um Himmels willen hat er ein Geständnis abgelegt?«, fragte Alice, ebenso erstaunt wie Isabel, welche Schlüsse die Polizei aus dem Vorhandensein ein paar winziger Teppichfasern ziehen konnte.

»Die Gedankengänge eines Verbrechers sind oft schwer nachzuvollziehen«, sagte DS McIlroy. »Mr. Nailor war ausgesprochen stolz darauf, dass er an dieser Sache beteiligt war, und konnte uns gar nicht schnell genug über die Einzelheiten aufklären. Seiner Aussage nach wollte Terry Lomax, nachdem ihm klar geworden war, dass Sie nichts über den Verbleib der Diamanten wussten, so lange warten, bis Sie sie entdeckten. Dann hätte er nichts weiter tun müssen, als Sie so sehr in Angst und Schrecken zu versetzen, dass sie ihm die Diamanten freiwillig übergeben hätten.«

»Womit er nicht gerechnet hatte, war Bill Hardy«, fiel DI Henderson ein.

»Wir glauben nicht, dass Lomax auch nur die geringste Ahnung hatte, dass Leute von der CIA seine Spur bis nach Irland verfolgt hatten. Wir wussten es jedenfalls nicht«, gab DS McIlroy zu.

»Warum wird er denn überhaupt von den Amerikanern gesucht? Ich meine, ich weiß, dass er ein Verbrecher ist, aber er ist Engländer«, sagte Alice.

»Mr. Lomax wird in verschiedenen amerikanischen Bundesstaaten wegen Drogenhandels und Mordes in mehreren Fällen gesucht«, erwiderte DI Henderson. »Er arbeitete eine Zeit lang als Drogenkurier für die Kolumbianer, aber das Klima in Südamerika verschlechterte sich zusehends für ihn, nachdem er ein paar hochrangige Drogenbosse aufs Kreuz gelegt hatte. Er beschloss, wieder in seine Heimat zurückzukehren. Nach London konnte er allerdings nicht zurück – jeder Polizist in der Stadt hielt Ausschau nach ihm. Er hat mehrere Polizisten umgebracht, bevor er sich nach Südamerika absetzte. Seltsamerweise glaubte er, er könnte in Irland unterschlüpfen, ohne entdeckt zu werden.«

»Trottel«, murmelte Maggie.

»Was ist mit Tante Jean?«, fragte Alice.

»In dieser Beziehung tappen wir noch etwas im Dunkeln. DI Donnelly wird aber hoffentlich bald eine Antwort auf die noch offenen Fragen haben. Wir wissen erst seit kurzem, dass Jean Maguire nicht bei einem Unfall ums Leben gekommen ist. Als wir der Sache nachgingen, stellten wir fest, dass der Fahrer des Busses kurz nach Jeans Tod verschwand und nicht mehr für das Busunternehmen arbeitet. Er war fünf Jahre dort beschäftigt gewesen, es ist also unwahrscheinlich, dass eine Verbindung zwischen ihm und den Gangstern bestand. Aber der Umstand, dass er verschwunden ist, deutet darauf hin, dass er etwas gesehen haben muss. Wir werden die Leiche Ihrer Tante vielleicht noch einmal obduzieren lassen müssen, um die Todesursache festzustellen.«

»Sind Sie denn sicher, dass es nicht Lomax war, der sie umgebracht hat?«, bohrte Alice nach.

»Nun, das ist zumindest nicht sehr wahrscheinlich. Eine tote Jean nützte ihm nichts, wenn er an seine Diamanten rankommen wollte. Es war ein ausgesprochener Glücksfall für Mr. Lomax, dass Sie auftauchten. Wir können es aber auch nicht völlig ausschließen. Der Mann ist ein eiskalter Killer, aber bisher sehen wir kein Motiv, warum er sie umgebracht haben sollte. Möglicherweise aus dem gleichen Grund wie Mr. Hewitt – vielleicht wusste sie zu viel. Dann besteht natürlich auch noch die vage

Möglichkeit, dass nach wie vor ein Mitglied von Terry Lomax' Bande auf freiem Fuß ist.«

Auf den Gesichtern der drei Frauen zeigte sich blankes Entsetzen.

»Allerdings sind wir eigentlich sicher, alle erwischt zu haben«, fügte DS McIlroy rasch hinzu, als sie es bemerkte.

»Also ist sie völlig umsonst gestorben«, sagte Alice leise. Isabel legte den Arm um sie.

Die beiden Polizeibeamten verabschiedeten sich bald darauf, nachdem sie Pralinen und Tee standhaft abgelehnt hatten.

Einige Tage später kam Liam mit der Neuigkeit, dass Terry Lomax in Bogotá verhaftet worden war. Bill hatte seinen Auftrag erfolgreich zu Ende geführt und würde nach Washington zurückkehren, wo sein Büro war.

»Er kommt also nicht zurück?«

»Nach Irland?«, hatte Liam gefragt. »Nein. Seine Arbeit hier ist getan, wie man so sagt.«

»Ist er tatsächlich dein Cousin?«, hatte Alice sich erkundigt und versucht, ihre Stimme ruhig klingen zu lassen. Sie war traurig, dass er nicht zurückkommen würde, mehr als sie wahrhaben wollte, stellte sie zu ihrer Überraschung fest.

»Ja, das stimmt.« Liam hatte gelacht und nicht bemerkt, dass ihre Stimme unnatürlich hoch geklungen hatte.

Seit die Bande von Terry Lomax zerschlagen worden war, war Liam wie ausgewechselt. Er war wesentlich entspannter. Er hatte einen ausgesprochen trockenen Humor, und sie hatten immer viel zu lachen, wenn er da war. Und er war ein echter Gentleman. Er hatte Maggie zum

Essen ausgeführt, und sie hatte jede einzelne Minute genossen. Alice bemühte sich nach Kräften, sich für die beiden zu freuen, aber insgeheim war sie todunglücklich, dass aus ihr und Bill nichts geworden war, obwohl sie es so sehr gehofft hatte. Warum hatte sie nicht den ersten Schritt gemacht, als sich die Gelegenheit dazu bot? Aber er hatte eine große Karriere in den Vereinigten Staaten vor sich, und die Sicherheit seines Landes hatte für ihn bestimmt einen viel höheren Stellenwert als eine ehemalige Rechtsanwältin, die in der irischen Provinz einen Haushaltwarenladen betrieb.

»Ich habe eine Idee, wie wir dich aufmuntern können!«, sagte Maggie, als sie in das Wohnzimmer stürmte.

Es war ein Samstag, etwa einen Monat nach der Entführung, und Alice lag auf dem Sofa und sah sich im Fernsehen etwas an, das ihre kleinen grauen Zellen so gut wie gar nicht beanspruchte.

»Ich bin doch überhaupt nicht deprimiert«, widersprach sie.

»Doch, das bist du, und wie. Du hast dir seit Wochen nicht mehr die Haare schneiden lassen und bist kein einziges Mal ausgegangen. Wann hast du dir zuletzt etwas Neues zum Anziehen gekauft? Und außerdem hast du zugenommen.« Maggie deutete auf Alice' Bauch.

»Habe ich nicht! Lass mich in Ruhe, ekelhaftes Weib!« Alice richtete sich auf und zog den Bauch ein, als ob sie beweisen wollte, dass er gar nicht existierte. Schrecklich, dass es jemand gemerkt hatte.

»Ach nein, und warum gehen uns dann ständig die Kekse aus? Ich habe seit Ewigkeiten keinen mehr gegessen.« Maggie sah sie anklagend an, lächelte jedoch dabei.

»Weil du verliebt bist. Jeder weiß, dass man in der ersten Zeit der Verliebtheit nichts essen kann, weil man Schmetterlinge im Bauch hat. Außerdem bist du sowieso eine Bohnenstange.« Alice verzog das Gesicht und fuhr sich mit der Hand durch ihre fettigen Haare.

»Alice, wenn du aus Kummer Essen in dich reinstopfst, macht dich das nur noch deprimierter. Vergiss Bill, er ist wieder in Washington.«

»Ich wusste nicht einmal, wo er lebt«, sagte Alice und betrachtete ihren Bauch, als bemerke sie ihn eben zum ersten Mal. Sie fand, dass Maggie ein wenig streng mit ihr war.

»Du musst dein Leben wieder in den Griff kriegen.« Maggie stand mit in die Hüften gestemmten Armen vor ihr.

»Ja, ich weiß. Schau dich an! Du hast das Scheitern deiner Ehe überlebt. Du hast dich wieder hochgerappelt, kurz mal geschüttelt, und jetzt überlegst du, ob du mit Liam zusammenziehst, du weißt bloß nicht, wie du es mir beibringen sollst.« Alice ließ sich wieder zurückfallen und entspannte ihre Bauchmuskeln, es betrübte sie, dass er tatsächlich ein wenig mehr vorstand als sonst. Wie hatte sie es geschafft, innerhalb von so kurzer Zeit so viel Schaden anzurichten?

Maggie sah verblüfft aus.

»Woher weißt du das?«

»Ich bin doch nicht blind, und die Karten mit den Farbmustern aus dem Baumarkt waren auch ziemlich verräterisch.«

»Na ja, er hat mich noch nicht gefragt. Aber ich glaube, er steht kurz davor. Vielleicht lege ich mir auch erst einmal etwas Eigenes zu, um zu sehen, wie sich das Ganze entwickelt.«

»Du solltest dir nur sicher sein, dass es das ist, was du

willst. Ihr kennt euch noch nicht sehr lange. Eine Wohnung zu kaufen ist aber wahrscheinlich auf jeden Fall eine gute Idee, egal, wofür du dich sonst entscheidest.« Alice sah einem Auszug Maggies mit gemischten Gefühlen entgegen. Sie würde sie wirklich vermissen, aber es war von Anfang an klar gewesen, dass sie nicht ewig zusammenwohnen würden. Es war ein beiderseitiges Bedürfnis nach Gesellschaft gewesen, bis sich etwas Besseres bot. Und wie es aussah, hatte es sich Maggie zuerst geboten.

Maggie nickte Alice ernst zu, dann hellte sich ihre Miene wieder auf.

»Wie dem auch sei, zurück zu dem, was ich eigentlich sagen wollte.«

»Ach ja.« Alice riss sich erneut von der fürchterlichen Talkshow los, die sie sich gerade ansah.

»Wie wär's, wenn wir Urlaub in Spanien machten?«

Die beiden großen Frauen in viel zu engen Klamotten aus Stretch und Leder, die sich im Nachmittagsprogramm wegen eines ziemlich mageren, etwas dümmlich aussehenden Typen namens Duane in der Wolle hatten, waren schlagartig vergessen.

»Nur wir Frauen?« Alice setzte sich interessiert auf.

»Ja!« Maggie nickte.

»Klingt klasse. Ich bin ewig lang nicht mehr im Ausland gewesen. Würden wir in deiner Wohnung wohnen?«

»Klar.«

»Kommt Isabel mit?«

Maggie nickte wieder.

»Ich hab sie schon gefragt. Den ganzen Tag am Pool herumliegen, Sonnenbäder und leckeres, gesundes Essen.« Sie sah erneut auf Alice' Bauch.

»Du blöde Kuh!« Alice lachte, zog aber trotzdem den Bauch wieder ein.

Maggie tat unschuldig.

»Wann hast du gedacht?«, fragte Alice.

»Bald. Jetzt ist Mitte Juni, und ich dachte, wir fahren in ein paar Wochen – je nachdem wie wir alles hinkriegen und billige Flüge bekommen.«

»Ich bin dabei.« Alice hörte für ein paar Augenblicke auf, an Bill und das, was hätte sein können, zu denken.

»Gut, dann kaufst du dir ein paar schicke Klamotten und rasierst dir die Beine. Ich will nicht, dass ich mich am Pool mit dir blamiere. Und ich kümmere mich um die Flüge«, sagte Maggie im Befehlston, und dann begab sie sich wieder zu ihrem geborgten Laptop, um das zu tun, was sie am besten konnte – einkaufen.

Alice, die sich diesen Nachmittag freigenommen hatte, beschloss, nach nebenan zu gehen und zu sehen, wie Emlyn zurechtkam. Er sprach gerade mit einem Kunden, als sie den Laden betrat, deshalb ging sie nach hinten ins Lager und setzte Wasser auf.

Was sollte sie mit sich anfangen, wenn Maggie auszog? Während sie sich im Lager umsah, befiel sie leise Verzweiflung. War der Laden wirklich das, was sie wollte? Die sechs Monate waren vorbei; sie konnte Haus und Laden verkaufen. Emlyn hatte neulich schon davon gesprochen, dass sie ja bald nach London zurückgehen würde. Vielleicht war das letzten Endes gar keine so schlechte Idee. Die einzige ungeklärte Frage war, wer Tante Jean umgebracht hatte.

Vielleicht war es ja doch ein Unfall gewesen. Allerdings deuteten die Indizien, so vage sie auch waren, in eine andere Richtung – sogar die Polizei war davon überzeugt, dass man sie gestoßen hatte. Nur ließ sich offensichtlich nicht feststellen, wer ihr den Stoß versetzt hatte. Der verschwundene Busfahrer war nach wie vor nicht aufgespürt worden. Im tiefsten Herzen war Alice sich sicher, dass Terry Lomax der Mörder war. Mord war eine seiner Lieblingsbeschäftigungen – wie Maggie und sie beinahe am eigenen Leib erfahren hätten.

»Was machst du denn hier?« Emlyn kam ins Büro, seine mit Haarspray in Form gebrachte Frisur war noch etwas auffälliger als gewöhnlich.

»Nichts Besonderes. Viel los heute Nachmittag?« Alice hatte bemerkt, dass Emlyns Nervosität in den letzten Wochen eher wieder zugenommen hatte, wenn er im Laden war. Genauer gesagt, seit die Diamanten gefunden worden waren. Dabei war sie sicher gewesen, dass er wieder ruhiger würde, wenn er von Terry Lomax' Verhaftung erfuhr.

»Ich räume im ersten Stock ein bisschen um. Brenda hilft mir. Sie hat immer so viele gute Ideen«, plapperte Emlyn drauflos.

»Ach wirklich, was machst du denn?« Alice war ein wenig pikiert. Sie hatte Brenda noch nicht einmal kennen gelernt, und die Frau stellte ihren Laden auf den Kopf.

»Na ja, ich dachte, weil er auch nur als Lager benutzt wird, räume ich mal auf und schaffe Platz. Wir haben alle Gartenmöbel verkauft, deshalb habe ich oben ein zweites Büro für mich eingerichtet, wo ich die Bestellungen erledigen und die Buchführung machen kann.« Er bedachte sie mit einem unsicheren Lächeln und sah zu Boden.

»Aber das sind doch meine Aufgaben.« Alice merkte, dass sie wie ein trotziges Kind klang, als sie das sagte.

»Nimm es mir nicht übel, Alice, aber du bist in den vergangenen Wochen nicht eben oft hier gewesen, oder?« Er sah sie mit einem äußerst merkwürdigen Blick an, aber dann lächelte er schon wieder, und sie fragte sich, ob sie wirklich richtig gesehen hatte.

»Jetzt bin ich ja wieder da. Was steht an?« Sie stand auf und stemmte die Hände in die Hüften, als wolle sie auf diese Weise ihre Autorität zum Ausdruck bringen. Sie nahm eine kaum merkliche Veränderung in ihrer Chefin-Angestellten-Beziehung wahr.

»Ist alles schon erledigt«, sagte Emlyn nur und sah wieder auf den Boden.

»Gut, dann sehe ich mir mal dein Büro an, okay?«

»Es macht nicht viel her, die Mühe kannst du dir sparen.« Es kam ihr so vor, als empfände Emlyn es als eine Zumutung, dass sie es sich ansehen wollte.

Sie wollte es eigentlich auch gar nicht, aber sie hatte das Gefühl, dass sie ihre Autorität irgendwie unter Beweis stellen musste.

Als sie die Treppe hinaufstieg, fühlte sie seinen Blick in ihrem Rücken. Sie drehte sich um, und er ging zurück an den Ladentisch.

Das Lager im ersten Stock hatte noch nie so ordentlich ausgesehen. Der Boden war gekehrt, und in einer Ecke hatte Emlyn einen kleinen Schreibtisch für sich aufgestellt. Darauf lagen ein Stapel Kataloge, aus denen er für gewöhnlich die Bestellungen vornahm, ein Notizbuch und ein Stift, außerdem ein Ordner, in dem er alle Rechnungen abheftete, die noch bezahlt werden mussten. Alice holte tief Luft. Langsam drehte sie durch. Beinahe hätte sie sich selbst eingeredet, dass Emlyn versuchte, sie zu vertreiben. Wenn sie jetzt darüber nachdachte, musste sie zugeben, dass er Recht hatte. Sie war überhaupt keine Hilfe gewesen. Genau genommen hatte Emlyn den Laden wahrscheinlich schon seit Jahren allein geführt.

Sie setzte sich auf den Stuhl hinter dem Schreibtisch und sah aus dem Fenster. Die Sonne fiel auf den Leuchtturm und blendete sie fast, das Meer lag ruhig da, und es waren viele Spaziergänger unterwegs.

»Es ist ein wunderbares Fleckchen Erde.« Sie seufzte und fragte sich, warum sie überhaupt daran gedacht hatte, nach London zurückzukehren.

»Das ist es tatsächlich.«

Emlyns Stimme ließ sie zusammenfahren. Er stand auf der obersten Treppenstufe und lächelte sie an.

»Ich habe dich überhaupt nicht heraufkommen hören.«

»Du hast also nichts gegen den Schreibtisch?«, fragte er auf seine übliche übermäßig besorgte Art.

»Ganz und gar nicht, außerdem hat man von hier oben eine viel bessere Aussicht.« Alice wusste nicht, was sie sonst sagen sollte; er führte den Laden besser, als sie es je könnte.

Emlyn lächelte schwach, und Alice dachte, wie albern, dass sie geglaubt hatte, er führe irgendetwas im Schilde.

»Mit Brenda läuft es also immer noch gut?«

»Ja, langsam wird es ziemlich ernst.«

Seine Haltung hatte etwas von einem altmodischen Kavalier an sich. Das war ihr vorher noch nie aufgefallen.

»Wann lernen wir sie denn endlich mal kennen?« Sie versuchte, ein bisschen was aus ihm herauszukitzeln.

»Sie ist sehr schüchtern«, war alles, was er dazu sagte.

Offensichtlich wollte er sich nicht in ein Gespräch verwickelt lassen.

»Emlyn, wenn du weiter ständig Ausflüchte gebrauchst, fange ich noch an zu glauben, dass sie gar nicht existiert«, scherzte Alice und fühlte sich dabei die ganze Zeit unbehaglich, ohne zu wissen, warum.

»Oh doch, das tut sie«, versicherte sich Emlyn sofort und nickte dabei heftig mit dem Kopf.

»Warum sagst du ihr nicht, sie soll mal in den Laden kommen, wenn ich da bin? Wir können Tee zusammen trinken und uns ein bisschen unterhalten.«

»Warum nicht? Ich werde sie fragen.« Sein Gesichtsausdruck war nicht zu deuten.

Sie hörten die Ladentür gehen. Emlyn beeilte sich, nach unten zu kommen. Alice nahm sich vor, sich zusammenzureißen, und folgte ihm.

Es war Maggie. In der Hand hatte sie die Buchungsbestätigung für die Flüge, die sie eben über das Internet herausgesucht hatte.

»Ist das nicht großartig? Isabel hat mir gezeigt, wie man damit umgeht. Liam hat mir seinen Laptop geliehen, und schon habe ich für uns alle Flüge gebucht!«

»Du, ich und Isabel, richtig?« Alice gefiel die Art nicht, wie Maggie »für uns alle« gesagt hatte.

»Na jaaa, du, ich, Isabel, Liam und Charles.« Maggie wich ihrem Blick aus.

»Na toll, Maggie! Da kann ich dann fünftes Rad am Wagen spielen, während ihr euch gegenseitig abknutscht! Nein danke. Ohne mich!«

»Aber die Flüge sind schon bezahlt!«

»Ich gebe dir das Geld zurück.«

»Ich will kein Geld von dir. Hör zu, es tut mir Leid. Ich habe mich hinreißen lassen. Ich dachte, Isabel und Charles könnten beide Ferien gebrauchen. Sie mussten ihre Reise nach Disney World stornieren, weil sie es sich nicht leisten können. Isabel schickt die Zwillinge mit Laura für ein paar Tage zu ihrer Schwester. Ich dachte einfach, es würde ihnen gut tun. Und Liam habe ich gefragt, weil ich eine egoistische alte Kuh bin und wollte, dass er mitkommt.«

Alice fühlte sich erbärmlich. Maggs hatte Recht. Isabel

und Charles brauchten Erholung, sie verdienten sie wirklich. Und was war schon dabei, wenn Liam mitkam? Selbst wenn er es nicht tat, würde Maggie ständig von ihm reden, also was machte es für einen Unterschied?

»Wann fliegen wir?«

»Am 30. Juni und zurück am 7. Juli.«

»Okay, so lange das Wetter gut ist und wir schick essen gehen, ist es mir egal.«

»Du kommst also mit?«

»Ja, natürlich. Tut mir Leid, das war blöd eben.«

»Ich liebe dich! Und Marbella wird dir gefallen. Es wimmelt dort nur so von alten Knackern und klasse Typen. Das Essen ist großartig, und das Wetter ist fantastisch.« Maggie klatschte in die Hände und umarmte Alice und Emlyn, bevor sie wieder aus der Tür schoss.

»Emlyn?« Alice drehte sich zu ihm um.

»Ja, ich kümmere mich um den Laden«, sagte er, bevor sie auch nur Zeit hatte, die Frage zu stellen.

Alice stutzte erneut – war das Angst, was sie in seinen Augen gesehen hatte? Wie gerade eben war der Ausdruck aus seinem Gesicht verschwunden, bevor sie sicher sein konnte.

37

Donnerstagabend trafen sie sich, um einkaufen zu gehen. Isabel kam ein bisschen zu spät, weil Henry den Großteil seiner Fischstäbchen auf ihre Hose erbrochen hatte, als sie gerade gehen wollte.

»Mein Gott, ich komme mir wie eine Rabenmutter vor, weil ich ihn in diesem Zustand allein lasse. Er muss sich in der Schule etwas eingefangen haben. Ich hoffe bloß, Amy steckt sich nicht an. Das ist das Problem mit Kindern – sie fangen sich alles Mögliche ein und geben es dann großzügig an die ganze Familie weiter.«

Maggie wich einen Schritt vor Isabel zurück, als glaubte sie, sie könnte sich mit irgendetwas anstecken, wenn sie ihr zu nahe kam.

»Charles passt auf ihn auf, oder?« fragte Alice.

»Ja, und er wirkte nicht sehr begeistert! Ich glaube, er wollte ihn in die Badewanne stellen, um ihn abzuduschen!«

Maggie und Alice kämpften gegen den Würgereiz an, der sie überkam, wenn sie an den kleinen, mit Erbrochenem besudelten Jungen dachten.

»Ich muss euch mal was fragen, auch wenn es ein bisschen seltsam klingt«, sagte Alice zu den beiden, als sie die Bademodenabteilung bei Debenhams durchkämmten. Maggie hielt einen praktisch nicht vorhandenen pinkfarbenen Bikini in die Höhe und bewunderte die winzigen Dreiecke, die das Oberteil darstellen sollten.

Isabel schüttelte den Kopf. »Zu jung für dich, meine Liebe!«

Maggie bemühte sich um einen schmerzerfüllten Gesichtsausdruck.

»Ich werde das komische Gefühl nicht los, das ich in Emlyns Nähe habe. Ist euch nicht auch irgendetwas Außergewöhnliches an ihm aufgefallen?«

»Na ja, er taucht nicht mehr so häufig auf wie früher.« Maggie hängte den winzigen Bikini zurück auf die Stange.

»Du hast erzählt, dass er im Laden umgeräumt hat, ohne es dir zu sagen«, sagte Isabel hinter einem ziemlich langweilig aussehenden Badeanzug in dezentem Schwarz.

»Vielleicht hat er einen Anfall von Betriebsamkeit?« Maggie rümpfte die Nase angesichts Isabels Wahl.

»Ich kann es nicht genau erklären, aber ich bin sicher, dass irgendetwas nicht stimmt. Er sah regelrecht entsetzt aus, als ich ihn fragte, ob er sich um den Laden kümmern kann, während ich in Urlaub bin.«

»Das klingt aber doch durchaus nach Emlyn. Er kann manchmal so eine Mimose sein.«

»In diesem Geschäft gibt es absolut nichts, was es zu kaufen lohnen würde«, verkündete Maggie in Hörweite einer gelangweilten Verkäuferin, die es jedoch nicht mitzubekommen schien.

»Warum werfen wir nicht einen Blick ins Internet?«, schlug Isabel vor.

»Wir könnten mal auf die Website von Victoria's Secrets schauen und außerdem auf die von den Geschäften hier am Ort.«

»Aber da kann man nichts anprobieren. Und wenn etwas nicht passt, ist es ein Alptraum, es umzutauschen.« Maggie wusste wovon sie sprach – sie war inzwischen zu einer passionierten Internet-Shopperin geworden.

»Ach, lasst uns doch einfach zu Marks gehen!« Alice legte den grün und blau gemusterten Bikini zurück, den sie kurz in Erwägung gezogen hatte.

Sie verließen das Kaufhaus, nachdem sie alle Bügel verkehrt herum auf die Stange mit den Bikinis gehängt hatten.

Marks & Spencer hatte auch nicht viel zu bieten und die drei, des Herumlaufens im Einkaufsgewühl überdrüssig, beschlossen, Abendessen zu gehen.

Zehn Minuten später saßen sie um einen Tisch bei Christabel's und warteten auf ihre Garnelen in einer leichten Currysauce mit Pommes frites.

»Sollen wir eine Flasche Wein bestellen?«, fragte Maggie.

»Na ja, ich weiß nicht, ob sich das mit meiner neuen Diät verträgt«, sagte Alice. »Wein hat jede Menge Kalorien.«

»Fang nicht an zu spinnen! Du musst doch nicht abnehmen«, erklärte Isabel und knabberte an einer Olive.

»Sag das mal unserer Freundin hier.« Alice deutete mit einem Grissini auf Maggie, die sich in die Weinkarte vertieft hatte.

Nachdem der Kellner jeder von ihnen ein Glas mit gekühltem Chablis gefüllt hatte, wandte Isabel sich an Alice.

»Es macht dir also wirklich nichts aus, wenn Charles mitkommt?«

»Natürlich nicht.« Alice sah zu, wie ihr Glas von dem kalten Wein beschlug und nippte daran.

»Gott sei Dank – wir können wirklich Urlaub brauchen. Wenn dieses Jahr vorbei ist, werde ich nicht traurig sein, das könnt ihr mir glauben.«

»Isabel, es ist erst Juni – du hast noch ein halbes Jahr vor dir. Das werden vielleicht die tollsten sechs Monate deines Lebens werden.« Maggie schaffte es, gleichzeitig eine Olive und ein Stück von Alice' Grissini zu essen.

»Ich weiß, ich weiß. Himmel, ich habe keinen Gedanken daran verschwendet, ob ich überhaupt noch in einen Bikini passe, bevor wir zu Debenhams gegangen sind – wie peinlich! Neben euch beiden werde ich aussehen wie eine Tonne.« Ihre kastanienbraunen Locken flogen in alle Richtungen, als sie losprustete. Alice und Maggie versuchten zu protestieren, lachten dann aber ebenfalls los, Isabels Lachen war einfach ansteckend.

Der Rest des Abendessens verlief höchst vergnüglich.

Sie waren in Hochstimmung. Mal wieder unter Leute zu kommen, war genau das, was Alice gebraucht hatte, um nicht ständig an Bill zu denken, und Maggie und Isabel waren wegen des Urlaubs ganz aufgekratzt. Maggie erzählte ihnen von all den wunderbaren Geschäften und Restaurants, die es in Marbella gab.

»Die Promenade am Hafen mit all den Luxusjachten auf der einen Seite und den voll besetzten Restaurants auf der anderen ist einer der besten Orte der Welt, um berühmte Leute zu beobachten. Als ich vergangenen Sommer dort war, habe ich Des Lynham und eine ganze Menge Soap-Stars gesehen.«

Isabels Augen leuchteten bei der Erwähnung von Soap-Stars auf: Sie versäumte keine Folge von *Coronation Street*, *Eastenders* und *Brookside*, und einem ihrer Idole zu begegnen, wäre das Höchste für sie.

»Und ganz zu schweigen von den ganzen Silikonbusen! Angeblich fahren massenhaft Frauen aus Großbritannien für eine Schönheitsoperation rüber – ich glaube, es ist dort billiger.«

»Dann könnte ich den Aufenthalt ja gleich nutzen und mir ein bisschen Fett absaugen lassen«, sagte Alice sarkastisch und pickte mit ihrer Gabel in Maggies Pommes frites, als der Kellner sie vor ihr auf den Tisch stellte.

»Hey! Pfoten weg von meinem Essen!«

»Jetzt reicht's aber, meine Damen«, sagte Isabel streng. Alice und Maggie hielten inne, und Isabel nutzte die Gelegenheit, mit ihrer Gabel ein paar Pommes aufzuspießen, als beide am wenigsten damit rechneten.

Maggie beschrieb ihnen ihr Apartment.

»Es gibt drei Schlafzimmer und jedes davon hat ein eigenes Bad, das heißt, wir werden uns nicht gegenseitig auf die Füße treten. Die Böden sind natürlich aus Marmor, aber das ist ja heute in den meisten Wohnungen in Spanien so.«

Isabel und Alice sahen einander an.

Maggie fuhr fort und beschrieb die Bougainvillea, die auf der Terrasse des im zweiten Stock gelegenen Apartments mit Blick auf das Meer und den Swimmingpool wuchs. Sie schwärmte ihnen vor, dass sie faul in der Sonne liegen, in einem Cabrio am Meer entlangfahren und knackig braun werden würden.

»Letztes Jahr um die Zeit war ich zusammen mit Derek dort.« Sie sah geistesabwesend vor sich hin.

Tränen stiegen ihr in die Augen, sie fing sich jedoch rasch wieder. Dieses Jahr winkt mir das Vergnügen, DI Donnelly an meiner Seite zu haben, dachte sie, während Derek sich in irgendeiner Bruchbude abrackert, die er als Bar bezeichnet.

»Hast du in letzter Zeit etwas von ihm gehört?«, fragte Alice und dachte an die Sendung, die sie auf Sky One gesehen, aber niemals erwähnt hatte.

»Er ruft alle paar Monate an, aber von der Bar wusste ich vorher schon, weil ich mal spät nachts, als ich nicht schlafen konnte, im Fernsehen einen Bericht darüber gesehen habe.«

»Davon hast du nie was erzählt«, sagte Isabel vorsichtig.

»Na ja, ich ging davon aus, dass ihr beide es gesehen habt, weil ich niemanden kenne, der sich so viel Mist anschaut wie ihr.«

Isabel und Alice wechselten erneut einen Blick, dazu konnten sie wohl nichts sagen. Keine von ihnen hatte gewusst, dass die andere die Sendung auch gesehen hatte.

»Ich habe es vor einer Ewigkeit noch in London gesehen«, gab Alice zu, »aber es wurde vor einiger Zeit wiederholt. Ich habe nichts davon gesagt, weil ich dachte, dass ich als Einzige darüber gestolpert bin.«

»Und ich habe es zufällig gesehen, als ich mal nachts auf Charles wartete. Ich dachte nicht, dass es eine von euch gesehen hat.«

»War das nicht der größte Schwachsinn?«, fragte Maggie.

Einige Sekunden lang herrschte unbehagliches Schweigen, während Alice und Isabel überlegten, was sie darauf erwidern sollten.

Nun war es an Maggie, laut loszuprusten, und die anderen beiden fielen ein, froh, dass sie die Sendung ebenso blöd gefunden hatte wie sie.

»Was hast du denn jetzt wegen Emlyn vor?«, fragte Isabel sehr viel später, als sie bereits bezahlt hatten.

»Was kann ich schon machen? Vielleicht bilde ich mir ja alles nur ein. Ich kann doch nicht jemanden zur Rede stellen, nur weil ich mich in seiner Gegenwart plötzlich unwohl fühle. Ich weiß, das klingt albern, aber in letzter Zeit wirkt er irgendwie anmaßend. Vielleicht hat er jetzt mehr Selbstvertrauen, weil er eine Freundin hat, aber es ist kein ›gutes‹ Selbstvertrauen, wenn ihr wisst, was ich meine?«

»Vielleicht fällt es euch beiden nur schwerer, über die ganze Sache mit Terry Lomax wegzukommen, als ihr gedacht habt. Ich meine, es ist gerade mal vier Wochen her. Dieser Urlaub ist genau das, was ihr braucht. Emlyn versucht wahrscheinlich nur, sich ein bisschen Autorität zuzulegen – du weißt schon, bei seiner Freundin mit seinem Geschäftssinn Eindruck zu schinden.«

»Ja, vielleicht hast du Recht. Aber vor ein paar Tagen hat er mir erzählt, dass er das Lager umgeräumt hat. An sich keine große Sache, es war mehr die Art, wie er es erzählt hat. Er hat nicht gefragt, ob es mir recht ist, er teilte es mir einfach nur mit. Außerdem hat er mir vorgeworfen, dass ich keine Ahnung hätte, was im Laden vor sich geht, weil ich mich zu wenig darum kümmern würde.«

»Das war nicht gerade rücksichtsvoll von ihm«, stimmte Isabel zu. »Aber denk dran, wie wichtig ihm der Laden ist. Er ist das Einzige, was ihn noch mit Jean verbindet.«

»Das ist auch so was, und jetzt werdet ihr mich vermutlich wirklich für verrückt halten, aber er spricht überhaupt nicht mehr von Jean. Es ist fast so, als ob er sie aus seiner Erinnerung gelöscht hätte.«

»Vielleicht ist das nur seine Art, damit umzugehen, obwohl es ihm tatsächlich nicht ähnlich sieht«, sagte Isabel.

»Das ist nur die eine Sache. Ich habe das dumpfe Gefühl, dass er sich schuldig fühlt. Es ist mir erst aufgefallen, nachdem er zugegeben hat, etwas von dem Schlüssel für das Bankschließfach zu wissen.«

»Das ist merkwürdig«, meinte Maggie und versuchte, sich daran zu erinnern, ob ihr in den vergangenen Wochen etwas Ungewöhnliches an Emlyn aufgefallen war.

»Ich glaube, ich lerne gerade eine neue Seite an ihm kennen. Ich frage mich, ob es etwas damit zu tun hat, dass Bill nicht mehr da ist?«

»Du denkst, dass sich sein Verhalten verändert hat, weil Bill weg ist?«

»Ja, als ob er sich jetzt benehmen könnte, wie er will, weil Bill es nicht mehr sieht.«

»Glaubst du, er wusste, dass Bill von der CIA ist?«, fragte Isabel.

»Wie sollte er? Wir hatten ja auch keine Ahnung«, entgegnete Maggie.

»Sehen wir den Tatsachen ins Auge, Maggs, wir wissen

nicht, welche Beziehung zwischen den beiden bestand«, sagte Alice. »Sie gingen immer sehr freundschaftlich miteinander um. Aber so wie wir nichts über Bill wussten, wissen wir wahrscheinlich auch nichts über Emlyn.«

»Was willst du damit sagen? Glaubst du, dass er bei irgendeiner Art Geheimpolizei ist?«, fragte Maggs.

»Nein, das nicht, da bin ich ziemlich sicher. Aber ich habe den Eindruck, dass irgendetwas im Busch ist.«

»Du meinst, er verfolgt einen Plan?«, fragte Maggie.

»Genau das. Jetzt, wo die sechs Monate vorüber sind, kann ich den Laden oder das Haus oder beides verkaufen. Hätte ich sie nicht übernommen, wären sie längst verkauft worden und der Erlös an die Krebshilfe gegangen.«

»Glaubst du, dass Emlyn den Laden für sich haben will?«, fragte Isabel.

»Ich bin jedenfalls überzeugt, dass er mich nicht mehr dahaben will. Jedes Mal, wenn ich reinkomme, hat er irgendeine Veränderung vorgenommen, ohne mich zu fragen. Ich habe langsam den Eindruck, dass ich ihm lästig bin – kaum komme ich durch die eine Tür rein, rennt er schon durch die andere raus. Nachdem Bill von der Bildfläche verschwunden ist, kann Emlyn seine Trümpfe ausspielen.«

»Oder ein paar seiner Glücksanhänger!«

»Maggie, ich meine es ernst!«

»Ich auch – sein Schmuck ist einfach fürchterlich.«

»Maggie Sullivan, manchmal wünsche ich mir, ich hätte längere Arme, damit ich über den Tisch langen und dir eins auf die Nase geben könnte!«

»Kommt schon, Mädels, meint ihr nicht, die Vorstellung, dass Emlyn ein Komplott schmiedet, um die Weltherrschaft zu übernehmen, ist ein bisschen weit hergeholt? Er ist doch viel zu sehr damit beschäftigt, seine Krawatte für den nächsten Tag zu bügeln!« Maggie war leicht genervt. Sicher, Emlyn verhielt sich noch ein bisschen seltsamer als sonst, aber das allein war doch nicht so ungewöhnlich. Alice hatte zu lange im Haus herumgesessen und über Bill gebrütet.

Heute war Freitag. In zehn Tagen würden sie nach Spanien fliegen! Alice hatte sich und den beiden anderen am Abend zuvor gestanden, dass sie der Gedanke, Emlyn allein im Laden zu lassen, nervös machte. Sie hatte nie viel darüber nachgedacht, dass sie die Eigentümerin war, bevor Emlyn anfing, sich so aufzuspielen. Um halb neun war sie bereits fix und fertig angezogen, und als Emlyn den Laden betrat, saß sie da und nippte an einer Tasse Earl Grey.

»Ach, du bist da.« Sein Stimme hätte nicht weniger begeistert klingen können, und sofort sah er wieder schuldbewusst aus.

»Guten Morgen«, zwitscherte sie so fröhlich, wie sie konnte.

»Was hast du heute vor?«, fragte er mit noch weniger Begeisterung als zuvor.

»Nichts, ich bleibe den ganzen Tag hier.«

Er nickte, sagte jedoch nichts darauf.

Alice wich ihm an diesem Vormittag nicht von der Seite, obwohl ihr klar war, dass sie ihn damit auf die Palme brachte.

Über das Wochenende verschlechterte sich ihr Verhältnis zusehends, und am Montag musste selbst Maggie, die mit frischem Kaffee aus dem Café in der High Street in den Laden gekommen war, zugeben, dass die Dinge offensichtlich nicht zum Besten standen.

»Was zum Teufel hat er denn für ein Problem?«, flüsterte sie Alice zu, als sie hinter der Ladentheke saßen, während einige Kunden sich damit vergnügten, in den Regalen zu stöbern.

»Keine Ahnung, aber offensichtlich ist es eines, das er mit mir hat.«

»Willst du ihn darauf ansprechen?«

»Bleibt mir wohl nichts anderes übrig. Bei diesem Stand der Dinge will ich ihn nicht allein im Laden lassen – Gott weiß, was er dann anstellt.«

Emlyn war oben in seinem Büro. Seit dem frühen Morgen hatte er sich merkwürdig verhalten, und sobald Maggie aufgetaucht war, war er wie ein verschrecktes Kaninchen über die Treppe nach oben verschwunden.

»Dann tu das bald, wir fliegen nächsten Montag.«

»Mache ich, versprochen.«

»Bleibst du den ganzen Tag hier?«, fragte Maggie.

»Ich denke schon, sollte ich wohl, oder?«

Maggie zuckte die Achseln; sie wusste nicht, was sie Alice raten sollte, aber wenn Emlyns Benehmen früher exzentrisch gewesen war, dann war es inzwischen regelrecht unheimlich geworden.

Nachdem Maggie gegangen war, nahm sich Alice die Monatsabrechnung vor und überprüfte ihre Konten. Es schien alles in Ordnung zu sein. Zumindest schien Emlyn kein Geld aus dem Laden abzuzweigen. Emlyn ging ihr den ganzen Tag aus dem Weg, und die meiste Zeit achtete sie nicht darauf, aber gegen fünf hielt sie es nicht länger aus und beschloss, mit ihm darüber zu reden.

»Emlyn, hast du ein Problem mit mir?«

Er war gerade dabei, den Boden zu fegen, hielt jetzt aber inne. Eins musste sie ihm lassen, er besaß zumindest so viel Anstand, überrascht auszusehen, wenn nicht sogar ein bisschen schuldbewusst.

»Ein Problem? Nein, warum?« Er sah sie verwundert an.

»Wir haben in den vergangenen Wochen kaum miteinander gesprochen. Jedes Mal wenn du den Verdacht hast, dass ich ein Gespräch anfangen will, gehst du hinauf in dein Büro. Ist irgendetwas passiert, von dem du mir nichts erzählt hast?«

»Na ja, wir waren beide ziemlich beschäftigt. Und ich dachte, du hast nichts gegen mein Büro im ersten Stock.«

»Habe ich auch nicht, natürlich nicht. Es ist nur so, dass wir nicht mehr so gut wie früher miteinander auszukommen scheinen. Wir waren doch mal Freunde.«

»Wir sind immer noch Freunde«, sagte er und sah plötzlich traurig aus.

»Emlyn, was ist los? Du kannst es mir doch sagen.« Alice versuchte es auf die mitfühlende Art, um ihn dazu zu bringen, mit der Sprache rauszurücken.

»Alice, du bildest dir da was ein, alles ist in Ordnung. Wahrscheinlich hast du die ganze Sache mit Terry Lomax noch nicht richtig überwunden – es war ja auch ein ziemlicher Schock.« Er klang nicht so, als ob er selbst an das glaubte, was er sagte, geschweige denn, dass er Alice von dieser Sichtweise überzeugen konnte.

»Du kamst mir aber nicht besonders schockiert vor.« In dem Moment, in dem sie das sagte, wurde ihr bewusst, dass es genau so gewesen war.

»Hör mal, ich muss weg, Brenda wartet auf mich.«

Er schnappte sich seine Samtjacke vom Haken an der Tür und war weg, bevor Alice Zeit hatte, ihn aufzuhalten. Er ließ sie mitten im leeren Laden stehen.

Als sie so dastand, kam ihr ein Gedanke, den sie noch nicht ganz greifen konnte – sie schloss den Laden zu, während sie darüber nachdachte. Sie ging nach Hause, um sich bei einem Glas Wein zu überlegen, was sie als Nächstes tun sollte. Sie vermisste Bill wirklich; auf seine Freundschaft hatte sie sich verlassen können.

An diesem Abend hatte Maggie Liam zum Abendessen eingeladen.

Bald nachdem er gekommen war, machte sich Alice zum Gehen bereit.

Maggie kam ins Wohnzimmer, auf ihrer Stirn standen Schweißperlen, weil sie am Backofen hantiert hatte, und auf ihrer Schulter lagen zwei große Topflappen. »Willst du nicht mit uns essen? Ich habe Lasagne gemacht.«

»Es riecht wunderbar, aber ich muss ein paar Dinge mit Emlyn klären, es wird nicht lange dauern.«

»Gehst du zu ihm?« Maggie hielt es nicht gerade für eine besonders gute Idee, dass Alice Emlyn in seiner Wohnung aufsuchte.

»Ja, vorhin ist er wieder vor mir geflohen. Ich möchte endlich mal mit ihm reden, ohne dass er sich aus dem Staub machen kann.«

»Klingt ja ziemlich ernst?« Liam stellte sein Weinglas auf dem Tisch ab und schlüpfte aus seinen Schuhen.

»Fühl dich ganz wie zu Hause«, neckte ihn Alice mit einem Blick auf seine Füße.

Liam wurde rot und machte Anstalten, die Schuhe wieder anzuziehen.

»Ich mache doch bloß Spaß. In einer halben Stunde bin ich wieder da. Du weißt, wo Emlyn wohnt, Maggie, oder?«

»Ja, warum? Soll ich dich abholen?«

»Nein, ich wollte nur sichergehen, dass du weißt, wo er wohnt.« Alice grinste.

Maggie legte den Kopf schief und sah sie verwirrt an.

»Ist wirklich alles in Ordnung?«

»Ganz bestimmt.«

Als Alice das Haus verließ, häufte Maggie gerade ihre köstliche Lasagne auf zwei Teller. Der Geruch des Knoblauchbrots hätte Alice beinahe von ihrem Vorhaben abgebracht, aber sie musste heute Abend endlich über etwas Klarheit gewinnen – etwas, worüber sie den ganzen Nachmittag nachgedacht hatte. Allmählich fügten sich die einzelnen Teile zu einem Bild.

Sie winkte zum Abschied und zog die Wohnzimmertür hinter sich zu. Im Flur blieb sie zögernd stehen. Sie sollte besser eine Jacke anziehen – auf dem Nachhauseweg könnte es kühl werden. Ihre Jacke war oben, deshalb nahm sie die leichte Fleecejacke von Maggie. Maggie würde heute Abend nirgendwohin gehen, außer nach oben ins Bett!

Draußen war es angenehm mild. Es waren jede Menge Leute unterwegs. Sie gingen spazieren oder saßen einfach nur auf der Mauer am Meer. Alice lächelte ein paar Leuten zu, die sie kannte. Im Geist ging sie noch einmal die Fragen durch, die sie Emlyn stellen wollte.

Plötzlich bemerkte sie etwas Schweres in einer der Jackentaschen. Sie griff hinein und stellte zu ihrer Bestürzung fest, dass sie Maggies Handy mitgenommen hatte.

Sie rief zu Hause an. Maggie hob ab.

Sie sagte nur: »Und deswegen hast du mich von Liam weggezerrt?«

Alice lachte. »Okay, ich werde euch nicht mehr stören, es sei denn, ein messerschwingender Irrer greift mich an!«

Na, ich hoffe, dass es nicht so weit kommt, dachte sie, als sie weiterging.

In der Shore Street Nr. 20 klingelte Liams Handy.

»O nein, nicht schon wieder! Geh nicht ran«, bat Maggie, als er seine Gabel hinlegte und aufstand.

»Ich muss, Maggie, es könnte wichtig sein.«

Maggie schob sich ein großes Stück Brot mit besonders viel Knoblauch in den Mund.

»Dasch hascht du jetzt davon«, nuschelte sie mit vollem Mund.

»Okay!« Liam grinste und drückte die »Yes«-Taste, um das Gespräch entgegenzunehmen.

»DI Donnelly.« Sein Ton wurde geschäftsmäßig.

Er drehte Maggie den Rücken zu, während er sprach. Maggie kämpfte immer noch mit dem Bissen Brot; vielleicht habe ich es doch ein bisschen zu lange im Ofen gelassen, dachte sie, als sie sich beinahe eine Zahnfüllung ausbiss.

»Hallo, stimmt, ja, ich war in diesem Fall nicht selbst beteiligt, aber ich weiß Bescheid.« Liam nickte und sah sich nach etwas zum Schreiben um.

Maggie sprang auf und gab ihm einen Kugelschreiber und einen Notizblock, der in der Schublade des Beistelltischchens lag. Er nickte zum Dank und begann, sich einiges aufzuschreiben, das Abendessen war für den Moment vergessen.

Ein paar Minuten später beendete er das Gespräch.

»Vielen Dank, dass du mich informiert hast – melde dich doch bitte wieder und lass mich wissen, wie ihr vorankommt. Das würde mich freuen.« Er drückte die Trenntaste und steckte das Handy wieder in seine Tasche.

»Sie haben den Busfahrer gefunden, der Jean Maguire überfahren hat.« Er setzte sich.

Maggie wartete gespannt auf weitere Einzelheiten.

»Und?«, platzte sie heraus, als er sich gelassen eine Gabel lauwarme Lasagne in den Mund schob.

»Er wurde vor ein paar Stunden festgenommen. In den vergangenen neun Monaten hat er in Donegal gewohnt. Die Verkehrspolizei hat ihn erwischt, als er betrunken Auto fuhr. Er war so voll, dass er plötzlich in Tränen ausbrach, als sie seine Personalien aufnahmen, und erzählte, dass er Busfahrer in Donaghadee war und eine Frau überfahren hat und geflohen ist. Sie hatten natürlich keine Ahnung, wovon er spricht, aber einer der Jungs auf dem Revier erinnerte sich an den Fall – ich kenne ihn und habe ihm gegenüber Jeans Tod erst kürzlich erwähnt. Die Polizei fand es immer verdächtig, dass der Fahrer verschwunden war, aber sie konnten ihn bislang nicht finden.«

»War das am Telefon der Typ, den du kennst?« Maggie hatte ihr Abendessen jetzt vollständig vergessen.

»Ja – Davey Mulligan, ein guter Mann. Er ruft mich wieder an, sobald er etwas Neues weiß.«

»Aber warum verhaften sie ihn denn nicht einfach, wenn er sogar schon gestanden hat?«

»Elf Leute haben gestanden, der Fahrer des Busses gewesen zu sein, der Jean überfahren hat. Keiner davon war es«, erklärte Liam ruhig.

»Oh. Du meinst, die Leute tun so, als hätten sie was verbrochen? Warum das denn?« Maggie war verblüfft.

»Spinner! Sie wollen im Mittelpunkt der Aufmerksamkeit stehen. Ich habe nie begriffen, warum. Die meisten haben in den Nachrichten von einem Verbrechen erfahren und sehnen sich nach ein bisschen Aufregung in ihrem Leben, nach der Chance, in die Zeitung zu kommen. Die meisten davon sind Wiederholungstäter, so dass wir sie schon kennen. Aber von dem Kerl habe ich noch nie etwas gehört. Davey wird DI Henderson anrufen und ihn informieren.«

Maggie dachte darüber nach, was für eine merkwürdige Welt es doch war, in der Verbrecher ihre Taten nicht zugeben wollten, während Unschuldige sich darum rissen, die Schuld auf sich zu nehmen, oder den Ruhm einzuheimsen, je nachdem, wie man es sah. Sie blickte auf ihren Teller. Der Appetit war ihr vergangen.

Liam tauschte ihre Teller aus und verputzte auch noch ihre Portion.

»Wer ist da?«

Emlyn öffnete die Tür einen Spaltbreit und spähte durch den Schlitz.

»Oh! Alice! Was machst du denn hier?«

»Ich muss dich ein paar Dinge fragen, und da du heute Nachmittag so schnell aus dem Laden verschwunden bist, dachte ich, ich schau einfach mal bei dir vorbei.«

Sie stand auf seiner Schwelle und wartete darauf, dass er sie in die Wohnung ließ.

»Brenda ist da«, zischte er.

»Gut, vielleicht sollte sie es auch hören.«

Alice drängte sich zu Emlyns Überraschung einfach an ihm vorbei.

In Emlyns kleinem Wohnzimmer saß eine zierliche Blondine mit einem Glas Wein in der Hand. Die Jalousien waren fast ganz geschlossen, obwohl es draußen noch hell war – Emlyn war offensichtlich an einer intimen Atmosphäre gelegen! Er hatte die Leselampe in der Ecke angemacht, aber die Schatten, die sie warf, ließen das Zimmer eher unheimlich als romantisch wirken. Die Blondine stand auf, sie schien unsicher zu sein, ob sie Alices ausgestreckte Hand schütteln sollte oder nicht.

Alice geriet für einen Augenblick außer Fassung: »Brenda« war tatsächlich ein Brendan.

»Um was geht es denn?«, fragte Emlyn schroff, eindeutig peinlich berührt, weil er erwischt worden war.

Alice beachtete ihn nicht.

»Brendan, freut mich, Sie kennen zu lernen. Ich bin Alice, Emlyns Chefin.« Letzteres sagte sie mit besonderer Betonung.

»Hallo, ganz meinerseits.« Brendans Blicks wanderte von Emlyn zu Alice und wieder zurück zu Emlyn.

»Was ist los? Was willst du hier?« Emylyn war sichtlich unbehaglich zumute, und er schrie sie geradezu an.

Alice drehte sich zu ihm um und sagte fast beiläufig: »Genau genommen bin ich hier, um dich zu fragen, warum du meine Tante umgebracht hast, Emlyn.« Sie ließ sich auf dem nächstbesten Stuhl nieder, um den Eindruck zu erwecken, dass sie ganz ruhig war und sich unter Kontrolle hatte, aber ihr Herz klopfte so laut, dass Emlyn es bestimmt hörte.

Brendan jaulte leise auf, wie ein Hund, dem jemand auf den Schwanz getreten war.

Emlyn war weiß wie die Wand.

»Ja hast du denn den Verstand verloren, mit deinen wilden Verdächtigungen einfach so hier reinzuplatzen und mir den Abend mit einem Freund zu verderben! Wie kannst du es nur wagen, verschwinde!« Emlyn begann zu zittern.

»Du leugnest es also?«

»Du weißt doch gar nicht, wovon du sprichst!«, schrie er.

Emlyn war außer sich. Er lief im Zimmer auf und ab, während der kleine Brendan zu Tode erschrocken zu sein schien. Unwillkürlich ging Alice der Gedanke durch den

Kopf, dass die Beziehung nicht lange halten würde. Als sie ihre Aufmerksamkeit wieder auf Emlyn richtete und sah, wie aufgeregt er war, wurde ihr klar, dass sie mit ihrem Verdacht wohl doch nicht ganz richtig lag.

»Was weiß ich nicht?«, blaffte sie zurück, um ihn dazu zu bringen weiterzureden.

»Du hast keine Ahnung, unter welchem Druck ich stand! Jean hatte keine Ahnung, was vor sich ging!«

»Und deshalb hast du beschlossen, sie einfach aus dem Weg zu räumen?«, sagte sie, um ihn noch ein bisschen mehr zu reizen.

»Nein! Alice, stell dich doch nicht so dumm.« Er sah wirklich verzweifelt aus. »Als sie sich auf die Sache mit Terry Lomax einließ, hatte sie keine Ahnung, was sie da eigentlich tat. Sie dachte, sie hätte alles unter Kontrolle. Bei dem vielen gestohlenen Zeug, das durch den Laden ging, war es einfach, hier mal ein Tischchen auf die Seite zu schaffen, da mal einen Stuhl, ein Bild oder was auch immer sie ihr unterjubelten. Sie nutzte die Gelegenheit, ihr Einkommen aufzubessern und sich schadlos zu halten für das, was die Kerle mit ihr machten. Als dann die Diamantenlieferung kam, war das wie ein warmer Regen. Jean konnte einfach nicht anders – Terry trieb sie zur Verzweiflung.«

Alice schwieg. Jetzt kam endlich die ganze Geschichte ans Licht.

»Ich versuchte, es ihr auszureden. Aber sie hat vier von den Diamanten an einen Kerl in Dublin verkauft. Sie steckte das Geld in den Laden, damit er finanziell abgesichert war.«

Alice kämpfte gegen den Drang an, ihm ins Gesicht zu schlagen. Warum hatte er zugelassen, dass Jean das tat? Warum war er nicht energischer gewesen?

Emlyn setzte sich auf das Sofa und rang die Hände.

»Irgendjemand ließ prompt bei Terry Lomax durchsickern, dass die Diamanten verkauft worden waren. Ich schwöre dir, ich weiß nicht, wer es war. Jean hatte Angst, aber sie wusste nicht, was sie tun sollte. Wir hatten gestohlene Hehlerware durch den Laden geschleust, und sie wollte nicht zur Polizei gehen. Terry setzte ihr weiter zu.«

Er sackte in sich zusammen. Er sah aus wie ein kleiner, in Tweed gekleideter Vogel.

»Sie geriet in Panik, deponierte die übrigen Diamanten in dem Schließfach und versteckte den Schlüssel. Als die ersten Drohungen kamen, dachte ich, sie würde aufgeben und gestehen, was sie getan hatte, aber nein, sie war entschlossen, den Kampf mit diesem Verbrecher aufzunehmen. Mein Gott, sie hatte keine Ahnung, mit wem sie es da zu tun hatte. Inzwischen war sie nur noch ein Nervenbündel. Da meldete sich Terry bei mir. Wenn ich nicht machen würde, was er verlangte, würde er Jean etwas antun. Wenn ich ihr gesagt hätte, dass Terry mir drohte, wäre sie völlig zusammengebrochen, deshalb erzählte ich ihr die Geschichten, die Terry sich ausgedacht hatte, um sie dazu zu bewegen, die Diamanten rauszurücken – das wollte ich ja sowieso. Sie sollte sie ihm einfach geben, damit alles ein Ende hatte.«

Emlyn hielt inne – der nervös wirkende Brendan hatte genug gehört und fummelte am Türknauf herum.

»Bitte bleib«, bat Emlyn, den Tränen nahe.

Brendan kam widerstrebend zurück und kauerte sich in eine Ecke des Sofas.

»An dem bewussten Nachmittag verließ sie den Laden. Sie war zu durcheinander, um zu bemerken, dass jemand ihr folgte. Sie wollte sich mit Terry oder einem seiner

Handlanger treffen und hatte vor ›zuzugeben‹, dass sie alle Diamanten verkauft und das Geld gespendet hatte. Sie dachte, dann bliebe ihm nichts anderes übrig, als sich damit abzufinden. Offenbar war ihr nicht klar, dass Terry sich an ihr rächen würde, und zwar allein um der Rache willen. Sie nahm sogar einen Korb mit und machte Witze darüber, dass sie zum Schein Brombeeren pflücken würde. Ich folgte ihr in einiger Entfernung, aber ich war zu weit weg. Sie war bestimmt schon tot, bevor der Bus auch nur in ihre Nähe kam. Der Busfahrer hatte keine Chance rechtzeitig zu bremsen. Es dauerte nur ein paar Sekunden – sie bekam einen Schlag auf den Kopf und wurde auf die Straße gestoßen. Es geschah alles so schnell. Ich konnte nur hilflos zusehen. Ich rannte zurück zum Laden, um die Polizei anzurufen. Dort wartete aber schon einer von Terrys Leuten. Er sagte, wenn ich irgendetwas unternehmen würde, wäre ich als Nächstes dran.«

Er schwieg und begann leise zu schluchzen, als er sich daran erinnerte.

»Alice, ich schwöre dir, ich wusste nicht, was ich tun sollte. Ich dachte, wenn ich mich ruhig verhielte, würde Terry Lomax verschwinden. Was hatte ich denn für eine Wahl? Ich wusste, dass du kommen würdest. Jean hatte mir erzählt, was in ihrem Testament stand, und auch, dass du den Laden übernehmen müsstest. Gott, ich habe darum gebetet, dass du das Angebot annimmst, obwohl ich andererseits hoffte, dass du nicht mit in die Sache hineingezogen werden würdest. Ich dachte, vielleicht würdest du dich ja weigern. Ich meine, du und einen Laden führen? Was zum Teufel hattest du schon für eine Ahnung davon? Du hattest in London eine große Karriere vor dir – Jean war so stolz auf dich. Aber du bist gekommen.«

Emlyn sah völlig fertig aus, er starrte auf seine Hände,

die er ununterbrochen aneinander rieb, wie Lady Macbeth, dachte Alice.

»Jean dachte, wenn du etwas Eigenes hättest, würdest du zur Ruhe kommen. Ha! Was für ein sentimentaler Quatsch!« Er lachte kurz auf. »Als mir klar wurde, dass Terry nicht lockerlassen würde, habe ich mir überlegt, dass du die Polizei informieren würdest, wenn ich ein bisschen nachhelfen und dir etwas von einem Verbrechen erzählen würde, und Terry auf diese Weise ein für alle Mal loswirst. Ich dachte, wenn er die Diamanten wiederbekäme, hätte er keinen Grund mehr, hier herumzulungern. Später habe ich es mir anders überlegt, und ich wollte dich wieder davon abbringen, aber dann mischte Bill sich ein, und ich konnte mich ja nicht verdächtig machen. Er wollte dich genauso beschützen wie Jean, aber als sie ihn brauchte, konnte er ihr auch nicht helfen.«

Seine Augen hatten einen geistesabwesenden Ausdruck angenommen, und Brendan rutschte unruhig hin und her, als ob er sich am liebsten unter dem Tisch versteckt hätte – dieser Abend hatte für ihn eindeutig eine sehr ungute Wendung genommen!

»Der wunderbare Bill Hardy tauchte plötzlich wie aus dem Nichts auf. Ich glaubte nicht, dass er wusste, was da eigentlich vor sich ging, bestimmt hat Jean ihn niemals eingeweiht. Wir hatten natürlich keine Ahnung, dass er von der CIA ist – woher auch! Ich hielt ihn einfach für einen Meeresbiologen, der seinen Job an den Nagel gehängt hatte oder so. Ich denke nicht, dass er etwas von Terrys Drohungen gegen mich wusste, obwohl er den Laden im Auge behielt und ständig vorbeikam. Ich achtete darauf, ihm gegenüber nichts verlauten zu lassen – Terrys Leute schienen mich die ganze Zeit zu beobachten. Jean hielt mich bis zuletzt für ihren treuen Freund. Was hätte sie von mir gedacht, wenn sie die Wahrheit erfahren hätte!« Er sah Alice an und Tränen liefen über seine Wangen.

Alice schloss die Augen. Wie hatte sie das alles nur so falsch einschätzen können? Sie war zu dem Schluss gekommen, dass Emlyn ein Komplott gegen Jean geschmiedet hatte – sie hatte keine Ahnung gehabt, dass beide in Lebensgefahr schwebten. Das war fast mehr, als sie ertragen konnte. Wie hatte Emlyn zulassen können, dass Jean sich in eine solche Gefahr begab und sich mit Terry Lomax an einer abgelegenen Stelle traf? Dann erinnerte sie sich jedoch daran, wie stur ihre Tante immer gewesen war – nein, sie konnte Emlyn nicht zum Vorwurf machen, was er getan oder unterlassen hatte. Die ganze Situation war hoffnungslos gewesen.

»Und du und deine Freundinnen, ihr hattet keine Ahnung, was ihr da gemacht habt, als ihr anfingt, euch wie Detektivinnen zu gebärden. Ihr hattet keine Ahnung, in welche Gefahr ihr euch begeben habt«, fuhr Emlyn fort.

Alice sagte nichts, die Gedanken wirbelten in ihrem Kopf. Vage war sie sich bewusst, dass Brendan wie ein verschrecktes Mäuschen in der Sofaecke kauerte, und es tat ihr Leid, dass er all das mit anhören musste. Aber jetzt endlich konnte sie die Wahrheit erfahren, und sie wollte alles wissen.

Aber dann erhob sich das Mäuschen plötzlich vom Sofa und baute sich vor ihnen auf.

Brendan richtete den Blick auf Alice.

»Nachdem du uns nicht zu den Diamanten geführt hast«, sagte er gelassen, »hat Terry mich angeheuert, um mich an Emlyn heranzumachen, weil wir vermuteten, dass er über ihren Verbleib Bescheid wusste. Als dieser Typ von der Polizei anfing, die ganze Zeit im Haus herumzuhängen, wurde es etwas schwierig, aber ich hoffte, dass du schließlich nachlässig werden würdest und wir endlich zugreifen könnten. Aber nein, nichts dergleichen. Und jetzt sind die Diamanten weg. Na ja, genug ist genug – Terry will, dass du aus Donaghadee und aus Irland verschwindest, und zwar für immer. Du wolltest es ja nicht auf die einfache Tour haben, deshalb werde ich dir jetzt bei deinem Abgang wohl ein bisschen behilflich sein müssen.«

Emlyn und Alice starrten Brendan entgeistert an. Das Mäuschen entpuppte sich als Ratte!

»Dir auch, Emlyn, fürchte ich – du hast zu viel gehört, und eigentlich bist du auch gar nicht mein Typ.«

Der arme Emlyn sah so verängstigt aus, dass Alice zu ihm ging und sich vor ihn stellte. Diesen Abend hatte sie sich wirklich anders vorgestellt.

»Wir gehen, Brendan. Versuchen Sie nicht, uns aufzuhalten. Die Polizei weiß über Sie Bescheid!« Alice ging in Richtung Tür, Emlyn huschte hinter ihr her.

»Die Polizei weiß überhaupt nichts, du blöde Kuh!« Brendan lachte.

Alice drehte am Türknauf.

»Oh, ich war so umsichtig, den Schlüssel abzuziehen«, sagte Brendan.

Alice drehte sich um und sah ihn hämisch mit dem Schlüssel wedeln. Sie erinnerte sich an seinen Versuch, sich aus dem Staub zu machen, und ihr Herz schlug noch heftiger, als ihr klar wurde, wie gerissen ihr Gegner war. Sie saßen in der Falle. Alice' Blick schoss zum Fenster, und im gleichen Moment fiel ihr wieder Maggies Handy in ihrer Jackentasche ein. Als Brendan ihrem Blick folgte, griff sie in die Tasche und legte ihre Finger um das Handy. Sie hatte zuletzt ihre eigene Nummer angerufen.

Sie drückte die Taste für die Wahlwiederholung. Jetzt konnte sie nur noch hoffen, dass Maggie und Liam mitbekamen, was hier vor sich ging. Sie betete, dass sie noch nicht im Bett lagen. Unauffällig zog sie das Handy aus der Tasche.

Aber Brendan merkte es.

»*Miststück*!«, brüllte er. Er stürzte sich auf Alice und versetzte ihr einen so harten Schlag, dass sie das Handy fallen ließ.

»*Maggie*! *Liam*! *Hilfe*!«, schrie sie, als Brendan das Handy aufhob und es in den Kamin schleuderte: das winzige Gerät zerbrach in tausend Stücke. Alice wusste, dass das ihre letzte Chance gewesen war: Sie hoffte inständig, dass die dreißig Sekunden, in denen eine Verbindung bestanden hatte, ausgereicht hatten und die beiden sie gehört und begriffen hatten, dass sie in Schwierigkeiten steckte. Nun galt es, Schaden von sich und Emlyn abzuwenden, bis Hilfe kam.

Maggie und Liam waren gerade im Begriff, sich über den Apfelstrudel herzumachen, den Maggie am Nachmittag voller Stolz gebacken hatte, als das Telefon klingelte.

»Oh, nein, nein, nicht schon wieder«, sagte Maggie entschlossen. »Wenn sich der Anrufbeantworter einschaltet, hören wir ja, wer es ist.« Sie reichte Liam einen Teller mit warmem Apfelstrudel und einer großen Portion Vanillesoße.

Sie hielten beide verblüfft inne, als statt einer Nachricht ein Schrei zu hören war, dann Alice' erstickte Stimme und eine Menge Lärm im Hintergrund – dann war die Leitung tot.

»Glaubst du, dass sie die Taste aus Versehen gedrückt hat?«, fragte Maggie. »Sie kennt sich mit meinem Handy nicht aus. Obwohl, man muss es aufklappen, um irgendwo anzurufen ...!«

»Klingt, als wäre sie in einem Pub oder so – mit all dem Lärm im Hintergrund.«

»Wahrscheinlich ist der Empfang schlecht. Vielleicht geht sie ja raus und versucht es noch mal?« Maggie sah Liam an. »Lieber Gott, ich hoffe, es ist alles in Ordnung.«

»Kannst du zurückspulen und lauter drehen?«

Maggie suchte seitlich an dem Gerät nach dem Lautstärkeregler und stellte ihn auf Maximum. Liam hielt einen Finger an die Lippen, während er zuhörte.

Sie hörte eine männliche Stimme deutlich »*Miststück*!« schreien. Dann Alices verzweifelter Ruf: »*Maggie*! *Liam*! *Hilfe*!«

»Oh, mein Gott!«, sagte Maggie.

»Das war nicht Emlyns Stimme, oder?«, fragte Liam.

»Nein, nein, ich glaube nicht.« Maggie war vor Schreck kreidebleich geworden.

»Nimm die Kassette heraus, damit sie nicht überspielt wird,« sagte Liam und erhob sich.

»Wir sollten sofort zu Emlyns Wohnung fahren.«

Maggie sprang auf und nahm die winzige Kassette aus dem Gerät. Dann hasteten sie zu Liams Jeep und machten sich auf den Weg zu Emlyns Wohnung, während der Fahrt gab Maggie Anweisungen.

Schon bald war klar, dass Maggie keine Ahnung hatte, wie sie fahren mussten.

»Um Himmels willen, Maggs, ich dachte, du hättest Alice gesagt, dass du weißt, wo Emlyns Wohnung ist!«

»Schrei mich nicht an! Ich bin nur einmal zusammen mit Alice dort gewesen, und da sind wir gelaufen – diese verfluchten Einbahnstraßen bringen mich ganz durcheinander.«

»Versuch, dich zu konzentrieren! Deine Freundin ist in Gefahr!«

Schließlich gelang es Maggie, den Weg zu der Straße, in der Emlyn wohnte, zu finden. Liam hielt an und forderte vom Polizeirevier Unterstützung an. Dann fuhr er langsam bis vor Emlyns Tür. Nichts deutete darauf hin, dass hier irgendetwas nicht in Ordnung war.

»Gibt es eine Hintertür?«, fragte Liam, als sie aus dem Jeep stiegen.

Die Stirn in Falten gelegt, dachte Maggie angestrengt nach.

»Nein, ich bin sicher, dass es keine gibt. Hinten geht ein Fenster auf einen Gemeinschaftsgarten hinaus. Aber Emlyn hat keinen direkten Zugang – glaube ich.«

Liam verdrehte die Augen.

»Ich bin doch nur einmal hier gewesen!«, rief sie aus, und ärgerte sich über sich selbst, weil sie es nicht genau wusste.

»Macht nichts«, sagte er und legte ihr eine Hand auf die Schulter. »Warte hier, ich werde mit den Jungs von der hiesigen Polizei reden.«

Aus der entgegengesetzten Richtung kam ein Polizeiauto und hielt vor ihnen. Drei stämmige Polizisten stiegen aus. Maggie erkannte in einem von ihnen den jungen Polizisten wieder, der gekommen war, als sie die Leiche von Malcolm Hewitt gefunden hatten.

Liam ging zu ihnen. Sie nahmen seine Anweisungen entgegen. Einer der Beamten rannte um den Wohnblock herum, während die anderen beiden bei Liam blieben. Sie schritten auf die Haustür zu.

Emlyn, Alice und Brendan zuckten zusammen, als es an der Tür läutete. Brendan saß im Sessel und hielt einen

Schürhaken in den Händen. Er hatte ihn genommen, nachdem er das Handy in den Kamin geworfen hatte, und Alice und Emlyn damit in eine Ecke des Zimmers getrieben. Seit Stunden, wie es Alice vorkam, fluchte er vor sich hin, sie hatte keine Ahnung, was er vorhatte.

Es läutete erneut. Brendan rührte sich nicht vom Fleck.

»Emlyn Gordon, bitte öffnen Sie die Tür – hier ist die Polizei!«

Beim Klang von Liams Stimme stieg Hoffnung in Alice auf. Zum ersten Mal, seit Brendan sie bedrohte, kehrte wieder etwas Farbe in Emlyns Gesicht zurück. »Jetzt wird alles gut«, flüsterte Alice ihm zu.

»Meinst du?«, quäkte Brendan, sprang auf, ließ den Schürhaken fallen und zog eine Pistole aus der Tasche seiner Jeansjacke, die über der Lehne eines der Stühle am Esstisch hing.

»Oh Gott«, wimmerte Emlyn, als Brendan ihnen die Waffe vor die Nase hielt.

»Kommen Sie, Brendan, was soll das jetzt noch nützen?« Alice versuchte, vernünftig mit ihm zu reden, und fügte hinzu: »Die Polizei steht bereits vor der Tür, sie haben das Haus umstellt.«

»Ach ja?! Ich habe ganz vergessen, dass ich es ja mit der neunmalklugen Miss Marple zu tun habe!«, höhnte Brendan. »Terry hat mir schon erzählt, dass du dir in dieser Rolle gefällst.« Er grinste irre. In diesem Augenblick erhaschte Alice durch die Jalousie einen Blick auf den Polizisten im Garten und bewegte sich unauffällig zum Fenster, um Brendan die Sicht zu verstellen.

Constable Fraser konnte durch das Fenster erkennen, dass der kleine blonde Mann die anderen beiden mit einer Waffe in Schach hielt. »Donnelly, hier ist Fraser«, flüsterte er in sein Funkgerät.

»Ich höre, Fraser«, knisterte es zurück.

»Im Wohnzimmer sind drei Personen. Einer der Männer hat eine Waffe. Ich kann sie nicht genau erkennen, aber es sieht nach einer Halbautomatik aus.«

»Bleiben Sie, wo Sie sind, Fraser, ich komme zu Ihnen, um mir die Sache anzusehen.« Die Verbindung war unterbrochen.

Liam tauchte wenige Sekunden später in dem seitlichen Durchgang neben dem Haus auf und versuchte, mit einem Blick durch die halb geschlossen Jalousien die Situation einzuschätzen. Als Brendan mit der Pistole herumfuchtelte, duckte er sich.

Drinnen versuchten Alice und Emlyn, sich möglichst fern von der Waffe zu halten, was in Anbetracht der Größe des Zimmers ein etwas schwieriges Unterfangen war. Zwischen ihnen und dem mit der Pistole herumwedelnden Zwerg standen nur ein paar Möbel. Brendan murmelte wieder etwas vor sich hin. Alice warf einen verstohlenen Blick aus dem Fenster. Draußen war niemand mehr zu sehen – aber sie hatten sie doch sicher bemerkt?

»Öffnen Sie die Tür, hier ist die Polizei!«

Nun war eine andere Stimme zu vernehmen. Brendan knipste die Leselampe aus, und das Zimmer lag im Dunkeln. Das einzige Licht kam aus dem Fenster eines Hauses hinter der Wohnung. Es gab keine Straßenbeleuchtung.

Es dauerte eine Weile, bis Alice' Augen sich an die Dunkelheit gewöhnt hatten. Neben ihr wimmerte Emlyn vor sich hin. Brendan stand nach wie vor auf der anderen Seite des Zimmers und zischte irgendetwas von Sterben und dass er sie beide umbringen würde. Alice war wie gelähmt. Sie hatte noch nie in die Mündung einer Waffe geblickt. Als sie wieder etwas erkennen konnte, sah sie

Brendan auf dem Stuhl sitzen, die Pistole hatte er immer noch auf sie gerichtet. Aber er schien fast vergessen zu haben, dass sie da waren. Alice ging mit Emlyn hinter dem Sofa in Deckung, während sie überlegte, ob sie es schaffen würde, das Fenster einzuschlagen und sie beide hier rauszubringen, ohne dass Brendan sie dabei erschießen konnte. Es war so dunkel, dass er sie wahrscheinlich nicht richtig sehen würde, aber andererseits würde er sie vielleicht treffen, wenn er wild um sich zu ballern begann. Alice und Emlyn wagten es nicht, sich zu bewegen, beide beteten, dass die Polizei bald etwas unternahm.

»Wir müssen es von vorne versuchen«, sagte Liam, als er wieder um die Ecke des Hauses kam. »Das Schwein hält Alice und Emlyn da drin fest, und er hat eine Waffe. Er hat gerade das Licht ausgemacht, so dass wir nicht das Geringste sehen können.«

Maggie lief nervös auf und ab. Liam wollte sie zum Auto zurückschicken, aber sie konnte auf keinen Fall ruhig dasitzen, während ein gefährlicher Irrer mit einer Waffe auf Alice' Kopf zielte.

Brendan schreckte plötzlich aus seinen Träumereien hoch. Er sprang vom Stuhl auf und machte das Licht an. Seine beiden Geiseln kauerten noch immer hinter dem Sofa.

»Steht auf!«, befahl er, und sein Gesicht verzog sich zu einem gemeinen Lächeln.

Sie erhoben sich, ohne den Blick von der Waffe zu wenden. Er öffnete die Tür und stieß sie hinaus, Emlyn zuerst. Dann spürte Alice den Lauf der Pistole an ihrem Hinterkopf. Er trieb sie und Emlyn vor sich her ins Badezimmer, wo er sich mit ihnen einschloss.

»In die Badewanne.«

Alice und Emlyn stiegen in die Wanne, wobei Emlyn sich im Duschvorhang verhedderte. Der Boden der Badewanne war nass von der letzten Dusche. Alice rümpfte die Nase, als sie den Klumpen aus Seife und Haaren im Abfluss sah.

Sie konnten immer noch das Klopfen und die Rufe der Polizisten vor der Wohnungstür hören.

Emlyn und Alice kauerten sich in der Wanne zusammen, während Brendan sich neben die Tür setzte und lauschte. Alice' Blick fiel auf eine große Dose Haarspray, die über ihr auf dem Fensterbrett stand.

»Lassen Sie sie gehen!«, ertönte Liams Stimme von der Eingangstür her. »Es ist vorbei! Sie können nicht mehr entkommen!«

Alice brach beim Klang seiner Stimme in Tränen aus, und auch Emlyns Augen wurden feucht.

Brendan drehte sich plötzlich zu Emlyn um und zog ihn an den Haaren aus der Wanne. Emlyn gab keinen Ton von sich. Brendan drückte ihn gegen die Tür.

»Raus da! Eine falsche Bewegung und ich lege ihn um«, knurrte er Alice an.

»Bitte, bitte erschieß mich nicht!«, flehte Emlyn, das Gesicht gegen die Tür gepresst. Alice stieg aus der Wanne, und Brendan ließ Emlyn los, der halb ohnmächtig zusammensank.

»Einen Mucks und ich leg dich um«, sagte Brendan warnend, noch immer die Pistole in der Hand.

Er fing an, die Flaschen vom Fensterbrett zu nehmen, offensichtlich bereitete er sich darauf vor zu fliehen. Die Dose mit dem Haarspray stellte er Alice direkt vor die Füße. Er räumte das Fensterbrett frei, dann begann er Millimeter für Millimeter das Fenster zu öffnen.

Alice sah ihre Chance: Sie packte das Haarspray und holte weit aus, wie ein Diskuswerfer, nur dass ihre Waffe eine Maxidose Elnett war. Glücklichweise war sie verhältnismäßig neu und daher ziemlich schwer. Sie ließ sie auf Brendans Kopf sausen. Brendan verlor das Gleichgewicht, und die Pistole fiel ihm aus der Hand. Alice stieß sie mit dem Fuß zu Emlyn. Dann schlug sie noch einmal zu und Brendan ging zu Boden.

Er versuchte, wieder aufzustehen.

»Keine Bewegung!« Emlyn umklammerte die Pistole mit beiden Händen, die wie Espenlaub zitterten.

»Das machst du ja doch nicht! Du sentimentaler kleiner Scheißer – du hast sogar geglaubt, dass ich auf dich abfahre!«, höhnte Brendan und stand auf, ohne Emlyn weiter zu beachten. Er machte einen Schritt auf Alice und Emlyn zu.

Emlyn zielte noch immer auf ihn.

»Ich meine es ernst, du Mistkerl, bleib, wo du bist.« Seine Stimme klang etwas kräftiger, aber immer noch zittrig. Seine Tränen waren versiegt.

Vor dem Badezimmer war Lärm zu hören.

Alice hielt den Atem an. Sie war nun neben Emlyn, beide mit dem Rücken zur Tür. Brendan stand vor ihnen, zu seinen Füßen lagen zerbrochene Flaschen und Tiegel und eine Dose Haarspray mit ein paar Blutspritzern, hinter ihm das halb geöffnete Fenster. Er fasste sich mit der Hand an den Hinterkopf, zog sie wieder vor und betrachtete seine Finger, sie waren voller Blut.

»Verdammte Schlampe!«, brüllte er Alice an und machte einen Schritt auf sie zu.

Emlyn schloss die Augen und drückte ab. Der Knall war ohrenbetäubend.

Brendan wurde mitten in der Bewegung gestoppt, auf

seinem Gesicht erschien ein Ausdruck größter Überraschung. Die Wucht der Kugel ließ ihn gegen die Wand taumeln, er sank zusammen und hinterließ eine blutige Spur auf den weißen und gelben Fliesen, als er auf den Boden rutschte und mit gespreizten Beinen sitzen blieb. Auf seinem Hemd breitete sich schnell ein Blutfleck aus.

Emlyn zitterte jetzt so sehr, dass ihm die Pistole aus den Händen fiel. Alice, der die Ohren von dem Schuss klangen, entriegelte die Tür und riss sie auf, im selben Moment war im Wohnzimmer das Splittern von Glas zu hören. Gleich darauf tauchte Liam mit einer Waffe in der Hand in der Wohnzimmertür auf.

Er drückte sich flach gegen die Wand neben der Badezimmertür und gab Alice und Emlyn Deckung, als sie auf wackligen Beinen durch den Flur stolperten.

Dann betrat er vorsichtig das Badezimmer. Brendan saß mit weit aufgerissenen Augen da, während der Schmerz durch seinen Körper jagte.

Maggie war schwindlig vor Erleichterung. Sie war hinter einem geparkten Auto in Deckung gegangen, falls der Bewaffnete fliehen sollte, aber als sie den Schuss hörte, hatte sie einen lauten Schrei ausgestoßen und ihre Deckung verlassen, gerade rechtzeitig, um eine aschfahle Alice und einen nicht minder blassen Emlyn aus dem Haus kommen zu sehen. Ungeheure Erleichterung erfasste sie, aber gleich darauf blieb ihr beinahe das Herz stehen, als ihr klar wurde, dass Liam mit diesem Irren noch im Haus war. Glücklicherweise erschien Liam im selben Augenblick in der Eingangstür und rief seinen Kollegen zu, sie sollten einen Krankenwagen rufen. Am liebsten hätte sie sich in seine Arme geworfen, hielt sich jedoch zurück, schließlich war er im Einsatz.

Sie sahen, wie Brendan mit einem erstaunten Ausdruck auf dem Gesicht aus dem Haus getragen wurde. Er stöhnte und fluchte, und ihr Anblick ließ ihn noch lauter fluchen.

Die nächste Stunde verging für Alice wie in einem Nebel, während die Sanitäter sie und Emlyn wegen des Schocks behandelten und ein weiterer Krankenwagen Brendan ins Ulster Hospital nach Dundonald brachte.

»Sie haben ihm in den Bauch geschossen«, erklärte Liam Emlyn, der immer noch am ganzen Leib zitterte. »Keine schöne Wunde, aber nicht lebensgefährlich. Wir werden den Kerl vor Gericht stellen. Mitgliedschaft in der Bande von Terry Lomax und versuchter Doppelmord – ich glaube, er kann seine Verbrecherkarriere für einige Zeit an den Nagel hängen.«

Weder Alice noch Emlyn waren verletzt, aber es würde wohl eine Weile dauern, bis Emlyn wieder jemanden zum Essen in seine Wohnung einlud. Dieses Erlebnis würde beiden noch einige Zeit zu schaffen machen.

»Danke.« Emlyn nahm Alice' Hand.

»Wofür denn? Ich war es doch, die dich in Gefahr gebracht hat!« Alice konnte es nicht fassen, dass er ihr dankte.

»Irgendwann hätte er auf jeden Fall sein wahres Gesicht gezeigt, und ich bin froh, dass ich nicht allein war, als es passierte.«

»Ja, aber es tut mir Leid, dass wir es auf diese Art herausfinden mussten.«

»Zumindest ist Jean damit gerächt.«

Alice warf dem Nervenbündel, mit dem sie die letzten Stunden verbracht hatte, einen scharfen, fragenden Blick zu.

»Mein Gott, das war ein bisschen daneben, was?« Emlyn schlug sich mit der Hand auf den Mund und begann zu kichern – dann brach er in Tränen aus.

Alice nahm ihn in den Arm. »Es wird alles wieder gut. Hörst du? Es ist vorbei.«

Emlyn nickte unter Schluchzen.

»Er wird für lange Zeit hinter Gittern verschwinden. Ich glaube, es ist am besten, wenn du dir einen normalen Freund suchst.«

»Und wo? Alle Männer, die ich kennen lerne, haben irgendeine Macke. Das war die erste richtige Verabredung, die ich seit Ewigkeiten hatte, und ohne jeden Zweifel die aufregendste!«

Er begann wieder zu kichern; Alice machte sich Sorgen, dass er zusammenklappen würde, und sie war froh, als ein freundlicher Nachbar kam und ihnen beiden eine Tasse Tee brachte. Das lenkte Emlyn ab, und er schien sich wieder etwas zu beruhigen.

DI Henderson und DS McIlroy trafen ein, kurz nachdem der Krankenwagen mit Brendan weggefahren war. Sie wollten mit Alice und Emlyn sprechen, aber Liam konnte sie davon überzeugen, dass es auch noch reichen würde, sie am nächsten Tag zu verhören.

38

Auch wenn Brendan in polizeilichem Gewahrsam war, Alice wusste nicht, ob sie nach dem ganzen Debakel überhaupt noch nach Spanien fahren wollte. Sie könnte den Laden schließen, natürlich, aber sie war einfach nicht mit sich im Reinen. War es das Richtige, jetzt Urlaub zu machen? Emlyn war noch immer verstört und litt furchtbar unter seinem schlechten Gewissen, weil er sie nicht in alles, was er wusste, eingeweiht hatte.

»Das Letzte, was du im Moment tun solltest, ist, hier herumzusitzen und Trübsal zu blasen. Komm mit, das Wetter da unten ist fantastisch, und du wirst dich bestimmt amüsieren. Vielleicht lernst du ja auch einen Mann kennen!« Maggie tat ihr Möglichstes, sie zu überreden.

»Das ist so ungefähr das Letzte, was ich im Moment im Kopf habe!« Alice lachte, aber es kam nicht von Herzen.

Maggie und Isabel hatten Alice einen Besuch im Laden abgestattet. Dass sie doch nicht mit ihnen in die Ferien fahren wollte, kam nicht ganz unerwartet. Isabel sagte, sie wüsste auch nicht, ob sie wegfahren wollte, wenn sie an Alice' Stelle wäre und all das durchgemacht hätte, was Alice durchgemacht hatte.

»Komm mit, Alice! Du hast ein bisschen Erholung wirklich nötig«, versuchte Isabel sie zu locken. »Sieh mich an, ich habe zwei Kinder und einen Welpen eingepackt und zu Mutter, Schwester und Schwager verfrachtet.«

»Es fällt mir einfach schwer, mit dem, was passiert ist, fertig zu werden, und außerdem weiß ich nicht, ob ich Emlyn wirklich allein lassen kann.«

Alice' Wangen waren ganz eingefallen, und sie war blass. Sie aß nichts mehr, und wenn auch der Arzt Maggie und Isabel versichert hatte, dass es sich dabei um eine völlig normale Reaktion auf das traumatische Erlebnis in Emlyns Wohnung handelte, machten sie sich doch Sorgen, und wenn sie ganz ehrlich waren, wussten sie auch nicht, ob sie Alice allein lassen konnten.

»Ich weiß, das waren ein paar schreckliche Wochen«, sagte Isabel, »aber wie irgendeine kluge Frau mal gesagt hat, jetzt ist das Schlimmste vorbei.«

»Ich denke, ich werde den Laden verkaufen.«

»Nein! Warum das denn?«, fragte Maggie.

»Warum wohl? Nachdem ich jetzt die Machenschaften von diesem Schwein Terry kenne, mit denen er Jean in ein frühes Grab gebracht und den armen Emlyn fast in den Wahnsinn getrieben hat? Ich muss mich schwer beherrschen, nicht ins Krankenhaus zu marschieren, Brendan aus seinem Bett zu ziehen und ihm ein paar kräftige Tritte zu verpassen! Ich glaube nicht, dass Emlyn sich jemals wieder auf einen Mann einlässt.«

»Aber sieh es doch mal so: Der Stress für Emlyn ist vorbei, und es wäre schlimmer für ihn, wenn du jetzt dein Zeug packtest und gingst«, sagte Maggie. »Ihr beiden müsst zusammenhalten. Und mit ein bisschen Glück wird Brendan seine Zelle mit einem riesigen Kerl namens Bertha teilen, der seine Gesellschaft zu schätzen weiß!« Maggie grinste boshaft.

Alice kicherte bei der Vorstellung.

»Nun, das wäre auch eine Art von Gerechtigkeit«, stimmte sie zu.

»Komm mit! Das alles hier läuft dir doch nicht weg. So hast du wenigstens für eine Woche ein bisschen Abstand vom Laden. Vergiss nicht, in der Gerichtsverhandlung musst du durch die ganze Sache noch mal durch.«

»Nachdem wir sämtliche Läden auf den Kopf gestellt haben, um ein, zwei nette Bikinis an Land zu ziehen?«, sagte Isabel. »Und du dir all die Gemeinheiten von Lady Maggie über deine tolle Figur anhören musstest? Wenn du mich persönlich fragst, ich würde sie ja nicht so einfach davonkommen lassen.«

»Schon gut, schon gut, euer Plädoyer ist überzeugend. Wir wollen hoffen, dass der Anwalt von Brendan mit all dem Geld von Lomax im Rücken nicht dasselbe Talent beweist.«

»Garantiert nicht! Die bösen Jungs gewinnen nie!«

»Also gut, ihr habt mich überredet«, gab Alice nach.

»Prima, dann schließ den Laden ab. Die braven Leute von Donaghadee werden eben eine Woche auf ihre Gartenschlauchdüsen warten müssen, bis sich die Eigentümerin dieses Ladens eine hübsche Sonnenbräune zugelegt hat.« Maggie rieb sich die Hände. »Auf ans Packen!«

Sie drängten Alice aus dem Laden, bevor sie ihre Meinung wieder ändern konnte, und gingen mit ihr ins Haus. Maggie und Isabel setzten sich auf Alice' Bett, um sicherzugehen, dass sie auch tatsächlich packte, und sie an so lebensnotwendige Dinge wie das kleine Schwarze, das sie bei Oasis gekauft hatte, und die dazu passenden schwarzen Sandalen zu erinnern.

Am nächsten Morgen trafen sie sich alle am Check-in-Schalter für den Flug nach Malaga. Liam hatte bei Maggie und Alice übernachtet, und gemeinsam waren sie zum Flughafen gefahren. Charles und Isabel waren mit ihrem eigenen Auto gekommen. Die fünf hatten mehr Gepäck als die übrigen Wartenden zusammen.

Alice lehnte sich gegen ihren Kofferkuli, auf dem ihr Koffer und das Handgepäck lagen. Ein Nachbar, der eine Schwäche für Gary und frisches Hühnchen im Kühlschrank hatte, kümmerte sich um den Kater. Der kleine Verräter hatte in der letzten Zeit von dem freundlichen alten Herrn sowieso schon jeden Tag zwei Mahlzeiten abgestaubt, bevor er nach Hause kam und Whiskas und Streicheleinheiten von Alice einforderte. Sie dachte an das Positive. Sie war seit mindestens hundert Jahren nicht mehr im Ausland gewesen und freute sich darauf. Sie konnte es kaum erwarten, braun zu werden. Als sie die beiden Paare vor sich in der Schlange ansah, wünschte sie nur, sie hätte auch jemanden. Tief in ihrem Inneren wusste sie, mit wem sie gerne in Urlaub gefahren wäre. Egal, wie oft sie sich ermahnte, nach vorne zu schauen, tauchte doch immer wieder dasselbe Gesicht vor ihrem geistigen Auge auf.

Maggie war begeistert; sie war noch nie mit einer Freundin in Ferien gewesen, und sie war überzeugt, dass sie sich bestens amüsieren würden. Die Aussicht, Liam ganz für sich zu haben, gefiel ihr natürlich auch.

Liam freute sich auf die Abwechslung. Er hatte schon über ein Jahr keinen Urlaub mehr gemacht, und mit Maggie könnte er richtig ausspannen. Er war inzwischen richtig verliebt in sie und geradezu süchtig nach ihrem strahlenden, sonnigen Lächeln, nachdem sein Job ihn so oft mit der hässlichen, dunklen Seite der menschlichen Natur konfrontierte.

Isabel stand Händchen haltend mit Charles da und bekam das Lächeln einfach nicht aus ihrem Gesicht. Sie fuhren das erste Mal seit Jahren ohne die Zwillinge weg, und auch wenn sie die beiden furchtbar vermissen würde, freute sie sich darauf, eine Woche mal keine Verantwortung tragen zu müssen. Amy und Henry waren mit Laura und Crunchie verschwunden, ohne auch nur einmal zurückzuschauen. Sie würden die Woche in Port Salon in Donegal verbringen, in einem Cottage, das Sophie, ihre Schwester, und deren Ehemann den Sommer über gemietet hatten. Sie wünschte, sie hätte mit etwas mehr Überlegung gepackt. Am gestrigen Abend, als sie gleichzeitig versucht hatte, die Sachen der Zwillinge, ihres Mannes und die eigenen zu packen, hatte sie zu guter Letzt praktisch ihre gesamte Garderobe in einen riesengroßen Koffer geworfen und ihn zugemacht, ohne einen weiteren Gedanken daran zu verschwenden. Gott allein wusste, was da drin war!

Charles hielt die Hand seiner Frau ganz fest. Er konnte es kaum glauben, wie sehr sich ihre Ehe seit März verändert hatte. Ihre finanzielle Situation hatte sich erheblich verbessert, und diese eine Woche Urlaub konnten sie sich leisten. Der Gedanke, mit dem neuesten Thriller von John Le Carré, den er sich noch am Flughafen kaufen wollte, in der Sonne zu faulenzen, erschien ihm reizvoller als alles andere, was er sich vorstellen konnte. Er drückte Isabels Hand, und sie streckte sich zu ihm und gab ihm einen Kuss auf die Wange.

Das Flugzeug war bis auf den letzten Platz besetzt mit Pauschaltouristen in Freizeitkleidung, die hoffnungsvoll ihren jährlichen zwei Wochen in Fuengirola oder Torremolinos entgegensahen. Selbst die kreischenden Kinder konnten die Vorfreude der zwei glücklichen, traut beieinander sitzenden Paare nicht trüben.

Alice war genervt. Die anderen hatten ihr nicht nur verboten, Bills Namen zu erwähnen, jetzt saß sie auch noch eingequetscht auf dem Fensterplatz neben einem ziemlich dicken zwölfjährigen Jungen, der ununterbrochen mit seinem jüngeren Bruder, der am Gang saß, herumalberte und rangelte. Alice war sich sicher, sie würde ein Peitschenschlagsyndrom davontragen, denn jedes Mal, wenn die beiden miteinander boxten, übertrug sich die Erschütterung auf ihre Rückenlehne. Sie beugte sich zum Fenster, um wenigstens den Schlägen zu entgehen. Glücklicherweise dauert der Flug nur zweieinhalb Stunden, dachte sie, als sie versuchte, sich auf die interessante und weltbewegende Reportage über Frauen, die im Kongo auf Bäumen lebten, in *Marie Claire* zu konzentrieren.

Das Essen war miserabel. Die gequälten Stewardessen ließen die Tabletts scheppernd auf die Tischchen fallen, als sie es in Rekordgeschwindigkeit verteilten. Als Vorspeise gab es kleine Melonenscheibchen mit noch viel kleineren Stückchen Ananas, die in einem dicken Sirup schwammen, und darauf thronte eine recht müde Kirsche. Alice zog von dem Hauptgericht dic Alufolie ab und stocherte in den verkochten Nudeln herum, die unter einer klumpigen Soße aus Tomaten und etwas Kleinem, Braunem begraben waren. Bei näherer Inspektion erwies sich das Kleine, Braune in der festen Kohlenhydratmasse als eine traurige Miniaturhühnchenbrust. Sie aß ein, zwei Nudeln und kam zu dem Schluss, dass die Rückseite ihrer Zeitschrift höheren Nährwert besaß. Ihr Reisegefährte linste gierig auf ihr praktisch unberührtes Essen, und sie reichte ihm das Tablett, nachdem sie sich das Brötchen und einen Würfel Käse genommen hatte. Er hatte die Nudeln und das Hühnchen verschlungen, bevor Alice auch nur ihren ersten Bissen zerkaut hatte. Dann stiebitzte er ihr noch das Dessert, das aus einer Art Pudding mit einer Spalte Dosenmandarine als Dekoration bestand; es verschwand noch schneller als das Hauptgericht in seinem Bauch. Alice versteckte sich wieder hinter der Zeitschrift, bis die dick geschminkte, säuerlich dreinblickende Stewardess in ihrer schlecht sitzenden Acryl-Uniform zurückkam, um dünnen Tee und geschmacksfreien Kaffee zu servieren. Alice entschied sich ohne groß zu überlegen für den Kaffee und schaffte es gerade noch, das kleine Täfelchen Schokolade zu retten, bevor es der Fressmaschine neben ihr in die fetten Finger fallen konnte.

Nach dem Essen schienen ihre beiden Reisegefährten keinen Kampfgeist mehr zu verspüren, und die letzte Stunde des Flugs war erträglich. Die beiden sahen Zeichentrickfilme an, die auf den kleinen Bildschirmen über den Sitzreihen liefen. Alice studierte die Zeitschrift von der ersten bis zur letzten Seite, inklusive der Horoskope und Rezepte. Danach arbeitete sie sich durch das Magazin der Fluggesellschaft, das den Eselsohren und herausgerissenen Seiten nach zu urteilen schon seit dem letzten Sommer durch die Gegend flog. Glücklicherweise befanden sie sich bereits im Landeanflug, und sie sah das Schachbrettmuster der Felder und die südspanischen Berge unter sich; die Erde zeigte tiefe Ocker- und Rottöne. Alice' Laune besserte sich, als sie sich vorstellte, wie sie die kleinen Dörfer erkunden würden, von denen Maggie erzählt hatte und die hoch in den Bergen, weit weg von den Bettenburgen an der Küste, lagen. Sie freute sich auf die Sonne. Wie Isabel empfand sie es als Wohltat, ein paar Tage lang für nichts Verantwortung tragen zu müssen.

Die Luft flirrte vor Hitze, als das Flugzeug zum Gate rollte. Sie mussten eine Weile warten, bis die Gangway angelegt wurde. Die beiden Jungen fingen an, sich zu langweilen, als sie das Flugzeug nicht gleich verlassen konnten, und begannen wieder zu streiten. Sie trieben Alice fast in den Wahnsinn, und sie fragte sich, warum die Eltern ihre Kinder nicht zur Ordnung riefen. Stattdessen standen sie mit ihrem Handgepäck und den Einkäufen aus dem Duty-free-Shop ruhig im Gang zwischen den Sitzreihen und warteten wie zwei Schafe darauf, zu dem Bus gebracht zu werden, der sie in ihr Hotel befördern sollte.

Glücklicherweise fand man die Gangway, bevor die Körpergeruchkonzentration ihren kritischen Punkt erreichte. Alle drängten in den Gang, um das Flugzeug so schnell wie möglich zu verlassen.

Alice blieb auf ihrem Sitz. Sie hatte keine Lust, sich

durch den Gang zu kämpfen, während die Leute hektisch nach ihrem Handgepäck im Stauraum über den Sitzen angelten, sobald sie in dem Gedrängel die Möglichkeit dazu hatten. Sie holte die anderen auf dem Weg zum Flughafengebäude ein. Die Hitze war eine Wohltat nach dem regenverhangenen Belfast. Vor den Einreiseschaltern bildeten sich kurze Schlangen, während die spanischen Beamten einen Blick auf die Pässe warfen.

»So schlimm war es nicht.« Maggie deutete nach hinten zum Flugzeug.

»Das Essen war ziemlich schlecht«, bemerkte Isabel.

»Offensichtlich saß keine von euch beiden neben Kindern, die sich wie die reinsten Satansbraten aufgeführt haben«, sagte Alice, als sie die Tür des Gebäudes aufstieß.

Nach der Passkontrolle liefen sie ein paar lange, marmorgeflieste Gänge entlang und stiegen in einen Aufzug, der sie zur Gepäckausgabe brachte. Liam und Charles hatten schon Kofferkulis besorgt und nachgesehen, bei welchem Gepäckband sie sich anstellen mussten. Es machte den Eindruck, als gäbe es unter den Spaniern im Gebäude keinen einzigen Nichtraucher, was die gerade eingetroffenen Iren als Einladung verstanden und sich praktisch alle gleichzeitig eine anzündeten.

Maggies Gepäck tauchte als Erstes auf, das Louis-Vuitton-Muster sprang unter all den blauen Hartschalenkoffern regelrecht ins Auge. Aber auch die anderen Koffer trudelten einer nach dem anderen ein, wenn es auch ein etwas schwieriges Unterfangen war, sie vom Förderband zu nehmen, da alle anderen Passagiere ihre Kofferkulis direkt an das Band herangeschoben hatten, um sicherzugehen, dass sie ihr Gepäck zuerst bekamen. Sie ignorierten einfach die gelbe Linie, die zeigte, wie weit man seinen Kofferkuli schieben durfte. Geschickt drängte sich

Liam zwischen zwei kettenrauchende Frauen mit helmartigen Frisuren und protzigen Ringen, und schnappte sich den Koffer von Alice. Damit waren alle Gepäckstücke wohlbehalten angekommen, und sie verließen die Ankunftshalle, um zu den Schaltern der Autovermieter zu gehen, die ein Stockwerk tiefer lagen. Maggie hatte einen Ford Galaxy gemietet, in den sie alle zusammen inklusive ihres Gepäcks passten. Die Hitze war unglaublich, und Alice spürte, wie ihr der Schweiß über den Rücken lief, aber da die Klimaanlage voll aufgedreht war, hatte sie bald wieder ihre normale Körpertemperatur.

Maggie schaffte es ohne Probleme, aus dem Flughafengelände herauszufinden, dann fuhren sie an Malaga vorbei auf der Küstenstraße nach Marbella. Die neue Schnellstraße führte sie in eine Hügellandschaft, von wo aus sie das Meer und die Küstenstädte sehen konnten. Linker Hand waren überall Hochhäuser und eine Menge Baustellen zu sehen. Da bot der Blick nach rechts wesentlich mehr mit den Ocker- und Terracottatönen der Erde, die Alice schon vom Flugzeug aus gesehen hatte, und den weißen Villen, die in den Hügeln verstreut lagen. Der Himmel war strahlend blau und das Wasser glitzerte. Es war richtig gewesen, hierher zu kommen.

Sie lachten viel während der vierzigminütigen Fahrt. Alice hatte bis dahin kaum Zeit in Charles' Gesellschaft verbracht und fing an, ihn wirklich zu mögen. Er und Liam schienen sich sehr gut zu verstehen, und Alice spürte, dass sich alle entspannten, während sie sich plaudernd ihrem Ziel näherten. Sie wohnten zehn Minuten südlich von Puerto Banus in einer kleinen, neu errichteten Anlage direkt am Strand.

Charles parkte das Auto direkt vor dem Haus, in dem sich Maggies Apartment befand, an einem schattigen

Platz. Sie nahmen all ihre Taschen und Koffer aus dem Gepäckraum, bis auf Maggie, die schon mal in den zweiten Stock vorausgegangen war, um die Wohnung aufzuschließen. Die Stufen der Treppe waren aus Terracottafliesen und Pflanzen wucherten über die weiß gestrichenen Mauern. Alice sah Isabel an, die grinste. Das Ganze kam ihnen sehr – na ja, eben spanisch vor. Als sie endlich mit ihrem Gepäck im zweiten Stock ankamen, stand die Tür weit offen. In der Wohnung war es kühl und genau so, wie Maggie es beschrieben hatte, bis hin zu den marmorgefliesten Böden. Sie gingen in den Wohnbereich; an den Wänden standen zwei riesige weiße Sofas, dazwischen ein gläserner Sofatisch. Auf der gegenüberliegenden Seite war die Terrasse, wo Maggie gerade die Markise über den weißen Korbmöbeln herunterließ. Überall auf der ganzen Terrasse standen Töpfe mit Geranien und Bougainvilleen. Alice stellte ihr Gepäck ab und trat nach draußen. Maggie teilte den anderen gerade ihre Zimmer zu. Alice blickte über die Brüstung hinunter auf den azurfarbenen Swimmingpool. Eine tief gebräunte Frau schwamm darin herum, und ein Mann lag in der Sonne, ein Buch übers Gesicht gelegt. Das alles sah himmlisch aus, und Alice konnte es kaum erwarten runterzukommen.

»Wo sind die Leute denn alle?«, fragte sie Maggie.

»Es ist Siesta. Die meisten Spanier halten sich dran. Um drei Uhr kommen dann alle wieder aus ihren Löchern. Wir sollten schnell auspacken und runtergehen. Allerdings wird es unten am Pool nie wirklich voll, weil es in der Anlage mehrere gibt. Komm jetzt, ich zeig dir dein Zimmer.«

Maggie führte Alice durch das Wohnzimmer. Dieses Mal sah Alice durch eine große Durchreiche die dahinter liegende kleine Küche – vor der Durchreiche standen ein Esstisch und Stühle. Auf dem Sideboard befand sich eine Stereoanlage und daneben eine Reihe von CDs.

Maggie führte sie in ihr Zimmer, das wie die übrige Wohnung weiß gestrichen war. Ein riesiges Doppelbett, das gegenüber der doppelflügligen Balkontür stand, beherrschte den Raum. Eine Wand wurde von einem Einbauschrank eingenommen und von der vierten Wand führte eine weitere Tür ab. Alice öffnete sie und stand in einem Badezimmer mit noch mehr Marmorfliesen – hier reichten sie bis an die Decke.

»Ich glaub's nicht, Maggie, die Wohnung ist ein Traum!«

»Gefällt sie dir?« Maggie war offensichtlich erfreut.

»Gefallen? In einer so schönen Wohnung habe ich noch nie gewohnt!«

Maggie strahlte.

»Hey, ich will dein Zimmer auch sehen!« Isabel kam angelaufen. »Wie schön! Hast du jemals in deinem Leben so große Betten gesehen?«

»Nein, ich werde in meinem bestimmt verloren gehen!«, lachte Alice und dachte an Bill.

Die Wohnung war wirklich eine Wucht.

»Ich wusste doch, dass es einen Grund gibt, warum ich mich mit dir angefreundet habe!«, sagte Isabel.

»Hat jemand Lust auf ein Glas kalten Weißwein?« rief Charles aus der Küche, wo er gerade den Kühlschrankinhalt inspizierte.

»Ja, bitte«, riefen alle unisono.

Zehn Minuten später und nachdem sie ihr Gepäck zur Hälfte ausgepackt hatte, saß Alice auf der Terrasse und nippte an dem gekühlten Vina Sol; sie trug einen pinkfarbenen Bikini, und um die Hüften hatte sie sich einen Sarong geschlungen. Sie hatte Maggies Chanel-Sonnenbrille auf, die ausgesprochen modisch war – randlos und mit rosa Gläsern. Ihre Haare hatte sie locker hochgesteckt. An dieses Leben könnte sie sich gewöhnen, da war sie ganz sicher. Die anderen zogen sich gerade um, nur Liam hatte schon seine Badeshorts an, in der man seinen durchtrainierten Körper bewundern konnte.

»Na, wie geht's euch?«, fragte Maggie, als sie in einem spektakulären schwarzen Badeanzug auftauchte, den nur jemand tragen konnte, der so zierlich gebaut war wie sie. Ihr rabenschwarzes Haar hatte sie unter eine Baseball-Kappe gesteckt – sie sah aus, als gehöre sie zur spanischen Schickeria.

Isabel bekam sich gar nicht mehr ein, wie gut Maggie in diese Umgebung passte, als ob sie hier geboren wäre! Sie selbst fühlte sich etwas unwohl in ihrem Badeanzug, der einen hübschen Tabakton hatte und zu ihrem kastanienbraunen Haar passte – deshalb hatte sie ein übergroßes T-Shirt darüber gezogen, da sie seit dem Flug ein paar Speckröllchen dazugewonnen zu haben schien und sich ein bisschen wie ein Buddha fühlte. Sie hatte Flip-Flops mit Plateausohlen an, die ihr auch nicht gerade mehr Selbstbewusstsein verliehen, da sie noch ein wenig unsicher in ihnen ging. Sie nahm Charles' Hand, und er drückte sie fest und lächelte Isabel dabei an. Sie hatte ihre Aquarellfarben mitgebracht und hoffte, hier zum Malen zu kommen. Für ihre kleinen Studien hatte man ihr schon viele Komplimente gemacht, aber nun wollte sie sich an etwas Größeres wagen. Vielleicht würde sie an einem Vormittag das Auto nehmen, in die Berge fahren und es einfach ausprobieren. Charles wiederum dachte, wie hübsch seine Frau doch aussah, wie sie da so still neben ihm saß. Er wusste, wenn sie in Gesellschaft still war, machte sie sich meistens über irgendetwas Sorgen. Er nahm sich vor, ihr am Abend, wenn sie sich fürs Abendessen umzog, zu sagen, wie schön sie war.

Maggie freute sich, dass die Wohnung allen zu gefallen schien. Sie war wegen der gemeinsamen Reise mit Liam furchtbar nervös gewesen, aber allmählich ließ ihre Anspannung nach, da er sich in der Gesellschaft der anderen und mit ihr offenbar wohl fühlte. Sie wusste, dass wunderbare Ferien auf sie warteten.

»Wenn wir unseren Wein getrunken haben, gehen wir zum Pool runter. Habt ihr euch alle ein Handtuch aus dem Schrank genommen?«

Alice deutete auf den Stapel leuchtend bunter Handtücher, der gleich hinter den Glastüren auf einem Sofa lag. Aus den Strandtaschen lugten Sonnencremes, Bücher und Zeitungen hervor.

Als sie ausgetrunken hatten, machten sie sich auf den Weg nach unten. Maggie schloss die Tür ab und rannte den anderen hinterher.

Am Pool fanden sie schnell ein paar freie Liegestühle und rückten sie in die Sonne, die noch immer hoch am Himmel stand. Die Siesta schien noch nicht vorbei zu sein. Die Frau, die vorhin im Wasser gewesen war, vertiefte jetzt ihre beneidenswerte Bräune, und der Mann lag, noch immer mit dem Hardcover von Tom Clancy auf dem Gesicht, nach wie vor auf seinem Liegestuhl.

Isabel zog sich schnell das T-Shirt über den Kopf und legte sich auf ihre Liege; sie hatte sich bereits in ihrem Zimmer mit Sonnencreme eingeschmiert. Charles und Liam tauschten ihre Zeitungen und ließen sich nieder, um zu lesen. Maggie ging gleich ins Wasser, um ein paar Bahnen zu schwimmen; sie hatte weder die Sonnenbrille noch die Baseball-Kappe abgelegt.

Alice cremte sich ihre blassen Beine mit einer Sonnencreme mit hohem Lichtschutzfaktor ein und hoffte, dass sie bald so schön braun sein würde, wie Maggie es offensichtlich das ganze Jahr über war. Nachdem sie sich Arme, Gesicht und Bauch eingecremt hatte, legte sie sich mit einem Buch in der Hand auf ihren Liegestuhl.

»Was für eine Überraschung, dich hier zu sehen!«

Alice blieb der Mund offen stehen, und das Buch fiel ihr aus der Hand. Diese Stimme würde sie unter Tausenden erkennen. Sie drehte sich rasch um.

»Bill!«

»Wie er leibt und lebt.« Er grinste und erhob sich von seinem Liegestuhl. Die anderen unterbrachen ihre jeweilige Beschäftigung, und blickten zu ihnen hin. Keiner schien überrascht zu sein, dass er hier war. Isabel setzte sich auf, um besser sehen zu können. Die Männer legten ihre Zeitungen zur Seite und Maggie schwamm im Pool auf der Stelle, auf dem Gesicht ein breites Grinsen.

Alice wandte sich zu ihnen um: Sie hatte die Sonnencreme im Gesicht noch nicht ganz verrieben und an ihren Wimpern hingen weiße Tupfer.

»Ihr habt es alle gewusst?« Sie bekam den Mund gar nicht mehr zu vor Staunen.

Die anderen nickten.

Bill trug lange Surfer-Shorts und hatte die hellbraunen Haare nach hinten gekämmt, sein Gesicht war von Sommersprossen übersät. Er sah furchtbar sexy aus und doch ganz wie der Bill, der ihr in Donaghadee immer ein Gefühl der Sicherheit gegeben hatte. Ach, er sah einfach richtig gut aus.

Alice stand auf. Sie wusste nicht, ob sie lachen oder weinen sollte, ihn umarmen oder schütteln sollte. Sie konnte es gar nicht fassen, dass er hier war.

»Ich dachte, du wärst in Amerika?«

»Jeder braucht mal Ferien«, sagte er und zwinkerte, als er die wenigen Schritte zurücklegte, die sie voneinander trennten.

Eine Million Dinge gingen Alice durch den Kopf: Beine rasiert – okay. Cellulitis – ein bisschen spät, sich jetzt darüber Gedanken zu machen. Vorstehender Bauch – zieh ihn ein. Ach zum Teufel damit, Bill ist da! Bill ist da!

Unsicher stand sie da, wusste nicht, was sie tun sollte, und versuchte, sich möglichst gerade aufzurichten, damit sie dünner aussah. Bill erlöste sie, indem er sie umarmte und ihr einen festen Kuss auf die Lippen drückte. Alice wollte den Kuss erwidern, aber ihr eigenes Lächeln war ihr im Weg. Sie konnte leisen Applaus hinter sich hören.

Als sich ihre Lippen wieder voneinander lösten, nahm er sie fest in die Arme.

»Ich habe dich so sehr vermisst«, flüsterte er.

Alice konnte nicht glauben, dass sie endlich die Worte hörte, nach denen sie sich so lange gesehnt hatte, von denen sie aber angenommen hatte, dass sie sie niemals hören würde.

Sie blickte in seine klaren, freundlichen blauen Augen und küsste ihn noch einmal.

»Na endlich!«, war aus dem Pool Maggies Kommentar zu vernehmen.